送信人

L.P. Hartley

The Go-Between

[英] L.P.哈特利 著　姜焕文 严钰 译

漓江出版社

桂林

L.P.Hartley, *The Go-between*

Copyright © L.P.Hartley, 1953

Simplified Chinese translation copyright© 2018 by Lijiang Publishing Limited

All rights reserved.

著作权合同登记号桂图登字:20-2016-241 号

图书在版编目(CIP)数据

送信人/(英)L.P.哈特利 著;姜焕文、严钰 译. —桂林:漓江出版社,2018.10

ISBN 978-7-5407-8324-2

I.①送… Ⅱ.①L… ②姜… ③严… Ⅲ.①长篇小说-英国-现代 Ⅳ.①I561.45

中国版本图书馆 CIP 数据核字(2017)第 257271 号

送信人(Songxinren)

作者:L.P.哈特利   译者:姜焕文、严钰

出 版 人:刘迪才
出 品 人:吴晓妮
责任编辑:张玉琴
助理编辑:吕解颐
装帧设计:李诗彤
责任监印:陈娅妮

漓江出版社有限公司出版发行

社址:广西桂林市南环路 22 号 邮政编码:541002

网址:http://www.lijiangbook.com

发行电话:010-85893190   0773-2583322

传 真:010-85890870-814 0773-2582200

邮购热线:0773-2583322

电子信箱:ljcbs@ 163.com

山东德州新华印务有限责任公司印刷

(山东省德州市经济开发区晶华大道 2306 号 电话:0534-2671218)

开本:880mm×1 230mm 1/32

印张:13.125 字数:280 千字

版次:2018 年 10 月第 1 版

印次:2018 年 10 月第 1 次印刷

定价:49.80 元

致谢

　　这一版本所引用的《送信人》的手稿和哈特利的书信保存在曼彻斯特约翰·瑞兰德大学图书馆的 L.P. 哈特利档案室里，援引这些文件，得到了图书馆主管及馆员的许可，让我感到温暖。

　　此外，我非常高兴能记录我对以下人员的谢意与感激：

　　已故的诺拉·哈特利小姐，感谢她的鼓励，感谢她爽快地允许我吸收使用了文本变化，这些变化记录在原文注释里，她允许我援引文本变体和被取消的段落，这些段落呈示在注释和文本附录里，她还允许我在撰写导读的过程中，参考她哥哥写的信件。她为此慷慨花费大量的时间，这些我非常清楚。

　　威廉·李丁顿，如果不是他耐心、迅速、谦逊地解决我的疑问和要求，我是不可能完成这个版本的。

　　感谢曼彻斯特丁斯盖特大街约翰·瑞兰德大学图书馆的全体员工，大面积的建筑整修给他们带来了极大的困难，但他们愉快而礼貌地帮助我使用 L.P. 哈特利档案室，使我在那里的工作十分愉快。

　　蒂姆·贝茨，我有机会负责这个版本的编辑，要归功于他的热心。

1

　　玛丽·布鲁克斯－戴维斯，是她把初版的《送信人》作为礼物送给我，是她趴在各种各样的集市的地板上帮我搜集小说中提到的歌曲的底稿，是她容忍我哼唱这些歌曲，是她与我讨论我的工作。

　　已故的艾伦·马歇尔，感谢他提供了 20 世纪前期铁路系统的信息，感谢他与我分享他的有关东英吉利的记忆。

　　彼得·尼克松大人，他热诚而执着地帮我追寻小说中提到的门德尔松颂歌准确的英文翻译。

　　蒂莫西·韦伯，没有他独具特性又毫不保留的学识共享（这里指关于老加图、板球赛和神话故事），这一版本的质量可能会逊色许多。

　　还有艾德里安·赖特，他停下了自己为哈特利做官方传记的工作，热诚真挚地与我分享他的知识，令我感佩至深。他甚至抽出时间核实诺里奇镇托马斯·布朗爵士雕像的日期。

　　再次感谢以上所有的人。

道格拉斯·布鲁克斯－戴维斯

导读

《送信人》的第一个句子——"往昔是一处异域外邦：那里的人做起事来是不一样的。"——几乎变成了谚语，尽管人们有可能确凿地说，在我们大多数人的脑海里，这句话与 1971 年洛西导演、品特编剧的电影里迈克尔·雷德格雷夫的声音和萧瑟的开场画面是分不开的。但时至今日，电影已经有了四分之一世纪的年龄，尽管我们可能移情于电视屏幕，忘记了电影要展开画面所需花费的那两个小时左右的时间，它却奇怪地使小说愈加触动人心。因为《送信人》不仅怀旧，它也在描述怀旧：描述如何恢复迷失了的记忆，不只是个人记忆（这记忆原本十分痛切），也是集体记忆，还有文化记忆。

利奥记起了自己在炎热的 1900 年夏天与他的同学马库斯·莫兹利同住布兰汉庄园的日子，记起了自己作为送信人牵连进了马库斯的姐姐玛丽安和她的情人——农夫特德·伯吉斯——之间的关系；记起的过程里，他同时也还原了维多利亚时代晚期的上流社会已经迷失了的世界。那个世界是利奥的黄金时代，是他通过记忆的窗口窥见的田园牧歌的版本。莫兹利太太看到玛丽安和特德做爱时表现出的歇斯底里的反应，引发了他的精神创伤，导致他丧失了记忆；

这个创伤所标志的不仅仅是个人记忆的消弭，而且是文化未来的丧失，维多利亚时代的上流社会的稳固表象，唯有在这样的文化未来中才能继续。1900 年，利奥 13 岁的时候记忆终止；1952 年，我们遇见他小心翼翼地回顾他的记忆。当记忆厘清的时候，他回到了布兰汉庄园，又见到了玛丽安，最终印证了她关于 1900 年 7 月发生在布兰汉庄园的各种事件的记忆。

这样概括这部小说听起来过于矫揉造作，近乎陈腐琐碎。事实上，它在唤起童年萌芽状态的性别意识，智性、多元、感受美妙，它也在探索记忆和神话的本质。

一　起源与自传

《送信人》于 1953 年春天刚一面世就即刻成功。到 7 月上旬，它被英国读书协会选中，这意味着额外印刷大约 17 000 册；到 9 月，它被《每日邮报》作为一月一书推出；到 1954 年 7 月，哈米什汉密尔顿出版社报告，其销售量接近 50 000 册。1954 年年中至 1955 年年尾期间，关于这本书有了拍电影的计划（约翰·克瑞斯维尔撰写脚本，亚历克·吉尼斯和肯尼斯·摩尔领衔主演）；1959 年，又有了舞台剧改编本。然而就在 1962 年，当约瑟夫·罗西讨论使用彼得·德恩撰写的电影脚本，并由德克·博加德领衔主演的可能性时，克瑞斯维尔就被忘记了；到了 1967 年，德恩又被哈罗德·品特所取代。到 1968 年 7 月底，合同达成，

12月前，品特完成他的第一稿。经历了一些资金困境之后，电影终于在1970年夏天开拍，这个年份目睹了企鹅版本（1958）的第四次重印。然而，尽管策划与拍摄都出手不凡，电影仍然是对小说的不完整阅读，是一种压制了某些细节，同时夸大了其他一些细节的解读。当然，小说本身也是在压制或者夸大成就其创作的某些元素，我的讨论正是从这些元素开始的。

在为1963年海尼曼版本的《送信人》撰写的导读中，哈特利说，他的小说在一定意义上是有自传性质的。他出生于1895年，关于1900年的夏天他葆有鲜活的记忆，因为就是在那时候，他的家迁往彼得伯勒的弗莱顿塔；他提到了自己拜访一位同学时的各种插曲，这些插曲被吸收进了小说，包括一份召他回家的信。这种鲜明的自传性不足为奇：哈特利的所有小说都有自传性质，只是程度大小有所不同。在文学批评著作中，他时常要返回到小说与作者生活的关系："（小说家的世界）在一定程度上必须是他自己生活的延伸；小说家世界里的根本问题必须是小说家的问题，小说家世界里所关注的事物必须是小说家所关注的事物。"（《小说家的责任》，1967）"当然，要认定小说家的作品是直接意义上的自传未必正确，但要认定作品是他自身经历的一种誊抄摹写与一种异序改变，似乎不无道理……"（同上）

事实上，《送信人》是哈特利最明确的写自己童年的小说，比他在那篇导读中的意识心智所记得的——或者佯称所记得的——更有自传性质。我们要感激他的妹妹诺拉，是她让我们认识到《尤斯塔斯和希尔达三部曲》（1958）里令人敬畏、意志坚决的希尔达的原型是他们的母亲（《广播时报》1988年3月19日），这也可以说明《送信人》里同样意志坚决的莫兹利太太的形象也源于他们的母亲。不过哈特利童年时期留存下来的信件里有大量非推测性的线索。比如1909年8月写给他母亲的一封信中记录，他到了布雷登汉庄园（诺福克郡斯沃弗姆镇东），要与一位同学莫克西小住一段时间（与他们同宿的还有一只狗），并批注说会有一场板球赛；布雷登汉变成了小说中的布兰汉，莫克西变成了小说中的莫兹利。哈特利的预备学校，萨尼特镇克里夫顿维尔的北丘中学变成了《送信人》中的南丘中学，也在萨尼特镇；莱姆顿公学是足球比赛的对方，从这场比赛中释放出了"彻底溃败"这个极其不幸的词汇，进入利奥的日记，从而使整个故事运转了起来。这个校名是进一步思考的结果，因为原始手稿中写的是"达普顿公学"，是附近一所预备学校的实名。关于与达普顿公学足球比赛的结果，少年哈特利在1909年11月21日（我们3:2胜了他们）和12月5日（又一次获胜，5:0）的信中分别有报告。北丘中学有一位老师叫"狮子先生（Leo）……狮子先生有时非常像一头狮子……"，同样早年的一封信（1908年10月9日）提到另一位老师托马斯先生的绰号叫"老汤米"，《送信人》中的利奥最初叫汤姆，这至少也是有趣的偶合。（序言）

学校的校长J.D.霍尔特——人们称他为"J.D."，与南丘中学的校长比较，"我们把校长称J.C."（第一章）——有一个学步的婴儿，她是1909年6月6日的一封信的话题："几天前，在我吃完晚饭正要出去的时候，霍尔特先生叫住了我，说小婴孩（他们称她小宝贝儿）想知道，诺拉是不是到这里来了。"在《送信人》中这一情节变成了利奥的夏季

6

学期过早结束时的告别，孩子们欢呼，"'向克罗斯先生、克罗斯太太和他们的小婴孩三敬祝福！'我从来没弄清楚怎么把那个小婴孩也包括进来：说实在的，那孩子也不再是婴儿；她差不多四岁了，但不知什么原因向她敬祝福我们特别高兴。"（第一章）少年哈特利关于在伦敦被居住在芬奇利的凯瑟琳姑妈（1909 年 4 月 4 日信）接下学校火车的记忆，变成了利奥因为要中转行程去诺福克而被"夏洛特姨妈，我常住伦敦的姨妈"接下索尔兹伯里火车的情景（第一章开篇）；还有，与电影中的利奥相反，跟小说中的利奥一样，哈特利有一副好嗓子——1909 年 10 月 17 日的信中他提到了表演独唱，他的演唱在哈罗公学也没有中断过。

　　游泳使利奥兴奋，从今天的水准看，他又是一个晚成的游泳者，这两方面都与少年哈特利相吻合。在 1911 年 5 月 14 日的一封信中，哈特利表达了有几分乐观的希望，他将"很快"就能够游到 75 码了；接着，在两个星期后（5 月 28 日）的信中他报告说，他那时候能横穿学校的湖，游 30 码的距离。（须注意，在第十九章被取消但在文本附录中有记录的一段里，特德给利奥上了一次游泳长课）。然而，最引人注目的是那封哈特利在 1963 年的导读中引用过的要求召自己回家的信。哈特利自己记不得这封信了，只说他母亲告诉他，他写过这样的信。事实上，关于这个主题的信依然存在。信是 1910 年 8 月中旬写给他母亲的，寄自黑斯廷斯圣海伦路 72 号，信头日期是"星期六"，内容如下：

　　　　沃利斯太太想要我待到星期三，因为她想让我参加一个聚会……您知道我不是十分喜欢聚会。我确实想星期二回家。然而，他们已经要求我给您写信，询问我待下来您是否介意。我在这里十分快乐，但我可以肯定我们俩都更倾向于我回到家里。

当然，如果您认为我待下来更好，写信告诉我；只有一天嘛。但我依然的确想尽早回家。

利奥是要参观诺福克一处豪华住宅以及建成不久的莱斯利堡，一座南海岸别墅；但列举的这封信包含了利奥两封信（见第十四、十六章）的内容，他报告说自己受到邀请，继续住在布兰汉庄园，然后又请求回家，以便逃避自己的生日聚会。哈特利在写小说的时候，充分地、深入地回想着自己回到了学童状态，来唤醒一个他有意识的记忆中已经迷失了的事件。

我所援引的这些信件目前保存在一个纸板盒里，从象征意义上讲，哈特利对此会心存感激，与这个盒子一道还有两个同样的纸板盒，里面装着《送信人》的手稿笔记本：童年记录和那段童年的小说式还原，就这样无声地相互对讲。信写于萨尼特和哈罗；但写着《送信人》文稿的笔记本是意大利制造的，这印证了小说自传性质的另外一个要素。

除了童年时代的信件，哈特利成年时代的许多信件也存留了下来，它们是写给或者写自沃尔特·艾伦、约翰·贝里、菲莉丝·班特利、艾德蒙·布伦顿、伊丽莎白·鲍恩、莫里斯·博拉、乔伊斯·卡里、大卫·塞西尔勋爵、尼维尔·考格希尔、克利福德·基钦、C.戴·刘易斯、达芙妮·杜穆里埃、奥尔德斯·赫胥黎和朱利安·赫胥黎、查尔斯·摩根、伊迪丝夫人、奥斯伯特·西特韦尔爵士，在此略举数例。这些信件中为数不少是写给他的姐姐伊妮德的，它们追溯《送信人》的起源。这样的信件，大多发自威尼斯，从1926年到1939年第二次世界大战爆发，哈特利一直时断时续住在威尼斯。

1952年5月24日，写自威尼斯的一封信报告说："我已经开始写另外一个故事了，这意味着，或者说必定意味着，再度做苦工！"批注里说哈特利的"侍从"塞尔吉奥被差使出去买"一本非常大的写字本"。（"另外一个"暗指他已经开始写作《表面正义》，1952年2月9日的一封信里他抱怨说这是一部"写作进展不大的新书"，而当《送信人》的构思显现的时候，他就停写这部新书。）及至6月9日，当他还在威尼斯的时候，灵感到达顶峰："我一直在忙着写那本书——它太费时间了。当它进展顺畅的时候，我感到我必须继续，以求不至于丧失冲动——当它进展不顺畅的时候，我感到我必须继续努力，直到恢复了顺畅。"6月17日他宣称："也许我早该停下来思索了，而截至目前我辍笔思索的时候，我的新小说进展得还是非常快的。"同一天，他写信给罗德里克·米克尔约翰爵士时讲得略为完整："……然后我着手写一部小说：这让我相当着魔地忙碌起来——真实地讲，有些时候如果我保持住了进度，我近乎可以赶得上司汤达了，他……在大约六个月的时间里写完了《巴马修道院》……我现在慢了下来，但写作量仍然相当可观。"到了10月19日，当时他在巴思福德，他告诉伊妮德书稿完成了，他正在"尽力修改"。11月16日，修改仍然在进行当中。

小说的起源地威尼斯是理解哈特利《送信人》含义的一个私密背景，也是一个主要线索。在《小船》（1949）中，他让主人公蒂莫西·卡森痛心地记住，对他而言，威尼斯是怎样因第二次世界大战而迷失的；信件和随笔集《记住威尼斯》（重印在《小说家的责任》里）再一次表明这一观点：

> 随着不断加剧的政治紧张局势，像坎帕尔托那样堡垒高筑的岛屿十分敏感于我的接近，我一出现就会遭遇各处愤怒的喝叫声。
>
> 是的，岛屿成为禁入之国，象征着后来的意大利整体变为禁入之国。

我们可以想象，战后允许返回威尼斯是一种自由，但并没有消除对敌对行为的记忆。在这个意义上说，《送信人》著名的开篇句听上去就是一个特别切中要害的注释：异域外邦——隔了几行后又重复道，日记戴着"一副异国他乡的面貌"——其意义是异乡、别处、陌生，表达了哈特利所感觉到的根本上的失所状态。战争把威尼斯从他那里盗走，他在威尼斯写作，感觉自己就是一个外国人，为他而存在到1939年的那座城市本身现在成为异乡、外邦，属于一个不同的世界。作为《送信人》创作地的威尼斯和作为其背景地的诺福克之间的空间距离平行于1952年（哈特利写作的年份，也是利奥写作的年份）与1900年之间的时间距离，是年利奥拜访布兰汉庄园。书名 The Go-Between 也表明了这样的平行含义：因为尽管十分明确，它是指利奥在玛丽安和特德之间送信人的角色，但它也暗示着作者，往来传话人哈特利，其生命被分解于英国和意大利之间，直到战争残忍地为他规定意大利是外国，他才承认意大利是外国；64岁的利奥，通过日记往来传话于他的现在和过去之间，很像狄更斯——在一篇刊登在《非商业旅人》里的题为《出国旅行》的散文中——遇见少年时代的自己并与之交谈；墨丘利，那位神使，特里明厄姆认为利奥与他等同，从神话角度讲他是宙斯的信使，往来传话于天堂与尘世之间。

二 幽灵一样的记忆

然而，墨丘利不只是宙斯的信使，他的其他角色之一是灵魂向导，也就是把死者的灵魂引领到下界，把转生的灵魂引领到上界。这样，利奥就现实地处在了墨丘利的角色，在序言末尾，他把他的记忆召回到了阳光之下："所有这些年来，我一直在把它们埋藏起来……我把我最鲜活的能量投向了殡仪业者的艺术。这是真的吗？……寿衣、棺椁、墓穴，所有监禁它们（在布兰汉庄园那段时间的记忆）的桎梏都猛然间打开。"然后就在"时钟敲响了十二点"——鬼魂游荡的时刻——他的关于召回的记忆的故事开始了，走出了日记，走出了已被打开的密码锁。

这个情节呼应了《呼啸山庄》里的主要叙述，亦即奈利·迪恩的故事，洛克伍德读完年轻的凯瑟琳·恩肖用潦草的笔迹写下的日记之后，在密室床上悚然一梦（《呼啸山庄》第三章）。故事就出自这个梦，这样的呼应不是偶然的，因为哈特利承认对艾米莉·勃朗特因缺乏偶像崇拜而戛然而止的小说很是欣赏（转引自彼得·比恩《L.P. 哈特利》(1963)。像洛克伍德一样，利奥召唤记忆以鬼魂形式重现，这反过来提醒我们，哈特利是作为一个鬼魂故事作家而声名远扬的。实际上，作为一部书写童年的小说，《送信人》与其说和《哈克贝利·费恩历险记》、塞林格的《麦田守望者》（1951）或巴里·海恩斯的《一个无赖的红隼》（或称《鹰与男孩》，1968）有共同之处，毋宁说它和《远大前程》以及罗伯特·麦卡蒙的《奇风岁月》（1991）有更多的共同之处。正如狄更斯和麦卡蒙小说里那样，超自然力量即刻成为装饰性的哥特风格，一种关于离奇世界的知性探究，以提示理性自我和那些半记忆形态的重要事件之间的关系，我们不得不利用魔法、咒语、梦想，引导这样的重要事件跨过意识的门槛。

艾米莉·勃朗特就站在《送信人》本身的门槛上，因为它的卷首题词就出自她的一首诗，这首诗写一个希望看到自己未来的孩子，孩子的愿望得到了一个突然出现的幽灵的应允，但尽管孩子试图用他的"小手"把自己的所见推开，命运还是揭示"童年之花定然耗去它的风华／掩埋在坟墓的阴影之下"。这首诗，一面在暗示莫兹利太太看到玛丽安和特德做爱时的反应过早地摧毁了利奥的童年，一面在预报小说的主题关涉离奇事件，后者更意义重大。幽灵从坟墓里带回了记忆，实际上，这记忆变成了孩子自己的，然后孩子像利奥一样想否认这记忆；所不同的是，我们现在看到的是利奥在打开他自己埋葬记忆的墓穴，心甘情愿地把记忆导引出来，从而与其说是把自己与勃朗特"归尘的孩子"联结起来，不如说是把自己与马塞尔·普鲁斯特联结起来。因为，普鲁斯特记忆再现的宏大行动 *A la Recherche du Temps Perdu*（1913—1927）——C.K.斯科特·蒙克里夫将它译成《追忆逝水年华》——是《送信人》的一剂主要启迪，哈特利本人在他 1963 年的导读中也暗示过；也许这样做是在回顾他在评述他的朋友奥斯伯特·西特韦尔的自传《左手，右手！》（1944）时写下的话："……《追忆逝水年华》是他的一份激情，像普鲁斯特一样，他可以重获生命活动的本味。"（《小说家的责任》）

但是，利奥让埋葬的记忆复活的力量无疑更接近于麦考莱描述下的弥尔顿："（他的语言）是魔法的语言。一旦吐字，过去便成为现在，遥远便成为邻近……一切埋葬记忆的地方通通出让被它们困住的亡灵。"（托马斯·麦考莱《批评及历史随笔》，F.C. 蒙塔古编辑三卷本［伦敦，1903］第一卷）终究，64 岁的利奥没有丢失他少年期自我的术士特性：最终他学会了把巫术的目的从诅咒转向疗救。他最后一次施行巫术——也是他最后一次坚守墨丘利属性——目的是召回死者，这标志着他通过感情把自己与人类再度连接起来："我想，我就被埋葬在了那些崖壁底下。然而那些崖壁应当见证我的复活，那场始于红色衣领盒的复活……"（序言末）"告诉他，除了无爱的心，不存在什么法术或者魔咒。"（后记末）

不过，学会这种转变的过程中，纵然利奥拥有诅咒的力量，他事实上是在记住他的少年期自我第一次造访布兰汉教堂时的重大发现（第六章）。在那里，凝望着壁画牌匾上排列着的死去的各世特里明厄姆，他突然意识到第九世子爵有可能依然活着，如果他"不是被埋葬在一堵墙里，而是在四处行走，那么整个这个家族就活了；这个家族不是属于历史，而是属于今天"。在那一刻，遥远变成了当下，事实的骨架——幼年利奥的经历掌握了那个位置，那些编目数据假定了他的晚年人生——长出了活着的、柔嫩的、人类的肌肉与精神，非常类似于《呼啸山庄》第三章开头，在洛克伍德惺忪的注视之下，雕刻在窗台上的名字闪闪烁烁变成成群结队的一个个活着的凯瑟琳。当然，利奥关于第九世子爵的直觉，在后记中当他遇见年轻的第十一世子爵爱德华·特里明厄姆时又被唤回。这位子爵生就一副特德的头发和面孔，他不是以幽灵一样的记忆的形式，而是以遗传表达的形式，使玛丽安和特德的联结这个事实又一次鲜活了起来。

可是经过一种奇怪的扭曲，及至《送信人》结尾，过去变得如此真实，以至于后记里的叙述者利奥变成了一个幽灵一样的局外人，他只能通过对从记忆中唤回的地方的物理重访来呈现生活——并继续生活。所以正像《远大前程》（第五十九章）那样，成年皮普"未被觉察"，从国外回到他童年时代的生活现场，利奥 1900 年后第一次回到布兰汉："这地方变了，相伴着五十年来的所有变化而变化——要知道，那五十年是历史上最是多变的半个世纪。我甚至没有感到我是归来的游子；我感觉，我就是个陌生的过客。"这里是一个细微的差别。归来的游子，不仅在幽灵意义上而且在肉体意义上，指一个回到某个已知地点的人；但陌生的过客指一个局外人——一个身处自己从前认知过的地方的陌生人。由于在哈特利的个人词汇中，"陌生的过客"一词易于承载离奇和幽灵的含义，利奥在这里是说，他回来了，是一个幽灵一样的流浪汉。那么，作为一个陌生的过客，他经过教堂来到村庄，在村子里遇见了当下的特里明厄姆子爵，子爵指引他会见玛丽安；因为玛丽安也是 1900 年夏天的一位幸存者——除了利奥，她是唯一的一位。

他必须见到她。因为不比《远大前程》里把自己埋在家里的郝薇香小姐，玛丽安以实现了的爱的名义牢记过去。她的关于她自己与特德之间发生过什么以及关于他们怎样利用利奥的记忆是孤独的，且具有自欺性质，尽管如此，她请求利奥给她孙子带去爱的信息，促成了利奥的"复活"。年轻的爱德华·特里明厄姆感到玛丽安和特德施加给他诅咒，通过揭示他们的爱是美好的、无可厚非的这个"事实"，利奥可以解除这个诅咒。墨丘利传递信息；他也引领灵魂复归宜处，以此赐福新的生命。

然而，回溯到 1900 年，利奥处在布兰汉庄园世界的边缘，他作为一个陌生的过客返回，某种意义上，只不过是边缘性质的呼应。在板球赛和庆祝音乐会上他可能是中心，但在庄园，甚至他的诺福克上衣都滑稽可笑，格格不入。与身在庄园相比，在外延房屋、垃圾堆和农场他更自在，他的女神玛丽安一赠送给他林肯绿套装，他就感到与亡命之徒罗宾汉有一种自然而然的亲密关系（第四章），当他观察到诺福克的玉米垛和他家乡威尔特郡的玉米垛之间有差别时，他有一种明显的"置身域外的感觉"（第七章）。这些细节在一个层面上反映出利奥不受父母及学校禁限的自由观念，但在另一个层面上也再次提醒我们，利奥的故事在某种程度上是莱斯利·哈特利自己关于距离和与过去分裂的故事。因为他自己童年时期的生活场景就是北诺福克以及与之毗邻的林肯郡的沼泽地。此外，利奥的家，索尔兹伯里附近的公堂大庭（第一章），其名称和地点都与哈特利在战争早期居住的房子相同。利奥住在西哈奇（在手稿中，村庄的名字原先叫"冬波恩"，叫人想起索尔兹伯里以北地区各种各样的冬流溪，这名字似乎是从萨默塞特郡汤顿附近的村寨借用来的）；哈特利的公堂大庭在冬流溪附近索尔兹伯里以北区域的下伍德福德。他 1939 年从威尼斯一回来就搬到了那里，一直住到了 1941 年，这一年他在索尔兹伯里以南地区的岩石流溪租了一所叫作西海斯的房子（这个名字可能对利奥的西哈奇有所贡献），后来，到 1946 年，他在巴思东面的巴思福德购买了自己的房子。哈特利的中年期转徙于威尔特郡、汉普郡和萨默塞特郡不同的住所之间，从威尔特郡旅行到诺福克郡的那位利奥就这样弥合了那道把哈特利本人的沼泽地童年期与他的中年期自我分隔开来的鸿沟。

三　黄金时代与处女星座

记忆经常把过去理想化，因此，老年利奥在复兴他被埋葬的记忆的时候，在他所置身的构架之内闪耀着一曲田园牧歌，这曲牧歌遍沐夏日阳光的照耀，笼罩在炎热之下，光焰微微，其中包括豪华古宅，湿地收割，悠悠水道，野餐郊游，以及板球比赛。在《左手，右手！》的导读中，奥斯伯特·西特韦尔记住的是一个相同的世界：

> 这个短暂的黄金间停是如此平静，在孩提时代……我经常在想，它的溪流有没有曾经完全干涸过。钻石庆典、布尔战争、爱德华七世时期的十年，这一切，如果分离看待，就没有一个成为历史……

> 这么长时间了，什么也没发生过，什么也不会再发
> 生：什么事也没有。

但《送信人》对这一阶段的描绘有些不一样。因为如果细审详查，利奥田园牧歌里的宁静只是表面的，事实上它深受阶级矛盾和战争波浪的搅动。

西特韦尔的"黄金间停"对序言中年少的利奥而言就是即将显现的黄金时代。鉴于《送信人》准确地使用这个短语的古典含义，在此值得明确说明。古希腊、罗马诗人的黄金时代是一个丢失了完美的时段，不过据说这个时段一直是有可能回来的。其缘起叙述出自奥维德《变形记》第一卷，这本诗集告诉我们这是一个和平时期，其间个人之间存在完全的平等，也讲了其他细节。由于随之而来的是银质、铜质、最后是铁质时代，完美受到了侵蚀毁损，而当贪婪与战争开始占据主导地位的时候，地球上的最后一位神仙逃往天堂。她是阿斯特来亚，是正义女神，她被当作黄道十二宫的处女座受世人供奉。处女座执掌8月后期和9月的大部分，因而她是谷物女神，谷物的果实和颜色也在提醒着黄金时代。

利奥痴迷于处女座："我几乎说不出她对我意味着什么。"在序言里他对着日记开首的图案这样说。当他到了布兰汉庄园，他亲自会见了以玛丽安为外形呈现的处女座："她把她的长发卷握在身前。她的卷发有我所熟知的两道弯；这属于黄道十二宫中的处女座。"（第四章）这位女神确实行走在地球上，于是向利奥证实了他的信念，黄金时代与新的世纪一起到达。

然而布兰汉庄园即刻就变得不适宜作为承载黄金时代

回归的场地，因为纵然玛丽安具有处女座的气度，其存在是以阶级差别为基础的，她与特德的恋情对此表征得非常清楚。此外，布尔战争（1899—1902）无时无地不在侵扰，为小说的活动提供了重要的背景（第四、九、十八、十九、二十章），它提醒我们，不是西特韦尔的"没有成为历史"，而是它本身就事关重大，处在新世纪的门槛，它预言着随后的战争。特里明厄姆被毁坏的脸把他变成了守门神杰纳斯，这必然会是未来战争的预兆，在一个坚硬如铁、冷酷无情的世纪，战争将夺走马库斯、德尼斯、玛丽安的儿子第十世子爵以及他的妻子还有其他人的生命。

老年利奥把过去当作田园牧歌唤回，并对它进行重新解释，从而承认他 20 世纪初的黄金时代是一个蓄意构建的神话。在解释过程中，他隐约意识到那个维多利亚—爱德华晚期的夏天，是一个建立在故意无视社会现实和其他现实前提下的阶级神话。那位 1952 年的利奥，在第二次世界大战刚刚结束、朝鲜战争仍在继续的时候写作，正是他能理解特里明厄姆的脸的含义；懂得布兰汉庄园的黄金时代只是因为莫兹利先生的都市资金才有可能（在第二章里，利奥感觉"他像土地神一样，留下一路金子"）；他把板球赛上"穿着色彩杂沓的服装"的村民看得与布尔战争中衣衫褴褛但极其高效的德兰士瓦农民们相似（第十一章）。他也可以恰如其分地评估自己少年期的传信人自我，身处布兰汉庄园世界的边缘，等同于那些村民（因而在板球比赛中，他希望又不希望特德获胜；他希望玛丽安嫁给特里明厄姆，而他自己依然感到玛丽安为特德所吸引，并理解她为什么为特德所吸引）；他可以巧妙地实施叙述反讽，板球比赛小规模地重演的不仅仅是布尔战争及与之类似的阶级斗争，而是呈现为共和主义（德兰士瓦）和君主制帝国主义的意识形态冲突。他还可以干脆利落地把他的绿色套装的颜色和共和主义者罗伯斯庇尔连接起来。

最终，当他把自己的出生年份与他的——也是哈特利的——写作年份并置起来，他就可以把出生年份用作讽刺。因为如果1900年7月他13岁，那么他就出生在1887年，那正是维多利亚女王的金色庆典年，庆典的纪念物之一就是由沃尔特·克莱因制作的压花革壁纸，一个"黄金时代"图案。老年利奥会非常明白，1952年是不列颠节后的一年，它有爱国主义的精神狂欢和不列颠象征意义，这一年以2月6日国王乔治六世去世开局，2月又是哈特利开始写作他的"黑暗地狱"《表面正义》的那个月。把利奥记忆中的黄金时代写入《送信人》就这样恰与"新伊丽莎白时代"神话的出现不谋而合，这个神话几乎即刻围绕着年轻的伊丽莎白二世勃然兴起，不仅把她与维多利亚女王相提并论，而更重要的是把她与伊丽莎白一世相提并论，尤其伊丽莎白一世，是曾经被神化为处女座/阿斯特来亚（正义的女神）的君主，是黄金时代女神。随着新女王的新伊丽莎白庆典，哈特利回想起了第一位伊丽莎白女王使用过的处女座象征。依托少年利奥的故事，他写这部书是要探究这个站在青春期门槛的男孩对于纯贞处女的本质的幻想，男孩对"偷期幽会"以及产生后代的理念既感到好奇又妄加排斥；依托老年利奥的故事，他写这本书是要演示在国家精神衰弱期，对神话的需求是多么强烈。战后英国依然实行配给制度，1947年可怕的冬天引起的萧条依然令人记忆犹新，从林顿及林茅斯洪涝、国王之

19

死、哈罗及威尔德斯通列车灾难等诱发的震惊中，英国跌跌撞撞进入1952年，又在创造一个黄金时代神话。但哈特利明白，这个神话同利奥的黄金时代布兰汉庄园一样虚假。

这样，少年利奥创立了一道田园风景，老年利奥解释这道风景，揭示出这风景如何与特里明厄姆损毁的脸格格不入，当纯洁的阿斯特来亚丧失纯贞的时候，田园风景最终遭到否认。这些宏大细节得到许多微小细节的支撑：比如资料显示，布兰汉庄园收藏着很多有名的荷兰风景画。对少年利奥而言，这些风景画不算什么，但老年利奥清楚地知道，庄园处在田园牧歌式黄金时代宁静的背景之下，这些藏画反映了庄园自身的意趣趋向，正如他知道在吸烟室里，具有重要意义的特尼尔斯画作——那些没有向公众展出的（第二章）有色情意味的村野画品——和盘托出了庄园的行事方式，它一面对下层社会的性生活感到兴奋，一面又要藏起绘画，远离那样的生活。站在1952年的视角看，他这时候发现，1900年7月27日玛丽安让绘画兴奋变成了现实：她的父母富有但不是贵族，她命中注定要嫁给第九世子爵特里明厄姆，而她则与农夫特德寻求爱情与性满足。他们的联结引发了由来已久的包办婚姻（对父母和社会体系负有的责任）与感情婚姻之间的斗争，尽管特德的自杀表明责任和社会体系占了上风，老年利奥于1952年却发现爱情赢得了胜利。特里明厄姆可以娶了玛丽安来证明自己的特别神话——"凡有过错不该归咎于一位女士"——是真实的；但那场婚姻真正实现的是特德的孩子的合法化，进而实现一份健康的伯吉斯血液在特里明厄姆家族的延续。特里明厄姆的姿态是出于对玛丽安的爱，也出于对他的家族的责任：他的位高责任重的意识组合了实用主义认同，即首先他的家族需要莫兹利资金，其次从遗传学角度讲，莫兹利基因和伯吉斯基因之间差别不是很大。娶进一方，引进另一方，这样家族的延续将得到保障。

　　类似的关于王朝式冷静的认同致使《送信人》中相当微妙地出现了迦太基和维吉尔的史诗《埃涅阿斯纪》。利奥在连根拔起索命颠茄时对它的诅咒注解了老加图持续不断的提醒，说迦太基是罗马的危险：迦太基必须灭掉。在第十七章，利奥认识到了玛丽安礼物的"危险含义"，由《埃涅阿斯纪》第二卷（本卷讲希腊人留下一只木马作为一份表面上的礼物，该礼物使他们能够摧毁特洛伊）确定她是一个奸诈的希腊人。

　　我们不难把索命颠茄与玛丽安等同起来，她即刻变得神秘、性感、危险（哈特利本人在他1963年的导读中这样关联过）。利奥赋予她处女座的身份，鉴于她开始对处女座身份有所违背，这在利奥看来，索命颠茄就代表了玛丽安；鉴于玛丽安的母亲越来越清楚地觉察到，她女儿的性趣向给自己对其婚事的安排造成的威胁，在她看来，也是索命颠茄代表了玛丽安。利奥把这株植物与迦太基联系起来，表明他对玛丽安的看法与莫兹利太太对玛丽安的看法相一致；因为反复吟诵"必须灭掉"是在确认，玛丽安与特德的联合是对上流社会现状的威胁，因而也是对国家的威胁。但这里引述的迦太基关照到《埃涅阿斯纪》里的故事，因为故事源自埃涅阿斯关于特洛伊沦陷和之后遇到迦太基女王狄多的叙述。埃涅阿斯述说狄多爱上了他并为此苦闷，因为她为纪念自己死去的丈夫而立下的忠贞守节的誓言会让后来的任何性关系都意味着叛变。然后在第四卷中，当她跟埃涅阿斯外出打猎的时候，突然遇上了雷暴雨。两人进入山洞避雨，然后做爱："自此以后，狄多不再关注容貌或自己的美名"（《埃涅阿斯纪》卷四，169—171 节；企鹅经典）。耻辱的谣言广泛传播，遍及北非大陆的各个角落；宙斯派墨丘利下凡，提醒埃涅阿斯他的任务是要继续完成缔建罗马帝国的使命。尽管狄多万般恳求，包括要求他让自己怀孕（"如果我能生下你的儿子，愿他长得像你，就相当于我将你带回我身边，那么我可能就不会感到彻底陷入绝境，被彻底遗弃"：卷二 327—330 节；企鹅经典），埃涅阿斯坚持说自己不能留下来。狄多要求她妹妹安娜堆起葬火，她说她会极不情愿地将葬火用作魔咒的一个部分，以消除埃涅阿斯对自己的控制力。然后她拔剑自戕而死。

玛丽安和特德，雷暴雨伴奏下在外围房屋做爱，很明显，这暗指山洞里的狄多和埃涅阿斯——不同之处在于利奥的狄多怀上了孩子。索命颠茄毁灭再现了狄多之死，同时让玛丽安活了下来（可以说是象征性地毁掉了她的性能力，与此同时，保留了身体，成就了婚姻）；然而，在第二章结尾，利奥想象索命颠茄"在火堆里哔剥作响：那所有的美都会被毁掉"已经提前讲述了狄多火葬堆上的葬礼。不过，埃涅阿斯逃脱了死亡，而特德却担当起了狄多的角色，射杀自己——一个让玛丽安免受责备的行动，它认同了一个法则，发生任何事都要免除对女士的责备，由此使特德变成一个与休一样的绅士。

终究利奥不愿出卖玛丽安和特德，这感人至深地提示我们他强烈地需要一个神话空间，在这样的空间里，不可调和的方面可以和平共处。因为假如《埃涅阿斯纪》里关于狄多的故事能够大致相近于玛丽安和特德的故事，那么板球赛晚餐上的歌曲就编织了一个虚幻的世界，在这个世界里，对立者和睦相处，相爱者无可厚非。特德演唱的出自巴尔夫歌剧《波西米亚姑娘》的这句歌词"如果从别人的唇间"尤其是这样。歌曲反抗残酷无情的现实政治，上流社会和贵族的内部通婚为的是获取一片不顾廉耻、充满田园传奇的土地，这首歌使激进的农夫特德成为剧中人——遭流放的波兰反叛者撒迪厄斯，这个人与一群吉卜赛人一起避难，遇见一位美丽的吉卜赛姑娘并爱上了她。最后姑娘的身份被确定为安海姆伯爵的女儿阿琳，十二年前，阿琳遭劫持诱拐，被当作吉卜赛人养大，而撒迪厄斯自己的身份显示他是一位波兰贵族，不顾吉卜赛女王和伯爵愚蠢的侄子芙劳瑞廷的反对，他们结婚了。如果特德是撒迪厄斯，玛丽安是阿琳，那么莫兹利太太就是那位样子像女巫的吉卜赛女王，而特里明厄姆则是芙劳瑞廷，愿望实现时那种纵情狂欢的力量把他变成了一个小丑。

四　利奥的魔法

　　期盼是人们设法保证自己神话的稳定性的一种方法，另一种方法——像莎士比亚剧《暴风雨》中的普洛斯彼罗——是要凭借魔法。虽然利奥对黄道十二宫的兴趣与他与日俱增的威力感相关联，但魔法本身是从诅咒詹金斯和斯特罗德开始的，利奥自己在学校声望提升，致使他受邀去布兰汉庄园小住，其结果影响了他的余生。魔法起初源于对涂写损毁日记的愤怒。他的几位同学用他本人的语言"彻底溃败"来攻击他；他用魔法攻击他们以实施报复。有一个重要的细节，诅咒在某种程度上发源于"在家时读过的英译本《驴皮记》"（序言），因为巴尔扎克的小说是利奥性格的另一条线索。

《驴皮记》的故事讲一个名叫拉斐尔·德·瓦伦汀的年轻人得到一位古董商人赠予的一块已经干了的野驴皮，这块野驴皮有能力应许其持有者所表达出的任何愿望，但条件是完成每一个愿望驴皮都要缩小，表示持有者的生命缩短。利奥为了诅咒而抄写下来的那些梵语文字是题写在驴皮上的，驴皮的象征意义例证了巴尔扎克关于意志的理论，古董商人解释如下：

> 人类出于本能而实施的两种行为消耗着人类自身，枯竭着人类生存的资源。用两个词可以表达这两种死亡根源所赖以呈现的形式：意志和力量……实施意志在耗费着我们；实施力量在损毁着我们；但追求知识使我们虚弱的体格保持一种长期平静的状态。所以在我体内，欲望和意愿已经死去，由思想将它们杀灭……我没有把我的生命投向心性，因为心性太易于破碎；也没有投向感知，因为感知太易于迟钝。我将我的生命投向头脑，因为头脑不是凡有使用必致磨损，而是历久弥新，能超外物。

后来古董商人又说："这里是你联合起来了的力量和意

志，这里是你无可节制的欲望。"……所以，没有疑问，这里是少年利奥和老年利奥的对照，前者像拉斐尔一样急不可耐地要抓住机会，坚持他的意志。他无法忍受他童年期的弊端，他的日记让他认准他的意志，意志又等同于力量，他的日记受到的侵害激励他闯进了一个新的世纪。法语词"驴皮"含义双关，它既表示粗糙的皮子，也表示伤神的烦恼，这个双关语在表达利奥的魔法时不外乎就是这个样子：与詹金斯和斯特罗德的烦恼导致他要认准他的意志，他的意志在布兰汉庄园毁掉了他的记忆。然而，记忆的毁灭不等于身体和心灵的毁灭。老年利奥昔日尝试过改变那条最后的消息以控制玛丽安的命运，结果梦想破灭，他从事书目编辑人的职业如今拯救了自己。他这一生为自我保护而"埋葬"，他变成了巴尔扎克笔下的古董商人，四周到处是给死人的遗嘱，却在追寻知识的过程中得以保全。

我们还能论证，利奥热衷于黄道十二宫可以溯源于巴尔扎克。因为就在他阐明了自己的信念，黄道诸宫人物不受循环轮回模式的制约"盘旋攀高，升腾不息，直到永恒"之后，他说，"某些神灵之气执着于拓展和提升，我坚信我自己生命的主要法则也不外乎如此，于是，我寄厚望于正在来临的这个世纪。1900 年对我有着近乎神秘的吸引力……"（序言）因为这"神灵之气"——它把天堂的黄道诸宫与利奥必然长高长大的感觉等同起来——仿佛与巴尔扎克的"空扬物质论"相一致，传统意义上的相互对立，有物质的、有精神的，都是空扬物质的外显形式（参阅 H.J. 亨特《驴皮记》导读，p.9）。换句话说，这个理论把两者联结起来，把天堂带入人间，把人间带入天堂，正像黄金时代所能达到的境界，尤其是黄道处女座行走在凡人中间。

那么，利奥发现了日记，探索自己怎样失去年轻时期的魔力，而后变成自己的影子，如古董商一般，就在这个时刻《送信人》开始了。日记所包含的线索，其要点是少年利奥将意志设定为力量，1900 年 7 月，夏天的酷热里，他过度地活跃在他的尘世黄道诸宫人物之间，彻底溃败给了强大于他自己意志的各种意志：玛丽安和特德的意志（因为爱是最强形态的魔力，第二十一章中利奥的法术不能阻止处女座和水瓶座把他们凡人的、热烈的肌肉展露出来，肌肉就是造就了他们的泥土）；莫兹利太太的意志，她的歇斯底里最终打破了他的意志，将他变成一个他在后记中所描述的事实的信徒（爱情的敌人）。玛丽安和特德在地上做爱，莫兹利太太从中看到了她自己的——也是利奥的——神话死亡了；她也看到让她感到宽慰的景象：古老的等级制度占了上风、无政府状态的爱神受到打压，虽然莎士比亚在《仲夏夜之梦》中呈示过，但那是一种虚构，她"一次又一次的尖叫"向利奥传送了那样的知觉。

利奥失去了记忆，这与接下来莫兹利太太的发疯是如出一辙的事：她"走开"了；他把自己迷失在书卷当中。换句话说，他们二人都逃脱了利奥在后记中所称的"历史上最是多变的半个世纪"。我认为利奥丧失记忆，其本源不在于精神分析理论，相反，其本源在于奥斯伯特·西特韦尔在《左手，右手！》的导读中讲述过的一则奇闻逸事，如果我这种提法是正确的，那么可能性浮现了，利奥的希望和人格被突然剥夺，不论原因是什么，这里可以在西特韦尔的另外一本书中找到解释。这本书是他的第一部小说《大轰炸前夕》（1926），他告诉过我们，这本书的素材是他在三岁到十二岁之间搜集到的。我想，当哈特利想着要写《送信人》的时候，他是想到了《大轰炸前夕》的。

两部小说都暗伏那种观念——将军们最初把1914年开始的那场战争看作是布尔战争和板球比赛两者之交点——但两部小说的共同之处不仅仅在于布尔战争和板球比赛：它们共同拥有一个记忆当中的世界。在西特韦尔的小说中，那个世界在"纽伯勒"（Newborough），它被毫无预兆、横空呼啸而来的德国炮弹给彻底抹去。利奥关于1900年黄金夏天的记忆被消除是由莫兹利太太的尖叫声造成的。炮弹和尖叫在交代同一个事件：随后而来的世界跟已经失去的世界永远不会是同一个世界。

哈特利把莫兹利太太留在了那个失去了的世界里。在后记中他安排利奥重游现场，借以明晓如果一个人学会了怎样放弃悲伤，重建生活，那么失去就未必是一件坏事。通过拜访玛丽安，他再度坚持自己的意志，这样做的过程中，他重新发现了意志和他在成年期丧失的爱好之间的关系（序言），他默认了她的过去观，这样让生活富有感情，拯救自己免蹈古董商人的命运。哈特利短篇故事《白色魔杖》（1954）里的匿名叙述者——一个回到了战后威尼斯的作家，结果发现自己是一个幽灵一样的外国人，这意义十分重大——叙说："我相信人们依然会对自己说'我将真正地开始感受——一旦，一旦——氢弹完成了，或者朝鲜的事务解决了'。"（《短篇故事全集》1973）1952年，朝鲜战争正在继续，第一颗氢弹刚刚爆炸，利奥停止等待，"开始感受"。也许这是一件微不足道的小事，但微不足道才是它为什么重要的原因，因为面对如此巨大的暴行如"原子弹、集中营，以及它们所涉及的骇人听闻的苦难"被连篇累牍地曝光，哈特利把感情丧失、个体重要意义丧失，鉴定为 20 世纪生活的问题之一（《小说家的责任》）。英国爆炸了它的第一颗原子弹的那一年里，利奥的自我救护是他的，也是作者的尝试，在试图向世人表明，我们饱受苦难，已趋麻木，我们的道德拯救就在于摒弃这种麻木，行动在最微小的人类的细节之上，在最微小的人类的细节之上寻求价值。

道格拉斯·布鲁克斯－戴维斯

献给多拉·考埃尔女士

然而，大地的孩子，繁花芬芳四溢，
天空湛蓝清澈，柔若丝绒青草地，
尽皆不凡的引领使，往阴凉憩处，
迈开，迈开，你的脚步，当无可顾忌。

——艾米莉·勃朗特

目　录

序言

往昔是一处异域外邦[1]：那里的人做起事来是不一样的。

我无意间发现那本日记的时候，它被存放在一个严重破损的红色纸质衣领盒底，我小时候用这个盒子盛我的伊顿制服领子。有人，或许就是我的母亲，用这个盒子装那时候的那些宝贝。里面有两个干瘪的空海胆；两块锈迹斑斑的磁铁，一大一小，几乎没有了磁性；几卷紧紧地卷起来的照相底片；几段用残了的密封蜡块；一只印有三行字母的小小的密码锁；一盘细细的鞭梢；还有一两件来路不明的东西，残片碎块，其用途一时半会儿弄不明白，我甚至都说不清它们出自哪里。这些古董虽不算很脏，也说不上干净，它们蒙上了长年累月的锈迹，五十多年来的第一次，当我摆弄它们的时候，记忆回来了，每一件对我意味着什么，像磁铁的磁力那样微弱，但依旧能觉察得到。某种感觉往来于我跟它们之间：相知相认的亲密与快乐，早先拥有过它们的那种近乎神秘的激动——六十岁的我，在这些感受面前有些羞惭。

这是一次颠倒了顺序的点名，往日的孩童们，宣布着他们的名字，是我替他们答"到"。只是这本日记，不情愿显露它的身份。

我对它的第一印象是某个人从国外带给我的礼物。那

1

样式，那字迹，那四角向上卷起的紫色软革，赋予它一副异国他乡的面貌，看得出来，它还有金边。在所有呈现的物件中，日记可能是唯一一件贵重的东西。我肯定是把它视若珍宝的，那我为什么说不出它的来龙去脉呢？

我不想碰它，并告诫自己，不碰是因为它在挑战我的记忆：我对我的记忆力颇感自豪，不希望接受什么提示。所以我坐下来，盯着日记，就像盯着纵横填字谜的空白处，依然没有什么灵感。但忽然间我拿起了那把密码锁，开始给它拼字母。因为我想起来了，在学校的时候，当别的什么人设置了密码，我总是能够通过触摸把它打开。这是我赖以示人的本领之一，我当初掌握了这本领的时候，确实博得了不少喝彩。因为我当众宣称，使出这本事的时候我必须将自己导入一种恍恍惚惚的状态：这倒也算不得什么欺世盗名，因为我真的需要有意识地清空大脑，让我的手指不受指令，随性而为。但为了拔高这种表现的效应，我会双眼紧闭，身子轻松地晃来晃去，努力降低意识的活动水平，直到几乎疲惫。我发现我现在还有这样的本能的举动，就像面对观众那样。说不清过了多长一段时间，我听到了微弱的咔嚓声，感觉到锁的两侧松弛了，继而打开了，与此同时，像是我的大脑发生了某种共振，缓慢松动，日记的秘密豁然开启。

然而即便在那当口，我还是不想碰它，说实话，我不碰它的想法越来越强烈，因为这时候我明白了，我为什么对它疑虑重重。移目别处，我感觉像是这个房间里的每样东西都散射着日记的那种萎靡不振的影响，讲述的内容则是失望和失败。好像这还不够，有各种声音在批判我，说我没有勇气超越这一切。双重的袭击之下，我坐在那里，盯着周围鼓鼓囊囊的信封，用红色带子扎起来的一沓一沓的文稿——分类整理它们的任务，我盘算着在冬天的夜里完成，这其中的红色衣领盒几乎就是首项。在自怜和自责相混杂的痛楚中，我感到如果不是这本日记，或者如果不是这日记所代表的往事，我的一切本该风貌别样。我就不该坐在这个单调乏味、了无生机的房间里，冻雨打窗的时候，也没有人想起拉上窗帘，聊为遮蔽；我也不该思虑连篇累牍的往事以及往事所加载给我的整理、梳理的任务。我应该坐在另外一个色彩斑斓的房间里，不是回首往事，而是放眼未来，而且我也不应该茕然独处。

我这样告诫自己，我的大多数行为源自志趣而非意向，因此我摆出一副源自志趣的姿态，把日记从盒子里拿出来，打开。

日记

记于 1900 年

日记是用一种不同于今天的字体的铜凹版印刷体写成的；日记中就这样充满自信地宣称，新年伊始，新世纪的第一年张开着希望的翅膀，聚集着黄道十二宫图案[2]的吉祥，每个图案都在尽其所能地表现出旺盛的生命和充足的力量，每个图案都荣耀熠熠，尽管各个荣耀各有各的不一样。我把它们各个牢记——它们的形状，它们的态度；我也清晰记得，它们那被时间赋予的魔力，尽管这魔力已不再能为我所用，但它们传导着悦耳的鸣响，昭示着未来的累累果实——低等造物不逊于高等生灵。

双鱼座尽情嬉戏，就好像不存在渔网、鱼钩那些事；巨蟹座金眼闪烁，它似乎很清楚自己古怪的外表，但完全欣享这个玩笑；就连天蝎座也带着欢欣欢呼的派头，举着它可怕的钳夹，好像它那致命的意图仅在传奇、传说中存在。[3]白羊座、金牛座、狮子座体现着专横跋扈的人性，它们正是我们都认为的我们气质中该有的元素：漫不经心，高人一等，自给自足，它们以君临天下的权势主宰着它们的月份。至于处女座，银河系中与众不同的女性成员，我几乎说不出她对我意味着什么。[4]她穿了不少的衣服，但她那云鬓如浪、飘逸连绵的长发太抢眼。我在臆想中与她一起度过了许多放浪嬉戏的时光，尽管这些时光满是天真无邪，但如果校方知道了，我怀疑他们是否会允许我这么做。对我来说她是整个格局的枢纽，是高潮，是墙垣的压顶石，是女神——尽管今天不再是这样。在我那时的想象里，感情激昂，等级分明；用想象的眼光看世界，取的是渐进渐升的形态，圈层叠着圈层，序列撑着序列。年度里不同月份机械地运转交替，不会打乱这种理念。我知道，年以冬收尾，而后复始；但根据我的理解，黄道诸宫共同体不受这样的制约：它们盘旋攀高，升腾不息，直到永恒。

某些神灵之气执着于拓展和提升，我坚信我自己生命的主要法则也不外乎如此，于是，我寄厚望于正在来临的这个世纪。1900 年对我有着近乎神秘的吸引力，我简直有点等不及了："公元 1900 年，公元 1900 年……"我在狂热地对自己高唱；而在旧的一个世纪走近尾声的时候，我开始疑虑，我是否能活着看到它的后继世纪。我是有理由这样疑虑的：我一直以来疾病缠身，死亡的念头常萦脑际；但萦绕更多的是担心错过某些无比重要的东西——即将破晓的黄金时代。因为那正是我所坚信的正在来临的这个世纪的意义：在我所能及的世界里，实现我自己所乐此不疲的愿望。

日记本是我母亲给我的圣诞礼物。关于未来，我谈不上把我的全部志向交由我的母亲打理，但我的某些志向，我是交由她裁处的，她则希望我把日记的日期珍记于心。

我的有关黄道十二宫的幻想曲里有一处不和谐音符，当我纵情欣赏的时候，我尽量避免听这处音符，因为它会给我的经历带来瑕疵。我自己在其中能发挥的作用只能是回避。

我的生日在 7 月下旬，我有一个额外的理由，一个十足充分的理由，宣称狮子座为我的象征，尽管在学校里我一直不愿意提及这个理由。我是那么崇拜狮子，也崇拜它所表征的一切，但我就是不能把自己和它等同起来。像其他孩童一样，我曾经陶醉于把自己假装成某个动物的能力，但近期，我失去了这种能力。在学校待了一个半学期，导致了我的想象力的缺失；不过这也算是一种自然而然的变化。我已经过了十二岁，迈向十三岁，我想把自己当成成人。

只有射手座和水瓶座两个选项了，可能是由于画家掌握的脸谱太有限，竟把这两者画得非常相像，这使选择的难度更大。事实上，这两者是给了不同叫法的同一个人；这个人强壮有力，这对我很有吸引力，因为我的抱负就是要变成一个赫拉克勒斯大力神。我倾向于射手座，因为它更加浪漫，也因为骑射的主意在诱导着我。但我想射手座的用武之处就是战争，而我父亲又一贯反对战争；说到水瓶座，尽管我知道他是对社会有用的一员，但我总是免不了要把他看作一个农庄上的劳工，或充其量是个花匠，对这两者我都不心仪。

5

两个人在同时吸引着我，又同时排斥着我：也许是我对他们心怀嫉妒。当我研读日记的标题页的时候，我就尽量不看射手座、水瓶座组合，当黄道十二宫的整体观念振翼升腾，直上苍穹，拖拽着20世纪在天庭进行最后一次嬉闹的时候，我会时不时地生着法子忽略这个组合。黄道十二宫的图案没有了档案资料依据，我就可以顺理成章，把处女座留给自己了。

日记的效应之一就是由于我懂得黄道十二宫图案，结果被拥上了班级的巅峰。从另一个角度讲，日记的影响又不是那么吉祥如意。我想着要无愧于那本日记，无愧于它紫色的革，金镶的边，它的不可置疑的华丽；我感到我所记录的项目必须与所有这一切相匹配，它们应当记录值得记录的东西，它们还必须达到高标准的文字造诣。我所思量的值得记录的东西已经相当高深了，在我看来我的学校生活所能提供的事件，不能与辉煌如我的日记这样的背景相称，或者说不能与1900年相称。

我写了些什么？那场灾难我记得非常清楚，但导致那场灾难的过程我记不得。我翻看日记页，记录项目寥寥无几。"与C家的爹妈一道喝茶——非常惬意。"然后是更加深奥老到的一项，"与L一家人进茶，茶品上乘，气氛宜人，松饼、烤饼、蛋糕、草莓浆"。"驾车去坎特伯雷，途停三次。参观大教堂，非常有趣。托马斯·贝克特的血统，棒极了。"[5] "步行去金斯盖特城堡，M给我看了他的新刀。"这是首次提到莫兹利。我把日记页翻得更快了。对了，是这里——兰姆顿宫学年谱。兰姆顿宫学是附近的一所预科学校，我们觉得我们自己与这所学校是一种特殊的对手关系；他们同我们的关系就如同伊顿公学与哈罗公学的关系。

"东道场对垒兰姆顿宫学，比赛不分胜负，1 比 1。""客场对垒兰姆顿宫学，比赛不分胜负，3 比 3。"接下来一项是："最后的终极决赛，兰姆顿宫学彻底溃败^①，比分 2 比 1！！！两次破门都是麦克林顿干的！！！"

那以后一段时间里不再有记录的项目。彻底溃败！就是那个让我吃了不少苦头的词语。我对日记的态度是两重的、矛盾的：我为它感到极其骄傲，想要每一个人看到它，看到我在里面写了些什么，但与此同时，我有一种保守秘密的天性，我不想让任何人看到它。我在对两种倾向的赞同与反对之间踌躇权衡，费时良多。我设想过当日记在众人手里传来传去，大家称奇不绝，报以掌声。我设想过我自己声名鹊起，有机会大出风头，而对此我必须谨慎行事，但求成效卓著。然而另一方面，我像一只鸟卧在它的蛋上孵化生命、创造生命那样，在秘密中守护日记，其中自有甜蜜的快乐；沉溺于我自己的黄道宫奇想里，憧憬着 20 世纪荣耀的天命，几乎陶醉在预想的感官愉悦里，幻想着什么在向我招手。这一切乐趣都依赖于秘密，如果我讲出了它们，甚或只是透露了它们的出处，乐趣就不复存在了。

于是，我试图把两个世界都利用到极致：我暗示我手头握有宝藏，但我又不挑明它是什么。这样的方略一度成功了，好奇心被激起了，有人问问题了："喂，会是什么呀？告诉我们吧。"我喜欢顾左右而言他："难道你就不想知道点什

① 原文是 Lambton House VANQUISHED，根据上下文来看，主人公奥利奥对词语的运用非常敏感，而他在此处所选用的 vanquished（被征服，过去分词形式），一个书面语色彩很强的长词，成了招致同学嘲弄甚至欺侮的把柄。后文关于学童中间流行词汇的更迭、运用的描写，将有助于理解这一情节。——编者注

么？"我喜欢带上秘而不宣的微笑，用一种"如果能说我就说了"的架势绕来绕去。我甚至提倡使用"动物、蔬菜，还是矿物质"这样一类问卷方法，在人们的推测八九不离十的时候顺势宣布答案。

或许是我泄露得太多了，反正有一件我不曾防范的事发生了。我未察觉征兆，一点儿没有：事情发生在课间，在早上的正中间，我想我那天还没有朝桌子里边瞧过。忽然间，我被一伙顽童包围了，他们龇牙咧嘴，齐声嚷嚷："谁说'彻底溃败'？谁说'彻底溃败'？"没过一会儿，他们都骑在我身上：我被镇压在地，各种形式的肉体折磨都用上了，紧按着我的那个打手——那么多人压在他身上，他几乎跟我一样上气不接下气，他叫嚷："你彻底溃败了吗？科尔斯顿，你彻底溃败了吗？"

在那个时刻我当然彻底溃败了。在接下来的一个星期里——这个星期似乎漫无尽头——我每天至少要蒙受一次这样的遭遇：并不总是在相同的时分，因为为首的家伙会很仔细地选择时机。有些时候，随着一天时间沉沉闷闷地过去，我以为我已经逃脱了这一厄运；然后我就见那群恶棍秘密集合，爆出"彻底溃败"的叫嚷声，骑在我身上，堆成一垛。我以最快的速度承认自己彻底溃败，然而最后总是我落得浑身疼痛，而后才得开释。

奇怪的是，尽管我对未来是个十足的理想主义者，我对当下却又非常现实：我从来没有想过把我的学校生活与黄金时代联系在一起，我同样没有想过，20世纪会让我乏善可陈。我也没有必要犹豫不决：可以往家里写信，或者向某一位老师打小报告。我知道，用了那个自命不凡的词语，就意味着

8

一切后果由我承担，众人有权惩罚我，我对他们的主张无可辩驳。然而，我有强烈的愿望要证明自己没有彻底溃败；既然我明摆着不能用体力来实现我的愿望，我就必须借助谋略了。让我分外吃惊的是他们把日记还给了我。除了把"彻底溃败"一词一处不落地涂掉之外，日记竟完好无损。那时间，我认定我的日记完璧归赵是出于人家宽宏大量；现在想来，这事可能出于多方的审慎考虑，因为他们担心，我必然要将日记的失踪当作一次失窃上报。上报失窃可不违背我们的法规：我讲述我身体上的疼痛会被看作是打小报告，而上报失窃则不算。我为此称赞他们，但我最期望的是要结束那种迫害，同时也希望与他们扯平。扯平了，我不奢求什么：我不是睚眦必报的人。所幸的是那些奚落人的词是用铅笔写的。带着被涂得面目全非的日记，我躲进了厕所，着手擦掉那些词，正是在那里，在机械性的揉擦带来的大脑的放松状态之中，我有了我的主意。

我是这样推理的：他们相信，这本日记已声誉扫地，永远不再是我保护自尊的法宝——事实上他们所想几乎不差，因为起初，我感到它遭受亵渎，丧失了它的魔力：我几乎连看它一眼的心思都没有。然而随着那个嘲弄人的词"彻底溃败"一个一个地被抹去，它开始恢复了对我的价值，我感到它的力量还原了。如果我能将它用作我复仇的工具那该多好！其中的罪有应得岂不富有诗意。更重要的是我的敌人会全无防备，他们永远想不到，让他们如此彻底地搞得千疮百孔的枪会存在危险。与此同时，关于日记他们一定会良心不安，它是一个他们给我造成伤害的见证，因此，以日记为手段进攻他们会让他们受痛更切。

在我静居独处的时候，我坚持不懈地练习；后来我割破手指，钢笔蘸血，把两则诅咒抄写在日记里。

我现在看着它们，模糊不清的棕色，不知所云但字迹可辨，能看清的只有两个名字的印记，字母大写的詹金斯和斯特罗德，凸凹得明白易懂而不怀好意。两则诅咒根本就谈不上什么理解，因为它们不表明什么意义：我是用数字、几何符号和我记得的一些梵语文字编造出的，那些梵语文字出自法语小说《驴皮记》的英译本，这本书我曾在我家里见过并仔细研读过。诅咒二紧跟着诅咒一，每一则占了日记的一页。在接下来的一页上，我写下了：

诅咒三

诅咒三之后被诅咒者死

我亲手发布的诅咒

用我的鲜血写成

受命于上苍

复仇者

如果没有这几行字，这一页本该是空白的。

字迹尽管已模糊不清，它们的气息依然透着歹意，它们依旧可以撩动迷信的神经，而我则理应因为这一切而感到羞愧。但我不是这样。相反，我对当时的那个自我怀有某种羡慕，那个自我不曾逆来顺受，不曾想着一味退让，而是随时准备着倾其所有，力争让自己受到社会的尊重。

我几乎说不清我期望我的计划要产生什么收效，但我把日记放进我的锁柜里，有意识地不上锁，甚至让它半开着——

日记的封面清晰可见——而后等待结果。

我不用等待多久——结果很快出来了，令人很不愉快。没过几个小时，我开始遭受袭击，那当口受到的打击是整个过程中最沉重的。"你彻底溃败了吗，科尔斯顿，你彻底溃败了吗？"混战中，斯特罗德骑在我身上大叫大嚷，"现在谁是复仇人了？"他把他的手指摁在我的双眼下方，这是一个通常被认为要让两只眼睛暴出来的恶作剧。

那夜躺在床上，我的作痛的眼睛第一次流出了眼泪。这是我在学校的第二个学期，之前我还从来没有如此受人排斥过，更不要说遭遇一系列蓄谋再三的欺辱，我不知道该怎么应对这种处境。我感到我已经黔驴技穷了。所有迫害我的人都比我大，而我根本不可能纠集一个团伙与他们打斗。打不过他们也就没人对我报以同情。假如把攻击行动算作收效，那么明智而正确的举措就是招募支持者了；然而仅仅为了有所依靠而委身他人，我不能那样做。当然同宿的其他四个男孩子（莫兹利是其中一个）都知道我所遇到的麻烦，但没人想到要提这些，即便他们亲眼见到我身上的伤疤和擦痕，他们也不会提起来——说不定那是最不愿意提及的事。即便要说声"运气不佳"，也是带着不屑一顾的口气，似乎在表示我没有能力照顾好自己。他们说这话就好像是在指出我的身体缺陷。谁的气得谁自己来受，这个是绝对真理，没有人比我更彻头彻尾地认同这个法则。对学校来说，我是个迟来者，对于它的一切准则我不敢挑剔，得全盘接受。我是个遵顺主义者，我从来没有想过，因为我自己受了苦楚，就认为这个体制存在问题，或者说人心存在问题。

然而我的舍友也对我表现出一种体贴，而我迄今仍旧不无感激地记得。我们的习惯是每日熄灯后总爱说上一阵子话，仅仅因为这样做属于与规则对着干；如果我们五人中有哪一位没参与进来，他会受到尖刻的警示，并被告知他胆小怕事，给本宿舍的美好名声带来毁损。我不知道我的那些抽噎他们是否听得见，但我不敢依赖我的嗓音说出什么来，却也没人指责我的沉默。

第二天课间休息时，我独自在附近游荡，我紧挨着墙走，因为毕竟那样的话，我不至于被包围起来。我总是睁大眼睛，密切注意那些恶棍（常常似乎连个人影也没有，忽然间就来了六个），这时候一个我几乎不认识的男孩子，面带古怪的表情朝我走来说："听到消息了吗？"

"什么消息？"我几乎没有跟什么人说过话。

"关于詹金斯和斯特罗德的消息。"他表情认真地看着我。

"怎么回事啊？"

"昨晚他们出去上了房顶，詹金斯滑了一下，斯特罗德试图要拉住他但没有抓住，也被拖了下来。他俩都摔成了脑震荡，现在在校医室，已经派人去报知他们的家人了。詹金斯的爸妈刚到。他们坐着出租车来，把车窗帘子拉得严严实实，詹金斯的妈妈已经穿上丧服了。我想你对这消息是该感兴趣的。"

我没说什么，那男孩回过头瞥了我一眼，吹着口哨走开了。我觉得有点眩晕，不能自已：不用再怕那帮恶棍的感觉竟如此不同寻常。但我害怕——我怕万一我被认定是杀手，他们会对我做些什么。铃声响了，我开始向拐角处的那个门走，与我同宿舍的两个男孩子朝我走过来，与我握手，满脸尊敬地说了声"祝贺"。因而我知道了，事情没有我想的那么糟。

这件事过后，我就成了个英雄，因为事实证明，尽管没有谁曾动过一根手指阻止詹金斯和斯特罗德作践我，但也没有人喜欢他们。即便是曾经帮他们对我施暴的四个同伙也说，他们那么做仅仅是因为詹金斯和斯特罗德逼迫他们。詹金斯和斯特罗德逢人就讲那几则诅咒的事，意思是要我出丑，而全校的人想知道的是：我打算要用诅咒三吗？甚至顶楼教室的那些男孩子也跟我谈论这件事。人们一般都赞同，如果不用诅咒三，会显得我更加大度，但如果我用了，那也可以算是我应有的权利："那些小子是需要受到些教训。"校长对我说。然而我没有用它。背地里我对我所做过的那些事深感恐惧，如果不是舆论向着我，我可能很容易因之而陷入一种病态。因为如此，我设计了许多法术，意在促使受害者康复，但这些法术我没有写入日记。一方面因为我那时正在颇为得志地感受一种彻底胜利的愉悦，而这些法术会消解我的愉悦；另一方面因为如果这些法术没有成功，我在大家心目中的魔法师的名声将会受损。同时康复法术也不是大家共同的想法；因为就在那两个顽童的性命生死难卜的几天里，我们所有的人行动中都顺从地带着一种沉重的表情，但暗地里都希望最坏的结果发生。关于死讯的报道——脸上盖着布单，父母泪流满面；紧张的情绪和危机的感受在合成一种灾祸的氛围。而后这种氛围在减弱，但是一种很缓慢的减弱；在那个冗长乏味、令人扫兴的结尾期间，由于我大度容忍，没有实施诅咒三，我得到了许多不无遗憾的祝贺。大多数孩子都认为，诅咒三会是灾难性的，在某些心绪中我自己也是这么认为的。

"你彻底溃败了吗，科尔斯顿，你彻底溃败了吗？"没有，我没有彻底溃败；我挺过来了，而且还高举着胜利的旌旗挺过来了。我是那一时段的英雄，尽管我以如此高的水准闻名遐迩的时间并不是很长，但我的名声从来就没有失去过。我在巫术和编码两个主题上成了公认的权威，这两种权威在那个时候是令大多数男孩子心驰神往的，有人时常就这两个主题找我咨询。我甚至都因此赚了点收入，每次给出建议，我收费三便士。要我给出建议，必须首先经过一定的巫术仪式、口令交换等程序。我还发明了一种语言，耳听着这种语言在我的周围使用起来，我欣喜若狂，高兴了好几天。如果我没有记错，这种语言的特征是用"斯基"这个音节交替充当句子里面的每一个词的前缀和后缀，于是就有"你斯基斯基准备就绪斯基了吗？"这样的句子。大家认为这种语言很是好笑，所以我也就得了一个说笑行家的美名，还有语言大师[6]的称号。如果我使用了大而长的单词，人们不再取笑我，相反他们期望大而长的单词从我口中说出；我的日记成了最有抱负的词语的同义语库。就在那个时候我开始怀有了一个当作家的梦想——也许我会成为20世纪这个最伟大的世纪里的最伟大的作家。我不明确我要写什么，但我认为我写出的句子应当在印行中看起来漂亮，听起来悦耳：我的抱负就是我的文字应当获得刊印的资格，我臆想中的作家就是一个写出来的东西能满足印刷要求的人。

14

有一个问题常常有人问我，而我从来没有回答过：那些从原义上讲致使詹金斯和斯特罗德摔下房顶的诅咒究竟是什么意思？我是怎么理解它们的？当然，我自己不知道它们是什么意思。拿出一个解释对我来说应该不困难，但我觉得，出于多种缘由，不做解释更为明智。如果保守秘密，它们依旧帮我维护声望；如果公之于众被一些不负责任的人使用，谁知道它们会造成什么危害？或许它们会被用来反制于我；与此同时诅咒制作在私底下大量进行，铺满阴谋标记的纸条在人们手中传来传去。然而，尽管诅咒的制作者们有时候宣称他们收获了成效，但没有发生过可以挑战我的权威的事例。

"你彻底溃败了吗，科尔斯顿，你彻底溃败了吗？"没有，我没有彻底溃败；我赢了，而且尽管取得胜利的手段未必正统，但我的胜利满足了我们的规则的主要要求：我是靠自己获胜的。换句话说，不管在什么情形下，我没有邀请任何人力机构的帮助。我没有不光明正大的嫌疑，而且我一直遵循学童经历的传统规矩：有些方面显得反常怪异，其他方面又是现实存在。那些诅咒尽管其后果耸人听闻，但它们真的不是在背后放暗箭。我老早就知道同学当中普遍存在着迷信心理，它们瞄准的正是这样的心理。我一直是个现实主义者，反正我准确地判断了形势，用我可以操控的方式解决了问题，且享受到了给现实主义者的奖赏。如果在我的眼里，南丘中学在一定意义上附属于 20 世纪，或者它紧密联系着黄道诸宫——一个荣耀而完美的生灵的等级序列，缓缓地升向苍穹——我这跟头栽得何等惨烈。

下一番决心，我再度把日记拿起来，翻阅那些写得细细密密、因为成功而显得鲜活的一页一页。2月，3月，4月——因为4月是假日，记录项目减少——5月又丰满起来，6月前半月也一样。记录项目再一次稀少起来，我进入了7月份。在星期一，9号下面，我写下了"布兰汉庄园"。紧跟着的一列名单是与我同去的客人名字，而后是"星期二，10号，84.7度[①]"。打那以后的每一天我都记录着最高气温和其他许多内容，直到"星期四，26号，80.7度"。

这是7月的最后一项，也是日记的最后一项，我不必翻页也知道此后空白。

十一点过五分了，比我惯常上床睡觉的时间晚五分钟。该就寝时还没有就寝让我觉得好不自在，但往昔在不停地刺痛着我。我知道，发生在7月那十九天里的所有事件，在我这里翻滚涌动，就像支气管炎发作时需要咳掉的痰液，都等着要跑出来。所有这些年里，我一直把它们掩埋起来，但我知道它们没有消亡，它们越来越完整，越来越难忘，因为它们被仔仔细细地做过防腐处理。它们从未见过白日的光芒，从来没有，铺天盖地的泥土会闷死哪怕是最轻最微的蠕动。

我的秘密——我生命的注解——就在那里了。当然我这是对自己太过严苛。我过去是什么样子，我现在是什么样子，跟其他任何人有什么关系呢？但每一个人，不论是在此一时还是彼一时，对他自己都是重要的；我一直以来面临的问题是要削减这种重要程度，把它尽可能稀薄地摊开在半个多世纪的时间里。幸亏我有与生命达成的埋葬政策，在不允许掘

---

① 本书温度计量单位皆为华氏度，华氏度与摄氏度之间的换算关系为：摄氏度＝（华氏度 −32）÷1.8。——编者注

16

尸的唯一条件下，埋葬是我对生命的行之有效的安排——行之有效是个恰当的词语。我有时候对我自己说，我把最有活力的能量贡献给了殡仪人员的行当，这是真的吗？如果是真的，那又有什么要紧？我现在懂得了这些，就一定能让自己表现得好一些吗？我对此持疑。知识有可能是力量，但对于生命，它不是顺从，不是丰裕，也不是适应，更谈不上是与人的本性的天然契合。这些品质是我在 1900 年所大量地拥有的，而到了 1952 年，我的这些品质则少得可怜。

如果布兰汉庄园是南丘中学，我就会知道怎么应对它。我了解我的同学们，我的生命多大他们就是多大。我不了解布兰汉庄园的世界：那里的人们比生命大得多；对我来说，他们表达的意义跟我对詹金斯和斯特罗德施行的那些诅咒的意义一样捉摸不透；他们具备黄道宫的特性和容量。事实上，他们是我梦想的质料体和希望的落脚点；他们是 20 世纪的荣耀的化身；五十年后，钢铁可以在我的衣领盒里的磁铁跟前显得漠然，但我不可能在他们跟前表现出漠然。

我已经对我十二岁时的那个自我变得非常偏爱，思量着他，如果他来批评我："我给你提供了那么良好的开端，你长大成人，为什么变成了这样一头蠢猪？你为什么把时间花费在蒙尘经年的图书馆里，对着别人的书籍分门别类而不去写自己的书？我举荐给你，要你仿效的白羊座、金牛座、狮子座在你那里成了什么东西？最为重要的，生着光艳奕奕的脸庞、披着推浪拥波的长发的处女座，我把她托付给你，她现在到了哪里？"——我该说些什么？

我应当有一个现成的答语。"得了吧，正是你弄得我百无一用。我会告诉你我怎么成了这个样子。你飞翔得离太阳太近,你被烤焦了。是你把我造就成了这么个形同余烬的生灵。"

对这一番话他可能会应答:"但你有半个世纪的时间从余烬恢复还原!半个世纪,20世纪的一半,我传递给你的那个荣耀的年代,那个黄金时代!"

我应当反问:"20世纪就做得比我出色那么多吗?当你离开这间在我看来呆板懵懂、了无生机的房间,再假设你没有误掉开往你的往昔家园的末班车,它搭载你到那里——问问你自己,你是否发觉一切都如你想象的那样光芒四射,问问你自己,它是否圆了你的梦想。你彻底溃败了,科尔斯顿,你彻底溃败了,还有你的世纪,备受你珍视、你注入了那么多希望的你的世纪,也彻底溃败了。"

"但你应该试一试的,你没有必要逃之夭夭。面对詹金斯和斯特罗德,我没有逃避,我制服了他们。当然,不是一蹴而就。我去了只有我知道的地方,对他们进行了许许多多思考。我可以告诉你,他们是有血有肉的人,我至今仍能想起他们长什么样子。接着我采取行动了。他们是我的敌人,我实施诅咒,袭击他们,致使他们摔下屋顶,落得个脑震荡。然后我就不再受他们的困扰。那时候我想一想他们,根本不在话下,现在也不在话下。你采取行动了吗?你实施诅咒了吗?"

"那是该你做的,但你并没有做呀。"我说。

"不对,我做了——我施法术了。"

"当所需要的是一系列诅咒的时候,一则法术管什么用?你不想伤了他们,莫兹利太太,她的女儿,特德·伯吉斯,特里明厄姆,你都不想伤。你不愿承认他们伤了你,你

18

不愿把他们当成你的敌人。你执意把他们当成天使，哪怕是堕落了的天使。他们属于你的黄道诸宫。'如果你不能把他们当好人，你就干脆别理他们了。看在你自己的分上，别理他们了。'这是你临行前给我的托付，我照你的话做了。也许在我看来他们不是一帮好人。我没有思索过他们，是因为想起他们我就憎恨他们，或者说，联想起他们我就憎恨我自己。请你相信我，在故事的整个过程中少有友善。如果你意识到了这一切，你就会施行诅咒，而不是拼尽最后一口气乞求我把他们当好人看待——"

"现在试试看，现在试试看，尚为时不太晚。"

那个声音渐渐逝去，但它发挥作用了。我的确在思索他们。寿衣、棺椁、墓穴，一切曾经强加给他们的遮蔽忽然间打开，我不得不直接面对，我的确在面对这一切，面对那个场景，面对那些人物，面对那种经历。激动，像正在发作的歇斯底里症，从我体内一百处封不住口的泉眼里汩汩涌起。我昏昏沉沉地想，如果为时不太晚，那也不算过早：我的生命已不剩几何由我糟蹋。我的自我保护的天性在布兰汉庄园让我遭受显现的失败，这是这种天性的最后一次闪现。

时钟敲响了十二点。我的周围排满了一堆一堆的文稿，暗淡的白色，锯齿状的轮廓，好像萨尼特岛的崖壁。我想，我就被埋葬在了那些崖壁底下。然而那些崖壁应当见证我的复活，那场始于红色衣领盒的复活，衣领盒的周围依旧散布着它所盛装的物件。我捡起那个密码锁，又一次端详着它。

打开它的那套字母组合是什么呢？我不用费神，让自己进入一种恍恍惚惚的状态就该猜得出来：自我中心主义可能给了我提示。令人惊讶地，我自言自语讲出声来。密码设定了这许多年了，这套字母组合只是一个书面语单词，我自己的名字：LEO。

第一章

　　我生活的村庄叫西哈奇，在索尔兹伯里附近。7月8日是个星期天，在紧随其后的那个星期一，我要离开西哈奇前往布兰汉庄园。我妈妈安排夏洛特姨妈——我常住伦敦的姨妈——带我横穿伦敦市。渴望使我的肠胃一阵一阵地翻滚，我狂热地期盼着这一次造访客居。

　　做客的邀请是这样收到的。莫兹利从来就没有成为过我特殊的朋友，我现今忘记了他的教名，就可以证明这个事实。也许他的教名我过一段时间能想得起来：很有可能这个教名就是我的记忆所要回避的内容之一。然而在那些日子里，学童们很少相互称呼第一名字。第一名字尽管不像人的中间名那样——出示给别人则显愚鲁，使用给别人则显累赘——但它们还是被看作啰唆碍眼。莫兹利是一个男孩，长着黑色的头发，脸庞浑圆，略微泛黄，上唇凸起，牙齿微露；他小我一岁，不管是课业成绩还是体育运动，他都不出众，但我们应当这样说，他还是能够过得去。我熟识他因为他是我的舍友之一，就在日记记事之前，我们相互之间发生了一种不算很强烈的惺惺相惜，散步的时间我们各自有意，相互做伴（我们并排走出），我们对比我们的某些私人宝贝，我们相互透露一些零星消息，我们透露的消息比学童们通常互换的消息

21

更为私密，因此也就风险更大。这些信任的缘由之一就是我们各自的住址；他告诉我他的家叫布兰汉庄园，我告诉他我的家叫公堂大庭。他对两个住址的印象比对人的印象更为深刻，因为，正如我后来的发现，他是个势利的人。除了在天体世界里，我在世事里还没有开始变得势利——在天体世界里，我超乎寻常地势利。

公堂大庭这个名字让他对我产生好感，我怀疑这也使他母亲对我产生好感。但他们俩都错了，公堂大庭不过是一所很平常的房屋，坐落在村子街道上靠后一点的地方，前面有环状挂链——我对此还是相当自豪的。不过也有不平常之处，这房子的一部分因非常古老而闻名；据说索尔兹伯里地区的主教们曾经在这所房子里设过审判庭，故而得名。在房子后面，我们有一个一英亩①大小的花园，一条小溪横贯其中，一位做零工的园丁每周用三天时间打理它。我猜想，它不像莫兹利所深信的那样是一所公堂，这个词用得有点夸张。

说来说去，是我妈妈觉得维持家计甚为艰难。我想我父亲是个怪人。他的大脑缜密而精确，但会忽略其不感兴趣的东西。他不是一个厌恶人类的人，但他不愿交际，不愿顺从。关于教育，他有种种反正统理论，其中一种就是认为不应当送我上学。在他看来，有一位出身于索尔兹伯里的助教帮忙，他自己就可以教我。如果按照他的路子走，我就根本不会上学堂了，然而我妈妈经常想让我去学校，我也如此。因而他去世后，当情况许可，我就去了学校。我崇拜我父亲，尊崇

---

① 英美制地积单位，1 英亩合 4046.86 平方米。——编者注

他的观点，但我的秉性与我妈妈相同的地方更多。

我父亲喜好搜罗书籍、侍弄花园，这是他的业余爱好，他的天赋都被用在了这上面；至于职业，他接受了一个按部就班的岗位，做索尔兹伯里一家银行的经理，他对此很是知足。他没有自己的事业，我妈妈因此而烦恼，对他的业余爱好有点嫉妒也有点不能容忍。我妈妈认为业余爱好就是业余爱好，它们把他封闭到他自己的小天地里，让他一事无成。事实证明，这一点我妈妈错了，因为我父亲是一个有品位、有远见的收藏家，把他的书卖掉的时候，我们竟得了不少的钱，使我们吃惊不小。事实上，生活压力接踵而至，而我并没有垮掉，这要归功于那些书。但这是很久以后的后话。很幸运在当时我妈妈从未想过要卖掉我父亲的书：她很珍视他所喜爱的东西，某种程度上是因为她感到她以前待他不公正；我们靠她的记忆生活，靠来自银行的抚恤金和我父亲的那点微薄的积蓄生活。

尽管我妈妈不谙世事，却总是被世事所吸引；她觉得如果情势有所改变，她在这个世界上会有所作为；然而由于我父亲爱物胜于爱人，她很少能有机会。她喜欢街谈巷议，她喜欢社交场合并乐意为之装束得体；她容易被村子里的公共言论所影响，收到索尔兹伯里某个聚会的邀请，总会让她飘飘然起来。在某处修剪整洁的草坪上，仰望直插天空的教堂塔尖，同衣冠楚楚的人们处在一起，问候他们，也被他们问候，一则一则交换家庭轶闻，在有关政治的谈论中毫无自信地说上几句……这一切都给她带来刻骨铭心的快乐；熟人朋友的出场让她觉得受到了支持，她需要一个社交构架。马车驶来（在村子里有一家代养马房），她带一点自傲自足的神色登上车去，与她平日里缺乏自信、沉不住气的行事风格判若两人。如果她能说服我父亲与她同往，那她看上去近乎要耀武扬威了。

我父亲去世后，我们的社会声誉和影响跌落到最低点；然而任何时候，任何一个对细小的社会差异敏感的人，都不会细腻到把这种跌落与公堂大庭这个名字联系起来。

我当然不会告诉莫兹利这些事——这倒不是出于隐瞒，而是因为我们的规矩不鼓励揭示个人情况。吹嘘自家富有、自己的父母腾达，这是人皆尽知的事，但莫兹利不会这样干。在某些方面，他的世故圆滑显得早熟；在来学校以前，他的不便告人的地方一定被掩饰得更为隐晦。我对他从来没有深透的了解；他有看风使舵的天性，这是一种才干，表面上不刻意寻求，实际上可以使他立于不败之地。也许除了这些，他很少有什么需要了解。

在日记记载的情节中，他保持中立，我们能期望从朋友那里得到的莫过于中立了。（这不是愤世嫉俗；他们属于年龄小的群体，实实在在的事他们也做不了。）然而当我获胜的时候，他欣喜于我的成功，却守不住秘密；我后来得知，他把我的胜利讲给了他的家人。他向我学习魔法，我记得曾经为他草拟过一些诅咒，以便他如果陷入困境，便可不花任何代价地使用——尽管我从来没有想过他会身陷困境。他仰视着我，使我感觉到他的敬重一定是值得我拥有的。有一次，在一阵子友好闲适的气氛中，他跟我说他要去伊顿公学——他是像一个不太成熟的伊顿人，安心适性，举止优雅，充满自信。

复活节前后的那个学期的最后几个星期，是我的学校生活中迄今为止最快活的几个星期，这几个星期为假日增彩不少。生命中第一次我觉得我是个人物。然而当我试图向我妈妈解说我地位提高的时候，她犯糊涂了。课业成绩方面的成功（很高兴我也可以报告这方面的成功），或者体育运动上面的成功（这方面我不敢吹牛，但板球赛季我是有希望参加的）她是可以理解的，而我是作为一个魔法师而受到尊重！

她对我轻轻地、宽容地一笑，接着几乎是摇了摇头。可以说她是信仰宗教的：在养大我的过程中她教我虔诚向善、教我祈祷，我也一直祈祷。我们的规矩是允许这么做的：只要做得不那么明显，恳求上天的帮助不算打小报告。如果我把所发生的事完整地告诉她，她也许会明白从众多学友中脱颖而出对于我意味着什么；但我必须进行编辑，做大幅度的删节，以至于事情的原貌所剩无几；讲得最少的是那激动人心的过渡，从备受迫害的低谷过渡到威名赫赫的巅峰。有几个孩子一直有点儿不太友好，现在他们都变得和善了。由于我在我的日记里写下的一些十分像是祷告词的内容，那些不太友好的孩子伤了他们自己，当然了，我对这种后果的反应是情不自禁的高兴。"但你就一定要对这种后果感到高兴吗？"她焦急地问我。"我想即便是他们对你有点儿不太友好，你也应该感到不安。他们伤得严重吗？""非常严重，"我说，"但你知道他们是我的敌人呀。"然而她拒绝分享我的胜利，很不自在地说道："但在你的这个年龄，你是不应该有敌人的。"在那个时代，寡妇依然是一个孤立无援的个体；我妈妈感觉到了把我养大成人的责任，认为这种责任应当始终如一，但她从来没有真正懂得过该在什么时间，或者该怎么样承担这种责任。"这样吧，当他们回来的时候你必须待他们好，”她叹着气说，“我想他们不是有意地不善待他人。”

其实詹金斯和斯特罗德好几处骨折，直到秋天才返回学校。他们俩态度缓和了好多，我也一样，所以我们相互友善相待并非难事。

如果我妈妈认为我对他们的摔落持幸灾乐祸的态度，那她是错了；其实正是我自己的声誉提升使我精神倍增。然而我对氛围特别敏感：受到我妈妈半心半意的赞同，我的出人头地的梦想便失去了活力。我开始疑惑，这样的梦想是否该引以为耻，于是当我返回学校，我把这点本事当成一种个人能力而不是把自己当成一个魔术师。但我的朋友还有我的客户并没有忘记，让我吃惊的是他们跟过去一样热切，希望能从我所精通的黑色手艺中受益。我仍旧很是吃香，我的良知所抱持的许多顾虑很快跑到爪哇国去了。人们催促我施行更多的法术，其中的一则就是应当给我们整整一个假期。对于这一则法术，我把我拥有的所有的巫力都倾注其中，而后我收到了回报。刚刚进入 6 月就爆发了麻疹，到了学期中间，学校的多半人员被麻疹击倒，因而时隔不久，出乎意料而激动人心的通知下达了：我们要被解散。

逃生者们的欣喜是可想而知的，我是其中之一，莫兹利也是其中之一。通常需要十三个星期才能酿成的那种精神陶醉与情感喜悦突如其来，在七个星期之后就成形了，除此之外还有享受命运青睐的兴奋：因为在这所学校的历史上，这样无与伦比的仁慈此前只被赐予过一次。

我的闪闪发亮的黑色行李箱出现在我的床边，箱盖像个穹顶，气度不凡。侧旁还有我父亲的棕色木质储藏箱，上面一片暗一点的油漆表明，我的名字的首字母是覆盖在他的名字上的——我们真的要回家了。这个直观证据在我的精神上产生的效应无可抗拒，要比前一天晚上祈祷之后校长所做的简要通知更加势不可挡。不仅仅是那片景象，那种气味：行李箱和储藏箱呼出的那种家的气味，淹没了学校的气味。整整一天，拯救的方舟一直空着，而只要它们空着，就总是有担心，担心 J.C. 会改变主意——我们把校长称作 J.C.。女舍监和她的助手们在忙着关照其他宿舍。轮到我们了，我终于悄悄爬上楼梯偷看，我看到行李箱的箱盖向后翻开，它的托盘上满是薄页包装纸，卷裹着我的分量较轻、容易破碎的东西。这是最伟大的时刻：纵然兴奋的情绪在稳步高涨，后来发生的事没有哪一件能超过这个时刻，这纯粹是天堂之乐。

学校门前停了两辆四轮马车，而不是三辆。车夫脸上无动于衷的表情跟我们脸上兴高采烈的表情对比强烈，不过他也十分惬意。他们是了解程序的，他们不会在最后一个小男孩（即使在我眼里他看上去也非常小）刚一爬上自己的座位就驾车驶离。他们还要进行最后的一项仪式——这是我们允许自己做的唯一的夸张的动作，因为我们不是一个感情丰富的群体。领头的孩子起立，环顾四周而后高叫："向克罗斯先生、克罗斯太太和他们的小婴孩三敬祝福！"我从来没弄清楚怎么把那个小婴孩也包括进来：也许那是前任领头男孩不由自主的、滑稽可笑的事后想法。克罗斯先生和克罗斯太太到了老年的时候（或者在我们看来是这样），上苍赐福给了他们第三个女儿。另外两个女儿在我们眼里已经长大了，因此我们没有向她们俩敬祝福。说实在的，那孩子也不再是婴儿，她差不多四岁了，但不知什么原因向她敬祝福我们特别高兴，就像把她举起在她父母中间，让她向我们挥手，显然也让她特别高兴一样。我们等着她做这些；而当她做过了这些，我们笑起来，用胳膊肘子相互碰一碰。作为英国人，我们并没有把我们的敬祝福看得太过认真，因此感觉释然。

与寻常时机相比，这声音显得单薄，但其热烈程度毫不逊色。我们也没有停下来思考过，这声音在那些被囚禁在学校隔离室里受苦的伙计听来是个什么滋味。"小婴孩"的答谢之后再没有什么需要期待：这仪式有喜剧式的豪华。车夫们扬起了马鞭，但没有扬起他们的脸。我们离开了。

逃离的兴奋持续了多久？逃离的兴奋在火车里达到了高潮。不论往程还是返程，火车都给学校分配一个专用车厢，现在见不到了。它算得上一个大客厅，地上垫着深红色的绒毛，整个车厢从前到后是彼此面对着面的座位。座位上充斥着无处不在的火车烟味和烟草味，这种味道如果是在外出旅程中会即刻让我反胃，但在回家的途中，它正是自由的气息，起到的是餐前开胃酒的作用。欣喜在每一张脸上闪耀，玩闹中相互打斗，东南铁路和斯迈希姆铁路的旋律又有了新的变奏形式。我不动声色地拿出我的日记，开始用一支红铅笔装点那个日期——那是 6 月 15 日，星期五。我的邻座们遮遮掩掩地看着我。会有一则新的法术被抛出去吗？很快，我厌倦了阿拉伯式的花饰和旋转木马式的圈点，我决定把那一天整个涂成红色。

我真的相信，这次疾病传播是我引发的吗？谦虚地讲，从它那里我是赢得了声望的，在某些方面，我也受到了赞誉。我的诸般伪装没有被揭穿，远远没有被揭穿；然而如果这个学期再继续下去，过去人们看待我的那种敬畏神情如今便会被调和成一种不含恶意的取笑，这种取笑可能很容易就演变成嘲弄。我期望我的所获能超越我自己的能力，不是行为举止的超越，我更看重生活眼界的超越。从前我一直太过妄自菲薄，现在我太过刚愎自用。我不想自己亲力亲为付出太多有意识的努力，却要期盼万事顺着我的路子演进。我只希望它们为我服务，它们也会为我服务。我忘记了迫害的时代；我放松了警惕，撤走了卫兵，我觉得我自己坚不可摧。我不相信我的幸福会取决于任何东西：我觉得现实的法则会因为我的缘故而不再发挥作用。我的关于 1900 年的梦想，关于 20 世纪的梦想，关于我自己的梦想，正在变成现实。

比如，我从来没有想过我可能得麻疹，在我妈妈看来，这样的事不仅可能发生，而且会真的发生，这让我非常惊讶。她焦虑地说："一旦你感觉不舒服，你一定要第一时间告诉我，好吗？"我笑一笑："我当然会平安无事的。"我向她保证。"我也希望这样，"她说，"但不要忘了去年，你病得多严重。"

去年，1899 年，是灾难深重的一年。1 月份我父亲抱病，时间很短，竟去世了。到了夏天我得了白喉病，还有并发症；几乎整个 7 月、8 月我都是在床上度过的。那两个月都酷热异常，但我所记得的热是我自己发烧的热，我房间里的热似乎仅仅是使发烧恶化的额外因素；热是我的敌人，太阳是该被驱出屋外的。我怕它；不论什么时候，当我听人们说去年夏天是多么美妙的夏天，几乎是有生之年的记忆中最炎热的夏天，我不能理解他们是什么意思——我只想起我作痛的喉咙，还有我的四肢焦躁不安、不顾一切地在床铺上搜寻凉爽一点的地方。我有充分的理由希望这个世纪结束。

我判定 1900 年的夏天是一个凉爽的、叫人心旷神怡的夏天；我该为此做一些安排。风伯雨师听从我的诉求，7月1日气温60多度，之前只有三天炎热——6月的10日、11日、12日。在我的日记里，我用一个叉号标记它们。

7月的第一天也带来了莫兹利太太的邀请信，因为那时候，星期天邮政依旧是畅通的。我妈妈把信拿给我看：为了醒目，信是用粗大的斜体字写成的。我刚刚到了可以认读我不熟悉的书写笔迹的年龄，这种成就让我感到自豪。莫兹利太太没有忽略感染麻疹的可能性，尽管同我妈妈相比，她对此没有那么忧心忡忡。她写道："假如在7月10日前我们的两个小子都不出斑点，我将非常乐意您让利奥跟我们一起度过7月剩下的日子。马库斯[1]"——啊，那是他的名字——"给我说过他的许多情况，我非常热切地想认识他，但愿您能舍得他。马库斯能有一个与他同岁的伴儿一起玩耍，将是一件非常愉快的事情，他是全家人的小宝贝，但偶尔他会生出被忽略了的感觉。我理解利奥是您唯一的孩子，但我向您保证，我们会精心照顾好他。诺福克的空气……"收尾处，她写道："您可能会惊异我们竟会在乡下度过夏季，这是因为我和我丈夫身体都不太好，而夏天的城里也不是小男孩们的好去处。"

我反复研读这封信，很快把它记在了脑子里。我在想象，信里的通俗平常的词语，暗示着对我的个性的深深的兴趣和认同；这几乎是第一次让我感到我自己在一个与我素不相识的人心里是真实存在的。

起初我是急不可耐地要去，不理解我妈妈替我接受邀请的态度为何那么犹豫不决。"诺福克离得太远，"她总是在说，"我的意思是你以前从来没有离开过家与陌生人生活在一起。""但我上过学校啊。"我争辩说。她只得承认。"但我不希望你离开那么长时间,"她说,"你有可能不喜欢生活在那里,如果那样的话你该怎么办?"我告诉她:"我确信我会过得很快乐。""还有你将在那里过你的生日,"她说,"你过生日的时候我们一直是在一起的。"关于这一点我没有说什么,我忘了我的生日,一阵过早的怀旧的痛楚袭扰了我。我妈妈说:"答应我,如果你觉得不快乐,你就告诉我。"我不想重复说我知道我会快乐的,所以我就答应了她。但她还是不满意:"还有,你有可能染上麻疹,或者是马库斯。"她说这话只表示一种可能性。

一天下来,我多次问她是否写信说我会去的,直到最后她对我没了耐心。"不要烦我了——我写过了。"她终于对我说。

接下来是做准备——我应当带些什么呢?有一样东西我不该带,夏天的衣服。我说:"我知道天不会很热的。"况且天气也在支持我的判断——一天接着一天地凉爽。这一点上我妈妈跟我的看法完全一致:她相信穿厚衣服比穿薄衣服总是要保险一些。此外她另有动机:经济。去年的炎热月份我是在床上度过的,因此我没有与我个头大小相适合的夏季套装。我长得很快,我妈妈这样冲我嚷嚷,买夏季套装的花费会相当大,也许就是扔钱。"但尽量不要弄得汗流浃背,"她说,"汗流浃背总是一种风险,你没有必要进行猛力使劲的活动,是吧?"我们惶恐地彼此对视,打消了我应该从事猛力使劲的活动的念头。

出于一种假想,经常又是出于一种担忧,她试图预见我应该经历的生活。有一天,她毫无来由地信口就说:"如果可能，争取去教堂做礼拜。我不知道他们是什么样的一家人——或许他们不去教堂。如果去，我想他们会驾车去。"她脸上露出了依依不舍的神色，而我知道她希望她能与我同去。

我不应该想着她能与我同去。学童的那种担心在困扰着我。可能在其他孩子和他们的父母眼中，我妈妈论相貌和为人处事都有欠缺，在社交方面可能不被接受，甚至出错。我认为，我自己蒙羞我可以忍受，让她蒙羞我难以忍受。

然而随着出发日的临近，我的感觉经历了一种变化。现在我想躲避离家上路，而我妈妈坚持让我去。"您说我得了麻疹了应该不难。"我祈求道。她显得惊愕，"我不能这么说。"她愤慨地大声说，"况且他们会知道的，你昨天才做过检疫的。"我的心沉了下去：我试了一个法术，想让斑点出现在我的胸脯上，但没有奏效。到了最后一个晚上，我和我妈妈一起坐在会客厅里的双背峰小沙发上，这沙发让我想起一头阿拉伯骆驼的侧影。这房间临街，却有点儿沉闷，因为我们很少进去。天气干燥的日子里，无论什么时间，只要车辆经过，尘土就像浓云一般升腾，所以不坐沙发的时候，我们紧闭窗户以防尘土进入。会客厅是我们的一间正式的房间，我想我妈妈可能是出于道德效应的考虑而选择了它；它相对陌生，算是我迈向陌生的第一步，我将在另一所房屋全面感受陌生。同时我猜想，她会有一些特别的叮嘱，这间房子将会加重这些叮嘱的分量，但她硬是没有说出来，因为我的眼泪随时会流出来，已不适于接受实在的或是道德的劝导。

第二章

　　假如我的意识是一双眼睛，我的被埋葬的关于布兰汉庄园的记忆，就好比亮色的和暗色的块片对照着并置在一起：只有做一番努力，我的观察才能产生色彩的概念。有些事，尽管我不清楚我是怎么知晓它们的，反正我知道，有些事我还记得。有些东西作为事实在我的脑海里存在，但没有图像与它们相连接；另一方面，有些图像则反复显现，满脑子都是，却没有事实来举证它们，这样的图像，犹如梦里山水。

　　我保存着我的日记，好像它就是我的宗教，我所记录的事实都要归功于这本日记，从9日我到达的那一天开始，到26日那个命中注定的星期五前夕。日记的最后几项是用代码记录的——我发明了代码，我为此多么自豪！不是我用来祈来诅咒、攻击詹金斯和斯特罗德的那一类故弄玄虚的代码，而是像佩皮斯[①]代码一样的真正的代码——也许是我听说过佩皮斯代码。我发现我的代码不容易"解开"，一部分原因是出于谨慎的考虑，当然也可能是为显摆我高超的技艺，我每天都要对它进行修饰润色。尽管现在我对整体内容要比

---

① 塞缪尔·佩皮斯（Samuel Pepys, 1633—1703），英国海军大臣，他保存了以速记方式写下的125万字的日记。

33

那时候清楚许多，但仍旧有两三个句子，它们就是不对我放弃它们所持有的秘密。

所记的事实很丰富，开篇是"M 带着马车和当下等差的车夫在诺里奇站台接我。我们驱车行驶 1334 英里①可到达布兰汉庄园，行过约 1212 英里时布兰汉庄园进入视野，而后又淡出视野"。

事实毫无疑问是这样的，但我没有了驾车的记忆，没有什么视觉意象能使我觉得这一路驾车是真实的；我的客居经历的前半部分，在我的记忆中只保留着一系列没有时间次序、互不相干的印象，但每一个印象之上都附着着独特的感情。有些记载项目可能只是指我从来没有看到过的地方，还有我从来没有经历过的事件，甚至庄园的外表在我这里也是含糊不清的。我不辞辛苦地把我在诺福克人名地名录里找到的关于这所房屋的一段描述抄录到我的日记里。

"布兰汉庄园，博仁家族之居所，乃富丽堂皇之豪宅，颇具乔治早期风格，地处一处约 500 英亩的公园里，一片渐次抬升的高地，其位置恰到好处。度之以现代审美，其建筑风格过于简朴，不事美饰，而从西南方向观之，于朴实无华中透着气度，令人钦敬。宅内陈列着意趣盎然的家族肖像，出自庚斯博罗和雷诺兹之手，复有山水图，出自克伊普、勒伊斯达尔、霍贝玛等大家，在吸烟室另有诸般酒馆场景，目前不再展出，乃小特尼耶¹所绘就。有双向扶梯通往二楼诸居室，令人仰羡。博仁家族享有布兰汉、下布兰汉及布兰汉全体圣徒之地产馈赠。当前本住宅、公园及游乐场所均由王

---

① 1 英里约为 1.6 千米。——编者注

子门和针线街的 W.H.莫兹利先生租赁，莫兹利先生任由公众使用豪宅昔日之相同设施观光览胜，游览许可经由布兰汉地区各布兰汉地产行代理商获取。"

在我的意识的视界里，所有这一切当中，还算清晰可辨的是那个双向扶梯，我对它当然是仰羡得不得了。我把它比作好多东西：倾斜的马蹄铁、磁铁、瀑布；我给自己定了规矩，不管上行还是下行，我要走不一样的线路；我在劝诫自己，如果我两趟走同一条线路，可能会发生不祥的事情。然而让人吃惊的是（想一想我是多么容易随时受到文字资料的影响），我肯定从西南方向注视过布兰汉庄园，但它气度不凡的视像从我的脑海中消退了。我现在看得见它的前部正面，但得透过人名地名录的眼睛，而不是我自己的眼睛。

也许，我们来来去去走的是一个侧门——我想真是这样，靠近侧门有个后楼梯，去我们的寝室很方便——我跟马库斯同住一间寝室，事实上是共住一张床，一张四柱床。不仅是与他同住，同住的还有他的亚伯丁狗，一个上了点儿年纪、脾气暴躁的家伙，没过多久，它的出现几乎叫我无法忍受。我的记忆里是这所房子的后面的部分，杂乱无章、散漫荒芜，只是从西南面看不到；我的记忆里还有说不定在哪里拐弯的廊道和样子差不多、让人分不清彼此的房门，走这样的地方你很容易迷路，吃饭迟到。假如我所记不错，这地方光线昏暗，乔治风格的辅建筑准是在这里。有可能我们的寝室就是昔日的一处夜间托儿所，它有一个低矮而宽扁、可能属于伊丽莎白风格的大窗户，开在墙上高处：坐在床上我只能看到天空。在那时候，即便是富人也不总会给他们的孩子住那种卧房，虽然在今天看来，这样的条件对孩子们必不可少。

不用怀疑，他们的卧室总不充裕，因为来来往往，总有许许多多的客人，有一次晚饭，我们聚了十八个人。我和马库斯邻座就餐，当女士们撤出的时候，我们也撤出，上床就寝。我能记得烛光粉红，银器闪烁，记得莫兹利太太庄重富态，端坐餐桌一端，而她丈夫则坐在餐桌另一端，身姿笔挺，僵直瘦削。坐着的时候他看上去比站起来要高。她似乎总是占去比实际需要多一点的空间，而他占据的空间则比实际需要少一点。

我不知道他整天在对自己做些什么，但我的印象是出乎意料地在某个过道或庭院遇见他，他会停下脚步说声："玩得高兴吗？"当我说过"高兴，先生"后，他会说"这就好"，然后匆匆走开。他是个相貌羸弱、个头不高的人，长着下垂的胡须，眼睑垂在他蓝灰色的眼睛上。他穿着最高的高领，衣领绕着细长的脖子。人们不容易想得到他会是这所房子的男主人，同样很难想得到他妻子不是这所房子的女当家。

众多的印象覆盖在了她的原始的形象上，如今在我这里，她的脸面已一片模糊了；然而当我在梦里见到她的时候（因为我一直不能够把她拒于梦外），她的脸上倒没有我最后一次见她时所笼罩的那种可怕的表情。那阵子她的脸就根本不能称之为脸，而是看着像安格尔或是戈雅[2]笔下的肖像，浑圆的灰色的颜面上长着暗黑发光的眼睛，透出凝固了的、神色不变的凝视。两三缕黑色的卷发，或者叫新月状的鬒发，从她的前额上垂下来。很是奇怪，在梦境里她对我的态度真心诚意，跟我一开始在她家住下来的时候是一个样子，那时候我只是半真半假地感觉到她优雅得体的做派背后暗藏险情。有没有可能是她的灵魂想要与我修好如初呢？——因为她肯定很久前就去世了——我猜想当时她正值中年或者四十几岁，而在我眼里她已是老者了。马库斯继承了她的肤色，但没有继承她的漂亮。

我想那是我的第一个晚上，我作为贵客，紧挨着她坐在晚餐桌前。

"听说你是个魔术师？"她微笑着说。

"哦，"我谦恭地应答，"不算真是，只是在学校里大家这么说，您知道的。"

"你不会在这里冲我们施魔法吧？"她说。

"哦，不会不会。"我答道，扭了一下身子，这是我紧张的时候的一个习惯动作，同时我在脑海中记上一笔，需要批判马库斯，是他背弃了信赖。

在我看来，除了专意而为，她似乎不直视任何人，好像她不希望把她的视觉浪费了。她女儿常常坐在两个年轻人中间，她的眼神经常停落在女儿身上。她女儿跟他们能谈论什么话题呢？我记得我思虑过这个问题。那两个年轻人似乎津津乐道——比她有兴致得多了。

我不具备一般学童的那种奇妙的天赋，可以把人的脸面跟名字匹配起来——也许是因为我在学校待的时间太短。当然了，每个人都被介绍给我认识，马库斯告诉我走来的人是谁，离开的人是谁，以及他们的一些情况；我认真负责地把他们的名字写在日记里，这先生，那小姐——一般来讲，他们都是单身。但我们之间横亘着的那几岁年纪比大洋还要宽；我想我与一个霍屯督①孩子拥有的共同之处，远比与这些十八九岁及二十一二岁的成年人拥有的共同之处要多。他们在想什么，他们在做什么，他们怎么样使自己忙碌起来，对我来说都很神秘。刚刚离开大学的年轻小伙子们（正如马库斯让我确信的，他们刚刚大学毕业），区别特征更少的年轻姑娘们，在去网球场或槌球场的路上，或者是在离开网球场或槌球场的路上，跟我打招呼；小伙子们穿着白色的法兰绒服装，白色的靴子，戴着平顶草帽，姑娘们也都着白色，蜂腰束锦，犹如计时沙漏，戴的帽子像风磨，帆影闪烁；除去小伙子们的黑色短袜时不时暴露在他们的鹿皮靴子外面，他们穿的几乎全是白色。有些人寻找话题，跟我多说，其他人则跟我少说；然而他们只是这全景的一部分，同他们我从来没有建立过，或者说我感觉应当建立，哪怕是最微不足道的个人关系。他们是他们，我和马库斯是我们——属于不同的年龄群体，我们今天是这样定义的。

"他们"中间的一位是主人的儿子，还有一位是主人的女儿，我在头一两天压根儿就没有及时地认可这个事实，原因正在于此。他们白肤金发（他们大多是这样），银装素裹，甩动着手中的网球拍，看上去长得没有什么差别！

德尼斯，莫兹利先生的儿子，也是继承人，是一个个头高大、皮肤白皙的年轻人，身体发育尚未健全，说起话来狂妄自大（学童们能快速甄别出狂妄自大）。他满口满脑子的计划、见解，且竭力追求他的计划、见解远超其所值——他的那些计划、见解连我都能看清楚没有多大价值。他会渐

---

① 霍屯督人：非洲南部游牧民族，自称科伊科伊人。

说渐近地热衷于夸大什么什么项目的优势，直到他的母亲用冷冰冰的几个词将他戳穿。我想他会觉得他母亲瞧不起他，于是他更渴望与她针锋相对，坚持自己的权利，公开演练他父亲从来没有行施过的权威。在莫兹利先生和莫兹利太太之间，我从来没有见过不和谐的苗头；她有她的行事方式，他有他的行事方式，他像土地神①一样，留下一路金子。我十分熟悉我父母的那种更为外显的行为方式，所以我几乎看不出他们是结发夫妻。在我看来，莫兹利太太为每个人制订的诸多计划当中唯独不包括他，因为我逐渐意识到，她把我们其他所有的人都绑在同一根绳子上，慢慢地，我想到这根绳子就是她黑色的眼睛里射出来的光束。我们来来去去，看似无人在意，但其实摆脱不了她眼睛里射出来的光束。

　　"我姐姐非常漂亮。"有一天马库斯对我说。他的宣称不带个人情感色彩，就像一个人应当说"二加二等于四"，而我也以相同的神态接受了他的宣扬。他说的是事实，像其他事实一样，是需要学而时习之的东西。我没有思考过玛丽安小姐（我想我自己私底下是这样称呼她的）漂亮，但当我接下来见她的时候，我便按照马库斯宣扬的意思仔细打量了她一番。这番打量给我的印象是光照充足，因此肯定发生在布兰汉庄园前部，因为我们所在的那个部分，即我和马库斯出没的那个部分，不是十分敞亮；我确信我常怀学童的某种观念：房屋前部，那里住着大人们，那是房屋的"私密面"，所以我走进那里就等于越界侵占。她那时肯定是正襟静坐，让我乘便仔细端详，因

---

① 土地神：与黄道十二宫相对照。原文 gnome 在此语义双关，其一，民间传说中的地下宝藏守护神，暗指莫兹利先生的职业；其二，干瘪老头，指莫兹利先生之容貌特征。

为我有这样的印象，我在俯视她，而即便用大人的标准衡量，她也是个高个子。我那时对她的审视也准让她毫无防备，因为她表露出来的是一副我后来逐渐想到的"戴面罩"的表情。她长长的眼睑遗传自父亲，从她的双眼上垂覆下来，眼睑下面一抹蓝色的光是那么深邃，那么清澈，那光可能是透过尚未掉落的泪珠在闪烁。她的头发在阳光下闪亮，但她的脸，像她母亲的一样丰腴圆润，不是乳白，而是苍白里透着玫瑰的粉红，带着一种严厉的、沉思的表情，致使她小巧而微曲的鼻子几乎悬成了一弯鹰钩。那阵子她看上去令人生畏，几乎跟她母亲一样令人生畏，过了一会儿，她睁开了眼睛——我记得那忽然间泻出的蓝色——而后她的脸色豁亮了起来。

因此我想，所谓漂亮就应该是那个样子，有一个时期，她所代表的抽象的美的理念混淆甚至遮蔽了她作为一个具体的人的理念。漂亮并没有拉近我与她的距离，倒是疏远了我们；然而我不再把她与别的年轻女郎们混为一谈，尽管她们在我的视界半径区域内转来转去，像行星一样。

开始的那几天是一段不确定的印象，不相关联，不具备什么含义，更谈不上构成故事。我能想起一些场景——通常格调是亮光和暗光，但有时候也映现出淡淡的色彩。这样我就记起了草甸上的雪松，它暗淡的叶簇和它树影周围光亮的草皮；我也记起了雪松下两根柱子上系着的深红色帆布吊床。吊床是新的，刚刚用它替换了绳子结成的那种吊床，绳子吊床会缠住衣服纽扣并把它们扯下来。年轻的人们经常光顾它，我依旧能听到他们的笑声，那是在吊床把他们翻扣下来，倾倒在草地上的时候。

我的日记里没有提到这些情况。关于马厩却提到了不止一次，但我实在记不起它们了，尽管我小心谨慎地记住了五匹马的名字，简女士、公主、昂卡斯、干土司，还有诺戈——我认为诺戈好玩，合人口味，但我记不起它或者它们中任何一位长什么样子。尽管我的日记对马车库一字未提，我能记得起它，有灯，有弹簧，有车辕，有挡泥板，它们油漆发亮，磨蹭得异常光滑，让我着迷。马具皮革的气味——比更为强烈的马的气味对我更有诱惑力。对我来说，马车库是一个宝藏库。

我的记忆里异想天开处、驴唇不对马嘴处够多的了。但日记的确带回了我已经忘却的一件事——带回的不仅是那件事实，而且有极为生动的场景。"7月11日，星期三，见到了致命的茄属植物——索命颠茄[3]。"

马库斯不跟我在一起，我独自一人勘探一些坍塌的外围房屋，这些房子显然比从西南面看布兰汉庄园的景观对我更有吸引力。在一处既坍塌又无屋顶的房子里，我忽然间遇见了这种草。但就我对这个词的理解，它不能算是草，它是一棵灌木，几乎是一棵树，长得跟我一样高。它看上去是一幅魔鬼图，也是一幅健康图，它富有光泽，长势苗壮，汁液欲滴：我几乎看得见活力升腾，给它以滋养。它似乎找到了整个世界里最适合它生长的地方。

我知道它的每个部分都是有毒的，我也知道它长得漂亮。我妈妈的植物课本难道不是这么讲的吗？我站在门槛上，不敢进去，眼盯着纽扣一样明晃晃的浆果，还有呆板的、发紫的、毛茸茸的、铃铛形状的花伸向我。我感觉得到，即便我不碰摸这草，它也会毒死我；我感觉得到，如果我不吃了它，它就会吃了我；尽管它在吮吸着它能得到的所有的营养，它看上去还是那么饥饿。

像是我在看着我本不应该看到的什么东西的时候被逮个正着一样，我踮起脚溜开，心想如果我告诉莫兹利太太这件事，不知她是否会认为我这个外人干预太过。不过我没有告诉她。我不忍心设想那些生命力健壮的枝丫在垃圾堆上枯萎，或者在火堆里哔剥作响：那所有的美都会被毁掉。另外，我想再次看到它。

　　索命颠茄。

第三章

天公与我公开作对，这是一切的开端。

我起程走路的那个星期一是个凉爽温和的日子，但接下来的一天，长空万里无云，骄阳怒鞭大地。我们逃离午餐桌之后（我似乎记得，我们像逃跑的囚犯，丢下所有的饭食，一片狼藉。如有滞留，只为请示我们是否可以离开），马库斯说："我们去看一看温度计——它是记录一天内最高温度和最低温度的设施之一。"

令人发狂且不可思议地——想一想我将多么频繁地求助于它——我竟记不起温度计在哪里了；不过幸好现在我记起来了，它就挂在位于一棵紫杉树下的一个尖顶的八角屋的墙上。这个建筑让我好奇——它沉默不语，不可捉摸。我想它可能是一个废弃不用的猎物储藏室，修建在紫杉树下为的是保持凉爽，但这仅是一种假说，没人知道它的真正用途。

马库斯告诉我这仪器是怎样工作的，他指给我看那个小巧粗短、能把标示器拉上拉下的磁铁。"只是不允许我们碰它，"他揣度着我的心思说，"否则我父亲会发火的，我父亲喜欢自己倒腾温度计。"

"他常发火吗？"我问。我不能想象莫兹利先生会发火，或会有其他实实在在的情绪流露，然而要想了解成年人，问他发不发火几乎就是头等大事。

“我父亲不，但我母亲会的。”马库斯含含糊糊地回答。

温度计就保持在近乎 83 度。

我们离开午餐桌一路奔跑，部分原因是为了成功逃跑，部分是因为走路同样可行的时候，我们经常会撒开腿脚奔跑。我有点儿出汗了，记起我妈妈三令五申的指令——“尽量不要弄得汗流浃背”。我怎么能够不汗流浃背呢？我看了看马库斯，他穿着一身轻便的法兰绒装，他的衬衣没有敞胸但脖子底下很宽松；他的小裤不该被称作短裤，因为那裤子没膝垂下，但依然很宽松，它们飘飘逸逸，让空气钻入。小裤以下，他穿一双灰色的长筒薄袜，整洁地翻吊在箍袜带上，与小裤若即若离；他的脚上——离奇中的离奇——不是靴子，而是当时被看作时尚的低靿鞋。对于今天的一个穿着轻便的孩子来讲，这似乎就是厚实的冬装；而对于我，那可能就是泳装了。要论衣服严格意义上的真正功能，他的装束看上去不足以称作充裕。

有关这许多着装细节的记录就摆在我面前，因为我跟马库斯一起拍过照片。尽管照片的一角有点曝光，背景和我们的成像都意外倾斜，叫人悬心，但那褪了色的红棕印影确实在展示着那个时代的照相机所固有的神奇的洞察力。那时候，照相机不是那么容易扯谎的。我穿着一件伊顿硬领衬衣，系一条蝶形领结，一件诺福克夹克[1]在胸脯高位处才开领口，皮革切块做成的纽扣像子弹那样浑圆，认认真真地钉在上面，还系一条腰带，本不需要拉得很紧，但其实我把它拉得太紧。我的马裤用布带和环扣紧系在膝盖下面，布带和环扣又被隐藏在厚实的黑色长筒袜下面，长筒袜的袜带正好系在挎带下面，相当于给我的双腿的循环系统叠加了双重负担。此外还穿一双显然是新买的靴子，因为新而显得大，我一定是忘了把靴子上的扣襻收拢起来，任它们放肆地直立。

我把我的手放在马库斯的肩膀上（我比他高一两英寸[①]，也比他大一岁），摆出一副深情厚谊的姿态，在那些日子里，当两个男子一起拍照时，这样的姿态是允许的（在校大学生甚至士兵们会相互搂肩搭臂）。尽管照片上让人惋惜的倾斜角度使我看上去像是要试图把他推倒，我的样子看上去还是蛮喜爱他的——我是喜爱他的，不过他本性里的那种冷漠恬淡和根深蒂固的程式化举止使人不易与他发展亲密无间的关系。我们并不是意气相投，而是我们的真实个性之外的因素把我们聚到了一起。他的圆脸看外部世界不带多大兴趣，只有对所见情势的自鸣得意的接受；我吊长的脸扭怩害羞，似乎表明我觉察到了适应新环境的紧张。我们俩都戴着平顶草帽，他的草帽饰有一条清晰的条带，我的饰带则是学校的颜色；两个倾斜的帽顶和帽檐形成了两道无可争议的斜线、斜面，我们俩似乎正在沿着斜面从一个陡峭的坡地迅猛地往下冲。

*

炎热并没有让我不合时宜地灰心沮丧，我对炎热的恐惧至少有道德因素，担心自己健康的因素，也有体力的因素，因为我依旧对我干预天气的能力半信半疑，于是那个晚上我预备了一个完美有力的法术，好让气温降下来。然而像一个发热病人的体温专门与医生作对一样，老天爷没做什么响

[①] 1英寸约为 2.54 厘米。——编者注

应，第二天，当午饭后的一程奔跑带我们到了猎物储藏室的时候，温度计攀爬到了近85度，而且还在把标示器往上推。

我的心沉下去了，我费了好大力对马库斯说：

"我不知能否炫示一番我的板球服？"

他即刻对答：

"如果我是你，我是不会的。只有下等人才在假期期间穿学校里的衣服。那样不好。你真的不应该在帽子上系学校里的饰带，但我也不好说什么。还有，利奥，你不应该穿着拖鞋来吃早餐，那是银行职员们的行径。如果你愿意，你可以在喝完茶后再换上拖鞋。"

在大多数方面马库斯要比他的年龄老成，就像在大多数方面我比我的年龄幼稚一样。他提到银行职员时，我蹙了蹙眉头，想起我父亲在星期天总是穿着拖鞋来吃早餐。不过那只是暗中一击，我从来没有向马库斯提过我父亲卑微的社会地位。

"还有，利奥，还有一件事你没必要做。你脱衣服的时候，把衣服卷起来放在椅子上。你没必要做这个。衣服落在哪里就由着它们待在哪里——仆人们会把它们捡起来——那是仆人们该干的活儿。"

他说话不加重语气，但有很强的权威派头，致使我从来没有片刻疑惑过他是对的。对我来说，什么是优雅，什么是风尚，他说了算，对他来说，我是黑色技艺的行家，两者一样地毋庸置疑——前者比后者更为毋庸置疑。

喝茶的时候有人对我说："你看上去好热，没有凉爽点的衣服穿吗？"我处于一副窘态，那声音听来没表示多少关心，倒蕴含取笑的弦外之意；我要就这话为自己辩解，于是我立即对答说："哦，我不是真正的热，只是因为我和马库斯一直在奔跑。"由于我不知道脸上的汗还可以轻轻拂揾，我就用手绢满脸擦拭。"奔跑，这样的天气？"又一个声音说，虚饰造作的叹息中透着嘲弄，这是学童们最受不了的；因而我尽管大汗淋漓，还是感到一个激灵穿心而下，我似乎听到了不乏讥讽的词"彻底溃败"，看到了张张露着牙齿的脸。

这确实是一段温文尔雅的迫害的开端——非常非常温文尔雅，隐藏在和善友好的笑脸背后；大人们不可能懂得这是一种迫害。然而当他们遇见我的时候，这便成了他们对我讲话的话题，"啊哈，利奥，还感觉热吗？"还说"为什么不脱了夹克——脱掉夹克你会感觉更舒畅的"——这是一个不可能做到的要求，他们对此也报以轻轻一笑，因为那个时候，着装非常讲究礼仪，夹克不是说脱就能脱掉的。我对这些玩笑逐渐开始恐惧，它们似乎像一排排喷气火焰从我的四面八方弹跳起来灼烧我。我的脸已经红了，经历了这一番，我的脸更红了。那可怕的注定要受到嘲弄的感觉强烈地袭上心头。我想我不算是过度敏感；在我的经历里面，大多数人最在乎的莫过于受到嘲笑了。是什么引起了战争，是什么让战争连绵不断、无休无止，难道不是怕丢脸面吗？我甚至拒见马库斯，因为我不敢告诉他，是什么在困扰着我。

那天夜里，我草拟出了一道新的法术。我不能入睡，部分地由于痛苦和激动，部分地是因为那只亚伯丁狗，它也感到了酷热，反反复复，挪来挪去，要找新的地方，直到最后它躺在了我的枕头中间。枕头底下就是我的日记，我不惊动那只狗，只从它下面拿出日记，想方设法摸黑把法术写在纸上，不这样郑重其事，我想这法术不会产生什么效用。我那时对这道新法术也不是十分熟悉，它酝酿于凌晨的早几个小时，不过还是起作用了，是一道不负厚望的法术；第二天温度计不到77度，我感觉心底里平静了好多，不那么热了。

我其实并不平静，也不凉爽，因为在茶点的时间，那种温和的逗趣又开始了。这一回我占的是主动地位，因为我知道气温已经下降了，而我的那些不怀恶意的迫害者显然对此无所知觉，我于是有恃无恐。然而那种逗趣在继续着，很快我又像前面一样可悲可怜。我并没有意识到，归根到底他们是要想方设法把意趣引向我，利用我不合时令的衣服和满是汗珠子的脸把我晾到那里。诺福克出产的夹克在诺福克不合时宜，似乎是一种双重讽刺；我曾经想象过这里的每一个人都穿着这样一件夹克。忽然我从镜子里面瞥见了我，看到了我的形象多么滑稽可笑。迄今为止，我一直把我的长相看得与生俱来理当如此；这时候我看到了，跟他们相比我的形象多么不雅；与此同时，也是平生第一次，我敏锐地意识到我的社会劣势。我感到在这群鲜亮时髦的富人中，我自己完全不合时宜，不论是在哪方面我都格格不入。没有什么比尴尬更让人感觉发热的了，我的脸在汗珠滚滚的同时红若火炭。如果我能想出一句妙语——那种大人们会经常说出的辞令——回敬他们以转败为胜该多好啊！于是我很不服气地说："我可能看起来很热，但我底下凉快得很呢，我是个生来冷性的人。"听到这话，他们放声大笑，眼泪开始在我的眼睛里打转。我急急忙忙灌下几口茶去，又重新开始大汗淋漓。突然，我听见莫兹利太太的声音从银制茶壶的背后飘过来，它就像一阵冷风冲我吹来。

“你把夏季的衣服放在家里了吗？”

“不……是这样……我想我妈妈忘了把它们装到我的行囊里。”我脱口答道。

然后我意识到了这句话是个弥天大谎；它既是一句谎言，同时又是对我妈妈的一记残忍的中伤。临行如果不是我执意反对，我妈妈肯定会给我带上些轻便的衣服。我感到我贬低了她，致使他们小瞧她，于是我放开声哭起来。

一阵子尴尬的沉静，茶杯被搅动的声响，然后莫兹利太太冷峻的嗓音说：

“这样吧，烦你写信请她把衣服寄过来，好吗？”

我嘟哝一声算是做了回答，然后是玛丽安，我想她对我忍受酷热的现状从来没有发表过评论，这时候她说：

“哎呀，那要花费太长的时间啊，妈妈，您知道邮政是个啥样子。今天星期四，他可能要到下一周的后半周才能拿到衣服。我明天带他去诺里奇给他买一套新的吧。你愿意这样，是吗？”她转向我说。

我含含糊糊应了声我愿意，但在驱散了的云堆里新涌出了一堆黑云。

“我没有钱，只有十五先令八便士半。”

“那没关系，”玛丽安轻快地说，“我们有。”

“啊，但我不能用你们的钱，我妈妈不希望我那样做。”我反对说。

“玛丽安，别忘了，他在家里有穿的衣服。”她母亲说。

我刺痛般地扭了扭身子，然而玛丽安急急地说：“哦，不过我们可以把这些当作生日礼物送给他；他妈妈不会介意生日礼物，是吧？这样他就有两套衣服了。顺便问一问，你生日是哪一天呀？"她问我。

"是这样，事实上——其实……我的生日是 27 日。"

"什么，这个月？"

她的兴趣延长了我们的交谈。

"是的，你知道不，我是狮子座 ① 的，尽管利奥不是我的真名。"

"你的真名是什么？"

我见马库斯瞅着我，但我少不得要告诉她。

"我的真名是莱昂内尔②，但请不要告诉任何人。"

"为什么不告诉任何人？"

"因为它是一个期望过高的名字。"

我见她试图刺探一个学童的内心秘密；绕了个弯子之后，她说：

"不过你的生日这么快就到了，简直太棒了。这样我们所有的人都可以给你一些穿的戴的，那是最好的礼物了。我可以送你一件狮鬣吗？"

我想那尽管有点傻兮兮的，但很好玩。

"或者给你一张狮子皮？"

我尽我的能力参与到这个笑话当中。

"那可能热得够呛。"

"可能，真的热得够呛。"突然，玛丽安眼看着烦了，几乎打起了哈欠。"就这么定了，我们明天去。"她说。

她母亲说："或者你索性等到星期一，到时候休也来了，

---

① 狮子座：西方占星术中狮子座缩写为 Leo，其时间为 7 月 24 日至 8 月 23 日，利奥的生日正在这个区间。

② 莱昂内尔：原文 Lionel，享王者之尊。

你们结伙去诺里奇，可以吗？"

"谁要来？"玛丽安问。

"休，他星期六来。我以为你知道。"

"休要来吗？"莫兹利先生问，这是他在对话中少有的参与。

"是的，他要待到月底，或许更长。"

德尼斯插话："您确定吗，妈妈？我见他的时候，他告诉我他要去古德伍德。"

"我昨天收到他的信了。"

"您知道他从来不会耽误去古德伍德的吗？"

"我想今年他打算不去了。"

"妈妈，我不想与您争来争去，但我认为特里明厄姆不去古德伍德是最没有可能的事情。您知道的，他……"

"这么说吧。我想你会发现他是打算要为了我们而放弃去古德伍德……玛丽安你确实不想等到星期一吗？"

我怀着难以忍受的不耐烦听她回答。这个要抢走我的先机的休，或者叫特里明厄姆，他是谁？我感到愤恨，甚至嫉妒。有他挡道，便会坏了这次出行。还要等到星期一！但莫兹利太太的希望是再明确不过的了，有人胆敢阻挠吗，即便是玛丽安？

"难道你就不能等到星期一吗？"莫兹利太太又问了一遍。

玛丽安答得相当干脆，好像两根钢丝线相互交叉在一起。

"妈妈，诺里奇对休来说根本没什么新鲜乐趣，他比我们还要熟。他不会想要跟着利奥和我一家一家地逛商铺——

还要顶着这么大热的天。"她抬起头顽皮地看着她母亲毫无表情的脸。"还有，等到星期一，利奥就被化成黄油了，他也就只需要一个麦斯林纱做的滤渣包了！当然了，我们也很期望有人愿意跟我们同去！"

她的目光从一张脸扫到另一张脸，这是一种挑战而不是邀请。我的眼睛跟着她的扫视，极其希望没有人会接受邀请。所幸没人接受。他们都有自己的借口，我想我那时脸上的洋洋喜气清晰可见。

"那么，我们可以去了吗，妈妈？"玛丽安问。

"当然可以，除非你爸爸要用马。"

莫兹利先生摇了摇头。

"但不要去斯特灵和波特两家商场，你有时候去那里，我根本不愿要那两家的东西。"莫兹利太太这样说。

德尼斯忽然来了劲，说："要是我，我就去查洛和克劳谢，他们的东西是最好的。"

"不是，德尼斯，不是这样。"莫兹利太太说。

"我知道，特里明厄姆有时候去那两家商场买领带。"德尼斯分辩了一句。

"利奥需要领带吗？"

"如果您答应去查洛店买领带，我倒可以支持他有一条。"

我又开始觉得热了。

玛丽安说："我跟你们说吧，我们每人给他送个什么，然后如果有什么不适合，我们可以分担嘛。"

"长裤算我的。"[2] 马库斯突然说。

"哦，马库斯！"

马库斯的玩笑遭到大家的反对，看上去把他窘住了，最终他母亲说：

"好了，长裤算我的礼物，马库斯宝贝。"

看到她脸上的偏爱我很是吃惊。

玛丽安说她要弄明白我需要什么，为此她必须查看我的小衣柜，这项调查让我恐惧；然而当她来查的时候，当她一如马库斯预告的那样，软裙垂柔，荷叶镶边，出现在我们房间的时候，那是多么难忘的惊喜！——一个破茧化蝶的场景。她用近乎虔敬的神态端详着每一件衣服。"这些衣服缝补得多精美啊！"她说。"我多希望我们家有人可以这样缝补衣服！"我没有告诉她是我妈妈做的，但也许她猜得出来。她敏于查清事实。"你放在家里的那些衣服是个神话，是不是啊？"她说。"是个神话？"我应和着。"我的意思是你并不是真的有那些衣服？"我点了点头，很乐意被揭穿，很欣喜可以共享秘密。但她是怎么知道的呢？

第四章

　　诺里奇之行是一个转折点：它改变了一切。有关这次出行的行程我记忆寥落，只有通俗的福祉感觉，但这种福祉感像是往酒杯里添酒一样，似乎在我内心深处逐步聚集，不断升及更高的平面。平时，买衣服的过程让我恼火，因为我对我的外貌不怀什么虚荣，我也没有理由虚荣。我看上去那么热，竟成为人们逗乐的谈资，这才让我深信外貌对我十分要紧，我感到装束不可小觑。某种意义上说，我看上去是什么样子，我就真的是什么样子，这个观念是对我的一个启示，而启示之初就叫我悔不当初。玛丽安告诉我某件衣服适合我而另一件不适合我（她从来没有过片刻迟疑），我意识到关于衣服，她的主要关注点在于它们必须看着舒服而不是穿着舒服，我的内心产生了一种新的感情，尽管这种感情很快就消失，但它的那种甜蜜我至今记得。我回来后，不仅觉得做我自己是件荣耀的事，而且私下里对我的相貌很是满意。

　　我们是在文瑟姆大街少女首领饭店吃的午饭，这对我是一个不同寻常的时机，因为即便是我父亲在世的时候，上饭店吃饭也被看作是莫大的奢侈：如果我们要出去吃饭，那也总是在某家寻常餐馆。

　　我们从布兰汉庄园出发得很早，赶在午饭时分我们几乎采购完了全部物品。我们把东西一包一包放进马车里，直到我们前面的座位堆得满满实实。我几乎不能相信它们大都是给我的。玛丽安问我："你是想要现在就把自己装扮起来呢，还是愿意等到我们回到家？"我至今仍能记得这个问题给我造成的那种难决难断；最后，为了延长美好的期待，我回答说我要等。诺里奇那时间肯定酷热无比——因为当我们后半日去看温度计的时候，它依旧停在83度，之前比这还要高——但纵使我全副冬装，竟记不得有过热的感觉。

我们究竟说了些什么，以至于留给我的印象是翅膀闪动和光芒闪现，像是鸟的飞翔带动空气流动，像是猛冲俯下又扶摇直上，像是模糊的彩虹缓缓地被白昼的清亮所包裹？

这一切似乎都是因为她在场，而且，当午饭后她放我自便，要我在教堂里玩耍一个小时的时候，我的狂喜情绪仍在继续。毫无疑问，在一定程度上是因为我知道我很快就能见到她；然而我从来没有感觉到过，我与周围环境如此和谐融洽，就好像整个建筑在奋力向上，升至它闻名遐迩的穹形屋顶，以表达我所感觉到的欣喜。后来，我离开教堂内阴暗的凉爽，走进户外的阳光和炎热，那里属于坟地巷，令我十分着迷的名字。我不断地伸长脖子，以便确定那个点，教堂的塔尖刺入天空的那个准确的点。

啊！高度！她要我在托马斯·布朗爵士的雕像旁与她会合；为了不迟到，我早去了一阵子；马车和拉车的两匹马停在那里，车夫扬起马鞭向我致意。我绕着雕像打转，心里想着托马斯·布朗爵士是什么人物；我又不好意思登上马车，坐在那里俨然一副车主的架势；然后，我远远地看见她在广场另一边。她看着像是在跟某个人道别，至少我对高高举起的礼帽有印象。她慢慢地朝我走来，在慢慢悠悠的交通涡流中穿行，直到很近很近了才看见我。接下来她挥动着她满是褶皱、满是泡沫边饰的阳伞，加快了脚步。

　　我的精神转变发生在诺里奇：正是在那里，我像一个正在破茧的蝴蝶，首次意识到了我的翅膀。我得等到喝茶时间才能让大家认可我自己的完美形象。我的出场赢得了高声的欢呼喝彩，就像这整个喝茶聚会专为这个时刻而鲜活。我的周围弹射起来的不是喷气火焰，而似乎是股股喷泉。我应要求站在一把椅子上，像一颗行星一样旋转，与此同时，我的整套新装，凡是可以让人瞧见的，都无一例外受到评判，或欣赏，或打趣。"领带你是从查洛店买的吗？"德尼斯大声嚷嚷，"如果不是从那里买的，我就不掏钱了！"玛丽安说了声是，而事实上，我后来发现那条领带上标着另外一个名字：我们进去过的店铺多了去了！"他看上去是个多帅气的顾客啊！"有人风趣地说；另一位说："正是，就像一根黄瓜，是属于同一类别的绿色！"他们在讨论我的新衣服属于哪一种颜色。"林肯绿[1]！"又有一个声音说。"他也许就是罗宾汉！"那个叫法让我好高兴，我看到自己带着圣女玛丽安在绿林中走来走去。"你难道不觉得你不一样了吗？"有人问我，这问话近乎让人愤慨，好像我不承认似的。我高声宣称："感觉到了，我觉得我成了另一个人！"——事实远远不光是这些。听了这话他们都笑。话题逐渐从我身上移开，像今天一样，议论不会总是围绕孩子们。于是我意识到以我为中心的时刻结束了，我很不自在地从我的椅座上移下来，但那个时刻是多么刻骨铭心啊。莫兹利太太说："过来，宝贝，让我更近地瞧瞧你。"我局促不安地向她走过去，像一只虫子一样被她眼睛里射出的光束俘获，那是黑色的探照灯，压力和强度从不改变的探照灯。她在手指尖间拿捏搓揉着柔软轻巧的衣服面料。"我觉得这些烟灰色的珍珠纽扣很不错，你觉得是这样吗？是的，我觉得做得相当不错，我希望你妈妈也能这样想。"她转向她女儿，就好像我和我关注的东西对她不复存在。她继续说道："你找到时机办我委托给你的那些小差事了吗——那些下一星期我们用得着的东西？""办妥了，妈妈。"玛丽安说。

"你给你自己买了些什么吗？"

玛丽安耸了耸自己的肩膀。

"哦，没买什么，妈妈；我的可以拖一拖。"

"你不能拖得太久，"莫兹利太太平静地说，"我想你在诺里奇没有会见什么人吧？"

"连只猫都没见着，"玛丽安说，"我们一直在赶时间，对吗，利奥？"

"是的，我们在赶时间。"我回答，我太希望与她说一样的话，致使我忘了我在教堂里过的那一个小时。

夏天从我的敌人变成了我的朋友：这是我们诺里奇购物的另一个成效。我感到我可以在炎热里游刃有余，我在炎热里游来荡去，好像是在试探一种新的自然环境。我喜欢观看炎热闪着弱弱的光从地面升起，浓浓地挂在七月发黑的树梢上。我喜欢炎热所带来的，或者看似是炎热带来的，那种悬浮的动感，把自然界的一切都简化成无声无息的思索。我喜欢用手触摸它，在喉咙里感受它，体会它绕膝的感觉，我的两膝这时候已完全裸露待它拥抱。我巴望着要远行，更深入地走进热里，实现同它紧密的真实的接触；因为我觉得我经受炎热的经历在一定意义上说是循序渐进的，如果温度一味地变得越来越热，那才说明热有一个中心，是我应当到达的中心。

我的绿色套装，缀着烟灰色的珍珠纽扣，领口敞开，轻柔地依偎着我，我的薄薄的内衣用轻拂爱抚着我，我的长筒袜薄得几乎不足以保护我的腿免受划伤，我的低鞡鞋是我特殊的骄傲——这一切我觉得只是我从物质形态上与夏天完全融合的第一步。它们会一项接一项地被我丢弃——以什么样的顺序丢弃，我对这个问题颇费心思，但决定不下来。我最终脱尽衣服全裸之前，哪一件衣服会成为我最后保留的呢？正像我所有关于性的意识一样，关于体面的见解，我思路不清，张冠李戴；尽管如此，我的想法已足够明确，足以使我渴望那种自由，将体面与衣服一道彻底丢弃，像一棵树或是一朵花一样，在自己与大自然之间无遮无隔。

这么多关于实现裸体主义的向往在我脑海里挥之不去，也许我从来没有考虑过它们能否变为现实。与此同时，在我的意识的另一个层面上，我的新装束给我带来的自豪感改变了我对世界的看法，也改变了我与世界的关系。新衣服总是一层精神滋养，而我得到我的新衣服的情景使它们成了超级精神滋养。我自我感觉高大，我精心装扮自己，但我也不是怠惰于表达感激或敬畏，而这时间我的感激和敬畏两种情感都被唤醒了。礼物让我感激——当我受赐如此庄重的承诺和友好的赠予的时候，我的赞助人怎么可能不看重我呢？而我又怎么可能不看重他们呢？赠予方式让我敬畏：价格不菲的账单漫不经心地集聚，从一家店铺积累到另一家店铺，好像钱就不是钱！花费好比上帝；它属于另外一种状态的生灵，那个状态的生灵比我所熟悉的生灵更为富足。我的思维能力不能掌控它，但我的想象能力却可以随意摆布它；因为我的思维会把它所不理解的东西搁置一边，我的想象却与思维不同，它喜欢参悟不能理解的东西，并以类比的方式把我的感受表达出来。我这里就有现成的想象的一例。这些辉煌的人们，因为有金币而金光闪闪²（我想他们有的是面值 1.05 英镑的基尼①），他们来了，住下了，又走了，显然他们不受家庭纽带和劳动关系的约束，他们是世界公民，他们把世界变成了他们的游乐场，他们可以放浪一笑让我痛苦，莞尔一笑让我快乐（我没有忘记这种经历），世界尽在他们的管控之中——这些人几乎不逊于黄道十二宫中令人崇敬的神话人物，他们离黄道十二宫中的人们只小小一步之遥。

我的服装中有一套泳装，部分地出于裸体主义的激励，部分地是因为我在遐想我自己穿上它（与玛丽安一起度过的那一天使我在许多方面有了自我意识），我非常想把它穿上。我承认除非有人挽着我，我是不会游水的，但玛丽安说她会安排这档子事。然而，恰在这时，我的女主人莫兹利太太果断阻止。我妈妈写信给她说我身体柔弱，容易感冒；她不会在未首先征得我妈妈许可的情况下负起让我游泳的责任。但当然，如果我愿意，我可以观看其他人游水。

一场游泳聚会正在酝酿，我正好有时间写完信，然后下楼加入他们的行列。那是十四日，星期六——从气象学角度

---

① 基尼：英国旧时的一种金币或货币单位，1 基尼合 1.05 英镑。现在赛马交易中有时仍用基尼计算。

看是令人失望的一天，因为温度计（我这时候盼望它飙升到前所未有的高度）显示竟然不到76度。但这是一个只有我与马库斯还有他父亲分享的秘密，其他人对事态的真相毫不知情，大声抱怨着老天的酷热。我顺便带上我的泳装，以便不背离整个聚会的精神。马库斯也带了泳装以供使用，尽管他像我一样不会游泳。我遗憾地意识到我们俩的泳装都没有给裸体主义做出让步；我试穿上我的泳装，遮体太多，令人失望，马库斯的泳装也是这个样子。

之前我从来没有参加过大人们的游泳聚会。游泳聚会倒也没有什么新意，因为那个时候，游泳只是为数不多的一些人的消遣活动，同今天相比，那时候的游泳一词表示的是一种更为紧张激烈的经历。我那时对它充满好奇，又几乎是满怀恐惧——想到把自己置于从无涉足、危机四伏的自然环境的包围之中。我对游泳的了解只是间接的，但我觉得我的皮肤有刺痛感，我的肠子在轻轻地下坠。

我们沿着小路结队而行，一行六人——玛丽安和德尼斯，还有一对青年男女，他们的名字我记在日记里，但他们的相貌我想不起来了——我和马库斯殿后。时间大概是六点钟，但炎热依旧没有退却的意思，算不得骄阳似火，但赤日炎炎，温和而执着。我们穿过一个侧门进入一片林带。在炎热的日子里，我经常会从阳光下穿入树林；但我再也没有过类似这一次的酷热继以冰冷的印象。树木又浓又密，紧裹在我们周围；寂静也会互相感染，我们没有人开口说话。我们来到了树中间的一条小路，沿路走一程，然后爬下一段陡峭的树木成行的河岸，走过一段台阶，进入一片草地。离这场经历又近了一步！在受到新一轮炎热的进攻的当口，我们又开始了交谈。马库斯说：

"特里明厄姆今晚就来了。"

"哦，他要来吗？"我回答说，不是对这人很感兴趣，而是在意我日记中要记入的名字。

"是的，但迟了，我们那时间已入睡了。"

"他是个好人吗？"我问。

"他是个好人，但相貌丑得可怕。当你看见他的时候，不要流露吃惊或是别的什么表情，否则会让他难堪的。他不希望你怜悯他。他在战争中受伤，他的脸没有复原，人们说那永远复原不了了。"

"倒霉。"我说。

"是倒霉，但不许对他本人这么说，也不许对玛丽安这么说。"

"为什么不许说？"

"我妈妈不喜欢这样。"

"为什么不许说？"我又问了一遍。

"答应我，你不会告诉任何人——即便受到酷刑也不说出去。"

我答应了他。

"我妈妈想让玛丽安嫁给他。"

我在沉默中咀嚼这个消息，它让我极为难受。我嫉妒特里明厄姆，剧烈的嫉妒感。他是一名战争英雄，这个事实并没有赢得我对他的推崇。我父亲反对战争到了支持布尔人的地步。[3] 我已经蛮有实力，可以放声高唱《女王的士兵》以及《再见了，多莉，我必须上前线》等歌曲，当听到烈女史密斯获释的时候，我激动得近乎疯狂；然而我相信我父亲是对的。也许特里明厄姆是活该破相。而为什么莫兹利太太想让玛丽安嫁给一个丑得可怕，甚至不配称先生的男人呢？

我们踏着一段凸起的堤道，穿过那片草地，去往一排弯曲排列的灯芯草丛，这条曲线是凹进的，我们要去的是凹进最深的那一部分。这里是诺福克的一处生长着沼泽棉的青苔湿塘地；尽管酷热难耐，万物萎靡，行人还须谨慎择路，以躲开那些水色微红、丛草半蔽的池地。咯叽咯叽，响声乍起，一股棕色的泥浆细流爬过了我的低勒鞋。

在我们前方有一个黑色的庞然大物，满是横杠、竖杆、立柱，像一座绞刑架。[4] 它辐射出一种恐惧感——也散发着强烈的孤独感。它像是一个不可靠近的东西，一个可能逮住你进而伤害你的东西；我不理解我们为什么要径直朝着它走，无所顾忌。我们几乎走到了，我都看得到它上面的沥青脱落得斑斑驳驳，且意识到这一定是多年无人理睬的结果，这时候，一个人的头和肩从灯芯草丛中出乎意料地伸出来。他背对着我们，没听见我们的声响，踏着台阶不慌不忙地走上了转盘和滑轮中间的平台。他走得很慢，沉浸在独处的欣喜当中；他抡圆胳膊，耸动双肩，好像是要给自己更多的自由，纵使他身上没有穿戴什么可以限制他活动的东西：有一阵子，我以为他是裸身的。

有一两秒的时间，他站着几乎纹丝不动，只试探着抬起他的双脚；接着他两手高举，舒张全身，展成弧形，随即消失。听到了水花四溅的声音，我才意识到河已近在眼前。

大人们在沮丧中相互瞪着眼睛，而我们又冷眼瞪着他们。沮丧演变成了恼恨。德尼斯说："好没道理，我想整个这地方都是我们的，他应当知道他自己侵入了人家的领地。我们该怎么处置？责令他离开？"

"他不可能无所顾忌，他在这里自有他的道理。"另外那位年轻男子说。

"好吧，我们给他五分钟时间让他离开，可以吗？"

"我不管你们做什么，我要去换衣服了，"玛丽安说。"换衣服要花好长时间的。我们走，厄拉利（这是她朋友的怪怪的名字）。那里是我们的游泳操控设施——不好看但好用。"她指着灯芯草丛中的一间茅屋，跟许许多多茅屋一样，这一间也看着像个废弃的鸡舍。她们走了，留下了我们来面对眼前的情势。

我们彼此互相看着，拿不定主意，接下来不约而同地穿过灯芯草丛朝着河岸推进。到这时候，河依然是隐藏起来的。

忽然间，风景变了。河成了主角——我应当说是两条河，因为它们看起来像是不同的水流。

从我们立脚的水闸上游看，河是从那条林带的荫翳里流出来的。它流经杂草丛，流经灯芯草丛，时而发绿，时而发黄，时而金光灿灿；砾石闪着微光，看得见鱼在浅水中冲来奔去。水闸下游，河水开拓成了池塘，像天空一样蔚蓝。没有一根杂草污损它的表面，只有一样物件击破水面：入侵者一上一下浮动的头颅。

他看到我们了，便开始向我们游来；他两臂分水，上白下棕。很快我们可以看见他的脸了，他的眼睛紧盯着我们，面带游泳人惯有的紧绷绷的表情。"哎呀！那是特德·伯吉斯，"德尼斯压低声音说，"黑土农场的佃农。我们不得对他动粗——一方面，河对岸就是他的地；另一方面，特里明

63

厄姆不希望我们对他无礼。你们瞧瞧，我对他还必须尤其和善。作为一个农夫，他游水游得不烂，是吧？"德尼斯似乎庆幸没有当众大吵大闹；而我则感到失望，我一直是在企盼着有一场吵闹，并且我认为农夫不一定就是一个可以被轻易驱走的人。

"我就跟他打个照面问个好吧，"德尼斯说，"当然从社交角度说，我们是不认识他的，但我们一定不能让他认为我们高傲自大。"

这时候，伯吉斯几乎到了我们的正下方。一根老旧粗壮的柱子嵌在水闸的砖结构里面，伸出水外，风吹日晒使它的侧面沟槽遍布，顶端几乎剥蚀成了一个细尖。他抱住这根柱子，开始把自己拽上来。为了换一个蹬脚处，他蜷缩在尖头上，看上去他像是被钉在柱子上似的，然后他用手紧握住固定在砖壁上的一个圆环攀上了岸，水从他身上往下流。

"好险的登岸！"德尼斯说着把他的干手伸给农夫的湿手，"你为什么不从水闸的另一侧出水？那样会容易一点儿，我们在那里是修了台阶的。"

"我知道，"农夫说，"但我一贯是这样上岸的。"他的话带着当地的口音；这使他的言辞有了一种热度和质感。他低头看看脚下蓝色的砖面上逐渐聚成的水洼，因为在衣着齐整的人们面前几乎裸身，他突然显得不好意思起来。他满怀歉意地说道："我不知道会有人来这里，收割才刚开始，我干活干得太热，我想我可以下来小游一程，毕竟今天星期六嘛。我不会游很长时间，再扎一头也就够了——"

"哦，请不要因为我们而把你搞得匆匆忙忙，"德尼斯插话说，"对我们来说，这没什么不妥，在布兰汉庄园，我们也热得慌。"他又补充了一句："顺便告诉你一声，特里明厄姆今晚就来了：他有可能想要见你。"

"我乐意恭候。"农夫说，他给德尼斯鞠了个半身躬，然后沿着阶梯跑上了平台，在每一个台阶上留下了发黑的脚印。我们看着他跳水——足有10英尺①的俯冲——紧接着，德尼斯说："我想我没有弄得他紧张吧，你说呢？"他的朋友点头附和。他们朝一个方向走去，我们走另外一个方向，为的是在灯芯草丛中找到掩隐的地方。灯芯草羽绒一样的毛穗频频点头。到了草丛中，我想我们可以看见别人，但别人看不见我们：这是教人脸红的秘密，不可声张。马库斯开始脱他的衣服，我也想脱，但马库斯说："如果你不游泳，换作我，我是不会穿上泳装的，那看上去不伦不类。"于是我就按兵不动。

灯芯草窸窣作响，男人们走出来了，几乎是在同时，我们听到茅屋的门咯咯叽叽，还有女人的声音，他们一道全都走向水闸上方的台阶，我跟着他们，但感到不再是他们的同伴。从某种意义上说，看着他们衣着齐整，下水游泳，就好像他们穿着日常的衣服洗浴，这让人失望；我记得玛丽安的泳装把她裹得很严实，比她的晚礼服严实多了。他们在台阶上迟迟疑疑，顽皮地怂恿对方先下水。德尼斯和他的朋友相互把彼此拖进水里，被穿过水闸的激流冲走，而玛丽安、厄拉利和马库斯停留在上流只有腰深的浅水里；他们迈着大步，摇摇晃晃，来回蹚水，他们的脚踩在闪着金光的砾石上，

---

① 10英尺约为3米。——编者注

脚被衬托得又软又白，他们扎入无人察觉的穴孔，相互泼水，放声尖叫，嬉闹地笑，豪放地笑。他们宽厚笨拙的衣衫开始紧贴住身体，表现出他们身体柔软的轮廓。现在胆大一点儿了，他们用力时可以带有目的。目标使他们的视域变窄；他们下颌上翘，缓缓划水，两手舒张，推水向后，继而再揽水入怀。逐渐地他们做这样的动作越来越自如；他们发出幸福圣洁的微笑，吸入深长的无比快乐的气息。

这很像看人家跳舞，自己又参与不进去。看他们看够了，我便转身向水闸较远的一边走去。在那里，德尼斯和另外的那个人在深水区仰面漂浮，时而把水踢成泡沫，时而凝目仰望天空，只有脸露出水面。正当我站在那里崇敬他们但不希望加入他们的时候，我听见从我下方传来声音；这是特德·伯吉斯正在攀住柱子，拖自己出水。他肌肉隆起，由于用力而面部紧绷，他没有看到我；而在那尊威力四溢的身躯前面，我几乎因惧怕而缩退，那尊身躯是在讲给我一些我不知道的事。我退入灯芯草丛，坐下；而他则躺在阳光下暖热的砖基上舒展自己。

他的衣服就放在他的边上；他没有自找麻烦，寻求灯芯草的遮蔽，现在也没有必要这么做。他相信别的游水人是看不到自己的，因而他让自己和自己的身体放纵于一种孤身独处的状态。他蠕动着自己的脚趾，使劲地用鼻孔呼吸，扭动着他依旧挂着水珠的棕色胡须，用挑剔的目光周身打量自己。这种审视似乎令他满足，或许真的使他满足。至于我，只跟正在发育的身体和心智打过交道，却在突然间与最为明白实在的成熟相遇；他所拥有的手、臂、腿、脚超越了健身房和操练场的需要，只为它们自己的力和美而存在。我想知道，成长为他会是什么感觉；我在想，他的四肢需要做些什么才能生发自我意识。

就在眼前，他左手拿着一根车前草株干，轻轻地顺着他的右小臂揉擦汗毛；汗毛在阳光下闪闪发亮，颜色比胳膊灰暗，他的双臂至胳膊肘以上呈红木色。接下来，他把双臂高高伸起在胸脯上方，他的脖颈下面，太阳光给他晒成了一个古铜色的胸铠，除此之外，他的胸脯一片白皙，致人怀疑它有可能属于另外一个人；他对自己窃笑，一种亲密、惬意的微笑，对大多数人而言，这看上去会是童稚气十足的傻笑，但对他而言，则有一种羽毛长在老虎身上的效果——这则隐喻，意在对比，映照出都是他的优势。

我说不清我是不是在刺探他的秘密，但我只要稍有动作就会暴露自己，况且我有一种感觉，打搅了他会有危险。

这段时间里，游水的那伙人一直很安静，但突然从河里传来了叫喊声——"啊呀，我的头发，我的头发散开了，湿透了！干不了了！我该怎么办？该怎么办？我要出去了！"

农夫跳起身来，他不等自己干透。他把衬衣从头上套下来，把灯芯绒裤从湿泳衣上拉上去；他把脚塞进厚厚的灰色短袜里，蹬上靴子。紧接着先前的沉寂，他投入到这些动作中的富有爆发力的能量几乎吓着了我。他的皮带给了他最大的麻烦，他在扣上搭钩的时候急得骂粗话。然后他大步流星走过水闸。

过了一会儿，玛丽安过来了。她把她的长发卷握在身前。她的卷发有我所熟知的两道弯，它们属于黄道十二宫的处女座[5]。她很快就发现了我；她半是说笑半是恼火。"哎呀，利奥，"她说，"你坐在那地方看上去好洋洋得意啊，我应该把你扔进河里。"我想我听见那话的样子很惊慌，因为她接着说："不扔，不真扔。只是你看你干燥得让人嫉恨，而我要过多长时间才能干啊。"她四周打量了一番说："那人走了吗？"

"走了。"我说，能回答上她提的任何问题都总是让我开心。"他走开得匆匆忙忙，他名叫特德·伯吉斯，一个农夫，"我主动回答道，"你认识他吗？"

"我可能见过他，"玛丽安说，"我记不清了。但你还在这里，这就够了。"

我不明白她什么意思，但那意思听起来像是对我的赞词。她继续走路，去了茅屋。很快其他人陆续上岸：马库斯到我跟前给我讲游水多么快意。我羡慕他，他的泳衣似乎缩到了一半大小：我的未入水的泳衣好像一枚失败的徽章。我们等女士们等了好长时间，最终玛丽安出来了，托着她的发卷好让它不粘贴身体。"哎呀，头发永远干不了了，"她哭丧着脸说，"正往我的衣服上掉水呢！"看着她无助、无奈的样子，我觉得很好笑，她总是惯于把事情看得轻而易举，而面对像湿头发这样的小事却一筹莫展！女人就是很怪。就在这时候，我有了一个主意。这主意让我浑身欣喜。我说："这是我的游泳服，它完全是干的。如果你把它系在脖子周围，让它从你的脊背垂下去，那样你就可以把头发铺到我的游泳服上，这一来，头发可以晾干，衣服又不至于弄湿。"我停下来，上气不接下气；那似乎是我做过的最长的演说，而我又非常担心她听不下去：小孩子们的建议被搁置一边，这是太常见的事儿了。我以恳求的姿态把衣服举起来递给她，以便她自己可以明了这衣服很适合那用场。她将信将疑地说：

"也许管用，谁有别针啊？"有人拿出了别针；那衣服便绕着她的脖颈铺覆开来；人们称赏我的机智。她对我说："现在你得把我的头发铺到泳衣上，小心，不要拉扯。噢，噢！"我惊诧地退缩回去；我怎么会弄疼她呢？我几乎没有碰触到她的头发呀，尽管我非常想那么做。然后我见她面带笑容，于是继续执行我的任务。那真是为爱辛劳，我的第一次为爱辛劳。

在各种不断加长的阴凉影子里，我随着她往回走，依然渴望着能成为她的"这就够了"，尽管我不明白是什么意思。时不时地，她问我她的头发怎么样，而不论哪一回我摸摸她的头发，看看究竟，她都要假装出我拉扯了她的头发。她处在一种古怪的、自得的情绪中，而我也一样；而且我认为出于某种原因，我们俩这兴高采烈的欢态来自相同的渊源。我的想法罩住她，她接受了我的想法：我就是那件上面铺着她秀发的泳衣；我是她正在变干的秀发，我是吹干她秀发的风。我有一种我自己也无法描述的巨大的成就感。但当她把我的泳装还给我并且又一次让我触摸她的头发的时候，我感到了心满意足、别无他求，我的泳装湿了，是因为我不想让她受潮湿所致，她的头发干了，是因为我所想到的干燥方法所致。

第五章

　　布兰汉庄园的早餐是从九点钟的家庭祈祷开始的。祈祷词由坐在餐桌头上的莫兹利先生诵读（所有的食品菜肴都摆放在餐具柜上）。椅子后撤，排列在四周墙脚；我认为所有的椅子都是一个样子，但我有我最喜欢的椅子，我可以凭借某些标记把它辨认出来，我也总是想着法子找到它。钟声响过，仆人们由神色庄严的管家带领，列队进入。我总是在数他们，尽管相传布兰汉庄园有十二位仆人，我却从来没有数到超过十位。家庭成员的出场情况就更无规则。莫兹利太太总是在场；我和马库斯视这仪式为荣耀，巴不得在场；德尼斯有时候来，有时候不来，而玛丽安则很少开头就在场，有时候到了中间才来。总体上讲，客人中的一半以上是要出席这个仪式的。马库斯告诉我这种事谈不上非参加不可，但大多数在乎礼仪规矩的人家是要进行家庭祈祷的（我不敢告诉他我们家没有）。他父亲相当推崇家人参加祈祷，但如果有人不参加，他也不发火。

　　我们起先正襟危坐，而后转身下跪。我们坐着的时候，莫兹利先生选读《圣经》；而当我们跪着的时候，他诵读祈祷词；他操着世俗的嗓音读《圣经》，读祈祷词，没有音变，但不无崇敬；他的为人非常缓和驯顺，似乎与他所做的任何事都吻合无间。

坐着的时候是我们观察的最佳时机，可以研究每位访客，或者轻松一点，研究每一位仆人，因为这些人坐在我们的对面。某种意义上说，马库斯是最受他们信任的；比如他知道他们中的哪一位老是遇到麻烦，为什么遇到麻烦。如果有人认为他们中的某一位看上去眼圈红肿，这会给这一早晨的仪式赋予了一点戏剧意味。接下来在跪着的时候，人们可以把手指关节揉进眼睛里让红颜色出现，进而可以凭借极为有限的视界仔细观察。遮遮掩掩把这样的观察进行下去而不招致别人指控不虔不敬，这是人们为自己设定的任务之一。

这天早上，我在布兰汉庄园的第一个礼拜日早上，马库斯没有跟我一起下来。他说他感觉身体不舒服。换作我，我还要与自己争辩是否该起床，还要征得什么人的许可才能卧床撒懒，而他则不必进行这样的争辩，他只需赖在床上就可以。他的灰白的脸颊上泛着微微的红晕，他的眼睛闪闪发亮。他说："不用为我担心，会有人来照管我的。向特里明厄姆送上我真诚的问候。"

私下里我决意要在祈祷结束后立即告知莫兹利太太（因为除了真的关注他的状况之外，我还喜欢让自己成为不好的消息的首发人），等钟声的最后一响过后，我立马出现在双向楼梯的顶端，我能毫不费劲地记起我走的是哪一道。

特里明厄姆，在我深一脚浅一脚蹚下洪流的时候，我这么想（这个早上我是一名印第安人；要渡过这激流，我必须做得像个探险家），特里明厄姆：这个不配称先生的特里明厄姆，这个玛丽安的母亲想让她嫁给他的特里明厄姆。但假设她不想嫁给他会怎么样呢？我不愿意设想她的希望受到任何形式的阻挠或者强迫。特里明厄姆在我的心头是一记重压，也许我可以给他施行一道法术。我掂量着怎么给这道法术措辞，同时找到了我最喜欢的椅子，整理了一下我自己的形象。其他访客陆续到来，有一位客人在我的旁边坐下。不必有人告诉我他是谁，尽管马库斯给过我警示，我还是吃惊不小。

在他朝着我的那一侧脸上有一个镰刀形状的疤痕，从眼睛延伸到嘴角；这道疤痕把眼睛往下拉，暴露出了下眼睑一道闪动着的红色，疤痕把嘴往上拉，致使别人看得见他牙齿上方的齿龈。我想即便是在睡眠中，他的眼睛是合不上的，他的嘴也是合拢不上的。我后来才得知，他蓄了胡子要把嘴遮盖一下，但那胡子一团散乱，起不到遮盖的作用。他受过损伤的眼睛有点儿流泪：即便是在我盯着他看的时候，他也在用手绢擦拭。他的整个脸面歪向一侧，有疤痕的那一侧脸颊要比另一侧脸颊短得多。

我确信要我喜欢上他是不可能的，但很快我的态度改观了。即使不存在不好确定他的社会地位这样的不利因素，他也不是一个让人害怕的人，据我判断，他的社会地位该在绅士之下，但应该说，在特德·伯吉斯那样的人之上。但为什么他能受到过分至此的关注呢？肯定是因为他那扭曲的面相。莫兹利家庭是个信仰宗教的家庭，我想：也许特里明厄姆就是这家人的一位门下食客，而这家人对他的存在不想视而不见，他们是出于遵守基督教的规则才待他和善有加。因此我想，既然我今天倾听祈祷比往常更专注，我也应该对他好。

我没有找到机会带给他马库斯的问候。星期六在我们游水期间来了好几位客人，早餐桌上的座位已达最大容量。他坐在餐桌的另一边，玛丽安坐在他的一侧，在他的没有疤痕的一侧；时隔不久，我便逐渐认为他是一个双面人，像两面神杰纳斯 [1]。两个面合在一起，看上去就像美与兽的并置。我在想，与他坐在一起，她能受得了，这是多么不易的雅量！她为他睁开了蓝色的眼睛，除了时而为我，她是很少这么做的。

男人们一边喝麦片粥，一边走来走去。马库斯告诉过我，男人们必须这么做；只有不入流的人才坐着喝麦片粥。我端着我的麦片粥晃来荡去，担心把粥洒了。但妇女们是坐着的。莫兹利太太似乎全神贯注，有好几次她难以捉摸的目光直线盯在特里明厄姆身上——她的目光没有必要移动，它无处不在。然而她的目光从来没有向我转来过，而当我最终得到她的注意的时候，早餐已经结束了，我们正在离开餐桌，她问："怎么，马库斯没来吗？"尽管对他那么爱若至宝，她甚至没有注意到他没有来。然后，她直接上楼进入他的房间，我在搞清楚不会有别的差遣之后，也跟着她上楼。令我惊诧的是，我发现我们的门上用两个图钉钉着一个信封，上面写着"不许入内"。我立刻应对这个挑战：况且，这是马库斯的房间，也是我的房间，没有人有权利把我挡在门外。我打开门把头伸进去。

"发生什么事了？"我说。

"你最好去外面慢慢地转悠一阵，"马库斯躺在床上懒懒地说，"但不要进屋来。我头疼，还出了些斑点，我妈认为这很可能是麻疹。她没这么说，但我知道她是这么想的。"

"倒霉，老伙计，"我说，"但这样玩老把戏把我们隔离有什么意义呢？"

"是这样，流行病结束之后还会发现病例，这是有可能的事。大夫快来了，他该知道是怎么回事。如果是你得了麻疹该多有意思。也许会像在学校一样，我们统统染上。然后我们就不能参加板球赛，不能参加舞会，不能参加任何活动。我的天啊，我要狂笑了！"

"会有一场板球赛吗？"

"是的，每年都有。这有助于宁息人们的骚动情绪。"

"还有舞会？"我有点不安地问道。我对舞会没有对板球赛那样热心。

"是的，那是为玛丽安，为特里明厄姆，为所有的邻居举办的。时间是 28 日，星期六，我妈妈已经把请柬都发出去了。上帝呀，到那时候，我们这个地方就要成旅社客栈啦！"

由于这样的预期，我们俩都笑得像鬣狗一样，马库斯说："你最好不要待在这里，吸入我该死的病菌。"

"啊呀，上帝，也许你是对的。你的话提醒了我，我要找我的祈祷书。"

"什么？你是要去那老生常谈的教堂吗？"

"是的，我想我也许该去。"

"你好讲体面呀，但你是知道的，你没必要去。"

"我知道，但我不想让大家伙儿难堪。在家的时候，我们有时是去教堂的，"我耐心地告诉他，"我可以溜到屋子那边去拿我的祈祷劳什子吗？"

上学期起把书称作"劳什子"一直是一种时尚。

"可以溜过去，但要屏住呼吸。"

我把肺憋满，奔向斗橱，攫住祈祷书，满脸猪肝红又回到了门边。

　　"好家伙，我以为你一口气跑不了来回，"我气喘吁吁的当口，马库斯说道，"你有什么硬币或其他类似的钱以应对他们的募捐吗？"

　　向着斗橱潜水似的突奔过程又上演了一遍，但这一次我得探出水面吸一口气。我把一大口气吞下去的时候，清楚地感觉到若干个细菌，虫子一般大小，从我的呼吸道钻下去了。为了分散我自己的注意，我打开我的钱包闻了闻。新皮革气味扑鼻，那芳香的味道几乎跟嗅盐瓶一样提神；我用一只防盗钩打开钱包的中央区，里面护卫着一枚半英镑的金币。其他区域里装着其他硬币，按面值大小排列；钱包最外层装着若干便士。

　　马库斯说："如果你问我妈，她会给你些钱的，她不管怎么会给你些钱的，她在这上面很讲体面。"

　　男人关于钱的秘密外泄，突然之间我的舌头僵住了。

　　"我会考虑的。"我说，捏了捏钱包，里面发出依依不舍的噼啪声。

　　"好了，切记不要折腾光了。再见吧，老家伙，祈祷时别卖力过头了。"

　　"再见，你个老骗子。"我回应道。

　　我们在家用一种方式交谈，在学校用另外一种方式交谈：两种交谈方式像两种不同的语言一样泾渭分明。然而当我们单独待在一起，特别是当某件带来骚动的事——如像马库斯将得麻疹——正在发生的时候，即便不在学校，我们也常常会沦落到使用学童的话语。只有当马库斯教给我他所称道的*行为规范*①的时候，他才少不得使用一种不事矫饰的词汇。行为规范是个很严肃的问题，这四个字他是用法语讲的，因为他喜欢显摆他的法语。

去教堂的人们在布兰汉庄园阳面的一个地方集结，是在扶梯底下，我想这是个隐秘所在：一种新的气氛主导着这样的场景，人们不轻易出声，也不频繁走动，每个人都带着彬彬有礼的神色。妇女们人人备着祈祷书，让我佩服；男人们如果携带着祈祷书，也似乎是被藏在了什么地方。我穿着我的伊顿套装，马库斯说这样就对了；我可以在午饭后再换上我的绿色防暑装。我给自己装扮出一副虔诚的形象，在不断聚集的人群中穿来穿去，不过没有人注意我，直至最后莫兹利太太把我拉到一边说："请你把这个投给教堂募捐，好吗？"她把一个先令塞到我的手里。我突然觉得暴富了，一个念头闪过我的脑海：我该把它调换成一个较小的硬币吗？这事应该跟马库斯讲一讲；但不用了，我想，我不跟他讲也罢。我们还在晃来晃去；我这时有了一种紧张的感觉：教堂是不等人的。莫兹利先生拿出他的表说："我们是在等特里明厄姆吗？"

"是的，也许我们还得再等一两分钟。"他妻子回答说。

我妈妈没有说对：我们不是坐车去的，教堂只有半英里远。大多数时间里教堂是望得见的，不可能走错路，此外，教堂就俯瞰着板球场。我们三三两两、散散漫漫地一路走去，不像在学校那样，列队前往。在学校，我们谁跟谁一起走是事先安排好的。没有马库斯做伴让我觉得很不自在，我试着

————————
① 原著中多处使用法语，译文中的斜体书写均表示原文为法语。

76

靠近一对或两对大人，而当他们似乎忙着相互应答、没空顾及我的时候，我便一个人走。忽然间玛丽安朝我走来，她也是一个人走。我告诉她马库斯的情况，她说："我想他不会有什么大碍，可能只晒晒太阳就好了。"太阳向着我们烘烤下来，尘土冲过我们升腾上去。

"你的头发现在干了吗？"我热切地问。

她笑着说道："谢谢你的泳装啊！"

对她有用使我感到自豪，但我想不出任何话题来跟她交谈，除了说句"你的头发是意外散落下来的吗？"。

她又笑了，说："你没有姐妹吗？"这句话让我吃惊，甚至让我伤痛；在我们去诺里奇的那一天，我告诉过她我的家庭背景的所有情况，我对她是毫无保留的坦诚，我就此提醒她。

她说："你当然告诉过我了，我把你家的情况也统统记得清楚。但我要考虑的事情实在太多，你家的情况刚好从我的脑海里溜出去了，非常抱歉。"

此前我从来没听到过她向哪个人道歉，所以她的道歉给了我一种奇妙的感觉，是甜蜜的感觉，是力量的感觉；然而我不知道接下来该说什么，于是便开始看她，看她的草帽，上面有一张弓，像风车的帆，看她蓝色的华美的轻纱裙在尘土中拖行时构建的图案。忽然从眼睛的一角，我瞥见特里明厄姆跟在我们后面，他不像我们那样走得懒懒散散，他很快就会赶上我们。我不想看到这样的事发生，就开始估算他需要多长时间可以超过我们，然而最终我感到我不得不说："特里明厄姆就跟在我们后面。"就好像他是瘟疫，是厄运，是警察。

"哦，他来了吗？"她说着转过头去，但她并没有招呼他，或是给他一个信号，而他的脚步松懈了下来。当他确实与我们并肩的时候，他微笑着赶过我们，加入到走在前面的人群当中，我这才松了口气。

第六章

　　我不记得我们是怎么进入教堂的，也不记得什么人告诉我坐到哪里。那是一件一直困扰我的麻烦事，因为我知道坐到合适的位置上很要紧。但我记得我们坐在一个耳堂里，跟其余会众构成直角，并且比他们高出一两个台阶。一位教堂司事拿给了我一本祈祷书、一部圣歌书，而我很快意能够向他宣示我已经有了这些书。

　　终于到教堂了，我如释重负，这就好比赶上了火车。我要做的第一件事就是查看今天的赞美诗，并把它们的数量加到一起，因为我知道，如果赞美诗数超过了五十，我有可能眩晕，就不得不坐下来，这是一件让我害怕的事，因为这会让众人都转过身子看着我：有那么一两次我曾经被带出教堂外，安顿在教堂门廊休息，直至我感觉好一点儿了。我喜欢这种过程带给我的重要地位，但害怕这地位的前奏，即冷汗、颤抖的双膝，以及我能坚持多久的焦虑。也许这一切就是宗教跟我不能意趣相投的征兆吧。那些时候的教堂集会要比今天的教堂集会更需要吃苦耐劳，唱赞美诗要持续够它们约定的长度。

　　然而总共加起来只要唱四十四首赞美诗，因此我的脑神经放轻松了，所以我四面打量，找点事让大脑运转起来。

耳堂的墙上满是壁画牌匾，在每一块牌匾上都刻着同一个名字。"纪念休·博仁，第六世特里明厄姆子爵，"我读下去，"生于1783年，卒于1856年"。我仔细研究它们。所有的子爵似乎名字都叫休。七位子爵有记载，但应该有八世——不，应该是九世。缺第五世，没有关于他的记录，第九世也缺。"纪念休，第八世特里明厄姆子爵，生于1843年，卒于1894年。"这让我的完整感大为不快。更让人感觉烦心的是，其中的两位子爵竟被不合时宜地叫作爱德华。第五世子爵发生了什么事，致使没有了有关他的纪念？他生活在那么久远的年代，使他很有可能正赶上历史的某一段盛世，在那些时代，历史似乎还在不记日月年代的状态下演进。然而第八世子爵1894年就去世了，所以肯定有一个第九世子爵。他为什么不在那里？

我突然间明白了，他可能还活着。

这是一个发现，或者说是一个假说，因为我没有办法向自己证实它是真的，这个发现引发了我对在这里集中的各世子爵的态度的彻底转变。起初我把他们当作教堂里的摆设，他们完全僵死了，他们完全消失了，他们僵死消失得更为彻底，他们不占有众人敬仰的墓地，只占有墙面上的一方画格。他们是出自历史教科书的资料；有关他们事迹的记载就像历史教科书中的那些事迹记载一样：他们打过的仗，他们得过的荣誉，他们在政府机构占据过的席位——什么会比这一切更加僵死呢？他们的业绩是一些要被识记的内容，要被忘记的内容，要被测试的内容，或许是因为忘记而须接受惩罚的内容。"把有关第六世特里明厄姆子爵的内容写十遍。"

然而如果真的有一个第九世子爵，不是被埋葬在一堵墙里，而是在四处行走，那么这个家族就活了；这个家族不是属于历史，而是属于今天；这座教堂就是这个家族荣耀的聚焦所在；这座教堂，布兰汉庄园，两者都是。

我琢磨这件事，在我看来好像莫兹利一家人是特里明厄姆声望的继承者。我感觉这声望就属于这个地方，这家人是通过租借权而享有它的。如果他们享有，他们的客人也享有，包括我。

一种比阳光更为明亮的荣耀充满了整个耳堂，也充满了我的心灵。这荣耀向上延展，向外延展，开始将它自身与黄道十二宫，我所最钟爱的宗教，合为一体。

我妈妈曾告诉我要思索上帝的好善，因为我有顶礼膜拜的知觉，所以作此思索，我没有丝毫困难。在学校我上唱歌课，我学唱的歌曲中有一首——"我的歌总是在赞美您的仁慈"——从这首歌里我获得的是极大的快乐：我感到我真的可以参悟上帝的仁慈，如果不需要站着的话，我可以永远咏颂对仁慈的赞美；然而我认为仁慈只是上帝的功绩，我不把上帝的仁慈与人类的罪孽联系在一起，同样的，我不把上帝的好善与人类的道德行为联系起来；好善不是人生应当达到的水准，它是供人思索的抽象概念；它包含在各种天体至善至美的追求中，尽管不是天体的好善特别地吸引了我，而是它们的无所不能让我自惭形秽，痛苦万状。我从来没有想过把我的命运与它们的命运比较，我想到的只是一个对照。

我全神贯注于参悟终极智能，却忽略了教堂里的活动，这时候我关于赞美诗的局促不安的担心又出现了，但很短暂。在第四十首诗的时候，我检测了一下我的身体指标，发现它们都正常：根据经验我明白，在吟唱剩余的四首诗的时间里，不会酿成不幸的变故。

但这时候传来了一个不祥的声音；牧师的嗓音换挡了，变成了一种更深沉的语调："啊，主啊，天堂之父。"我的精神沉了下去：我们在吟诵着连祷文。我赶紧拿出我的表，因为有关连祷文将连多久，我所知道的挺过这样的艰苦考验的最好方法是跟自己打一打赌。

通常情况下，我的思绪完全不关乎教堂里吟诵些什么，我只等候那低沉单调的声音改变它的节奏——这是尾声将近的信号。但这一次一些词汇留存了下来，"悲惨的罪孽者"作为词语而不是声音传给了我，它具有意义，也是挑战。

我坚决反对这种说法。我们为什么称自己为罪孽者？生活就是生活，人们以一定的方式活动，这活动方式有时候给人带来痛苦。我想到了詹金斯和斯特罗德。他们是罪孽者吗？即便在他们的迫害登峰造极的时候，我也从来没有想过他们是罪孽者：他们是像我一样的孩童，他们让我陷入了一种境地，我必须使用我的智慧才可以摆脱：我已经摆脱了这种境地，我已经转败为胜了。如果我把他们当成罪孽者，他们需要的是上帝的仁慈，而不是我的反抗，那么我自救的故事就已经丧失了意趣。我的胜利不会为我赢得声誉：解决问题的方案就会在上帝手上而不在我手上，甚至我也必须承认我自己是个罪孽者，因为我投放了那些诅咒。

不行。我变得更加反叛，我想，生活有其自身的法则，不论遭遇什么，维护自己、应对磨难是我自己的事，不是去上帝那里，为自己的罪孽或者为别人的罪孽涕泣涟涟。如果一个人陷入困境，他把置他于困境的人称作悲惨的罪孽者，或者把自己称作悲惨的罪孽者，这怎么能够对他有所裨益呢？我不赞成这种不问青红皂白的罪孽说，这就好比在雨天里打板球赛，赛场上每个人都可以为表现不佳找到借口——这是多么乏味的借口！生活的本意就在于考验人，开发出他的勇气、他的进取精神、他的内在力量；而我认为我渴望接受考验：我不想两膝跪地，称自己为悲惨的罪孽者。

然而好善的思想确实吸引了我，因为我不是把它看作罪孽的反面。我把它看成光明，看成真实，看成持久，像太阳的光辉，应该受到敬重，不过是从遥远处表达的敬重。

把各世子爵的资料都收集完整的想法，让我小有得意，莫兹利一家作为他们权力的行使人，对这想法也十分欣赏，他们的欣赏并不是出于这想法无可厚非，而是它足以把他们一家人同其他人群区分开来。他们是与众不同的族类，是超级成年人，规约他们的生活法则与小男孩们的生活法则不是一回事。

我刚刚得出这样的结论，这时候有人宣布唱最后一曲圣歌。多么旷日持久的教堂礼拜，几乎创造了纪录；时间已是十二点五十二分。教区执事们在执行他们的布道事务；有一位登上耳堂的台阶朝我们走过来，他的话语让我有理由认为我们是特殊的一群人，是备受尊重的一群人。

从教堂往回走的时候，我又发现自己落单了，这一次玛丽安没有与我搭伴；她立即赶往这个小小的行进队伍的最前列，就像是她早先已经作好了的决定。我落在后面，像个旅行者一样，眼观六路，试图掩盖我形单影只的事实。但同来路一样，我还不是最后一个：特里明厄姆在教堂门口停下来同教堂司事交谈，教堂司事完全一副卑躬屈膝的样子。人们对特里明厄姆所表现出来的一切尊敬都让我大惑不解，而我也依旧为此愤愤不平，这时候他赶上了我，跟我说话，我必须承认，他说话非常和蔼可亲：

"我想还没有人介绍我们认识，我的名字叫特里明厄姆。"

由于没有社交场合的经验，我竟不知道我的回应应当是告诉他我自己的名字；我并没有想到该褒扬他的彬彬有礼，而是认为他相当傻里傻气，在每个人的嘴边都挂着他自己的名字的时候，他竟然以为我不知道他叫什么名字。

"你好，特里明厄姆？"我内敛地回答道，意思如同我说了句："你就是特里明厄姆，不会忘了这个名字。"

"如果你愿意，你可以叫我休，"他主动搭话，"我不额外收费。"

"你的名字叫特里明厄姆呀，是不是？"我禁不住问道。"你告诉我特里明厄姆就是你呀。"为了避免说错，也是出于某种诡诈，我匆匆忙忙又补了句，"我的意思是可以冠以先生的特里明厄姆。"

"你的第一遍叫法是对的。"他说。

好奇心驱使着我，我盯着他古怪的脸，他的疤痕，他常流着眼泪、没有表情的眼睛，他向上翻起的嘴，就好像它们会告诉我些什么。然后我怀疑他是在捉弄我，于是我说：

"但难道不是所有的成年男人都戴一个先生称号吗？"

"不是所有的，"他说，"举例来说，医生不戴先生称号，教授也不戴先生称号。"

我看出了这里面的破绽。

"但他们被称作医生，或者教授啊，"我说，"这是他们所拥有的一种……一种头衔。"

"是这样，"他说，"我也有头衔啊。"

接下来我明白了，这就像不可理解的事情豁然开朗。慢吞吞地，不是很痛快地，我说：

"您是特里明厄姆子爵吗？"

他点了点头。

我必须把事情落实得绝对准确。

"您是第九世特里明厄姆子爵吗？"

"我是。"他说。

这起身份暴露使我惊愕得说不出话来，当我从中缓过神来的时候，我的第一个反应就是感到悲哀。他们为什么不告诉我？我可能差一点把自己闹成一个更傻里傻气的傻瓜。然后我更为强烈地警觉到我本来是该明白的。事情从一开始就很明显，太明显了。然而我硬是反应成了那个样子。在我心目中二加二如果能够等于五，那它永远不等于四。

"我必须把您称作我的主上大人吗？"我最后又问。

"哦，那倒不必，"他说，"在平常会话中不必这么称呼。或许如果你在写一封乞求恩惠的信的时候……但特里明厄姆就十分妥当的，如果你更喜欢用的是这个名字，而不是休。"

他能放下架子，平易近人的态度让我惊异。我给自己画定的那位形象模糊、不够格称其为先生的特里明厄姆彻底消失了，取而代之的是第九世子爵。不知怎的，我感到他比前者要荣耀九倍。此前我从来没见过什么贵族大人，也没有料想过会遇到一位。他看上去长得怎么样不重要：首要的是他是一位贵族大人，而他是一个有脸面、有四肢、有身躯的个体的人就远在其次了。

"但你还没有告诉我你的名字呀。"他说。

"科尔斯顿。"我有点费劲地说了出来。

"科尔斯顿先生？"

尽管这如同挥剑一击的尊称十分温和，我的脸还是红了。

"是这样，利奥是我的教名。"

"所以，如果可以的话，我该叫你利奥。"

我嘟哝了点儿什么。我在担心他肯定注意到了我态度的变化：教区执事和教堂司事所表现出来的自尊神态远比我明显得多。

"玛丽安叫你利奥吗？"他突然问，"我看到你今天早上同她交谈来着。"

"哦，是的，她叫我利奥。"我说，一下子来了热情。"我叫她玛丽安，她让我这么叫她。您是不是认为她是一个给人带来快乐的姑娘？"

"噢，是的，她是一个给人带来快乐的姑娘。"他说。

"我称她为抽人心扉的鞭子……我……我不知道该称她什么。"我前言不搭后语地收尾说，"我愿意为她做任何事情。"

"你要做什么？"

话说到这里，我觉察到了陷阱；我感到我被当场揭穿了是在吹牛。我能为她做的听起来还有点儿分量的事情太少了。思量着在小男孩的能力范围之内什么可以做得到，我回答说："如果有一条庞大的狗袭击她，我会去护着她，或者说，我当然可以为她跑跑腿——搬东西、带消息，您知道的。"

"你做这些事非常有用，"特里明厄姆大人说，"也非常友好，你愿意现在就给她带一个消息过去吗？"

"哎呀，当然了。我该说什么？"

"告诉她我这里有她的祈祷书，她把它落在教堂里了。"

我老是喜欢奔跑，我就小跑着去了。玛丽安跟一个男人走在一起，是昨夜新来的一位客人。我绕到他们前面。

"玛丽安，你好，"我说，尽量做出不是在打断他们的样子，"休让我告诉你——"

她低头看着我，大为困惑。

"谁让你告诉我？"

"是的，休让我告诉你——"

"但是，"她说得很和蔼，却也带些许不耐烦，"我怎么分辨得清楚谁让你告诉我呀？"

"休""你""谁"[①]三个词在我的脑海里跳着蹦子，我尴尬得够呛。我结结巴巴地说："不是'谁'，是'休'。"

她看上去仍然面无表情，于是我说：

"休，你知道，是休子爵。"

他俩都笑了。

我羞愧难当，我本以为她会想到我不受拘束，在直呼他的教名。"我说错了吗？"我问。"是他让我叫他休。"我补充道。我只见过这个词的书写形式，而忘了它是怎么发音的。

"你说错了，那个词不读 who（谁），"她说，"而

———————————

① 英语中 Hugh（休），who（谁），you（你）三个词元音相同，辅音相似，本书中玛丽安多次发生这三个词的听觉混淆。下文的 stew, phew, whew 等为同元音例词。

读 Hugh（休），就像这些词……stew 或者 phew，或者 whew。多绕口的词！尽管这样，我是该明白的，是我没有想到……休说什么了？"

"他说他那里有你的祈祷书，你把它落在教堂里了。"

"我太马虎了，似乎什么东西都忘。请代我谢谢他。"

我小跑着返回特里明厄姆大人那里，把玛丽安的信息带给了他。

"她就说了这些？"他问，似乎有点失望。也许他会像我一样，期盼着她即刻过来把祈祷书要走。

前门外面站着一辆高高的双轮马车。马车轮油漆得黑黄相间；车辐很细，装着橡皮轮胎。一位马夫站在马头旁边。

"你知道那是谁的装备吗？"特里明厄姆大人问，他似乎已经从祈祷书引起的失望中恢复过来了。

我说我不知道。

"是富兰克林，富兰克林医生。你不必称他先生，他不是外科大夫。"

我不是十分明白这里的笑点，但我还是顺从地笑了笑。我已经开始非常喜欢特里明厄姆大人了，尽管我说不清我是喜欢子爵还是喜欢那个人。

"医生们总是在午饭时分造访，这是他们的一项规矩。"他说。

我胆子大了，便问道：

"但您是怎么知道那是富兰克林医生的？"

特里明厄姆大人微微地耸了耸肩。"是这样，我认识这一带的每个人。"他说。

"当然，这里的一切实际上都是您的，是这样吗？"我问。然后我用了一句我斟酌再三的话，"您是一个在自己的领地做客的人！"

他笑了笑。"非常高兴这么做。"他说得干脆利落。

午饭过后，就在我要蹦着跳着离开的时候，莫兹利太太把我叫到她身边。要我顺着从她的眼睛里射出的那一道黑色光束走近她，总是勉为其难，因此我那时留下的印象一定是我走过去时显得很不情愿。

她告诉我："马库斯的身体不是很好，医生说我们必须让他卧床一两天。医生认为那不是传染病，但为了安全起见，我们还是要给你换房间。我想他们现在正在搬你的东西了。新房间跟你原来的房间隔着走道——是一间装有绿色台面呢门的房子，你想让人带你去看看吗？"

"哦，不用了，谢谢您，"我说，对她的想法我感到惊讶，"我知道那个绿色台面呢门。"

"那么就不要进到马库斯的房间里去。"我跑开的时候她在我身后喊。

然而很快，我的脚步慢了下来。我是一个人住这个房间呢，还是要跟别人共住这个房间？当我打开门的时候，我会发现有人在里面占据了它并对介入者表示愤恨吗？也许正是其中的一位成年客人占着比他的份额大得多的床位，穿衣服和脱衣服的方式稀奇古怪，可能会不想让我看着他，会是这样吗？

我在门前停住脚，敲击那柔软的台面呢，发出的响声像是包裹起来的。没有回应，所以我走进屋去。我只环顾一眼就明白了，我的担心是毫无依据的。

那是一个非常小的房间，几乎就是个单人小室：床很窄，只能供一个人使用。我的东西都在那里，我的头发刷子，我的红色衣领盒；但所有的东西都在不同的位置，看上去不一样了：我的感觉也不一样了。我踮起脚尖走来走去，就好像在探索一种新的人格。我是不是跟以前的我一样呢，多了还是少了，我确定不下来：但我觉得我被安排成了一个新的角色。

然后我记起了马库斯给我讲过的关于换衣服的事，我开始脱掉我的伊顿制服，既兴致勃勃，又偷偷摸摸——在这个新的房间里，我所有的动作都偷偷摸摸。而后一位一身林肯绿装的罗宾汉，带着即将历险的痛楚感、痛快感出发了。为了不被发现，我采取了一个盗徒应当采取的一切防范措施，因而我敢肯定没有人看见我离开了布兰汉庄园。

第七章

温度计停在 84 度：很让人满意，但我相信还有改进的余地。

自从我来到布兰汉庄园，老天滴雨未降。我爱上了酷热，我对它的感受就像一个改了信仰的人对他的新宗教的感受。我同它结盟，并一半地相信，为了我，它可能会表演出奇迹。

仅在一年前我还在虔诚地回应着我妈妈哀伤的恳求："我想酷热不会持续太久了吧，您说呢？"眼下我简直不能相信，去年的那个生病的我对温度竟那般高度地在意。

在不知不觉中，我的情绪的气候发生了变化。我不再满足于我的经历中那些迄今为止让我快意的细小变化，我想做大事。当我跟特里明厄姆大人交谈的时候，当他承认他是子爵的时候，我得到的是精神方面的灵感启迪，我想持续地享有这种灵感启迪。为了与布兰汉庄园所意味着的一切步调一致，我必须提升我的名望，我必须在更重要的领域里有所行动。

也许多年来所有的这些欲望都在我体内蛰伏，黄道诸宫正是这些欲望的最新显现。但差别是现实存在的。那个时候我明白我的立场：我私人的学校生活是我的现实，让我的想象痴迷的是我的梦想，我从来没有把两者混为一谈过。梦想遥不可及，这就是梦想的核心意义。我是一名学童，我必须坚持不懈地，但也必须是循规蹈矩地，遵从学童生活的各种现实。学童的水准就是我的水准：在日常生活中，我的视线不得超越这些水准。后来发生了日记事件和迫害事件，我求得了超自然力量的援助，那次成功实实在在让我植根于大地的现实观为之一颤。像初涉黑色技艺的其他人一样，我愿意相信我已经渐入其道。但我根本谈不上很有把握。而现在，莫兹利一家人的尊贵和在大地上活跃的各世特里明厄姆的荣耀互相叠加：两者共同作用，颠覆了我的现实主义—理想主义体系的平衡，在不知不觉中我走上了从现实通往梦想的彩虹桥。

我现在觉得我属于黄道十二宫，而不属于南丘中学；我的情感和我的行为都必须阐证这个变化。我的梦想变成了我的现实：我过去的生活是一具丢弃了的皮囊。

热是实现这个世界观变化的媒质。热作为一种解放性力量，有其自身的法则，它是我所没有经历过的力量。在热的作用下，最常见的物体，其性质也会发生改变。墙壁、树木、脚踏的实地，它们不再是冰冷的，而用手触摸上去是温暖的；于是所有感官中触觉改变最明确。许多吃的食物、喝的饮料，由于热，人们会喜爱它们，现在同样因为热，人们会躲避它们。如果不用冰块阻止，黄油会消融。热除了可以改变或者强化所有的气味之外，它还有自己的气味——混合上花卉的气味，泥土释放出来的气味，还有花园自身分析不清楚的独特成分，我自己把它称作一种花园的气味。声音稀少了，又似乎是从遥远处传来，就好像大自然不愿做太大努力。在热的作用下，感官、思维、心灵、身体都在讲不同的故事，让人感觉自己是另外一个人，自己成了另外一个人。

我本能地四周看了一圈，想找马库斯，但马库斯不在。这个下午应当由我独自一人度过了，其他人，黄道宫的伙伴们，都忙于各人自己所优先关切的事务，我不想把他们搜寻出来。我对他们不再恐惧了；如果我要跟他们接近，他们会善待我；但我必须依他们的路子行事。我也希望，我迫切地希望，我能依我自己的路子行事。

我探索热，能臻于何种完善程度，是个问题；我感受热的力量，与它融为一体，又能臻于何种完善程度？下午玩耍的时间，我和马库斯常在布兰汉庄园游来荡去，它那些尚未充分向我们展示过的地方在吸引着我们。我眼下要探究更远的地方了。我所知道的唯一的一条路不是车马大道，而是那条通往游泳处的小道，我踏上了这条小道。

即便是从昨天到现在这么短的时间，水中的草甸也似乎干涸了。堤道旁那些锈迹斑斑的池塘退缩了；柳枝在灰蒙蒙的薄雾里闪烁。我在想我是否该找一找那位游水的农夫，但我没有找；这地方被丢弃了，没有了叫嚷声、说笑声、溅水声，同第一次来这里的时候一样，它让我担惊受怕——我想是因为某种溺水的联想吧。那座黑色的绞刑架几乎烫得手不能碰，我登了上去，俯瞰那面曾经被农夫的扎水击破了的镜子。它现在一尘不染，毫无瑕疵；是天空的一张正照，颜色深了一点。

我走过了那座水闸，循着跟我一样高的灯芯草中间的一条小道，很快来到了第二个水闸，它小一点，但不是一个吊门，有两个吊门。又走过了这座水闸，我发现自己进了一片玉米地。玉米地最近才收割结束，有些割倒的玉米秧还躺在地上，其他的已经收集成了许多堆垛。这些堆垛与我们威尔特郡的禾堆的轮廓有细微差别，因而确证了我的漫游异邦的感觉。

在这里我第一次感到我的低勒鞋有缺憾，因为玉米茬子高过鞋，刺痛了我的脚踝。即便是这样，我的皮肤感受一番硬邦邦、尖锐的刺戳也不无快感。我看到在玉米地块的远角落处有一个大门，我小心翼翼地迈开脚步朝大门走去。

大门开在一条深槽密布的田间道上，有些地方的凹槽又深又窄又被暴晒得十分坚硬，当我把脚踩到凹槽里的时候（一种非踩不可的感觉驱使着我），我几乎拉不出来。遐想一番，我被搁浅在那里，一只脚被拖住，任由自己冲来撞去，像一只遭到诱捕的白鼬，直到有人来救援！

从玉米地边上看，这条田间道似乎在山坡上消失了，在前方灰绿色的高地上没有了路的迹象。但当我到了高地，我发现路向左拐，在稀疏的灌木树篱之间蜿蜒通往一处晒谷场和一处农家院落，这里路到头了。

对我这一代的男孩子而言，晒谷场就是一场挑战。它像一处印第安人的陋屋，是一个公认的罗曼蒂克的象征。各种各样的历险可能在等着你：一只凶猛的牧羊犬，你必须勇敢面对；一个草垛，你必须敢从上面溜下来，或者承认自己是懦夫。

周围没有人。

我打开大门走了进去。面对着我的就是一个草垛，一副梯子很便当地通上去。我蹑手蹑脚，缩头弯腰，眼观六路，做了一番侦察。草垛是旧年的，一半已经被劈掉了；但想从上面溜坡下来，剩下的也足够了。我不是真的想从上面溜下来，但如果想要保住自尊，我就找不到什么借口让我不这么做。不由自主，我表现得好像全学校人的眼睛都在盯着我。忽然，一阵微微的惊慌震慑了我；我渴望能摆脱困境，于是省去了有经验的草垛滑行家们一贯采取的那些必要的、实用的、也是不丢面子的安全防范措施：用草做成一个台垫阻断我下落。我本来可以做这个台垫——四周干草到处都是——但我急迫的心情让我顾不得这些。

在空气中疯狂地下冲，近乎是在飞行，让我陶醉：一个原因是那凉爽叫人心旷神怡，纵然我目前是一个酷热爱好者，但我伺机品味每一种消减酷热的感受也没有什么不合逻辑。我已经决定要多次重复这个表演，这时，忽然咔嚓一响！我的膝盖撞上了硬东西。我后来发觉，那是一块被草垛底下的草遮掩了的砧板；但在那个时刻我只能呻吟，只能看着血从膝盖骨下面的一道长裂口里流出来。詹金斯和斯特罗德的命运从我的脑海里闪过，不知我是不是也碰断了骨头，给自己弄了个脑震荡。

我不知道我下一步该做什么，但决定权不在我自己手中。那位农夫大步流星横穿晒谷场走了过来，两只手各拎着一桶水。我记得他——他是曾在池塘里游泳的特德·伯吉斯，但很显然他不记得我。

"活见鬼——！"他开始谩骂，他红棕色的眼睛里闪动着愤怒的光。"你怎么搞的，你想想你在这里闯什么祸了？我好想把你这混蛋狠揍一顿，你这辈子从没挨过的狠揍。"

奇怪的是这顿痛骂并没有让我反感他：我想这正是一个

愤怒的农夫该说的话：从某种意义上讲，如果他说得没有这么严苛，才会让我失望。然而我吓破了胆，因为我记得非常清楚，他把两只袖子挽起在两条胳膊上，看上去很有能力实施他的威胁。

我气喘吁吁地说："等一等，我认识你！"好像这样说就一定可以避开他的怒气，"我们……我们见过面的！"

"见过面？"他说着，一副宁信其无的神色，"哪里见过？"

"在游水场，"我回答说，"你是一个人在游水……我是跟着另外一伙人来的。"

"哦！"他说，他的声音和方式完全变了，"这么说你是从布兰汉庄园来的。"

我点点头，鼓起我在半卧状态下所能集聚起来的那种尊严，干草刺戳着我的脖颈后面，我佝偻起脊背，感到自己小得可怜，毫无疑问，我看上去也小得可怜。鉴于肉体上更大的危险已被排除，我对膝盖上的伤痛感觉变得敏锐起来。我试验性地触摸那个部位，眉头紧紧地蹙了起来。

"我想我们最好把那地方给你包扎起来，"他说，"跟我来，能走吗？"

他伸出手把我拉起来。膝盖僵硬而疼痛，我只能跛着走。

"很幸运今天是星期天，"他说，"否则我不会在这里。我正在提水饮马，忽然听到你的惨叫。"

"我叫了吗？"我问，满心沮丧。

"你叫了，"他说，"但要是换作有些孩子可能就哭鼻子了。"

我很赞赏这种恭维，感觉我应当回馈他一番。

"我看到你跳水了，你跳得棒极了。"我说。

他似乎高兴了，接下来他说："如果我对你说话说得急了点，请不要在意。我就是这个气性，住在这附近的这帮顽童弄得我半疯半狂了。"

当他得知我来自哪里的时候，他的语调改变了，我不因此而瞧不起他：在我看来他本该这样做，这是正确的、自然的、恰当的，就像当我意识到特里明厄姆是子爵的时候，我改变了我的语调一样，在我看来也是正确的、恰当的。我把等级原则原封不动照搬到了我的道德理念当中，我有敬贤重人的明确意识。

穿过一道直通伙房的门，我们走进了房子，房子给我的印象就是一处下等住所。他用充满自我维护的语气告诉我："这就是我大多数时间里住的地方，我不是你说的绅士农夫，我是一个苦力农夫。请坐下，好吗？我来找一些东西包扎你受伤的膝盖。"

直到坐下来之后，我才意识到我的膝盖那一记碰撞带给我多大的烦恼。

他回来了，拿着一个标着"苯酚"的高瓶子，还拿着几片碎布。然后他从水池子里拿过一只白色的瓷漆碗舀水冲洗裂口，裂口已经不流血了。

他说："算你幸运，没有挂到你的短裤和袜子，你差一点儿就毁了这一身漂亮的绿色套装。"

我周身涌起了如释重负的感觉；我确实感到幸运。"玛丽安小姐给我买的，"我说，"布兰汉庄园的玛丽安·莫兹利小姐。"

"噢？她买的？"他边擦拭我的膝盖边说，"我与那些头戴光环的人们不怎么打交道。对了，接下来有点刺痛。"他把一块布片浸上苯酚，在伤处轻轻敷搽。我的眼睛里渗出了泪水，但我尽力勇敢，不致退缩。"你是个斯巴达人①啊。"他说，我感到受了精美的奖赏。"现在我们用这个把它扎起来。"这是一方旧手绢。

"但你难道不要它了吗？"我问。

"噢，我有的是。"这个问题似乎让他有一点惊慌失措。他把绷带用力一拉，"太紧了吗？"他问。

我喜欢他的这种半情半愿的温柔风度。

"现在走一走，试试行不行。"他说。

我在铺路石板砌成的伙房地上僵直笨拙地走了几步：绷带稳定了伤处；我感觉情况开始好转。得知某件事开端很糟但结局不坏，其作用像一剂补药。这个经历能够让我杜撰出多么动听的故事啊！然后，突然间，我意识到我欠他些什么；像所有的小孩子一样，我也是习惯于让别人替我做事的，但我的年纪已经足够分得清别人的恩惠。然而即便我有钱，我也不敢付给他钱。我能做什么？我可以送给他一件礼物吗？在我的脑海中礼物是非常要紧的。我把伙房看了一圈，里面除去一张牲畜饲养人员用的大日历之外，没有什么装饰，与我最近所处的环境差别很大，于是我说，派头很大度：

"实在是非常感谢你，伯吉斯先生。"（我很高兴把"先生"这个词加了进去。）"我能为你做些什么吗？"

我满腔期待，等他说没有，但他反而非常专注地看着我说：

①　斯巴达人：勇士。

"对了，也许有你能为我做的事。"

我的好奇心即刻被调动了起来。

"你能为我带个信吗？"

"当然了。"我说，很失望，他给了我这么一个微不足道的任务。我记得特里明厄姆大人的信，那种传传话的差事多没劲。"什么信？我要带给谁？"

他没有立即回答我，而是拿起那碗弄脏了的水，在水池里泼了一圈。他返回来，居高临下站在我跟前。

"你急着要回去吗？"他说，"可以请你等一两分钟吗？"他似乎总是用他的整个身体说话，这给了他的言辞一种令人惊奇的强度。

我看着我的表计算了一下。"我们五点整才喝茶，"我说，"够晚的了，是不是？在我自己家的时候，我们的喝茶时间会早一点。我可以等……差不多十分钟或十五分钟。"

他笑了笑说："你不应该误了茶点。"他似乎是在同自己争辩，他的言谈方式变了，他说："你想不想看看这里的马匹？"

"嗨，想看。"我尽量让声音听上去热忱满怀。

我们来到一排砖块砌成的长棚子，棚子有四孔门，每孔门的侧翼是一扇窗户，每一扇窗户里都有一匹马头探出来。"这匹白马叫不列颠，"他说，"他是我最优秀的拉力夫，但他不愿与别的马合作，只好由他自己单打独斗啰。有趣，是不是呀？这是枣红母马，她的名字是笑面驹，她是一名勤勤恳恳、任劳任怨的耕者，但夏收一结束她就要下马驹子了。这匹灰马叫拳击手，但他牙口大了，有点儿上了年纪。这一匹是我有时候打猎的骑乘，他长着个漂亮的脑袋，是不是？"

他伏下身子，吻了吻毛茸茸的马鼻子，那马张开了鼻孔，用力通过鼻孔呼吸，以此来表明它欣赏他的吻。

"那这马叫什么？"我问。

"野燕麦。"他回答，一面咧着嘴笑，我也报以咧嘴一笑，不知道为什么笑。

下午所有的热量似乎都聚集到了我们站的地方，强化了马的味道、马粪的味道和晒谷场上所有的味道。这让我很不舒服，几乎要眩晕了，但这也刺激了我；对马的视察结束之后，我半感不适，半感欣喜，我们转过身要回到屋里边。

我们在进伙房的时候，农夫猛然说：

"你多大了？"

"这个月27号我就整十三岁了。"我不无得意地说，希望他能回答"啊，想不到这么凑巧！"，因为可以确信，大多数大人会对人家的生日表现出兴趣的。

然而他说："我应当把你看得更大一点。就年龄说，你显得要大一些。"

这通称赞，尤其是来自像他这么个大块头人物的称赞，让我沾沾自喜。

他下面说出的一句话是："不知我是否可以信赖你。"

我非常吃惊，甚至觉得受到的是半冒犯；但只是半冒犯，因为我想那肯定是大事相托的前奏。

然而，我还是满怀义愤地说："你当然可以信赖我。我的家长报告书说我值得信任；'一个值得信赖的孩子！'校长是这么说的。"

"校长这么说，但我能信赖你吗？"他盯着我说，"我能信赖你守口如瓶吗？"

我在想，一个多么白痴的问题啊！竟拿它来问一个学童，我们都会盟誓来保守秘密。我几乎在用怜悯的目光看着他。"你想要我对你发誓吗？"我说。

"你自己嘛，你想做什么都可以，"他回答说，"但如果你泄露了秘密——"他停住话头，他的气质所隐含的那种身体上的威胁，似乎在整个房间里鲜活了起来。

"是今天下午就要做的事吗？"我问。"你可以确信我不想告诉他们，但他们会看到我的膝盖。"

他没有在意我这句话。他说："那里有个男孩，跟你一样大的年龄，是吗？"

"是的，是我的朋友马库斯，"我说，"但他在卧床休息。"

"哦！他在卧床休息。"农夫若有所思地把这句话重复了一遍，接着说，"这么说你是完全由着你自己啦。"

我向他解释，通常我们俩下午在一起玩耍，但今天下午我一个人出来散步。

我的话他半听半不听，接下来他说："布兰汉庄园很大，有很壮观的大房子，里面有许许多多的房间，是这样吗？"

"光计算卧室，我弄不清楚有多少间。"我说。

"所以我想总是有人来来往往、相互聊天，如此这般的事情发生？你永远不会有机会单独跟任何人在一起，对吗？"

我不能想象这个系列提问延续到哪里是个尽头。

"是这样，他们跟我的交谈不多。"我说，"你知道的，他们都是成年人，成年人有成年人的游戏，如像惠斯特牌①、草地网球以及谈天说地，噢，对了，他们只是为谈天说地而

---

① 惠斯特牌：18、19世纪英国流行的纸牌游戏。

101

谈天说地。（这对我来讲似乎是个不可思议的爱好。）但有时候我跟他们进行一点点交谈，比如今天早上教堂礼拜结束后，我与特里明厄姆子爵的交谈，还有前些日子我跟玛丽安一起待了一整天——她是马库斯的姐姐，可以这么说，她是个百里挑一的姑娘——只是那一天是在诺里奇。"

"噢，你跟她一起待了一天吗？"农夫说，"我料想，那就意味着你跟她不是很陌生了，是不是呀？"

我思索一番，关于玛丽安，我只能知道什么说什么，我不想为自己夸口而添油加醋。我告诉他："今天早上在去教堂的路上，如果她愿意的话，她本来可以跟特里明厄姆子爵交谈的，但她又一次与我说了一阵。"我努力回想着她跟我说话的其他场景。"当周围有大人们的时候，她经常跟我说话——她是唯一的一位跟我说得来的人。当然了，我也不期望其他人跟我交谈什么。她兄弟德尼斯说我是她的心上人，他这么说了好几回了。"

"噢？他这么说吗？"农夫说，"那是不是意味着，有时候你跟她单独在一起？我的意思是说房间里只有你们两个人，没有其他人？"

他说话的语气认真热切，好像他是在设想那种情境。

"是的，有时候，"我说，"有时候我们一起坐在沙发上。"

"你们一起坐在沙发上？"他把我的话重复了一遍。

我必须对他进行启蒙。在我家，我们有两个沙发；在他这里似乎没有沙发；在布兰汉庄园——

我说："你知道的，那里的沙发太多了。"

这一下，他理解了。"不过当你们在一起的时候，在聊天吗——？"

我点点头，我们在一起，是在聊天。

　　"你可以离她足够近——？"

　　"离她足够近？"我重复了一遍，"不过，当然了，她的裙子——"

　　"我懂，我懂。"他说，这一下他也理解了。"她的裙子摊开了的确相当长的。但那足够近——足以带给她什么吗？"

　　"带给她什么？"我说，"哦，是的，我是可能带给她什么的。"这听起来像是传染病；我的脑子里依然有些许麻疹的念头在作祟。

　　他不耐烦地说："带给她一封信，我的意思是不让任何人看见。"

　　我几乎笑了——他谋划了半天，一步一步追问，要做成的看起来就这么点子小事。"哦，是的，"我说，"足够近的，带信那点事不困难。"

　　"那么如果你愿意等一等，我就写一封信吧。"他说。

　　在他动身移开的那阵子，一个念头闪过我。我问："但你不认识她，你怎么写信给她呢？"

　　"谁说我不认识她呀？"他回应得几乎是在斗气。

　　"嗨呀，你说的呀。你说你不认识布兰汉庄园的那些人，而她告诉过我她不认识你，因为我问过她了。"

　　他思索片刻，眼睛里露出他在游水的时候带有的那种紧张的神情。

　　他问我："她说了她不认识我吗？"

　　"是这样，她说她有可能见过你，但她记不得了。"

　　他深深地吸了一口气。

"一定意义上说她是认识我的，"他说，"我算是她的一位朋友，但不是她经常一起厮混的那种朋友，我料想，她要说的是这个意思……"他停了一下又说："我们一起从事一些事务。"

"这是秘密吗？"我急切地问。

"这不仅仅是秘密。"他说。

顷刻间，我觉得有点虚弱，就好像赞美诗超过了五十首那样：让我吃惊的是（因为成年人们不容易察觉这种反应），他注意到了，因而说："看样子你累得厉害，坐下，把脚搁起来，这是一个小杌子。我这里没有沙发，很遗憾。"他把我安顿在唯一一把安乐椅上。"我用不了很长时间。"他说。

但他用的时间不算短。他拿出一瓶斯蒂芬斯牌蓝黑墨水（我很惊异他拿出的不是一个很像样子的墨水台），还有一张蓝色格子的稿纸，认真地写起来。他的手指似乎太粗太壮，握不住笔。

"我只给她捎个口信可以吗？"我说。

他眯起眼睛抬头看着我。

"你不懂。"他说。

信终于写成了。他把信装进信封，舔了舔信封袋盖，把拳头压到信封上，仿佛放了一只榔头上去。我伸出我的手去，但他没有把信给我。

他叮嘱说："如果你不能单独会她，不要把信给她。"

"那我该怎么处置它呀？"

"把它放在抽水马桶里冲走。"

我的一半在希望他没有说这话，因为我正在开始用罗曼蒂克的色彩看待我的使命；但我的另一半又很欣赏这种谨慎防范的实用的一面；我生来就是个热衷诡道的人。

"你应该相信我会照你说的做。"我说。

我想这时候他真的要让我拿上这封信了，然而他依旧把它压在他紧握的拳头下面，像一头狮子用它的爪子护着什么东西一样。

"你看着我，"他说，"你是真的办事妥当值得信赖吗？"

"我当然了。"我回答道，感到受了中伤。

他缓缓地说："因为，如果有其他的任何人拿到了这信，那等于毁了她的前景，毁了我的前景，也许也毁了你的前景。"

他说出的这些话，使我拿出了我全部的勇气，任何精心策划所能达到的收效也莫过于此。

我说："我会用我的生命来守护它。"

听了这话，他笑了笑，挪开了他的手，把信朝我推过来。

"但是你没写地址呀！"我高声嚷嚷。

"不用，"他说，接着用一股让我激动的自信补充道，"我连署名也没有签。"

"她拿到信会高兴吗？"我问。

"我想会的。"他简捷地说。

我想把所有的事都预先安排妥当。

"那有回信吗？"

"那要看情况了，"他说，"不要问太多的问题，你不要想知道得太多。"

知道了以上这么多我应该满意了。忽然间在我的脑海里出现了一种平静，就像雷暴雨退去之后的那种平静，我意识到时间一定不早了。看着我的手表，我高声大叫："我的天哪，我得走啦。"

"你现在感觉怎么样？"他热心地问道，"膝盖怎么样，看一看？"

我一边把膝盖上下打弯，一边说了句"还可以"，然后又半是遗憾地接着说："血没有从手绢里渗出来。"

"你走路的时候会渗出来的。"他用热烈的、探寻的眼光盯着我。"你看上去略显清瘦，"他说，"你真的不想让我骑马送你一程吗？马套就在那边，我很快就能把马牵过来。"

"谢谢你，我要步行。"我说。我本该想着骑马，但忽然间我感到我需要独处。我年龄太小，还不知道怎么跟人家道别离去，只在很不自在地磨蹭：此外，还有一些话我想说。

"给你，你把信忘了，"他说，"你打算把它装到哪里？"

"装到我的短裤口袋里，"我说，同时照我说的话做了，"这套衣服有好几处口袋，"——我把口袋指点给他——"但有一个认识警察的人告诉我，裤子口袋是最安全的地方。"

他赞同地看着我，这时我才第一次注意到他在出汗：他的衬衣呈黑色块片状，粘到了他的胸膛上。

"你是个好小子，"他说，同我握了握手，"快点走吧，自己照顾好自己哟。"

这句话引得我发笑，让别人给你讲自己照顾好自己似乎就非常好笑，然后我记起了我想说的话："我可以再来从你的草垛上溜下来吗？"

"我会为你把草垛打理光滑、清理顺畅的，"他说，"但你必须赶紧走了。"

他陪我走到了草垛院的大门，过了一小会儿，当我转身回头看的时候，他依旧站在那里。我挥挥手，他也向我挥手致意。

*

我赶到的时候，他们都在喝茶。我感觉我离开了好几个月，气氛是那么此一时彼一时，我所经历过的事情又那么古怪难与君说。看到我的膝盖的时候，他们把同情向我倾泻，我告诉他们特德·伯吉斯是多么友好善良。

"啊，就是黑土农场的那个伙计，"莫兹利先生说，"长得很帅气的年轻小伙子，据说擅长骑马射击。"

"这个人我想见一见，"特里明厄姆大人说，"我料他星期六要来打比赛，到那时候我同他说说话。"

我不知道特德·伯吉斯是否遇到了麻烦；所以我看着玛丽安，希望她能发布一些评论，但她似乎像是什么也没听见：她的脸上带着那种她时而带有的、像蒙了罩子的、像鹰一样的表情。我能听到信在我的裤子口袋里噼啪作响，我在怀疑它是不是露了出来。突然，她站起来说：

"我想我最好把你的膝盖包扎一下，利奥。它看上去有点儿不合章法。"

很高兴可以离开，我就跟着她走。她去了浴室：我想这是整个布兰汉庄园里面唯一的浴室，此前我从来没有看过它；马库斯和我在我们的房间里有一个圆形浴缸。

"你待在这儿，"她命令道，"我给你另外找一条绷带。"

这是一个很大的房间，里面放着一个盥洗盆，在我看来没有必要：因为为什么人们要洗澡还要盥洗？浴缸装在红木里面，还有一个红木盖子，看着就像一座坟墓。她回来后，

107

揭起盖子，让我坐在浴缸沿子上，与此同时，她脱掉了我的鞋子和袜子，好像她不知道我到了可以自己做这些事的年龄似的。"现在，把你的膝盖放到水龙头下面。"她说。

水从我的腿上细细流下，诱人的凉爽。

"我的天哪，你这一跤摔得可不轻啊。"她说。但让我吃惊的是，直到这顿包扎近乎结束了，她已经把新绷带裹上去了，她才提说起特德·伯吉斯。那个旧绷带就放在浴缸沿上，满是褶皱，满是血迹，她看着那个说："那是他的手绢吗？"

"是的，"我说，"他说他不想再要了，所以我把它扔了好吗？我知道垃圾堆在哪里。"——这倒不是我多事好事，我是想省了她的麻烦。我很乐意有机会再次光顾那个垃圾堆，我应当感到夙愿得慰，在这一派富丽堂皇中，存在一抹脏迹。

"哦，也许我可以把它洗干净，"她说，"那看上去是一个蛮不错的手绢呢。"

然后我记起了那封信，我一次又一次地忘掉它，因为当我跟她在一起的时候，我只想着她。"他要我把这个给你，"我说着把信从我的裤子口袋里面抽出来，"不好意思，把它弄得皱皱巴巴的了。"

她几乎是从我手中夺走了那封信，然后她四处张望，要找一个地方把它放起来。"哎呀！这一通包扎！你等一等。"她拿起那封信，那条手帕，不见了。过了一会儿，她返回来说："现在，我们把绷带进行到哪一步了？"

"但你已经把它扎好了呀。"我说着把我的膝盖递给她看。

"仁慈的主啊，我是已经扎好了。现在我来帮你穿上袜子。"

我拒绝她；但拒绝不了，她想亲手给我穿上，而我也不能说我不同意。"那封信你要写回信吗？"我问她，对她的这种轻描淡写的态度深感失望。然而她只是摇了摇头。

"你不准对任何人说出这……这封信，"她说，眼睛却不看着我，"不能对任何人说，甚至连马库斯也不能说。"

所有这一切关于保守秘密的劝诫让我觉得非常乏味。大人们似乎没有意识到我的这种品格，没有意识到大多数其他学童都具备这种品格，保持沉默要比开口讲话容易。我生来就是一只牡蛎，沉默寡言。我又一次向玛丽安保证她的秘密在我这里绝对安全。我耐心地解释，不管怎么说，我不可能告诉马库斯，因为他卧病在床，而我是不被允许见他的。

她说："当然了，他卧病在床，我怎么似乎什么都忘。不过你一个字也不准吐露出来，如果你泄了密，我绝饶不了你。"紧接着，我看上去非常委屈，几乎要掉眼泪了，见此情景，她缓和了下来，说："哦，不是这样，我不该这么对你说，但你知道，这信会让我们所有的人陷入最可怕的困境。"

第八章

　　一个人对事物的记忆是在不同层面发生的。我至今依旧保留着一个印象，一个有关特里明厄姆大人到来后，这个家庭上下发生的变化的印象，这个印象十分清晰，却分析不出是什么原因。此前，整个家庭保有一种自信自足的氛围，尽管有莫兹利太太寸步不离的控制，合家上下，步态随心所欲：现在每个人似乎都在把弦绷紧，蹑手蹑脚，要应对一种测验，就像我们在学校的最后几个星期，各种考试接踵而至。一个人说什么话、做什么事，似乎显得更为紧要，似乎有什么事变与之牵连，似乎是在为未来要发生的事件做着铺垫。

　　我意识到了这样的现象与我没有关系：人们快速堆起的笑容，不便张扬的殷切，都不是因我而起；永远不允许终了的会话，我几无参与。或者野炊，或者出游，或者走访，几乎每一天都在策划着这类活动：莫兹利太太也总是在早餐后宣布这些活动；对我们其他人而言，她的宣布听起来像是号令，然而她的眼睛会冲着特里明厄姆大人闪去一缕问询之光，好像他是一个信号，一辆列车继续行驶之前必须征得许可的信号。

　　而他总是会说："对我来说完全合适。"或者说："正

110

是我所期望我们应该做的。"

我能记得我们坐在某条溪水边上，旁观着食品篮一个个打开，小地毯一块块铺开，看着男仆躬下身躯更换我们的食盘。大人们喝着从高高的尖头瓶里倒出的琥珀色酒；我喝的是泡沫汹涌的柠檬汁，装在用玻璃弹子塞口的饮料瓶里。我喜欢这样吃饭。餐具打包撤去后的会话清谈真是耗神费力，叫人紧张。我壮着胆子尽可能地靠近玛丽安，但她不正眼看我；她似乎只专注于坐在她身旁的特里明厄姆大人。我听不见他们相互在说些什么，我也知道，即便我听见了，我也不懂得他们的谈话。当然我应该听得懂他们的话语，但不理解什么原委使他们说出这样的话语。

没过多少时间，特里明厄姆大人抬头看见了我，他说："那不是墨丘利嘛，你好啊！"

"你为什么叫他墨丘利？"玛丽安问。

"因为他替人当差呀。"特里明厄姆大人说。"你知道墨丘利是谁，知道不？"他问我。

"知道，墨丘利是太阳系最小的行星，水星。"我回答说，很高兴我知道答案，但疑惑竟然有跟我的情况相符的典故。

"非常正确，但用它来代称水星之前，他是诸神的信使，往来于众神之间。"

诸神的信使！我在思索这个角色，即使众神的注意从我这里撤除的时候，这个角色似乎还是在强化着我的地位。画面中，我自己穿行在黄道十二宫之间，一个接一个地走访星宿：一个引人入胜的白日梦很快就变成了一个真正的梦，因为在咀嚼一种长秆、多肉、多汁的绿草的时间里，我睡着了。当我醒来的时候，我没有立即睁开眼睛；我有一种感觉，他们会因为我睡了一觉而嘲笑我，于是我想尽可能地把这个时刻推迟；这时候我听到玛丽安对她母亲说："妈妈，我想这孩子被我们拖着转来转去，肯定是无聊得要哭了；由着他自己闲逛去，他可能会快乐自在得多。"

"哦，你是这样想的吗？"莫兹利太太说，"玛丽安，他对你可是非常忠诚啊，他就是你的小羊羔。"

玛丽安说："他实在可爱，但您清楚您自己是小孩子的时候是个什么样子：陪伴大人们一点点就是一程长路啊。"

"好了，我可以问问他，"莫兹利太太说，"刚才，算上他我们是十三人——我不知道那有没有关系，对马库斯不吉利呀。"

玛丽安不很在意地说："如果马库斯得了麻疹，我估摸着我们是否得把舞会推迟了呢？"

"我看我们没有理由那样做。"莫兹利太太果断地说。"我们要让那么多的人失望，玛丽安，你不想让人失望，是不是啊？"

我没有听清玛丽安应答了些什么，但我意识到了她们俩的意愿之间有冲突。假装着又多睡了一会儿，我小心翼翼地睁开了眼睛。玛丽安和她母亲已经走开了：其他大多数客人站在附近，仍旧交谈；两驾马车停在阴凉处；马在摇晃着它们的脑袋，拂动着它们的尾巴以便赶走苍蝇。马车夫们端坐在他们的驾车位上，高居我的头顶；他们系着花结的丝帽几乎触碰到了长满叶子的树枝，在树荫的背景上构成了更深的暗色层次。密荫摇曳，让我喜悦。我尽可能随意地站起来，希望不引起人们的注意；但特里明厄姆大人还是看见了我。

"啊哈！"他说，"墨丘利没有当值，他在睡午觉。"

我冲他微笑。我很明白在他的天性中有些始终如一的成分，他给我一种安全感，似乎我所说的任何话、所做的任何事都不会改变他对我的看法。我从来没有发现过他的取笑令人恼恨，没有疑问，部分地是因为他是子爵，但部分地也是因为我敬重他自己拿捏有度。我本以为他几乎没什么可笑的东西，但他还是笑。他的快乐是以医院和战场作为背景的。我感觉他具有某种内在力量的储备，任何反面力量都不可能攻克这样的储备，不管这反面力量有多重大。

返回的时候，我依旧坐在那个没人坐的驾车位上（车夫占着另外一个驾车位），我的认识已经明确（尽管我自己不承认），与车夫的会话切合实际，比我进入梦乡前一直聆听的那些无关紧要的、缺乏目标的、信口开河的交谈更令人满足。我喜欢给出信息并获得信息，而车夫能提供信息给我，恰似灯塔和里程碑——这些东西隔几分钟就在眼前飘摇，不由得我不热切地盼其显现。有时候他回答不了我的问题。"诺福克为什么有这么多分岔小路啊？"我问，"我住的地方就没有什么岔路。"他答不上来。但通常情况下他是答得上来的，于是跟他在一起我觉得蛮有成就感。跟他们谈话，没有什么内容能抓得住：蜘蛛丝触碰到了我的思维，扯断了，还把大脑整得疲惫不堪。诸神的对话！——我不会因为我听不懂他们的对话而感到愤恨，也不会为之感到悲哀。我是行星中最小的一个，如果我在他们中间传递信息，而我又未必总是能够听懂他们的话，那也是合乎情理的事：这些消息是用外语讲出来的——是星际交谈。

我下方是一个杂色遮阳伞盖——一个罗马式龟甲连环盾样的防晒设施——它的掩隐之下庇护了不止一个人的平顶草帽。交谈的嗡嗡声传到了我耳朵里——好一种绵延不绝、没完没了的清谈！——然而我没有那种出于礼貌而必须聆听的职责。起初玛丽安的建议使我有些许受伤的感觉，她想要往后的出行活动把我排除在外；但现在我认识到了，她提这样的建议是为我好，她说的"他实在可爱"反复萦绕，在我听来像是满口溢香的甜蜜。当然，我珍视可以跟他们在一起的那种尊贵；我喜欢那种凯旋的声势，我们穿行于乡间，过往的行人盯着马车，孩童们跑出来打开大门，一起哄抢车夫面无表情地信手扔给他们的硬币。但我可以在脑海里构想他们，当我远离了的时候，我可以同样地，甚至更强烈地，感受得到他们所焕发着的容光中的热度；因为在那种状态下我才能体验到这种经历的本质，而不受某些突发的不利因素的干扰，诸如排列好自己的面部表情，试图在不感兴趣的时候，仍旧能看上去兴致勃勃。我想着布兰汉庄园的外围房屋，我想着游水场，我想着草垛，现在只要我喜欢，我可以随时从它上面溜下来——我甚至想着垃圾堆。这些都是对我有着极大吸引力的地方，是我渴望重游的地方。

"你认识特德·伯吉斯吗？"我问车夫。

"哦，认识，"他说，"我们这一带的人都认识他。"

他语调里的一些含意让我又说了句："你喜欢他吗？"

驾车夫回答说："我们都是邻居，伯吉斯先生是个一味追逐姑娘的小伙子。"

我注意到了先生这个词，但他其余的说辞都没有意义，叫人失望。在我看来，特德·伯吉斯根本不是一味追逐姑娘的那种人。

最终，我们来到了我一直特别期盼的地方——山，这程驾车途中的一处真正的山，这次游玩中的一个不同寻常的特色。一块警示标牌隐约显现，逐步地且行且近：

> 敬告骑车手，
> 安全小心行。

我就这道警示语自制了一则笑话。"两位骑车手要安全小心行"，意思是说其他数目的骑车手想冒什么风险就可以冒什么风险啦。我想把这则笑话解释给车夫听，但他在忙着控制刹车。我们就坡下行，那驾车的马后腿扭曲，汗迹斑斑，紧贴着车座板。我回头向后看，跟在我们后面的那辆马车也同样地行驶艰难。由于刹车逐渐变烫，一股刺鼻的烧焦味升起，有悖常理，这股气味到了我的鼻子里竟成了香气。紧张感和危机感在增加：所有的感官都调动起来了，感觉灵敏到了极点。

我们终于到了山脚下，两驾马车都停了下来。这时候我们面对的是相反的行程——不似先前激动，不似先前因害怕而紧张，但景象壮观，比先前不差，因为这时候勒马缰绳松弛了下来，坐车的一群人下了车，好让上行的马拉得轻松一些。我被一种温暖仁慈的感情征服：我也请求准许下车。

"哟，你下不下没什么差别呀！"让我非常懊恼的是车夫竟这么说，但同样地，他还是帮我爬下那几个摇摇晃晃、不容易够着但很容易滑脱的脚蹬。我跟男人们走在一起，努力让我的短腿小步跟上他们的长腿大步。

"要我说，你看上去好带劲啊！"特里明厄姆大人说着，一面用一块丝质手帕擦拭着他的脸。他穿着一身白色的亚麻套装，跟别人不一样，他戴着一顶巴拿马式阔檐帽，一只纽扣和一条黑灯芯绒带将帽子跟上衣连为一体，使之跟他所有的其他衣服一样，看上去极其优雅：也许由于他的衣服与他的脸面的强烈比照，他的服饰更能吸引人们的注意。"这是到目前为止我们遇上的最热的一天呀。"

我轻快地腾挪了几步，以表明我对这大热天满不在乎；但他说的话我记住了，当我们全都坐回到座位上，马跨着摇摇晃晃的慢跑步拉车的时候，我对热的痴迷又回潮了。也许今天会破纪录。我想，破了纪录该有多好，能破纪录该有多好！对于异常现象我情有独钟，我随时准备着舍弃一切常规惯例来寻新猎奇。

到家之后，我的第一个念头就是尽快赶往猎物储藏室；但我没有去成。一方面，已到了喝茶的时间，而另一方面我收到了我妈妈的来信，信是下午的邮班投递来的。"临近诺里奇的布兰汉庄园，莫兹利太太转交利奥·科尔斯顿少爷。"我满心自豪地看着地址：没错，是我所在的地方。

当我读妈妈的信的时候，我特别喜欢独处：即便是猎物储藏室也太过显露，不是读信的隐蔽去处。有时候我去卫生间寻求隐秘，但现在既然我有了一个自己的房间，我的私密就有了保障。我归隐到我的房间，像一只狗得到了一根骨头。然而，这是第一次，我对我妈妈的信没有感到真正的兴趣。家中的细枝末节离我不是很近，我在读信的时候也不是正好家务缠身，家务于我微不足道且鞭长莫及；它们就像幻灯机里的幻灯片，没有幻灯，它们活不起来。我觉得我不属于那个地方；我的位置在这里；在这里我是一颗行星，尽管小，但可以为其他行星传递消息。我妈妈唠叨天热，没完没了，这似乎与我不相干，而且近乎让我厌烦；我觉得她应当知道我喜欢热天气，我有能力抵御热天气，我有能力抵御一切……

就为这次客居，妈妈送我一个黑革面文具箱，右上角嵌着一个墨水瓶。我试图写信给她；但我力不从心，内容不好驾驭。这不像在学校，我仔仔细细修改我的每封信，直到最后，除了我安好这个事实，和她安好这个希望之外，没有剩下什么内容；如今我想告诉她有关我品位的提升，有关这里更广阔的天空和我呼吸的更神圣的空气。然而即便是写我自己，我的各样努力听起来也微不足道。特里明厄姆子爵说我像墨丘利——我替人当差——马库斯的姐姐玛丽安依然对我非常好，我想，在他们这些人当中我最喜欢的人要数她了——她要嫁人了，很遗憾只有那时候，她才可以成为子爵夫人——嫁人对她会意味着什么，她嫁人对我又意味着什么，致使我感觉到自己这般举足轻重？关于这一切我确实谈了一些，也谈到了马库斯身体不适（我当然不会提及麻疹）；我告诉她所有的聚会活动，已经结束的和将要举行的——野餐、板球赛、生日聚会，还有舞会；我感谢了她，因为她说我可以游水，我也答应她如果没有其他人陪护，我不会去游水；我是她挚爱的儿子。但就是这句话听起来也失真，有一点自我贬抑，好像一位仙人在

117

承认与一位凡人的亲属关系。

　　尽管我的努力不尽如人意，写那封信还是花了我好长时间，当我急急忙忙赶到猎物储藏室的时候，已经六点过了。我在期待着不同寻常的事发生，这一次没让我失望。汞柱降到了85度；但标示器在汞柱上方近乎半英寸，记录的是94度。94度！或许这就是一次记录，不管怎么说，它是一次英格兰的记录，我相信在英格兰，太阳不直射的地方，温度从来没有达到过100度。我的抱负是气温会达到100度。只差6度！6度只是一件不足挂齿的小事，太阳可以毫不费劲地达到那个目标；或许它将要达到那个目标，就在明天。当我站在那里沉思的时候，我自己似乎感觉到了世界巨大的气象成就在超越其自身，在进入一个它以前从未达到过的存在形态。我本身就是不停地冲向新高度的汞柱（我胡思乱想，如果我没有被称作墨丘利的话）；布兰汉庄园尚有未曾探到的情感高度，它是一座大山，我依赖这座大山来赢得我自己的经历。我感到欣喜若狂、神魂颠倒，好像上天赐给了我超奇超妙的恩典，足以将我从我的躯壳和我的凡常人性的樊笼中解放出来。尽管如此，这不是一种孤立的经历，它与我所看到的、映显在我周围的张张面孔上的期望密不可分。这些人也正在企盼一种完成，我对这种完成的步骤了如指掌，好像这些步骤就是一架梯子的梯档：板球赛、我的生日聚会，还有舞会。

　　那接下来呢？接下来会有一个大结局，我在意识里一步步得知，这个大结局与玛丽安和特里明厄姆大人相关联，我对此颇为犹豫，半愿半不愿。不过，在我的思想里也涌动着狂热情绪；我的一部分在经历蜕变，经历牺牲，以便在玛丽安那里找到幸福。

"玩得还好吗？"一个声音在我背后说道。

是莫兹利先生，他也忙于气象调查。

我扭动着身子（当他跟我讲话的时候，我会情不自禁地扭动着身子）告诉他，我玩得很好。

"今天可热得玄乎。"他评价说。

"创纪录了吗？"我急切地问。

"这热天，创了纪录不足为奇，"他说，"我得查一查。你能适应这热天气吗？"

我说适应。他拿起了磁铁，我不想看到这一天酷热的证据被清除干净，我咕哝了句什么就匆忙跑开了。

与莫兹利先生的邂逅把我弄糊涂了，我忘了我的下一步行动该是什么，我发现自己在草坪附近转悠，草坪上许多身穿白色衣服的人也像我一样漫无目的地散着步。我根本就不打算加入他们的行列；我想独自体会自己的感受，于是我向分隔草坪和公园的那条壕沟走去。从我的经验可知，壕沟沟壁足够高，可以把我遮掩起来。但还是迟了，有人发现了我。

"嘿！"特里明厄姆大人的声音高叫，"到这边来，我们在找你！"

他走到壕沟边上，朝下望着我。

"你是在企图从死界溜走啊。"他说。

我分辨不出那个军事典故，但我十分清楚那一般意义上的责备意味。

他说："既然你总是跑前跑后，你能不能找到玛丽安，请她来做四缺一的第四位槌球游戏玩手？这是我们中的任

119

何一位都喜欢的游戏。我们在找她但找不到，但我相信，由你寻她，就像掏衣袋一样便当。"

不由自主地我的手伸进了衣袋，他朗朗一笑。

"这样吧，"他说，"活也好，死也罢，你要把她带来。"

我小跑着离开。我不知道该去哪里找她，不过我从来没有想过我找不到她。我的脚步载着我走遍布兰汉庄园，离开它的那些对我不甚有吸引力的高尚壮观的侧面，跑过它的那些分布在后面、拥挤不堪，但对我来说很重要的房子，沿着煤渣路跑向已被废弃的外围房屋。正是在那里我遇着了她，她高扬着头走得飞快。

起初她没有看见我，但当她发现了我，她冷漠地盯着我。"你在这里做什么？"她说。

像孩童们惯常那样，我有种负罪感，大人们问到他们在做什么的时候，孩子们总是这样；但我的答语是现成的，况且我敢肯定，我的答语会让她高兴。

"休（你）要我告诉你——"我开始说话。

"我要你告诉我？"

"不，不是你，是休（你）"。

"不是你，是你？"她重复了一遍，"你说的我一个字也听不懂，是在玩游戏吗？"

"不是。"我可怜巴巴地说，因为看来我命中注定要读错休的名字。"休（你），你知道休（你）。"

"是呀，我当然知道我自己。"她说，很显然更加不知所云了。我们静静地站着，但我注意到她的呼吸很急促。她说："现在我们换另外一个话题交谈。"好像她已经对我迁就够了。有一阵子我想到的是她不想谈论特里明厄姆大人，所以在有意为难我；但我必须把我的信送到。

"不是你，是休子爵。"我说。现在应该不会再存在误解了，因此我等着观览她的脸面容光焕发起来。然而没有，她的眼睛快速地移来移去，她看上去很不耐烦。

"噢，休嘛，"她说，声音几乎像是猫头鹰在鸣叫，"我多蠢啊！但你确实把他的名字读得滑稽。"

这是第一次她对我这么不甚友善地讲话，我想我那时满脸沮丧，因为她注意到了我的尴尬相，转而比较和善地说：

"但人们的发音方法会不一样的。你说吧，他想要什么？"

"他想要你玩槌球游戏。"

"什么时间？"她问。

"将近七点钟。"

"我们直到八点半才吃晚饭，是吗？没有问题，我去就是了。"

友谊恢复如初，我们一齐一路漫步。

"他说要我活也好，死也罢，务必把你带来。"我壮着胆子说。

"哦？他这么说？你看我是死还是活啊？"

我认为这非常好笑。我们玩笑了一阵之后她说：

"明天我们要跟一些邻居举行午宴。这些人都是成年人，群山一样大的年纪，古板过时，我妈妈认为你可能会觉得乏味无聊，让你待在家你介意吗？"

"当然不介意了。"我回答说。我记得是她而不是她母亲认为我可能会感到乏味无聊，但我没有驳回她的颜面；她就像童话故事里的女孩儿，说话的词语一旦从两唇间吐出来，就变成了珍珠。

"你该做什么来使自己玩得高兴呀？"她问。

"这个嘛，"我一边说，一边玩耍着拖时间，"我也许会做好几样子事呢。"这话听起来很壮阔。

"比如举个什么例子？"

她的感兴趣让我忘乎所以；但我只能想出一件事，这又让我局促不安。

"我可以出去散散步。"即便叫我听起来，这也是一件平淡无奇的事。

"散步散到哪里去啊？"

我有一种直觉，她在诱导着我们的对话，于是半推半就我随着她的引领往下说。

"对了，我可以爬上一个草垛往下溜。"

"谁的草垛？"

"噢，也许是农夫伯吉斯的。"

"哦，他的草垛吗？"她说，听上去很是惊喜，"利奥，如果你到那边去，请帮我做一件事，好吗？"

"当然可以，是什么事？"但她还没说，我已经知道她要说什么了。

"给他一封信。"

"我一直在期望着你说出这个任务！"我大叫道。

她看着我，似乎在与自己做着争论，接下来她说：

"为什么？因为你喜欢他吗？"

"是——的。当然，不像喜欢休那样喜欢他啦。"

"你为什么更喜欢休？因为他是子爵吗？"

"对了，那是一个原因。"我承认说，不带虚伪做作的愧意。我的血液里流淌着对地位的仰慕，我不认为那就是势利。"况且他又是那么有绅士风度。我的意思是他不把我呼来唤去。我本以为大人会架子非常大。"

她想了想这席话。

"而伯吉斯先生，"我继续说，"他只是一个农夫。"我记起了他在得知我从哪里来之前接待我的情景，"他相当严苛。"

"是吗？"她说着，但语气中似乎不认为严苛是一个错误。"你知道的，我跟他也不是非常相熟。有时候我们相互写些条子……有关一些事务往来。而你说你乐意传递这些条子。"

"哦，是的，我是这么说的。"我很富热情地应答道。

"是因为你喜欢特——伯吉斯先生吗？"

我知道她是想要我说我喜欢，而我随时准备着要跟她保持一致，越是要保持一致，我就越是产生一种不可遏制的证实的欲望，这时候我看到了我的机会。

"是的。但还有另外一个原因。"

"什么原因？"

我没有过这样的心智体验，当我要用话语表达的时候，话语竟会那么难以说出口；但最终我还是说了出来。

"因为我喜欢你。"

她给了我一个令我心醉的微笑，然后说：

"你太可爱了。"

她站定了，我们已经到了一个分岔的路口。一条小径，不甚干净，不甚整洁，通往屋后区域；另一条小径宽一点，直通布兰汉庄园的前部，但我很少走这条道。

“你走哪一路？”她问。

“当然，我要跟着你走——去槌球场啊。”

她的脸上浮起了云雾。“我想我终究不去也罢。”她说道，近乎粗鲁，“我累极了。告诉他们我头疼得厉害，或者告诉他们你找不到我。”

我的世界似乎坠入了深渊。“哎呀呀！”我高声叫道，“但是休（你）会非常失望的！”

不仅仅是休会失望：是我该失望，因为我寻找的收获被剥夺了，因为活也好死也罢把她带来的胜利被剥夺了。

一种幽默之光回到了玛丽安脸上。“我让所有的这些休（你）给完全搞糊涂了，”她说，“你的意思是我会失望呢，还是休会失望呢？”

“休。”我说，尽管我不喜欢像她那样发出一种吹哨的声音，我还是试了试，听起来像嘲弄式的模仿。

“这样啊，那么，我想我还是去吧，”她说，“真正的，你是一个苛刻的工头！只是我想，如果你不在乎的话，我一个人去吧。”

我在乎啊，我非常在乎的。“但你要告诉他们，是我让你去的，好吗？”我恳求道。

她挑逗式地回头看看我。“也许我会的。”她说。

第九章

在接下来的一天即星期二，和星期六进行板球比赛之间的时间里，我在玛丽安和特德·伯吉斯之间传送了三次消息：玛丽安的三张条子，特德·伯吉斯的一张条子，两个口信。

第一次的时候特德·伯吉斯说："你告诉她一切正常。"后来他说："请你告诉她不可以这么做。"

找到他不难，因为他经常在河对岸远处的田地里收割庄稼；从水闸平台我就能看见他在哪里。我第一次去的时候他坐在收割机上；我记得这种收割机叫作"弹簧平衡机"，它是一种最新式的机械，把玉米割倒但不扎捆。我傍着那机器同行，直到我们与正在扎捆的三四位农场劳工之间隔着站立的玉米，而后他才把马停下来，我把信交给他。

第二天玉米尚未割倒的区域缩小了；他端着枪端立看察，留意兔子和别的什么动物，这些东西恋着它们的家园，直到最后一刻才肯冲奔而出；这场面太激动人心了，有一阵子我竟把信的事给忘了，而他眯着眼睛，一动不动，显然也把信的事给忘了。

我的激动在激增，因为我认为这最后的堡垒将会挤满猎物；然而我错了：最后的一丛玉米秆倒地，但没什么东

125

西跑出来。

坐在收割机上的人驾机离开，向大门驶去，那大门通向另一块田地；劳工们背离我们，拖着脚步走向灌木树篱，要拿回他们的衣服和他们的搬运筐，特德和我落于人后，不再招人在意。

收割结束的庄稼地看上去非常平坦，他是地里最高的事物。我站在那里，看玉米的颜色介乎红色与金黄色之间，我有一种幻觉，他是收割机忘了收割的一捆玉米，那收割机会因他而返回。

我递给他信封，他即刻撕开；然后我知道了，我来之前他肯定捕杀了什么，因为让我非常恐惧的是，信封上出现了一长片血污，然后当他用手抓住信的时候，信上又出现了血污。

我大叫道："哎呀，不要那样！"但他没有回应我，他读得太过全神贯注。

另外一次我去找他的时候，他不在地里而在晒谷场上，就是在那里，他给了我那封信让我带回。

"这个上面没有血。"他不无幽默地说，我笑了，因为我已经有些接纳血了，甚至喜悦于把血当成人的生命的一部分，我总有一天要面对生命，面对鲜血。从草垛上溜下来，我玩得痛快极了；事实上，为他们送信的三个时机我都溜草垛了；那是我出行的高潮，当我返回到聚齐喝茶的人群当中的时候，我就可以真正地据实告诉他们，我的这几个下午就是那样度过的。

那些下午是多重意义上的黄金下午，一直到了星期四我才产生了这样的认识。那天，莫兹利太太在她早餐后的指令室里——有人这样称呼那个餐厅,告诉我他们要出行到一个有孩子的家庭去吃午饭,要我也与他们同去。玛丽安说我待在家里会更快乐,她说得太对了。在孩子们中间相处,需要破除的冰块太多了,他们不容易交成朋友,他们的世界是私人的世界,甚至他们玩的游戏也一片神秘;当我脑海里徘徊着重要得多的事情有待完成的时候,学习他们的游戏规则,我就不在状态。或许对我来说他们的那种伪装的神秘有点乏味,因为那其中没有血污。

我非常严肃认真地对待我作为一名墨丘利的职责,很重要的是因为这份职责对我的保密要求,但最重要的是因为我觉得我在为玛丽安做事,做的是别人做不了的事。面对她的成年伙伴们,她喋喋不休以打发时间;面对特里明厄姆大人,她满脸堆笑,紧挨着他陪坐吃饭,还陪着他在露台上散步;然而当她把那些便条交给我的时候,虽然我涉世不深,我能觉察到她举止当中的那种急切,这样的急切她是不会向其他人表露的——不会的,向特里明厄姆大人本人她也不会的。能为她服务对我而言是无限的甜蜜,在这种甜蜜之外,我别无所求。然而,我的确在我来来往往的差事中植入了我自己的臆想——事实上是若干重臆想——因为我找不出某一种臆想能让我满意。关于玛丽安和特德·伯吉斯为什么会互换信息,即便是在我的想象世界里,我也找不到一个假设可以自圆其说。他们俩都说"事务"。对我来说,"事务"是一个庄严的、近乎神圣的词汇;我妈妈是带着敬畏说出这个词的:它与我父亲的办公时间相关,它与谋生相关。玛丽安没有必要为生计奔波,但特德·伯吉斯有这个必要;也许她是在帮他;也许这些条子以一种神神秘秘的方式指向他口袋里的钞票。也许信里面装的甚至就是钱：支票或是现钞，所以那就是他为什么说"你告诉她一切正常"——意思是他把钱收到了。一想到我可能像一个银行通信员携带着钞票，而后受到攻击，受到打劫，我就激动；她对我倾注的是多么至高无上的信任啊，竟把如此贵重的信件托付给我！

不过我对这个钞票说只相信一半，因为我没有见过什么现钞从信封里露出来。也许她在告知他一些常识，一些在农耕中可能用得上的常识：我想象不出是什么常识，但那个时间，我对农耕也是一无所知。或者说也许她在跟他对比记录，比如关于温度的记录，温度计上每天的读数，她有办法弄清楚而他则没法弄清楚。最近这几天的读数，尽管没有达到星期一的高度，但还是令人满意的：星期二83度，星期三85度，星期四和星期五近乎92度。（我最近很有好奇心，把我的数字用官方记载进行验证，发现它们出入不大。）或者如果不是有关气温方面的兴趣，那可能就是成年人的大脑里与类似的兴趣相关联的什么问题，这类问题如果向我解释了，我是应该明白的。也许是打赌：我知道对成年人来说，打赌是多么重要。也许他们俩在打赌，这一片地或哪一片地多快能收割干净。

说不定他陷入了某种困境，而她则在努力帮他摆脱困境，说不定他受到警方通缉，而她正在设法营救，说不定他杀人了（那片血污很容易让人这么想），说不定只有她知道实情，她是在不断地告知他警方的动态吗？

这是一个最耸人听闻的设想，我也最倾向于它是这个问题的答案。然而它不能真让我满意，当我当着她的面，或者当着他的面，接过或者递交条子的时候，这设想跟其他设想

128

一样给我一种不足以信服的感觉。在我看来，在我所想象出来的任何一个情境中，他们都没有表现出人们所应该表现的那种反应。

我有一个发自本能的愿望，要找到想象中的令人满意的解释，在这个愿望背后，潜藏着一颗不可告人的好奇心，想要知道真正的解释。我对这好奇心感到半是羞愧。但我并没有为满足好奇心而采取行动。我没有充当间谍的愿望；我与天体运动相关联，这种优越感使我的自尊心异常膨胀，致使我不需要一些无关宏旨的证据来证明我自己聪颖的天赋。我也在疑虑，如果我弄清了真正的原因，会不会让我失望。后来的事实证明是这样的，我应该失望。

板球赛举行前，就在星期五发生了两件事情；一定意义上说是一件事引出了另一件事。第一件事是马库斯已被查清楚得的不是麻疹，他下楼了。人们不允许他外出，但大家都清楚他的身体状况看板球赛是不成问题的。我当然知道他好多了，但他能下楼来还是让我吃惊不小：他的体温只在当天早上才第一次正常，如果是我妈妈，她会让我再卧床休息一天的，我想所有医生的规矩该是一样的。不过当他在午餐时间露面的时候，我见着他还是非常高兴的，因为纵使他不是一个推心置腹的朋友，他带给我的那种知根知底、起居有伴的感觉是没有人可以替代的。我可以用只在我们俩之间共有的语言，向他讲出我大脑中的随便什么深奥莫测的话；我说了些什么我没有必要翻译，也没有必要生搬硬套大人们的思想方法和表达方式。或者说，我认为没有这种必要。我们坐在一起聊得非常带劲，全然无视他人的存在；然后，饭吃到一半的时候，我突然明白了他又一次参与我们的各种活动意味着什么。

我再也不能传送任何信息了。传递信息可是一件通过这种秘密交通才能实施的事情，这时间我需要有自主权。我需要随心所欲，想去就去，想来就来；至于我自己在做些什么，人们只问我一些最是例行公事类的问题，而对这类问题，在草垛上溜坡就是最无懈可击的答语。然而我不可能那么轻易地就蒙住马库斯的眼睛——那双过于含而不露的灰色眼睛，那双眼睛看上去吸收的信息不至于惊人，但真正吸收的信息却何止惊人！跟我相比，他对伪装不感兴趣；他也没有像我那么多的富于想象的生活；他会跟我玩装扮罗伯茨，或者基奇纳，或者克鲁格，或者德韦[1]的游戏，但只在有限的时间内玩，且只玩英国人获胜：他是个强烈的爱国主义者，也从不支持失败者。我可以给他讲许多东西，但不能讲我自己是罗宾汉的幻想，也不能讲他姐姐是圣女玛丽安的幻想。

他可能会一次或两次陪着我从草垛上溜坡下来，但他不可能想着把这类游玩培养成日常习惯——他询问溜草垛游戏的方式就是证明。蒙蔽几个农场劳工是一码事，他们对我所做的事无论如何都是提不起兴致的；在马库斯眼皮子底下交给特德·伯吉斯一封信，或者从他那里接过一封信，则是另一码事，哪怕它是一个口信。此外——各种各样的困难开始挤进我的脑海里——除非是用一种最有距离感的方式，他根本就不想跟一个农夫交谈，他也会反对我这么做；纵使他不像我，他不会把势利的观念带到天空的星座中去，但说到地位，他是个现实主义者。他当然不想钻进厨房，在特德费尽全力写信的时候，在里面逗留闲逛。

我越是思量在马库斯陪伴下的这一趟趟出行，它们就越发没有了可行性，我对它们的预期也就越加不够乐观。尽管我练习过欺骗的把戏，正大光明的传统我也坚持得不甚严格，但想到要欺骗马库斯我就十分不情愿——这倒不是基于道德准则，因为任何一种不同于学校法则的伦理体系，我几乎都分辨不出来——而是因为我觉得欺骗会损毁我们的关系。

我的一部分是这样思考问题的。我的另一部分对这种历险依然情有独钟，它告诉我如果没有这份历险，我生命的色彩将是多么单调乏味。我的长远策略没有设想过单调；没有设想过情感贫乏（情感贫乏的暗示像一种欲求所遭遇的初始阵痛，已经开始潜入我身上），当我不再能够应玛丽安的召唤而行动的时候，我就该受情感贫乏的折磨。我没有意识到，在马库斯卧病的时候，我在布兰汉庄园的生活重心发生了多大的变化。我要告诉她我不打算再为她服务了，我还要告诉她罗宾汉不再忠于职守了，我怎么向她张得开口呢？

我跟马库斯的交流堪比利文斯通博士和斯坦利[2]之间的交流，两者同样急迫，但我们的交流远比他们的交流内容宽泛，逐渐变成了东拉西扯；我一半出于希望，一半出于恐惧，在等候这一餐结束。最终，饭吃完了，一种希望和恐惧参半的感觉又向我袭来，我应该为我下午的任务寻找借口啊。以往，玛丽安会在早餐刚一结束，就给我塞纸条——事实上，早餐刚一结束，她母亲就已经向我们发布了有关这一天的各种命令。

像往常一样，我正跟着马库斯蹦蹦跳跳跑开，这时候我听见她叫我。设想一下，马库斯要跟着来该怎么办？

"稍等片刻，老夯货，"我说，"玛丽安女士有些事情要交代给我，我马上返回，伴你大驾。"

马库斯还站着迟疑不决的时候，我匆匆离开。我发现玛丽安坐在写字台旁，我记不得是在哪个房间，因为在布兰汉庄园到处是写字台，但我记得我一进屋就把身后的门关上了。

"玛丽安。"我开始说话，我正要告诉她马库斯的出场会给我们的日常节奏带来多大变化，就在这时候我听见门闩响了。像一道闪电，她把一个信封塞到了我的手里；像一道闪电，我把信封转塞到了我的衣袋里。门开了，特里明厄姆大人站在门口。

"啊哈，有爱的一幕。"他评说道。他对玛丽安说："我听到你叫了，还以为你在叫我，然而竟是这位幸运的小哥儿。不过我现在可以把你从他手上抢走吗？"

她匆匆一笑站起身，走到他跟前，只转头向后瞥了我一眼。

他们离去之后，我摸了摸我的衣袋，以确认那封信安然装在里面。我的衣袋不是很深，信总是有法子窜出来，有时我在路途当中要多次小心谨慎地装好。但今天的感觉有点儿不一样，很快我就意识到了什么不一样。信没有封住。

我找到了马库斯，告诉他我要去哪里。

"什么！又是那个老家伙草垛呀？"他无精打采地说，"而且是在这样一个大热天！在我看来，那里不会给你留下什么，只剩一点点鲸油，面子上闪闪发亮，底下浑浊腐臭。"

我们就鲸油又争吵了一会儿，然后我问他打算做什么。

"我嘛，我想我会想一个法子消磨时间，"他说，"我可以坐在那边的窗户旁边，看他们偷期幽会[3]。"

关于偷期幽会我们俩笑了好一阵子，因为我们发现，那是属于大人们的行为中最不可思议的方面。然后一个念头震惊了我，让我严肃起来。

我说："我敢肯定，你姐姐不会偷期幽会，她是个辨别能力特强的人。"

马库斯黯然地说："不要太那么确信了，说到这里，你个老芜菁叶子，女人们的流言⁴在疯传，说她在跟你偷期幽会。"

听到这话，我把他捵了一拳，我们扭打到一起，直到马库斯大叫："别打了！你忘记我是个病人了。"

我对自己的胜利得意扬扬，离开他，我直奔猎物贮藏室而去。时间是三点整，温度计停在 90 度，它可能还要上升。我动情地祈愿它上升，我似乎感受到了大自然对我的请求的回应，无须言传，无处不在。很远处传来了槌球游戏的声音——槌棍击球的尖厉的咔嚓声，球相互撞击的踢踏声，还有赢家的欢呼声和输家的抱怨声。没有其他声音打破宁静。

我脚踏漫水草地，穿行在那片树林里，走到一半的时候，我的手自动地伸到了我的衣袋里，信封没有封口，我的手碰到了信封袋盖的锋利的边缘。我把信封抽出来看了一眼，脑海里没有再进一步的意图。信封上没有地址（或者如莫兹利太太常称的没有方向，我无法想象为什么会是这样）：信封上从来没有过地址。但未封的袋盖泄露了一些字迹，当时字迹的背面朝上。

在复杂异常的学校法规中，对于第十一条戒规^①有一种非常健康的尊重。不过我们也有很强烈的公正感，如果被发现了，我们也不期望逍遥法外。对于大多数过犯，与之

———————————

① 第十一条戒规，指不要被发现。

133

对应的惩戒人尽皆知。对这些惩戒我们可能会有怨言，但并不认为它们不公平：我当然也不认为它们不公平。它们就像因果定律那样无可推诿、无可逃遁。如果你把手伸进火里，手会被烧伤；如果你剽窃被抓获，你就会受到惩罚：再没有什么好说的。

我们很少有抽象的正确感和错误感，但如果一个人受到了惩罚，那他首先一定是违反了某个规则；而当一个界定不清、模棱两可的案例发生，一个孩子因为做了"错"事而受到惩罚，而这件错事又算不上是触犯了哪一项公认的规则，那么我们就会愤愤不平，认为这个孩子是不公正现象的受害者。

关于阅读他人信件的规则界定得相当明确。如果你把你的信件丢得到处都是而被人读到了，那么这是你的过错，你若实施报复就是行动失当。如果有人洗劫你的书桌或者锁柜而读到了你的信件，那就是对方的过错，你实施报复就是正当行动。即使詹金斯和斯特罗德没有欺辱我，我仍然会觉得对他们施行诅咒是正当行动。

在学校的课堂内外，我经常拿条子传来传去。如果这些条子是密封起来的，我就不该幻想着要阅读它们；如果它们没有密封，我常常阅读它们——事实上，往往散发条子的人的意图，恰恰是人们应当读到这些条子，因为条子的目的就是要引出一场哄笑。没有封起来，别人就可以读，封起来了，别人就不可以读：就这么简单。相同的规则适用于明信片：一个人可以阅读邮寄给别的什么人的明信片，但信就不可以。

玛丽安的信没有密封，因此我是可以读的。那么为什

134

么要犹豫呢？

我犹豫是因为我不能确定她是否有意让我读这封信。其他信她都是封起来的。她给我这封信的时候匆匆忙忙，她有可能原本打算是要封上的。

但她没封啊。

在我们的法规里，我们非常看重事实，而不怎么看重意图。你做什么事了，或者你没有做什么事：你的动机可能是什么并不重要。一次疏漏和一次蓄意实施的行为对你同等不利。如果玛丽安造成了一次疏漏，那么她顺理成章要为此付出代价。这才是唯一的逻辑。但让我惊诧的是，我不能顺着这样的逻辑思考问题，仅把玛丽安当作论证中的一个例子。我希望她完美无缺，我向往我对她大有用途，我的情感跟她的情感互相交织，不分彼此。我不能不顾及她的意图。

我不熟悉这类道德诡辩，有一阵子我在这样的圈套中挣扎。为什么这一切都不能像往常一样一帆风顺呢？为什么玛丽安的面庞和形象反复在我脑海中出现，让我的思绪违心地自我分裂呢？

还有，我怎么知道玛丽安不是向往着我能读到这封信——她不是有意没有把信封上，好让我弄清对我们俩都有用的某些东西，好让这信成为她信任我敬重我的实证呢？信中甚至可能会写着关于我的话语——友善的话语，甜蜜的话语，让我浑身发热……让我欲罢不能……

我认为，正是这一个期望最终决定了我的行动，纵然我深思熟虑了许多其他的立论，来为我的不怀恶意进行辩解。其中有一个立论是，这有可能是一系列信件中的最后一封：

我事实上已经打定了主意，不再送信。另一个立论不太合乎逻辑，宣称了解了信的内容会有助于我拿主意：假如信的内容足够重要，假如它们涉及的是生死攸关的问题（我非常希望是这样），假如玛丽安的安全发生危机，假如她陷入了最为可怕的纷争——

对了，如果那样的话，我就要继续传递消息，有马库斯在场，没有马库斯在场，都不会改变。

但我是不会把信从信封里抽出来的：我只读露出信封的那些词句。于是颠倒着，我可以看清楚三个词是相同的。

亲爱的，亲爱的，亲爱的，
同一地点，同一时间，就在今晚。
但要当心不要让——

其他词隐藏在信封里。

第十章

偷吃禁果之后的亚当和夏娃也不至于比我心神不宁。

我感到完全泄了气，彻底没了精神：我深陷失望和幻灭之中，不能自拔，致使我丧失了从哪里来到哪里去的一切感觉，当我恢复了知觉的时候，就像从一场梦里惊醒。

他们已坠入爱河！玛丽安和特德·伯吉斯已坠入爱河！在所有可能的解释中，这个是唯一的、我从来没有想到过的解释。一场骗局，多么可怕的一场骗局！而从头到尾我是多么愚蠢的一个傻瓜！

我在试图挽回我的自尊，所以我允许自己虚空放纵地大笑一番。想一想我被骗得多惨！我高尚强烈的感情世界就在我的周围垮塌下去，裸露出的不仅是心智上的紧张，而且是肌体上的高压，我一直就生活在这样的紧张和高压之下；我感到我要爆炸了。我唯一的辩解是，我不可能料想到这样的事会发生在玛丽安身上。为我付出过这么多的玛丽安，懂得一个小男孩有怎样的感受的玛丽安，黄道十二宫中的处女座玛丽安——她怎么会堕落得如此万劫不复呢？蜕变成我们所有人所最为鄙视的失范之辈——头脑简单，庸俗可笑——当她的笑话变得不再新鲜的时候，她仍是人们嘲笑的对象。我的思绪一阵子飞向这边，一阵子飞向那边：仆从们，犯傻的仆从们坠入爱河，眼睛红红地下楼来祈祷——明信片，图片明信片，滑稽明信片，低俗明信片，摆在商铺"前沿"的位置：我自己在对它们更进一步了解之前也发出了不少。

"我们正在南丘过得十分有趣"——肥胖的一对儿缠绵在一起，"到南丘来吧，好好地偷期幽会一番"——两个长着人面的傻瓜，一个十分粗壮，一个十分单薄，用饱含挑逗的眼光相互睨视着对方。

于是没有例外地，或者说几乎没有例外地，都存在瘦削—肥胖的主题；男人或者女人，太过臃肿不相协调，体型或者过大，或者过小：男人或者女人，男人或者女人……

我笑啊，笑啊，一半地期望马库斯与我在一起分享笑话，同时我为这个笑话感到痛楚，隐隐约约地我意识到，不管嘲弄多么充满乐趣，也不可能变成崇拜。众口称赏的玛丽安竟然干出这样的事！怪不得她要保守秘密。出于本能的反应，为了遮挡住她的羞耻[1]，我把信深深地塞进了信封，封住了它。

尽管如此，信必须送到。

我爬下台阶进入漫水草地，太阳即刻将我揽入它炽烈的怀抱。它的力量多非凡呀！本来以堤道为边缘的沼泽池塘几乎干涸了；原本在水线以下的植物茎秆在饱受太阳的烘烤，展现出一条脏兮兮的黄色带。我站在水闸平台上看到河水水位下降到好远，感到沮丧。在蓝色的一边，那是水深的一边，我看到河床上从来没有见到过的石头；而在另一边，是金色的、绿色的一边，蔓生的水草底下几乎看不见有水，水草相互纠缠到一起，呈现出一派杂乱无章的萧条景象。睡莲不是睡在水面上，而是笨拙地兀起在水上面。

这一切都是太阳做的，太阳也为我做了件事，它改变了我思绪的颜色。不似林荫之中，我为玛丽安所感受到的羞耻不再那般痛切。我不知道我是否意识到了天性与自然相抗衡的无可奈何，然而对她厌恶相加让我心底里承受不了，理智上冲着她堆积起来的诸多指责在情感上被软化了，结果是当偷期幽会行为与她关联的时候，似乎这不再是一个人所能从事的最致身败名裂的活动。但这并没有帮我找到一种新的态度；我欺骗不了我自己，我不能说"偷期幽会不是什么过错，因为这是她的行为"，或者说"其他人不允许偷期幽会，但她就可以"。不管怎么说，跟她偷期幽会，少不得要另有同谋，不算她的过错，那算是——

几乎是第一次，我想到了特德·伯吉斯是她偷期幽会的伙伴，这不是一个让人舒服的想法。他在哪里？他不在劳工们正在收割的那一片田地里；我一眼就能看得明白。

我朝劳工们走去。他们告诉我："伯吉斯先生上农场去了，他在那里执行要务。""什么要务？"我问。他们笑了笑，但没有给我什么启发。

通向农场的一英里路是最怡人的一段路。我的思绪在困扰我，我努力将思想集中在草垛上，集中在溜下草垛的快乐上——这是所有这些不好确定的要素中唯一一个已知要素。我依然在直观地构想偷期幽会行为，滑稽明信片模式；一种眼睛的尴尬，以及通过眼睛传导到心灵的尴尬。傻气，傻气，一种小丑表现，把人弄得荒诞不经，头脑简单，庸俗可笑……最多值得怜悯，但谁欠怜悯？怜悯是一种向下看人的方法，而我想要的是向上看。

　　当我打开晒谷场门的时候，他正从一个马厩门里走出来。他向我施礼，他一贯这么做；那是一个半是嘲笑半是戏耍的手势，但其中还是带有对我尊重的成分，抑或说是对布兰汉庄园尊重的成分，我喜欢这种成分。我注意到他的胳膊变成了一种较深的棕色，这让我羡慕他。这让人难以把他同傻气联系起来，也难以同偷期幽会联系起来。

　　"邮差还好吗？"他问。这是他赠送给我的名字，是大人们针对孩子们所享有的一种自由。特里明厄姆大人享有送我名字的自由，我喜欢，但特德·伯吉斯享有送我名字的自由，我就不能确认我喜欢。

　　"很好，谢谢。"我隔着好一段距离应答说。

　　他把他的使用过度的皮带用力一拉。

　　"给我带来什么了吗？"他问。我把信递给他。像惯常一样，他转过身去，背对着我读完信，然后把它装进他的灯芯绒长裤的口袋里。

　　"好小子。"他说。而当我看起来显得惊讶的时候，他补充说道："你不会介意被称作好小子的，是吧？"

　　"根本不介意。"我一本正经地回答说。然后似乎时机成熟，我听到我自己说：

　　"恐怕我再也不能够带信给你了。"

　　他的嘴巴张了张，他的额头蹙了蹙。

　　"为什么不能？"他问。

　　我解释了马库斯带来的难题。

　　他忧郁地听着，活力似乎退潮，流出了他的身体。看到他如此为难发窘，如此垂头丧气，我禁不住感到半是喜悦。

"这情况你对她讲了吗？"他问。

"谁？"我明知故问，希望更进一步地使他难堪。

"当然是玛丽安小姐啦。"

我承认我没有告诉她。

"她会说什么呢？她主要指望着通过这样的条子传递消息啊。"

我局促不安地走来走去，而他则趁势继续讲他的道理。

"她将不知道该如何是好，你是知道的，我也不知道该如何是好。"

我沉默了，然后我说：

"我来之前你们怎么做的？"

听到这话他笑了，而后说："你是个守旧派，是不是？没错，你来之前这可不是件容易事。"

听了这话我很高兴。

"你看，"他突然说，"她喜欢你，是这样吗？"

"我……我想是这样。"

"而你也想要她喜欢你，是不是呀？"

我说是的。

"所以你不愿意弄得她不再喜欢你吧？"

"是的。"

"那么为什么？"他说着，向我跟前挪了挪，"为什么你不愿意弄得她不喜欢你？如果她不再喜欢你了，这会给你带来什么不同呢？你还能在哪儿感受到这种喜欢呢？"

我被他的话弄得半清醒半糊涂了。

"差别在这里。"我说，同时我的手本能地在不知不觉中向心口移去。

"这么说你是有心的，"他说，"我原以为你或许没有。"

我沉默了。

他说："你知道，如果你不传送这些信件的话，她是不乐意你这么做的。你记住我的话，她将不会像从前那样喜欢你。你不想事情变成这样，是吗？"

"是。"

"她指望着收到这些信，我也一样。能收到信是我们两人都企盼的事。它们不是寻常的信件。她会念想它们的，我也会念想的。也许她会念想得哭，你想让她哭吗？"

"不想。"我说。

他说："要她哭不难。你可能想着她强势傲慢，但她不真的是这样。在你到来之前，她老哭。"

"为什么？"我问。

"为什么？得了，假如我告诉了你，你也不会信我的。"

"是你让她哭的吗？"我问，我不能相信居然有这样的事，致使我义愤不起来。

"我让她哭过。你记好了，我没有有意识地让她哭过。你认为我只是个粗人，是吧？不错，我是个粗人。但当她见不到我的时候她就哭。"

"你是怎么知道的？"我问他。

"因为她真的见到我的时候她就哭，这难道不能推理得知吗？"

在我看来这似乎不能推理得知，但我已经受到启示他什么意思。不管怎么说，她是哭了，而想到她哭，我自己的眼睛里也充满了泪水。

我发现自己在颤抖，被他的强烈感情所困扰，被他在我胸中激起的那种前所未有的激动所困扰，也被他驱动着我说出的那些话所困扰。他注意到了这些，随即说："你走热了，赶快进屋避开太阳。"

　　我倒宁愿我们待在外面；因为在采光极差、没什么设施的厨房里，到处是光秃秃、硬邦邦、烂兮兮的表面，全然没有那种母性气息，能使男孩子、女孩子产生如家的感觉。我本能地感到他在他的地盘上占尽先机。尽管他莫名其妙地打动了我，但我还是不想一如既往传送他们的信件。

　　"我本以为我应该在田地里找到你。"我说，希望这是个不会发生分歧的话题。

　　"你本来是可以的，"他回答，"我回来是想看看笑面驹。"

　　"噢，她病了吗？"我问他。

　　"她正在家庭的道上。"

　　"什么意思啊？"我问，"你的意思是她挡了你的道了？"马确实会挡道，而我以为他把他自己就算作是一个家庭。

　　"不是，"他简洁地说，"她要下马驹子了。"

　　"我明白了。"我说，但其实我不明白。纵使我的好几个学友宣称他们探透了生命的事实，并称非常愿意给我启蒙，但生命的事对我来说依然神秘。然而我对事实本身不是特感兴趣，我感兴趣的是事实对我的想象所具有的重要意义。我对铁路有着狂热的兴趣，对最高速的快车的相对速度十分感兴趣；但我不懂蒸汽机的原理，也没有学习它的愿望。不过这时我的好奇心还是被点燃了。

"她为什么要下马驹子？"我问。

"我想这是天性。"他回答说。

"但她想这样吗，如果这样会让她痛苦的话？"

"唉，她没得选择。"

"那什么使她怀上了马驹子呀？"

农夫大笑。

"我只对你说，她搞过好一场偷期幽会。"他说。

偷期幽会！这个词像一记猛抽打准了我。这么说马可以偷期幽会，而马驹子就是偷期幽会的结果。让人匪夷所思。我用手遮住了嘴，我相信我的这个手势就是从那一天开始养成的，表示忐忑不安；我感到我的无知像我身体上存在什么缺陷似的，给我带来羞耻。

"我不知道马会偷期幽会。"我说。

"哦，是这样，它们会的。"

"但偷期幽会是在冒傻气啊。"我说，很高兴说出了这么一句。说这话几乎就像拔掉了一颗牙一样。我没办法把傻气跟动物联系起来。动物有它们的尊贵：在它们那儿不叫傻气。

"等你长大点儿了你就不这么想了，"他温和镇定地对答说，他从前不常用这种方式对我说话，"偷期幽会不是冒傻气，它是一个词语，心怀恶意的人们用来表示……"他停住了。

"说呀？"我催促他。

"这么说吧，用来表示他们自己想做的一件事。知道吗，他们充满了嫉妒心，嫉妒心使他们心怀恶意。"

"如果你跟某人偷期幽会，是不是意味着你要跟她结婚啊？"我问。

"是的，一般地讲是这样。"

"你可不可以跟某人偷期幽会而不跟她结婚呢？"我
继续追问。

"你是指我吗？"他说，"我可不可以这样做吗？"

"不完全指你，你，或者任何一个人。"我感觉我说
话很讲策略。

"是的，我想，有这种情况。"

对这话我颇费思忖。

"你可能跟某个人结婚而先不跟她偷期幽会吗？"

"有可能，但是……"他停住了。

"但是什么？"我要他说下去。

他耸了耸肩说："这样就不像情人做的事了。"

我注意到他不是贬义使用"情人"这个词的，他用
这个词不是我所习惯于听到的那种含义，而恰是它的反
面。我不会让他把他的标准强加给我，但我想知道他是
怎么想的。

"跟某个人偷期幽会而不跟她结婚是不是更加败坏
呢？"我问。

"有些人会这么说，我不这么说。"他简捷地回答。

"你有没有可能爱上某个人而不跟她偷期幽会呢？"
我问。

他摇了摇头。

"那样就不自然。"

对他来说"自然"这个词似乎就是结论。我从来没有
想过这个词能证明什么。自然！这么说偷期幽会也成了自

然！我可从来没这么想过。我想过偷期幽会不过是大人们玩的一种游戏。

"那么，假如你跟某个人偷期幽会了，那会不会意味着她有孩子了呢？"

这个问题让他吃惊了。他气色健康的脸上泛起了斑驳，他的颧骨似乎在他的皮肤下面凸耸了起来。他长长地吸了口气，屏住它，然后呼出它，带一声刺耳的长叹。

"当然不会了，"他说，"是什么让你想到了这么个问题？"

"是你呀。你说的，笑面驹一直在偷期幽会，那就是为什么她将要下马驹子了。"

"你好聪明，是吧？"他说，而我看得出他在开动脑筋搜索对答语。"是这样，马跟人不一样。"

"为什么不一样？"我抢着问。

又一次，他必须费一番思索。

"是这样，大自然派给马的用场跟派给我们人的用场不一样。"

又是自然！我发现这个答案不能令我满意，我不喜欢被大自然派上用场这样的想法。我感觉他还是在对我有所保留，而我这样折磨着他，也让我感受到了一种可怖的快意。

"好了，难道你这一天的问题还不够多吗？"他以奉劝的口吻说。

"但你没有回答它们，"我抗议道，"你几乎没有告诉我什么。"

他从那把木质椅子上站起来，在房间里走来走去，时不时地低头看看我，面带厌烦。

"是的，而且我想我将来也不会告诉你什么，"他几乎有点儿生气地说，"我不想不辞辛苦往你头脑里灌输想法。你很快会知道这些的。"

"但如果那是一种很美妙的事——？"

"是的，它是很美妙，"他承认说，"但你在准备好了之后才可以考虑体验它。"

"我现在就准备好了。"我说。

听我这么说，他笑了，继而他的脸色变了。

"你是个大孩子了，是不是呀？你说过你多大了？"

"27号，星期五，我将整十三岁。"

他说："这样吧，我们来谈一笔交易。我会全面给你讲解偷期幽会，但有一个条件。"

我知道他要说什么，但出于形式上的因素，我问：

"什么条件？"

"条件是你继续当我们的邮差。"

我答应了，而就在我答应的时候，那种种挡道的难题似乎也消融了。实实在在地，他没有必要附加最后的那一款贿赂。我猜测他是想把保险做成双倍把握[2]，然而他带我经历的这一过程已经足够了，我们现在应称这过程为思想感化。我不理解把他和玛丽安吸引到一起的那种力量，但我在一定程度上认识到了他们之间相互意味着什么，这好比我不懂得把钢铁和磁石吸引到一起的那种力量，但我能意识到它有强度。有了这强度，纵然我对此有诸般偏见，它也是在展示着美好与神秘，足以俘获我的想象力。

不过虽然我不明白我为什么要怀着如此强烈的愿望，

想知道什么是偷期幽会，但特德承诺要启蒙我，我不能假装他的承诺对我无关紧要。

"你忘了点什么。"他突然发话。

"忘了什么？"

"忘了草垛。"

他说对了，我忘了草垛。草垛似乎在标明我长大了，不该再玩这样的游戏了——为了体力而展示体力：我感到我现在玩它的兴致大大削减。

他说："你攀着梯子上，我要写点什么。"

第十一章

　　从气象学角度讲，星期六是让人失望的一天；温度计只上升到 78 度，起云了——自从我到来，这是我在布兰汉庄园第一次看到云——太阳光断断续续地照下来。所以我记得的这一天就是这个样子——呈块片状。

　　我记得早餐桌上的一段会话。马库斯正享受着卧床用早餐的奢侈待遇。

　　德尼斯说："这一切都取决于我们能否做到让特德·伯吉斯立足未稳，就先出局。"

　　我竖起耳朵，专注地听他们说。

　　"我不认为他是他们那边最优秀的队员，"特里明厄姆大人说，"在我看来——和——"（我忘记了他们的名字）"比他更有可能得分。他只是个击球手，球场无定，跌宕起伏，在所难免。"

　　我隔着餐桌看了玛丽安一眼，她坐在特里明厄姆大人身旁，但未加评说。

　　"但他会击中投球，"德尼斯继续说，"到那时候我们该到哪里去？"

　　"我们在内场区接掉他的球。"特里明厄姆大人说。

　　"但如果他让投球发挥不到作用呢？"

"如果有迹象表明他要那么做，那我就要亲自上场了。"特里明厄姆大人面带微笑说。他是我们的队长。

"我知道你是一个能发挥优势的投球手，非常善于发挥优势啊，休，"德尼斯说，"我最了解你的情况了。但假如他一个劲儿地连连接击投球——"

"我想你们会发现他不会那么做，"莫兹利太太出人意料地插话，"我对板球懂的不是很多，但德尼斯，我似乎记得你去年做过同样的预测，不过这位伯吉斯先生被杀出局只得了个公爵 ①，或者他们给那个结果不管什么称谓。"

"是零分，妈妈。"

"噢，那么就是零分。"

德尼斯在一阵哄堂大笑中平息了下来，这笑声让他比莫兹利太太更难看。他尚未发育完全的相貌特征在不细看的时候显得英俊，但这时候变红了，让我也感到不甚舒服。作为学童，我们之间毫不留情地相互奚落似乎是理所当然的事：这是我们的规则。但我知道，这背离了大人们的规则，而我是一个坚守规则的人。

然而，没过多久，德尼斯又开始了。

"大家知道，我们还没有把咱这边的事定下来，谁来当候补备赛选手啊？"

听到这句话大家沉默了。有一两位用早餐的人拿眼睛瞟我，但我没有看出这有什么意义。我当然对我们这边的

_____

① 公爵：英语中 duke 意为公爵，duck 在板球赛用语中意为零分，二者形近音似。此处意指莫兹利太太将两词混淆。

150

人员构成很感兴趣，并就谁会上场做过预测；但我没有参与过奥林匹亚选拔委员会的审议。

"这是个需要相当小心应对的问题，不是吗？"特里明厄姆大人轻抚着他的下颌说。

"是的，这是一个需要小心应对的问题，我同意你的看法，休，不过我们必须拿出什么法子把这事定下来呀，对不对？我的意思是说，我们总得往球场里拉进去十一个人嘛。"

那是不可否认的，但没人拿得出意见。

"你是怎么想的，莫兹利先生？"特里明厄姆大人问，"我想候补备赛选手的位置有两个人选。"

特里明厄姆大人经常以这种方式向他的男主人提问题，而且总是突如其来，因为自从子爵大人莅临，布兰汉庄园里的主人似乎是他而不是莫兹利先生。莫兹利先生虽然很少说话，但对答从来是明确无误的。

"也许我们最好开一个秘密会议。"他说，随后这帮人全都很自知地起身，相跟着走出去。

我在吸烟室的门口（我从来没有涉足过的房间）踅来踅去，以便分秒必争地满足我的好奇心，并把消息带给马库斯。他们商议了好长时间，致使我以为他们肯定是从另外一个门出去了，但最后门终于开了，他们一个接一个地踱了出来，派头十足，面色庄重。我努力做出我看起来好像纯属偶然地从门前经过的样子。特里明厄姆大人最后一个出来。

"嗨呀，那不是墨丘利嘛！"他说，他的脸要表征出任何一种特别的感情都必须用力抽拉，在这时候抽缩成了一种怪相。"时运不济呀，可爱的伙计，"他说，"恐怕我要告诉你不好的消息啦。"

我眼睛盯着他。

"是的。我们不能把你编到球队里面了，因为吉姆（吉姆是餐具室里的男仆）去年、前年都参赛了，他是一个前景看好的投球手，所以我们不能把他排除在外。玛丽安小姐要气恨我了，但你可以告诉她，这不是我的过错。因此你是第十二人。"

他的这一整段话让我十分惊奇，致使我还没来得及失望而接着又一度被举到了快乐的顶峰。

"第十二人！"我张大嘴说，"这么说我是在球队里！……至少，我将跟他们坐在一起。"我补充道。

"所以你很高兴啊？"他说。

"我高兴得不得了！您知道我从来没有过什么奢望！我可以跟您一起去吗？"

"可以。"

"我现在可以做好准备吗？"

"你可以做准备，但我们两点才出发。"

"到了走的时间您能告诉我一声吗？"

"乐队会演奏起来。"

我正在跑开要告诉马库斯这个消息，他忽然把我叫了回去。

"你想捎一个口信吗？"

"哦，您吩咐吧。"

"问问她是否要在音乐会上唱《家，甜蜜的家》这首歌。"

我设想着，要急奔而去，找到玛丽安，我真的就这么急匆匆找到了她，她在侍弄花卉。特里明厄姆大人的口信即刻溜出了我的大脑。

"哦，玛丽安，我要玩了！"

"要玩了？"她说，"难道你不是老是在玩吗？"

"不是说玩耍，我是说今天下午的板球赛。至少我是第十二人，这几乎就是实际上的球员了。我当然没能力打球，即便是我们这边的某个球员要死了我也打不成球。"

"所以期望着当第十二个球员没什么好处呀。"她说。

"是没什么好处……但假如我们这边的一个球员累得喘不过气，我可以替他跑呀，而且如果有人摔断了腿或者扭伤了脚踝，我也可以防守啊。"

"你希望谁这么倒霉？"她戏弄地问我，"我爸爸吗？"

"哦，不是，不是。"

"德尼斯吗？"

"不是。"但对这样的否认我鼓不起很坚定的信念。

"我想你希望德尼斯这么倒霉，或者你希望是布伦斯基尔吗？"布伦斯基尔是男管家，"他的关节非常僵硬，可能容易摔断。"

我听了这些话大笑起来。

"或者是休？"

"哦，不是，不要是他。"

"为什么不是他？"

"哦，因为他自己已经受伤了……况且……"

"况且什么？"

"况且他是我们的队长，而我又特别喜欢他，而且——啊呀，玛丽安？"

"怎么了？"

"他让我给你捎个口信。"我自己回想，"事实上是两个口信，但一个不很重要。"

"你告诉我不很重要的那一个，并告诉我它为什么不很重要。"

"因为是关于我的，他说你没必要生他的气——"

"我为什么没必要生他的气？"

她的手指扎到了一朵白玫瑰的刺上。"该死！"她惊叫了一声。"我为什么没必要生他的气？"

"因为我不在十一个人里面。"

"但我以为你在里面呀。"

"不，我只是第十二人。"

"当然了，你告诉我了。多丢人。我肯定要生他的气啦。"

"哦，别这样，请不要生气，"我高声叫道，因为她带着报复的情绪把花猛力插进了花瓶里，我还以为她真的生气了。"这不是他的过错，不管怎么说，队长不得不——我的意思是，假如出现了偏袒现象就很糟糕了。因此如果你生他的气，这是不公平的。现在，"我把她生气的话题搁到一边，匆匆忙忙挤进话说，"你愿意听另一个口信吗？"

"不是特别想听。"

我对这样的对答非常吃惊，但我再一次将它归因于大人们对小孩子们惯常实施的诙谐耍笑。

"哦，不过……"我开始说。

"这样吧，我想我最好还是听一听，你说过这个口信比另外一个重要，为什么呢？"

"因为是关于你的。"我说。

"哦。"零落的玫瑰花存放在那个白色的搪瓷盆里，她从里面抓起几朵，举起来，挑剔地审视着它们。"怪可怜的花儿，是不是？"她说。真的是这样，与她相比，它们看上去真的枯萎了。"然而，我想我们不应该期望在7月底，更兼在这大热天，有多么繁茂的玫瑰花在。"

"现在还不到7月底，"我提醒她，我总是很有日历意识，"今天才是21号。"

"是吗？"她说，"我记不清日子了。我们生活在如此疯狂的享乐中，是这样吧？什么时候都是聚会。这样的日子你烦不烦呀？你想不想回家呀？"

"哦，不想，除非你要让我回家去。"我回答说。

"我当然不想让你回家去啦。你是一束光亮，我是离不开你的。顺便问一句，你要待多长时间？"

"待到30号吧。"

"但30号已经很近了。你不能那时间就走，待到假期结束吧，我跟我妈妈核计一下。"

"哦，我不能待到那时候。我妈妈会想我的，其实，她现在就已经想我了，真的。"

"我不信，你是自己以为了不起。那也要再待一周，我跟我妈妈做好安排。"

"我应该往家里写信——"

"这个当然。好了，现在一切都搞定了。花儿也摆布好了。我可以拜托你帮我搬一盆花吗？"

"可以，请交给我吧，"我说，"不过，玛丽安——"

"什么事？"

"你还没听休的另一个口信呢。"

她的脸上泛起了阴云。她放下她正在搬动的花盆，近乎恼怒地说：

"说吧，是什么事？"

"他想知道你会不会在音乐会上唱《家，甜蜜的家》这首歌。"

"什么音乐会？"

"今天晚上板球赛结束之后的音乐会。"

玛丽安脸上呈现出了她最忧郁的面貌；她思考了一会儿，然后说：

"告诉他，假如他唱——哦，对了——假如他愿意唱《她带着玫瑰花环》[1]，我就唱《家，甜蜜的家》。"

以我学童的那种夸张的公平感，我认为这是最令人满意的安排。我帮玛丽安搬花的时候，不得已我用步行的节奏走路，而我把花一搬完就飞跑着去找特里明厄姆大人。

"你说，她都说了些什么？"他迫切地问。

我告诉了他玛丽安所提出的交换条件。

"但我不唱歌啊。"他说。

他的声音的表现能力要比他的脸面的表现力强得多。我即刻明白了，玛丽安那个答语是迎头一击。他说的是"我不唱歌"而不是"我不能唱歌"，但很显然他是不能唱歌。我搞不懂为什么我先前没有想到这一层呢。在学校类似这样的回绝每天随时听得见，而让我惊奇的是他表现得非常泄气沮丧；然而我想让他高兴起来，于是我说："哦，那不过是一句玩笑。"我的脑子比平常转得快。

"一句玩笑？"他重复了一遍，"但她知道我不唱歌。"

"那才使她说的话成了一句玩笑。"我耐心地解释。

　　"哦，你是这样认为的吗？"他说，他的声音敞亮了起来，"我希望我能知道得确切一些。"

　　假如我就留给他起初的那种印象，或许会更好一些。

　　早晨的晚些时候，我又见到了玛丽安，她问我是否把她给特里明厄姆大人的消息带到。我告诉她带到了。

　　"他说什么了？"她问。

　　我说："他笑了，他认为这是一句非常有趣的玩笑，因为，你知道，他不唱歌。"

　　"他真的笑了吗？"她看上去显得慌乱。

　　"哦，真的笑了。"我开始遐想，自己不仅是个传话人，而且也是个编话人。

　　完全征得马库斯的同意，我穿上了我的板球运动校服，然而当我问他我是不是可以戴上校帽——一顶蓝色的由若干块片组成的帽子，上面汇聚在一起，并由一颗纽扣收顶，并在前面织了一只鹰头狮身、长着翅膀的怪兽——这时候他犹豫了。他说："如果是顶英格兰帽，或是一顶乡村帽，或是一顶俱乐部帽都没有问题。但这只是一顶校帽，人们可能会认为你是在炫耀。"

　　"如果是为了遮雨，人们就不这样想了，你个老乳牛犊子。"

　　"不会下雨的，你个胃唧筒。"

　　关于戴上帽子是否妥当的问题，我们争了好一阵子，相互堆叠着随机草创的挖苦言辞。

　　房子外面是阳光和阴影，我的思绪里也是阳光和阴影。自从马库斯回来，我逐渐地、隐隐约约地意识到我在过着一种两面生活。一方面讲，这令我兴奋；这种生活给了我一种力量感，且唤醒了我潜在的摆弄阴谋的能力。然而，我也害怕，我害怕出了差错，况且在我的脑海深处，尽管我已经基本被说服了要藐视困难，但我很明白，现实中要让马库斯对这些信件浑然不觉，依然是大难题。我把什么东西随身携带，传来传去，这东西让我变成危险人物，然而这东西是什么，它为什么让我变成危险人物，我说不清楚；很快我对这个问题的思索被即将进行的板球赛驱散，板球赛在布兰汉庄园的上上下下都已经能感觉得到了。我看得到白色盛装的身影，各负使命，大步流星地来回奔走，我听得到男人们的声音相互召唤，那语调无可置疑，时不我待，就好像生活突然变得严肃起来，就好像一场鏖战箭在弦上。

午饭，我们站着吃自助餐，所有人都去餐具柜前取自己想吃的东西，这似乎是一场无与伦比的革新。它缓解了总是在不期而至的激动和焦虑，我和马库斯双双忙着款待其他人。是款待他们，同时也是等待他们；因为我们的饭老早吃完了，等得人焦躁不安，这时候特里明厄姆大人与莫兹利先生目光相对，互换眼神，继而说："我们现在应当行动了吧？"

我记得起我与我们队一道往板球场走去，有时候我在努力感觉我是他们的一员，有时候我在努力不要感觉我是他们的一员；有一个信念非常迅速地占据了我这个小男孩的大脑，在这个世界上，除了我们必须获胜之外，什么都不重要。我记得起阶级界限怎样消融殆尽，男管家、男仆、车夫、花匠、伙夫怎么看上去跟我们完全平等，我也记起我有了一个第六感觉，可以让我预测他们每一个人会怎样自我表现，且准确度不是很差。

我们这边所有的人都穿着白色的法兰绒。村民队的大多数人已经在亭子里集结了，我被他们难以归类描述的外表弄得忧伤；他们有的穿着劳动时的衣服，有的已经把外衣脱了，显示他们穿着背带。他们与我们对阵怎么能有机会赢呢？我问我自己。因为纵然我不像马库斯那样凡事奉行理所当然原则，我还是相信比赛没有合适的着装，就不会有机会取胜。这就好比是训练有素的士兵与土著乡民打仗。然后我脑海里忽一闪念，也许这支村民队就像布尔人那样，用我们的标准衡量，他们在装备方面谈不上什么有利条件，然而他们依然能够充分证明他们自己师出有名；于是我用一种新的尊敬的眼光看待他们。

两支对垒球队的大多数队员早先就是相互认识的，那些互不相识的队员由特里明厄姆大人郑重其事地介绍相识。一个接一个地与人握手，我发现这么个连续的过程叫人犯糊涂，我到现在还是这样；第一个或者第二个名字能存留下来，然后，人的名字就像防水斗篷上的雨珠，一个个开始从我的记忆中滚落而去。忽然我听到："伯吉斯，这位是利奥·科尔斯顿，我们的第十二人。"不由自主地我把手伸了出去，而后不知出于什么原因，当我看清对方是谁的时候，我的脸色红得像要爆了。他也显得尴尬，但他比我迅速地让自己恢复了平静，立即说："哦，对了，主人，我和科尔斯顿少爷，我们相互认识，他常来我的草垛上溜坡。"

"是我愚钝了，"特里明厄姆大人说，"你们当然认识，他给我们说过。不过你应该让他替你跑差事呀，伯吉斯，他跑起差来可是个顶呱呱的好手。"

"我确信他是个于人有益的小绅士。"我还没有来得及说话，农夫便开口了。特里明厄姆大人转身离去，留我跟他待到了一起。

"我到的时候没看见你。"我不假思索地说，瞅着农夫的白色法兰绒服装，他穿上这套服装，就像他穿上了化装舞会的服装一样，几乎将他变得面目全非。

他说："我在照看那头母马，不过她现在好了，她产下了马驹子，你应该过来看看它们。"

"你是队长吗？"我问，因为很难想象他处在一种从属位置。

"哦，不是，"他说，"我算不上很出色的板球手，我只是奋劲出击，打得卖力，比尔·布尔多克是我们的队长，那边的那位就是他，你瞧，他正在跟主人说话呢。"我当然听惯了仆人们把特里明厄姆大人称主人，但特德竟然也这么叫，这显得古怪。我不知不觉地四周环视了一圈，看看玛丽安是否在场，但布兰汉庄园的小姐太太们还没有出现。"看哪，他们在转硬币，"他带几分近乎孩子气的热切说，"不过那并不重要；猜硬币主人从来就没赢过。"

然而，这一次他赢了，于是我们队率先进场。

球赛已经进入了赛程，这时候莫兹利太太才同她的随行人员到场。对她们的迟到，我几乎遏制不住我的憎恶。马库斯向我吐露："她们就是起不了身啊。再见吧，老伙计。"他同她们走下去，到台阶下面的一排椅子上就座；我跟队员们坐在凉亭里。

那次赛后，我再也没有发乎自愿地观看过板球比赛，然而我还是意识得到布兰汉庄园的比赛条件是不同寻常的；特里明厄姆家族对板球赛一直兴趣不减，而莫兹利先生对这个传统也是衣钵全承；有记分牌，有记分卡，有白色薄板，还有标示界限的粉笔线。所有这些必不可少的附属设施带给比赛一种不容疏忽的感觉，一种郑重其事的感觉，我的生命中就需要这样的感觉；如果这场比赛是以一种马马虎虎、随意而为的方式进行下去，我对它就不可能怀有同等浓厚的兴趣。我喜欢让存在的概念简化成赢或者输，我是一个狂热的自方支持者。我感到布兰汉庄园的声誉处在荣辱两种趋势之间，而如果我们输了，我们就永远抬不起头来。我在想象，大多数的观众，由于来自村子里，或者来自邻近的村庄，他们是不站在我们一边的；事实上，他们会为了一次精彩的击球而欢呼鼓掌，这没有给予我感动，要与他们结盟为一体；如果我们能佩戴玫瑰花饰或特定颜色以区分自己，那么对另外一方的队友我是不会正眼去瞅的，而同时，对我们这边的队友，即便他是最大的无赖，我也会心甘情愿地拉手示好。

首要的，我十分渴望特里明厄姆大人能在比赛中发挥出色，部分地因为他是我们的队长，队长这个词在我看来是带有光环的；部分地因为我喜欢他，欣赏他放下架子和平民打成一片的做法；同时部分地因为布兰汉庄园的荣耀——最大限度地、最狂热地赞颂它，卓越不凡——是以他为中心体现出来的。

第一个桩门净得十五分后倒下了，接着他上场了。"特里明厄姆是个出色的击球手，"德尼斯不止一次在不同场合说过，"我告诉你们，他在左右外场不是很强势；但他有一手力道强劲的击球，可以越过外场防守队员，这一击抵得上一名郡际球员，我非常怀疑，即便是 R.E. 福斯特，是否能够敌得过他的后期削球。[2]我非常怀疑。"

我看着他一身优雅向三柱门走去，他这种优雅举止无处不在又无所觉察，与他严重伤残的脸面形成的对照煞是鲜明；走向赛场中心的礼仪是程式化的、庄严的、怠慢不得的——他实际上要求了跑中场和外场——这是那时候的一种新潮。他的确给了我们机会一览他的风采。他的那一手越过外场防守位置的漂亮的击球两次飞抵边界线；他的后期削球是非常巧妙的一次侧击，球轻轻掠过了三柱门，然后他打了一个在右门柱上一弹变成一个猛然飞起的高球——在投球手手里飞出时让人看上去提心吊胆——他出局了，只给我们的记分增加了十一分。

迎接他返回的是一轮掌声，和缓而默契，人们为他的场上表现而鼓掌，更是为他而鼓掌。我加入了这起不甚热烈的鼓掌，在他走过的时候，我的视线避开他，同时嘴里咕哝了一句"运气不好啊，先生"；因此，当我看到玛丽安像是欢迎世纪英雄似的热烈鼓掌的时候，我大为吃惊；她抬起双眸直视他，眼睛里闪耀着光芒。他用一个可以被当作微笑的扭曲的表情回应了她的眼光。她是在嘲笑他吗？我说不准。这又是一个玩笑吗？我想不是；只有一个解释，作为女人，她不知道什么是板球运动。

灾难接踵而至，一重深过一重；门柱五次被击倒，只得五十六分。那一帮布尔人穿着色彩杂乱的服装，每次杀我方队员出局，他们都摆出胜者姿态，得意忘形，把球高高地抛向空中，我是多么憎恶他们！观众们散布在球场边界沿线，站着的、坐着的、躺着的，或者倚在树上的，我想象着，他们是被一种犯上作乱的精神煽动了起来，痴迷于比他们优越的人们垮台。正是在这种形势下，莫兹利先生入场了。他走起路来步履僵硬，不止一次地停住脚，笨拙地带好他的手套。我猜想他有五十岁了，然而，在我看来他似乎老得让人不抱希望，赛场应该完全跟他没什么关系了：他好像是时间老人手执大刀降世，要在门柱边当一回值。他的身后留下的是一缕办公时段的气息和一串微弱的金子的痕迹，两者都跟板球赛场格格不入。他像个土地神，面朝裁判，拿着球拍用痉挛性的动作回应裁判的指令。在球场就位的时候，他的头在他蜥蜴一样的细脖子上左右弹动。看到这情形，外野防手们搓着他们的双手往近处合拢了一下。突然，我开始可怜起他来，形势严峻，对他不利。他太老了，不是打比赛的年龄了，假作少壮，他表现起来太费劲了。这好比是某种滑稽剧的元素掺杂进了比赛，因而我在顺势而待，等候他的门柱倒下去。

　　然而我的等候是徒劳的，莫兹利先生身怀处世判事左右逢源的各种才能，在板球赛场上他同样具备这一类能力——尤其是判断能力。他懂得什么时候该不加干预。不能说他在投机，利用双方都未控制的那些球——他从来没有击球到边界得分——他就把球打在自己前方得分。在我看来，他没有什么风格；他凭着经验处置每一个投来的球。他的方法就是没有方法，但它有效。他能神妙莫测地感觉到外野防手在哪里，一般情况下，能想到办法让球从他们的中间地带滑过。外野防手们被吸引到近处，又被外调到远处，他们叉开两腿，态度专注，警觉异常，然而都不奏效。

　　这时候，一位有些放荡的投球手再一次上场，在前几回合中，他用侧飞球两次击倒门柱，此人的一次投球击中了莫兹利先生的护腿，于是他诉诸裁判，但此次申诉被驳回，不过打那以后，此人的投球变得消沉，他最终被换下了场。

在下一轮投球中，一根门柱倒下了，这时德尼斯进场与他父亲联手。这时的记分是一百零三分，其中莫兹利先生得了二十八分。从女士们一动不动的帽子，我可以辨别出，这个时候她们对比赛投注了应有的兴趣：在内心里，我看得见莫兹利太太眼中射出的探照灯光束在紧盯着门柱。

离开凉亭前，德尼斯曾告诉过我们，他进场打算要做什么。"要紧的是不要让他把自己累着了，"他说，"在我能帮忙的情况下，我一趟也不会让他跑。我原想让他找一个人代替他跑，但他不干。球朝我投来的时候，我或者会击球到边界得分，或者置之不理，得不到高分的球我是坚决不理的。"

有一阵子这些策略是成功的，德尼斯确实击球到边界得分了——两次。他打球的时候摆了好多造型，在他父亲要接投球的时间，他若有所思地踱来踱去，有时候闲步出去拍一拍球场。然而，他的方法同他父亲的机会主义政策结合得不很完美。莫兹利先生总是急着要抢断得分，而他也知道什么时候是最恰当的时机，但往往受挫于德尼斯像警察一样迅捷竖起的胳膊。

有一两次当类似的不默契发生时，观众们就在窃笑，然而，对人们的这种逗趣，德尼斯显得毫无察觉；他父亲的恼怒在不断增加，连我们也看得清楚，而他却同样无所察觉。最后，当赛场信号又一次冲他举起的时候，莫兹利先生高声叫道："跑啊！"叫声像鞭子的一记猛抽；莫兹利先生日常生活中悉心掩藏起来的一切威严都在那两个字里面表达了出来。德尼斯像只兔子一样奔起，但他还是太晚了；他还没有跑到一半的距离就被杀出局。垂头丧气，满面通红，他回到了凉亭。

眼下，谁在赛场独领风骚已毫无悬疑。然而古怪的是，尽管我甚为认可我的男主人的成功，我却不能把他的成功和比赛精神兼容起来。他的做法不是板球赛；板球比赛不是由着一个长着细绳一样的脖子、关节嘎吱作响、侏儒一般个头、上了一把年纪的人，凭着他大脑里的算计和比别人多的鬼点子，来颠覆后生可畏这一成语。他的做法是智力支配膂力的一种情形；像个真正的英国人一样，我对此一直持怀疑态度。

然而，莫兹利先生找不出什么人可以与他长时间配合。最后的三根门柱很快倒地了，不过它们把我方的得分提高到一百四十二，总分可庆可贺。莫兹利先生返回时，迎接他的是暴风雨般的掌声，他不是败下阵来的，他为我们得了五十分。他独行退场——那位男仆，他门柱旁的最后一位同伴，加入了外野防手的行列，毫无疑问，那男仆跟那些人在一起会感觉更加自在。我们所有的人都站起来向莫兹利先生表示敬意；他的脸色看上去有一点儿苍白，但与村民队的人相比，他倒不那么热，村民队的人汗流如雨，不停地擦脸拭面。特里明厄姆大人随意地拍了拍莫兹利先生的脊背；尽管大人的拍打十分轻柔，先生瘦弱的身体还是在拍打下颤抖。

茶歇的时候大家又打了许多回合，但上半赛段独领风骚的英雄似乎满足于被排除局外；事实上，时隔不久，人们就难以把他跟他所打过的那些回合联系起来了，就像人们难以把他跟他所主导运行的整个城市的经济联系起来一样。五点钟的时候，我们队做防守方；村民队有两个小时的时间与我们鏖战。

第十二章

　　记分卡我现在依然保存着，然而，虽然数字摆在眼前，他们的赛程中场前的诸多回合我记忆模糊，而我们的各个回合，我可以详尽地回想起来。毫无疑问，部分地是因为我个人认识我方的所有击球手，而他们的击球手，除了一位之外，我都不认识。还因为我们的这次胜利看起来赢得如此轻松——前五位击球手的得分一律都是个位数足可为证——结果是我把我的一部分注意力撤出比赛：一个人不会很专注于唾手可得的胜利。我们的那些比赛回合带来的兴奋似乎且过且远，几乎明珠暗投了——好像我们在汇聚所有的力气，为的是要举起一根针。我还记得，我非常可怜那些村民，因为他们的队员一个接一个地返回去，看上去比他们走向门柱的时候渺小得多。在比赛从我的脑海中退潮的时候，风景充斥了我的大脑。眼前有两层穹顶：板球场对面的树形成的弧拱和树上头天空构成的弧拱；每一道弧拱在重复着另一道弧拱的曲度。这让我的对称感十分称愿；妨碍我对称感的不和谐成分是教堂的尖顶。教堂矗立在一处小丘上，树木掩隐，教堂本身几乎轮廓难辨，树木、小丘，天物合一，长成了量角器的造型，近乎一个完美的半圆。然而教堂的尖顶不是把量角器分成相等的两半，而是把它的笔尖走偏，伸向中心线左侧——我估算了一下，大约八度。教堂为什么不能与大自然的规划保持一致呢？我想，肯定存在一个地方，从那里看教堂尖顶，恰好是量角器轴的延伸，产生无限升入天空的垂线，底部有两个巨型直角，像两个拱扶垛把这条垂线支撑起来。也许有些观赛者可以欣赏到这景象。我多希望在我们队把村民队撞出赛局的同时，我能够离座逡巡，找到这幕景观。

然而很快，我的眼睛顺着有点煞风景的教堂尖顶一直看到天空，而后停留在了悬挂在空中的一个巨大的云团上，我试图穿透云团看到它的纵深。这是酷热创造的产物，它跟我从前见过的云团都不一样。它的顶部是纯白色，浑圆、厚实、透亮，像堆雪；往下移，白色被染上了粉红，再往下，就在云团的正中心，粉红加深成了紫色。在这个紫色的体系里存在威胁吗？有打雷的迹象吗？我想不会吧。云团似乎是绝对不动的；尽管我不停地扫视它，我没有发觉它的轮廓发生丝毫变化。然而它又的确在动——朝着太阳移动，它渐渐地靠近太阳，它的色彩变得越来越亮。温度再增加几度，然后——

就在我端详着量角器投印在天空的线条的时候，我听到咔嗒咔嗒的声音，还有嘚嘚嚓嚓的声音。是特德·伯吉斯出场打球了；他打着口哨，毫无疑问，他是想让精神振作起来。

他把他的球拍夹在腋下，非常不合章法。我是怎么期望他的？比如说我是想要他第一个球就出局吗？我是想要他打一个球到边界得六分就出局吗？我有点犯迷糊，因为直到现在我的感情是非常清楚的：我想要的是我们这一边人人都得分，而他们那一边人人不得分。

第一个球差一点点从他的门柱上擦过，然后我明白了：我是不想要他出局的。这个明白的想法让我羞愧，因为我不忠于我们队，不过我又在安慰自己，因为我想过，这毕竟是体育运动，因此值得提倡乃至称道让敌方发起攻击；何况，他们还遥遥落后！于是在好几轮的投球过程中，我保持着这样一种纠结为难的中立心态，期间，特德击中了大多数投球，也造成了好几次误击，包括一次高飞球，这次高飞球如果不是太阳直射到膳食主管的眼睛里，他可能就把它接掉了。

接下来他打了一个至边界得四分的球，接着又是一个；球呼啸着飞越边界，把观赛的人们给冲开了。他们畅笑，鼓掌，但我认为他们没有一个人觉得这是对这场比赛的增色添彩，值得关注。后面又接连出现了几次误击，然后是一次真正精彩绝伦的击至边界得六分的球，这个球从凉亭上空飘过，落到背后的树中间。

一群小男孩突奔离位，四散寻球，正在孩子们猎球的时候，外野防手们躺倒在草地上；只有特德和他的合作伙伴外加两位裁判还站着，看上去像是胜利者站在一片狼藉的战场上。所有的激情似乎都离开了比赛：这是完全放松的一阵子。而即使找到了球的人得意扬扬地把球甩进了赛场，再次开始打球，比赛依旧有一种嘻嘻哈哈、逍遥自在的特征。"好样的，特德老伙计！"当他又一次击球至边界得分的时候，有人喊了这么一句。

记分卡就放在我面前，但我依然记不得，到了什么节点，我开始恐惑特德的这几个大出风头的回合会不会影响比赛战况。我想是在他独得五十分的时候，我开始看到了危险信号，

168

我的心脏开始在我的胸膛里突突乱跳。

这半个世纪与莫兹利先生的那半个世纪差别很大，这是运气的胜利，而不是投机取巧的胜利，因为这里面求胜的志向，甚至是求胜的愿望都缺位。隐隐地我感觉到这样的对照代表着的不仅仅是布兰汉庄园和村庄之间的矛盾。这中间是有矛盾，但它也是冲突，是信守秩序和缺乏章法之间的冲突，是对传统的遵从与违抗之间的冲突，是社会保守与革新之间的冲突，是一种生活态度和另一种生活态度的冲突。我知道我是该在哪一边的；然而我的习惯里面的那位叛逆者对这个问题的看法不大一样，他支持个体反叛其所在的一方，甚至就是反叛我自己的这一方，他想看到特德·伯吉斯获胜。但我不能对匍匐在我周围的凉亭游廊阴影里的一群群米甸人[1]说出这样的想法。他们的表情清静得出奇，关于比赛的结果，他们这时候开始打起赌来，竟然向我投来诡诈的目光；所以我刺探到在玛丽安旁边有一个空位，我偷偷地一路溜到她身边，咬着耳朵说：

"这难道不激动人心吗？"我感觉这不算是对我们这一边太过分的背叛。

她没有回答我，我把问题又重复了一遍。这时间她转向我点了点头，我明白了，她之所以没有回答我是因为她不能放任自己说话。她双眸闪光，脸颊绯红，双唇颤动。我是一个孩子，我是生活在孩子们的社会里的，但我懂得信号标记。在当时，我没有反问自己这些标记是什么意思，然而看到一个大人如此显而易见为赛场所动，极大地强化了我对这个比赛的情感回应，于是我几乎静坐不下来，因为当我激动的时候，我总是要扭动身体。我的感情里面的矛盾也在深化：我

169

心底里想要另一边获胜，但我不忍面对这样的现实情结，而这一现实情结在我心里又变得越发明朗化。

又一个门柱倒下了，接着又是一个：还有两根门柱的机会，而村民队需要再得二十一分才能超过我们的总分。新的击球手走出赛场的时候，观众们绝对地安静。我听到他们的队长说："查理，让他接投球。"但我怀疑特德是否同意这么做；他没有表现出"宰获"所有投球的意向。到了这轮投球的最后一球；新上场的击球手挺过了危机，而特德，他面对着我们，也面对着攻击。

特里明厄姆大人在内场区布置了两个人，远右外场区防守员站在有点儿靠我们右边的位置。特德的第一个击球直接向我们飞过来，我以为这是一个打到边界得六分的球，不料很快球的飞行线路变平了，在它要着地的时候，它的速度似乎在增加，外野防手跑过去，伸手向球，但球撞手飞出，威胁性地朝我们呼啸而来。莫兹利太太轻轻地叫了一声，跳了起来；玛丽安把双手遮到她的脸前面；我屏住呼吸；先是一阵子混乱，还有急切的问询，之后人们发现，球并没有触及她们两人中的任何一位。两位女士都在笑庆她们惊险逃脱，并试图把球扔回去。球就在莫兹利太太脚下，看上去小巧无害，让你不可思议。我把它扔给了远右外场区的防守员，这时候我看清了，他是我们的一个花匠。然而他未去理会球，他的脸因疼痛而扭曲，他把左手保护在右手里，小心翼翼地搓揉。

特里明厄姆大人和另外一些外野防手朝他走过来，他也走出去迎上他们；我瞧见他把受伤的手出示给他们看。他们商谈了一番，似乎做出了决定；然后这一群人散开去，几位赛球手回到了门柱旁，特里明厄姆大人和花匠回到了凉亭。

我这里是满脑子的混乱：我在同一时间里思考着所有的问题，想着比赛结束了，想着花匠可能落下终身残疾，想着特德可能被送进监牢。然后我听见特里明厄姆大人说："我们出现了意外事故，波林扭伤了他的拇指，恐怕我们必须召请第十二人上场了。"即便那时候，我也还不知道他指的是我。

我跟着他走回球场，两膝发颤。"我们得让他出局了，"他说，"我们得让他出局了。让我们企盼这个中断将搅乱他的球路。现在这样，利奥，我把你安排在内场员的位置，要你执行的任务不是很多，因为他大多数的得分是在门柱前面完成的。不过有时候他打左旋球，你在那里就可以帮我们了。"就执行那么个任务：然而我几乎没听见，我的神经系统非常繁忙，它在努力调节自己，以适应我的新角色。从观赛人到参赛人，差别太大了！

我紧张得要命，投球手的手势动作指示我到我的位置，我遵令行事。最终我在草地上的一个仙人圈内安定了下来，好荒唐，这竟给了我自信，我感觉它可能是一道魔圈，会保护我。两次投球投过了，两次都没得分。慢慢地，我的紧张情绪消退了，一种得意感占据了我，我感到我可以同我的周围环境合而为一，我被板球的悠久传统所接纳。前所未有的领悟让我的感觉敏锐了起来；当特德打下了一个四分球，接着在这一轮投球的最后一球再得四分的时候，我有冲动要为敌方鼓掌，但我不得不抑制住自己的这种冲动。然而，当我用眼角偷看了一眼记分牌上的新数字，我不敢正视它，因为我知道这个数字离我们队拥有的总得分数只差十分。

下一轮投球进展平稳但越来越紧张；新上场的击球手跺脚，用球棒挡球，设法阻止了直击的投球；他的身体的下半部分要比上半部分的动作多。但他的最后一击得了一分，因此再一次应对投球。

前一轮投球给了机会让特德·伯吉斯击球到边界得分，然而这次投球跟那些投球不一样。在我横穿球场的时候，我看到一种变化正在酝酿中。特里明厄姆大人拿到了球，把它轻轻地从一只手投到另一只手，他对球场防守做了一些调整；有一阵子我担心他将把我从我的魔圈里移出去，但他没有那样做。

他来了一个长长的助跑，在中间还跳了一下，但球却不是很快；这球看起来下落得相当突然。击球手挥棒出击，球直冲入空。击球手跑，特德也跑，然而他们还没有到达他们对面的区域线，球已经安安稳稳落在了特里明厄姆大人的双手中。我们的队长备受青睐，这里就是证明，即使在这样的紧急关头，人们还是对他的这次拿球报以慷慨的掌声。然而，在手持揭示板的男童朝记分牌走去的时候，鼓掌声很快平息了下去。数字展出慢得让人发疯，但出来的是什么？总分，9；门柱数，1；最后球员，135。观众中爆发出了笑声。记分员返回来，瞪眼看着他的手工活。然后在更多笑声的伴奏中，他慢慢地把数字换了一轮。

然而尽管这看上去很好笑，这个错误并没有真正地缓解紧张气氛，这个错误表明即使数学也容易受神经错乱的影响，这样反而增加了紧张情绪。我们与失败之间只隔着八分——两次击球至边界线。

退场的击球手遇上了入场的击球手，跟他说了点什么，相互点了点头，在这当口，我最后一次试图梳理一番我的各种感觉。然而我的感觉像薄雾一样围拢在我的四周，前进的时候，你看得见它的形状，但当它罩到你身上的时候，哪里又有形迹呀，在这种浓厚涡旋的蒸汽里，我的思绪很快迷失了方向。尽管如此，我保持着对这场比赛的戏剧性的总体感受，这种感受又被投球手和击球手之间的一种特别的、连我也无法向自己解释清楚的戏剧性的意识给敏锐化了。佃农与地主，平民和贵族，村子和布兰汉庄园——这些都是这种感觉的组成要素。但其中还有别的要素，与坐在凉亭台阶上观看着我们的玛丽安相关的要素。

　　观赛人员可以活蹦乱跳、狂喊大叫，而我们参赛人员却不可以、也不允许流露出哪怕是最轻微的感情征兆，这是一个叫人自豪的想法，也是一个始终如一的想法。于是，理所当然，投球手脚如生根，稳扎厚土，这是他开跑前惯使的花招，而特德直面他，衬衣紧贴到了脊背上，却玩不成什么花样。

　　特里明厄姆大人投来了他富有欺骗性的下沉球，然而特德没有等球下落，他跑上去迎击，球飞过了外场防守位置，飞到了边界。这是荣耀的一击，这一击的得意之感像一道电流通遍我的全身。观众们狂欢、喝彩，突然间我的情感的天平倒向了另一边：现在我想要的是他们的胜利，而不是我们的胜利。再得三分，便是胜利，我想到的不是三分；我似乎听到，胜利来得像一阵风。

　　我说不清楚下一个球是不是在三柱门之间的球场上，但这个球被抛得越飞越高，我发现特德忽然转身，球沿着一条攀升的直线朝我飞来,其运行线路像一条架设在我们之间的电缆。特德开始奔跑,然后他又停下,收住脚看我,满眼惊讶,满腹怀疑。

我用力把手挥向头顶,球就撞到了我手里,但那撞击把我掀翻了。我手忙脚乱地爬起来,仍然紧紧搂住球不放,好像从我的心脏发起一阵剧痛,这时间我听到了甜蜜的欢呼声,看到了球场在散去,只见特里明厄姆大人向我走了过来。我记不起他说了些什么——我的激情太过难以自持——但我记得起他的祝贺无比珍贵,因为他把话说得有所保留、有所收敛,事实上这样的贺词应该是说给一个男子汉的;我是作为一个男子汉,而根本不是作为板球队员中的最小一员,加入到正在走回凉亭的一行人中的。我们混在一起,走在一起,败落的击球手、获胜的击球手都跟我们在一起,一切敌对情绪搁置一边,共处在来自观众的、更为慷慨大度的欢呼喝彩声中。我说不清我的感受是什么;在我高涨的得意情绪之下,我通常赖以判断此类情况的陆标从我的视界消失了。由一系列事件搭建的脚手架一直支撑着我,脚手架倒塌了,但我依旧被留在空中。然而我也依旧很清楚,有一个分立的要素尚没有融入我的整体汹涌澎湃的激情当中;是相伴着那个接球的缺憾之痛,像剑伤一样犀利的痛。这个因素决然不是削减着我狂放的喜悦,而是把我的喜悦推向了更高的强度,妙处难与君说,就像快乐的涌泉里掉入一滴苦涩;然而我觉得假如我跟特德说明真情——那样将极大地增高我的形象——我更感快乐。我了解有关警告,类似的坦白承认是不合行规的;板球手们的个人感情是要严密封锁在他们坚挺的上嘴唇背后的。然而如实地讲,我几乎是超越了我自己的;我知道球

174

赛的结果已经让我洪福齐天，所以我觉得传统我是反叛得起的。但他会怎样对待我的表白？他的感想是什么？他对他那几个回合的表现依然洋洋得意呢，还是他对比赛那个始料不及的结尾失望不堪呢？他会依旧把我当作朋友呢，还是当作致他垮台的仇敌呢？我顾不得这些了；眼见他是一个人走着（大多数打球手已经筋疲力尽了，话题也穷尽了），我偷偷地溜到他身边说："对不起，特德，我不是真的有意要接掉你的球让你出局。"他停住脚，冲我笑了笑。"啊呀，你表现得棒极了，"他说，"不管怎么说，你那一手都是一个绝好的接球，我从来没想过你能逮住它。实话告诉你，我压根儿就忘了你在内场员位置上这档子事，然后我就转头看，而你就在那里，天哪。接着我就想'球刚好从他头顶上飞过'，但你全身展得像个六角风琴。我考虑过数十种出局的方式，但我从来没有考虑过让我们的邮差给接杀出局。""我不是有意的。"我把我的话重复了一遍，我的道歉是真实的。就在那个时刻，掌声更响了，有些热心人一面拍着手，一面喊着特德的名字。虽然我们都是场上英雄，但很显然他是最受人们喜爱的角色；我有意掉队，以便他可以独自一人走进人群。在凉亭里他的伙伴球员们毫不遮掩地表露着对他的感情；即使我们这边坐在前排的所有女士们，在特德走过来的时候也表露出了对他温和的兴趣。所有女士们，但除了一个。我注意到玛丽安始终没有抬头。

我们一回到布兰汉庄园，我就对马库斯说："把你的记分卡借给我，老伙计。"

"怎么？难道你没有保存得分记录吗，大胖脸？"他问我。

"入场防守的时候，我怎么记录啊？你个傻蛋。"

"你入场防守了吗？你个卑微的小动物，你确定你入场防守了吗？"

当我为这话惩罚过他的时候，他从他那里提取出了他的记分卡，我把各个缺失的项目抄到我的记分卡上。

我读出来是这个样子："e.伯吉斯。c.替补。b.特里明厄姆大人，八十一分。"我说："怎么了，你或许应当把我的名字写上去呀，你个下作的无赖。"

"c.替补是合适的，"他说，"另外，我想让我的记分卡保持干净，而如果你的名字写上去了，记分卡就不干净了。"

第十三章

各种各样的地方名流，还有两支球队，给在村公厅进行的晚宴增添了荣耀；对我来说这似乎是我所参加过的活动中最为辉煌的一次。眼花缭乱的装饰、色彩，酷热，强烈的亲热几乎让人无法驾驭（这是我非常看中的品质），这一切全都灌进了我的头脑，犹如德国葡萄酒被倒进了我的酒杯。有时候我完全失去了自己作为一个独立个体而存在的感觉；有时候我的精神振翅漫飞在大厅的屋顶周围，漫飞在英国国旗之间，在纸飘带之间，我是天国里的一个星体，是群星的伙伴。我感觉我已经实现了我的生命功能，再也没有什么事务留待我去完成：我的成就已足以成为我永远赖以生存的资本。我的两位邻座都是村民队的队员（我们的座位是鸠尾形的；在这种民主节日里，两位来自布兰汉庄园团队的成员坐到一起被认为是不合适的），他们一定发现了我不是一个好相处的邻座，我们交谈很少，因为尽管我在心灵方面能与他们自如交流，我在形体领域几乎跟他们无话可说。他们倒不介意我的做派；他们专注地吃他们的饭，有时候越过我相互说上几句，好像我根本不存在。他们说的话我很少能懂得，但他们却发出兴高采烈的大笑；一个点头或一声嘟哝就被当作是一席妙言，直到最后我的感觉模糊不清了，整个世界似乎就是一场笑。

晚饭后莫兹利先生发表了一个讲话。我猜想这讲话可能会嗑嗑巴巴、词不达意，因为我从来没有听过他连贯地说出半打词语，然而他却流利得令人称奇道妙。话语一句一句从唇齿间涌出，就好像他在朗读；他的声音不变音高、不变语调，跟他诵读祈祷词时没什么两样。由于他的音调和他讲话的语速，他的有些笑话没有触发起笑声；但那些发生了效果的笑话则由于不事修饰的演讲风格而大获成功。在我看来，他用精湛的组织技巧设法把每一位球员的名字都提到了，并从每个人的现场表现中都找到了值得称赞的地方。对各种讲话我是充耳不闻的，这是我的规则，我把讲话和布道词都归类为专为成人的大脑规定的内容；然而这个讲话我真的听了，因为我希望能听见我自己的名字被提到，他没有让我失望。"最后同样重要，如果允许我这样描述的话，我们年幼的利奥·科尔斯顿，身材小于大卫，壮举赛过大卫，是他消灭了来自黑土农场的歌利亚巨人，他是用双手接球，而不是投石索环。"[1]所有的眼睛都朝我转过来了，或者说我以为是朝我转过来了；特德几乎坐得跟我正对面，他向我投来了一个不可抗拒的眨眼。他身穿一套日常西服和上过浆的高衣领，比他穿上法兰绒套装看上去更不像他自己。他穿的衣服越多，他看上去就越是不像他自己。特德的漂亮装束让他看上去像个土包子，而特里明厄姆大人的衣服似乎总是他本人的一部分。

一个一个的讲话低沉而单调——就好像时间的流逝被形象化得可以听得见——接下来人们要求唱歌了。在大厅一头的讲台上摆着一架立式钢琴，钢琴前面放着一把罩着长毛绒套的旋转凳，甚具诱惑力。然而这时候开始了一阵嗡嗡低语声，话语的含义最终传到了我这里：钢琴伴奏师去了哪里？有人去找他，但他没有露面。解释传来了，说他早已带来口信，身体不适，但搞不清什么原因，这消息没有传到，这时间整个集会被一阵失望的潮浪卷裹。没有唱歌的板球赛算什么？没有歌声的晚宴算什么？我们用酒精热活起来的精神里附着上了一个冰凉的激灵，且不再有酒精可以融化它。时间尚早：夜晚在向前延伸，一片没有尽头的空白。难道没有人会自告奋勇补上这个缺位？特里明厄姆大人不相称的双眼背后射出的总是不容回绝的光束，他这时候环顾全场，众人果断地躲开他的目光，好像那双眼睛本来就长在拍卖商的脸上；当然了，我要把我的目光固定在桌布上，因为马库斯知道我会弹一点点钢琴。但突然间，正当每个人似乎在他们的位置上扎下了根，只要有人在物色伴奏师，他们就会一动不动，永远不站起来、永远不抬头看时，有一个动作，一个竖直向上轻快的拍动，几乎像是升起了一面旗帜；这种舒心的放松还没来得及让我们僵硬的身体变得自在起来，玛丽安已经敏捷地走过大厅，坐在了钢琴凳上。在烛光之间，她穿上庚斯博罗蓝套裙[2]，看着可爱极了！她从那里，像是从一个帝王的宝座上，俯视着我们。她很快乐也略带几分嘲弄，好像是在说：我该做的我做到了，现在看你们的了。

我过后得知，先唱歌的选手应当是两支球队的队员，这是习俗；所有的队员都受到鼓动，有一些甚至受到纠缠，但我猜想大家应该相当清楚，谁会心甘情愿唱一曲，谁会裹足不前怕登台。前一类人看样子随身带了他们的乐谱；他们很显然是拿出了不知从何而来的乐谱，有时间看到的是负疚抱愧，又不乏自我意识，有时间看到的是胆大不知羞，派头十足；但他们似乎全都对钢琴伴奏师心怀敬畏，一个个都站得尽可能离她远一点。她的弹奏让我着迷，我是在听她弹钢琴而不是在听歌曲。我看得见她洁白如玉、柔如新笋的手指（虽然饱受无休止的日光照射，她还是让手指保持洁白）在琴键上滑来滑去，轻轻柔柔地，她从那台老旧的品质不高的钢琴上摆弄出多么醉人的声音！我能分辨出琴键的弹性多么不规则，但弹奏出来的音乐却像水流一样光滑酣畅。激昂的乐段炽如烈火，轻柔的乐段甜如心语！她能够把卡住的琴键轻弹起来，再投入使用，她这样的做法几乎就是奇迹。她是一个既讲究策略又技法娴熟的伴奏师，她和着歌手，不催促他们，也不拖延他们；但她的表演同歌手们的表演分属不同的阶层，两者不十分匹配：就好像一匹纯种的良马被套上了拉车的马具。听众对这种落差很是欣赏，他们的喝彩声中既有欢闹更有崇敬。

当有人鼓动特德·伯吉斯唱歌的时候，他似乎没有听见，而我认为他事实上就没有听。但他的朋友们开始从大厅的不同部位重复呼喊他的名字，并附加上引人发笑的各种煽动性话语，诸如"加油啊，特德！不要不好意思！我们都知道你能行！"——他没有站起来的动向，他继续坐在自己的位置上，看上去显得固执、窘困。人们喜欢看这样的场景；他们的叫嚷声翻了几倍，几乎变成了大合唱。这时候听到特德在咕哝他不想唱歌，说得非常勉强。特里明厄姆大人把自己的声音加入到群体的呼声中。"现在不要让我们失望，特德，"他说（称"特德"让我惊奇：也许这就是良好关系的一种特许），"你是知道的，在板球赛场你并没有让我们等呀。"

在随之而来的笑声中，特德矜持的防守似乎垮塌了；他迟钝地站了起来，腋下夹了粗粗的一卷乐谱，跌跌撞撞走向讲台。"多加小心哪！"有人喊了一声，接着又是一阵大笑。

玛丽安显得对这一切毫无兴趣。当特德到她跟前的时候，她抬起两眼说了些什么，只见他很不情愿地把他的一沓子歌曲交给了她。她快速翻阅这些歌，把其中的一首放到谱架上：我注意到她把这一页折了一下，这是前面没有过的。特德宣布说"《带走一双闪亮的眼睛》[3]"，好像眼睛是一个人最不愿意带走的，有人悄悄说了一句"高兴起来呀，这又不是葬礼！"。起初歌手的声音远不及他的呼吸让人们听得清楚，但渐渐地声音有了力道，变得稳健，有了感情色彩，声音与歌曲轻快的舞蹈节奏融为一体，所以到了最后，这算是一曲令人称贺的表演。由于它的开头略显摇摆，观众似乎更加赞赏。大家要求他再来一个，这还是这个晚上的第一次。特德只得又跟玛丽安商量一番，他们的头凑到一起；他似乎又一次反对，突然，他离开钢琴，深鞠一躬表示拒绝。然而鼓掌声加倍了；他们喜欢他的谦虚，他们决意要超越他的谦虚。

新歌是巴尔夫的一首抒情曲。[4] 我想人们现在已经不再唱它了，但我喜欢这首歌，也喜欢特德对这首歌的表现方式和贯穿于他歌声中的颤音。

> 当他们相亲相爱浪漫的故事
> 从别人的唇间别人的心底飞出
> 话语数不清字字回肠荡气
> 给他们力量让他们义无反顾

我记得听众脸上沉思的表情，他们听着这听天由命的、关于背信行为的悦耳预言，而全然不知其中隐含的苦衷；我期望我的脸上能够映射出这种苦衷，因为关于别人的唇间别人的心底讲出他们相亲相爱浪漫的故事，我似乎知道它们的始末，我知道那是多么悲惨，但我也知道那是多么美丽；对那种回肠荡气给他们力量的数不清的话语我也并不陌生。然而我不知道，假如其中所述属实，我该把它与什么样的经历联系起来。对我来说，这是一种由我所喜爱的词汇的音韵激起的文字情绪，这些来自成人世界的词汇为我组合成诗歌，也还指向真人真事——它们关于成人的意义所指的真人真事，我情愿笃信的真人真事。歌曲就是关于这类事情的。我从来没有考虑过当别人的唇间别人的心底开始讲出他们相亲相爱浪漫的故事时，可能会产生痛彻肺腑的感觉，我也没有考虑过他们会用演唱大厅钢琴伴奏之外的方式讲故事。最没有可能的是我会把这一类表露与一种被称为偷期幽会的现象联系在一起：如果我做了这种联系，这会使我大为恐惧。我坐在迷幻中，就像是在聆听各行星系里的音乐[5]，坠入爱河的小伙子，最终别无他求，只求心上人在与另外一个人，或者另外许多人打情骂俏的时候，应当记起他，听到这里，幸福的泪水涌入我的眼睛。

这首歌终结的时候人们在呼唤伴奏师，因此玛丽安离开了她的琴凳，同特德一道分享这场喝彩。她半转过身向他轻轻地鞠了一躬，然而他没有答礼，而是把头朝她甩了两次，然后又背了过去，像一个喜剧演员或是一个小丑在跟他的搭档说着俏皮话。听众笑了，而我听见特里明厄姆大人说："对女士不够殷勤，是不是？"我的邻座语气更重，他越过我，同我的另一位邻座说："我们的特德这是中了什么邪了，在女士面前如此羞羞答答？是因为她是从布兰汉庄园来的，就是这原因了。"与此同时，特德自己恢复得足够正常，他向玛丽安鞠了一躬。"这下好多了，"我的邻座评说道，"假如不存在阶层差异，他俩是多般配的一对儿。"

好像是对阶层差异的敏感，特德走下讲台，脸红得像要爆裂，一回到座位，他对他的朋友们的祝贺声和狡黠的打趣言语报以排斥和愠怒的脸色。

我对他的窘态不以为然，但我也不无欣赏，因为他的窘态使这个集会继续下去，让它保持热闹不减，恶作剧好比佐料，反而丰富了集会。作为英雄的特德和作为江湖骗子的特德一样讨人喜欢，或许后者更得青睐，因为延续太久的英雄崇拜会让人追慕虚荣。接下来的歌曲不管是喜剧型的还是浪漫型的都显得平淡，错误频出，但玛丽安在不经意间将它们掩盖。然而舛错毕竟是舛错，它们超乎听众的想象，实际上错误总发生在歌手一边，这给演唱会带来了一种音乐课堂的气氛，使这场晚会的欢快感受有所减损。这对我也有所触动，因为它证实了布兰汉庄园的优越，我开始对这一现象发生兴趣，并把这一现象同我的其他印象叠加起来。这时候，在最后一首歌之后的间隙里，我听到特里明厄姆大人说："我们的第十二人表现一下怎么样呀？让他给我们唱上一曲，好吗？在学校最新学过的不管什么都行。登台表演吧，利奥。"

这是我第二次被征召，放弃孩童的豁免权来担负起成人世界的责任。这就像是一次死亡，但这是一次有复活预期的死亡：第三次发生这样的事就不会有死亡感了。即使在我离开座位的时候——因为我从来没有想到过要拒绝——我感到我的嘴里水分越来越少，我知道我应当还原到我过去的状态，我也知道第三次的时候我就没这个必要，这两者我都明白、明确。我没有乐谱，但我会唱一首歌——特里明厄姆大人说得完全正确，我会唱好几首歌。有一首我还在学校的音乐会上表演过，然而直到我走上讲台我才明白，这首歌光靠我自己是唱不成的。

"我问你，利奥，"玛丽安说，"你要唱的是什么？"她就用她平日的声调说话，好像大厅里没有什么别的人，而且即便另有人在，那也与她没有关系。

我在设想返回我的座位，没有喝彩声是场灾难，失败感会将我剥得一丝不挂，于是我无助地说：

"但我没有乐谱啊。"

她笑了笑，那是一个星光闪闪的笑，我至今还记得，然后她说：

"也许没有乐谱我也能弹出伴奏。什么歌？"

"《吟游歌童》⁶。"

"我最喜欢的歌，"她说，"要唱多高？"

"唱到 A 调。"我说，很为我的高音而骄傲，又半是担心她会说用那个调她弹不了这首歌。

她没说什么，而是从她手指上取下一枚戒指，明显是有意识地把它放在钢琴顶上。然后她坐下去，丝绸窸窸窣窣的响声，恰似香味一样向外散发，她弹奏了开头的小节。

众目睽睽之下我看上去像个傻瓜，这是我最感恐惧的境况，我想她这是第二次把我从这种境况中解救出来，但这次我没有理由感激她。第一次解救：她费了很多周折来确保我在众人面前表现得体。这第二次解救，要感谢的不是她，而是她的音乐天赋。而且我想我更看重她的音乐天赋，因为不是她的善良而是她的一种魅力解救了我。或许我不会因为一种善良而奔赴战场，但为了魅力我会参战且真的为之一战。因为在我的声音飘逸上升的时候，我毫不疑虑谁去参战，为什么而战。是我参战，为她而战。她是我的歌之乡。从来没有一个士兵能够比我更加全心全意地投身死亡；我热切地盼望着死亡，我无论如何不会错过死亡。至于我的竖琴，我近乎急不可耐地要将它的琴弦扯断。我宣称，它永远不会在奴役下奏响：而且我也可以坦诚地说，它从来没有在奴役下奏响过。

我对这首歌太熟悉了，以至我没有必要思考唱歌；我的思绪可以随我所愿自在漫游；而且，不像其他歌手那样，需要一直眼盯着歌谱，我可以转身面向观众。但尽管如此，我还是能看到玛丽安的手指灵动如飞，我能看到她白皙的双臂和更白皙的脖颈熠熠闪光，我能想象，我可以为她万死不辞。当然，每一次死亡都应该是没有痛苦的：该是没有十字架的王冠。

从大厅里的安静我可以判断出这首歌我唱得不赖，然而我没有料想过会赢得暴风骤雨般的掌声，由于大厅空间有限，这一番掌声远比我的接球所赢得的掌声更有轰动效应，更加引人入胜。我后来才得知，我走上那个显然缺乏必要的演唱设施的讲台，人们非但没有认为我是个傻瓜，他们反而把这一举动看作是堂堂正正大度的行为，可惜我当时并不明白。我站在那里，忘了鞠躬，而观众们则顿着脚，要求再来一首的呼声一浪高过一浪。玛丽安没有到我跟前来；她坐在钢琴旁，轻轻地欠了欠身子。我又一次不知所措，我走到她旁边，好不容易吸引过了她的注意力。我开口说道，但毫无必要：

"他们还要让我唱。"

"你还能唱什么呀？"她问我，但没有抬头。

我说："对了，我会唱一首叫作《永远鲜亮的天使》[7]的歌，但那是一首圣歌。"

一阵子，她阴郁的脸色放松得转为微笑；然后她以她往常语气匆匆的方式说："恐怕我给不了你多少便利，我不知道这首歌怎么伴奏。"

我好像坠入万丈深渊，因为我在渴望能够再造我的胜利，我的情绪十分高涨，使我没有剩余任何体力来应对失望。然而就在我试图要表现出若无其事的样子的时候，听众中一个带有很重的地方口音的声音说道："我想我这里有这首歌的伴奏音乐。"紧接着说话人已经上了台子，手拿一本破旧的纸质封面的书，我至今记得，那书名叫《优秀歌曲集锦》。

"我们把前面的一小段略去好吗？"玛丽安问，但我请求她让我把这一小段也唱出来。

啊！实实在在，比死亡更可怕！带上我，你们是守护者，
带我走向毁灭，或者说带我走入涅槃的火焰；
我要感谢你的宽厚仁慈。

这首宣叙调就这样演进，最终以亨德尔所惯用的砰砰声结束。我很自豪能唱出这首歌，因为它里面的小音阶比比皆是，且唱准其中的音程需要很高的技巧；我也有足够的音乐知识使我懂得，没了这技巧，其后的曲调虽则优美动听，而

效应大打折扣。我喜欢唱这首歌，因为一想到某些比死亡更可怕的东西，我的想象就受到强烈的吸引；吟游歌童慨然赴死，但这首歌中的女主人公却受到了某些比死亡更可怕的东西的威胁。这东西是什么我不知道，但我本热衷于寻求极端，致使我兴高采烈地思索它。此外，这是一首女人的歌，所以我感受得到，我不仅是为了玛丽安，而且是同她一道，经受这残酷的磨砺……我们一起面对比死亡更可怕的命运；我们一起羽化登仙：

> 天使，天使！永远鲜亮，
> 带上我啊，沐浴爱的光芒。
> 尽快地，向你们的殿堂，我要飞翔，
> 圣母洁白的长袍，我的盛装，
> 圣母洁白的长袍，我的盛装。

天使，长袍，圣母，洁白，这永恒延续的视景让我的周身热血沸腾；并伴随着由逐渐升高的音乐激发的强烈的飞升感觉。然而我想，这感觉丝毫不可浸入我的声音，因为我把唱歌跟板球赛一样看待，都讲究规则：参与人的所想所感不可有丝毫泄露。

玛丽安坐在钢琴旁，让我独自一人享受欢呼喝彩。但当掌声经久不息的时候，她忽然站起身，拉着我的手向听众鞠躬；然后她松开手转向我，朝我深深施礼。

我回到了我的座位，但没有即刻回到唱歌前的自我：这种重新定位来得太过突然。我有一种感觉，我的成功（因为我毫不怀疑这是一次成功）在我与众人之间植入了一点小小的距离；直到有人问我是否打算学习唱歌以便作为职业，才算破了没人跟我说话的僵局。他说这话让我有些沮丧，因为在学校唱歌不是一种很受尊重的成就，而既然我已经证明了我在唱歌方面的特长，我就倾向于把它贬抑一下。"我还是宁愿做一个职业板球手。"我说。"这就叫作气概，"有人评说道，"特德最好当心一点儿。"特德并没有在意这人的话。他若有所思地盯着我说："你把那些高音唱得极其出色，你与一位真正的唱诗班男孩相比，一点儿不差。就连一根针掉下来也听得见，我们好像就是在教堂啦。"

　　他说得没错，我的一曲宗教歌之后，似乎不再有人用世俗歌曲登台表演。天越来越晚；作为一名观众，我别无挂碍的心理反应让自己昏昏欲睡。我肯定是睡着了，因为我接下来听到的是玛丽安的声音在唱《家，甜蜜的家》。经过了晚间的音乐挑战，纷乱的狂欢，从失败的颌骨间夺得的成功，为我自己也为别人的焦虑之后，再倾听那个可爱的声音颂扬家的欢乐好似步入天堂。我想到了我的家，享受了诸多快乐，领略了诸多殿宇之后，我怎么回到自己的家；我想到了玛丽安的家，想到了简陋这个修饰词对她的家是多么不贴切。她唱歌充满了感情：她真的渴望在茅檐矮小的村舍里的心灵宁静吗？我不理解。但我知道有比布兰汉庄园更宏伟更壮观的地方；或许这可以解释一切，她正在思量这个地区她们常去拜访的某些更大的豪门广厦。只是到了后来我才记起来了，她是应人要求才唱这首歌的。

　　不落于那些被要求再来一首的人们的俗套，玛丽安不会给我们再来一首。喝彩声通常把歌手与听众连接到一起，但到了她那里，收效恰好相反；我们鼓掌越是起劲，她似乎离我们越是遥远。我对她的这种表现不恼恨，甚至不遗憾；我想任何人也不会恼恨、遗憾。她与我们不是同类，她是一位女神，我们不应该妄想通过对她的顶礼膜拜可以把她拉低到我们的水平。假如她说了"躲开点，你们这些蝼蚁！"我会高兴的，而且我认为我们大多数人会高兴的。这一天，这一夜，满了，满到横溢的程度了：我们要什么有什么，也许当玛丽安拒绝了给我们一个最后的恩赐的时候，我们最该意识到我们已经享受了无以复加的美妙运气。

我与马库斯一道往回走的时候他说："你个青蛙卵泡，总的来说你今天表现得不赖啊。"

我以为他有礼有节，行为得体，为我的成功感到高兴，于是我就大度地说：

"嗨！你个毒菌家伙，如果你是我，你可能表现得同样不赖，甚至更好。"

他若有所思地对答：

"这倒不假，在某些关头，我应当尽力不要做得像头生病的母牛那样。"

"在什么关头啊？"我没心没肺地追问，又接着说，"不管怎么说，像头生病的母牛总比像头被困的蠢猪强啊。"

马库斯没理我的话茬。

"我在想那个时刻，离这里并不遥远的某些人被板球砸到了，躺在地上两脚蹬空，把屁股递给布兰汉地区、下布兰汉地区、上布兰汉地区、布兰汉周边地区的所有的村民看得让他们目瞪口呆。"

"我才没有呢，你个面无表情，肚子肿大的——"

"你当然是那样啦，另一个时刻是当你唱那首《吟游歌童》的时候，这首歌不管怎么说，是首傻里傻气的歌，你再把你的眼睛翻得就像一头生病的母牛——你真的是那个样子，利奥——你听起来也像一头生病的母牛——一头马上就要呕吐了的母牛。呕——啊——呀——"他给出了一种戏剧性的模仿，我知道，那在生理机制上是一种不可能的特异动作，"我假装是一名村民，跟我妈妈坐在一起——我可怜的母亲大人，她不希望两边都是村民——她在剧烈地抽搐，而我也一样——我不想告诉你我近乎成了什么样子。"

"我猜得到，你个尿裤子的货色。"我说。这下子攻击就不甚友好了，但我实在被惹恼了。"假如你不是这么个可恨的病残的家伙，长着果冻一样的软膝盖，麻雀腿子一样的嫩胳膊，我就——"

"好了，好了，"马库斯平心静气地说，"你表现得并不是真的就那么糟。我为你感到羞耻的程度并没有像我预想的那样严重，尽管那是我所见过的最大的侥幸，但那头野兽伯吉斯总是你给杀出局的。老天爷呀，当我看到他跟玛丽安一起在钢琴前的时候，我起了一身的鸡皮疙瘩。"

"为什么呀？"我问。

"不要问我，问我母亲去。你也别问她了；她对那些平民的感受跟我的感受一模一样。好在我们已经跟村子说再见了，能隔一年的时间。你注意到那个大厅里的腥臭了吗？"

"没有。"

"你没有？"

"有点儿，不很明显，我想那是一阵子气味。"我这样说，不想显得感觉迟钝。

"哎呀！有三次我简直就要呕吐了：我不得不用双手把持住自己。你应当有一个像犀牛一样的鼻子，你慢慢地想一想，你确有那样的鼻子：一样的形状，一样的两个隆起，同样的鳞片密布。然而我想你太忙了，又要发出牛叫，又要翻牛眼睛，还要吸收那些喝彩声。天哪，你确实看上去自我陶醉得很呀。"

我觉得我可以对这些话不予理睬。

"你的样子那么虔诚，利奥，你虔诚得让人真正敬畏。在你唱那首叫《永远鲜亮的天使》的教堂歌曲的时候，所有听的人也很虔诚，他们都看上去像是在思念他们逝去的亲人，那位伯吉斯眼看像是要流眼泪了。当然由于不好判断的脸型，我们不容易得知特里明厄姆的感受如何，但他没有跟我妈妈说你的半点笑话。他如今将会完全照你的意图行事了。"

马库斯发表了这一通未必经得起检验的言论之后停了下来，我们在走近布兰汉庄园——我想是西南方向的视景，因为村子就在那个方向；然而尽管我能记得起当时的月光多么明亮，我依然记不得布兰汉庄园是个什么样子。我能听见我们前面有说话的人声，但我们后面没有了；我们肯定是参加集会的人们中间最后一拨离场的，大抵是因为我迟迟延延，接受关于我的表演的更多祝贺。毫无疑问，马库斯感到愤愤不平，或者装作愤愤不平，部分地就是因为这个。他出人意料而又让人兴奋地朝树丛中瞥了一眼，而后等到可以确认没有人可以听得见我们说话。

"你能保守秘密吗？"他说，停止使用我们的学童语言。

"我能，你知道的。"我回答说。

"我知道，但这个秘密非常重要。"

我就保守秘密的承诺发了若干毒誓；假如我背叛了他的信赖，我就立刻倒地死去，这是约束力最小的誓言当中的一条。

"很好，尽管我妈妈责令我承诺不对任何人讲，但我还是告诉你吧。不过你能猜得出吗？"很显然马库斯是害怕他所透露的秘密会走漏了风声。

我猜不出来。

"玛丽安已经订婚了，要嫁给特里明厄姆——这消息将在舞会后公布。你高兴吗？"

"是的，"我说，"我高兴，我肯定高兴。"

第十四章

我记得星期天早晨模糊一片，没什么声音，没什么特点，没什么动静。我所有的愿望都变成了现实，因而我活在世上却别无所求。这样的状态常常意味着一种绝望，但对我而言，它是刻骨铭心的快乐。我从来不曾有过这样一种超级的个人胜利感，即使在詹金斯和斯特罗德从屋顶摔下来之后也没有过。我意识到了这是因为非凡的幸运；板球很有可能高上那么几英寸，我那几首歌很有可能没人会弹奏。但我的成就没有因为那样的情况而减损；幸运于我情有独钟，就像别的每一个人都喜欢上了我一样。从我个人的意义上说，我站在如此高端，我没有必要进行自我陈述，没有必要进行自我阐释。我就是我。幸亏有我，我们打赢了板球比赛；幸亏有我，歌唱会取得了圆满成功。这些都是无可否认的事实。

一场不十分完满的胜利，都有可能像马库斯所想当然的那样，让我自我膨胀；况且我的胜利是不可否认的，是完美无缺的。它使我感到敬畏和惊奇，几乎是崇拜。最终我完全摆脱了缺陷，摆脱了局限；我属于另一个世界，我属于天上的世界。我就是一个实现了我所梦想的生活的人，这一点我没有必要向任何人求证；早餐期间，人们又对我的成就表示祝贺，这些祝贺就像是在已经烧开的水壶底下再添燃料一

193

样，没有什么效用了。

还有，我的胜利不仅仅是我自己的胜利，马库斯透露的消息为我的快乐戴上了全新的花冠。就外在影响而言，玛丽安对我的偏爱在我的升腾过程中充当了雅各的天梯[1]；如果一个苦涩的眼神打破了我对她的感情的平衡，我可能就会像伊卡洛斯[2]那样掉下来。而如今她恰在我认为她该处的那种状态：与特里明厄姆大人，我的另一位偶像，结为连理。尽管我不是十分世俗，但从这一双门当户对的佳配那里，我获得的是额外的满足。

这一切都是需要我的想象力介入的上等事务，然而它们也影响着我的日常生活，或者将会影响我的日常生活。我想当然地认为我作为邮差这个角色到此为止了。

我有好几种理由对这个终结感到高兴。马库斯回归了正常生活，我依旧不甚明了该怎样权衡我的秘密使命和他的关系。我的使命让我激动，它们于我成了习惯，在板球赛以前我是没有真正地想过要放弃它们。我的努力一如春潮，就流动在我的使命里；当我完成我的使命的时候，我才处在最为真实的自我。我喜爱秘密、密谋、冒险；而我对特德·伯吉斯的喜爱则是一种半是崇拜、半是憎恶的不甚情愿的喜爱。作为一个做苦力的农夫，布兰汉庄园的人没有谁把他当一回事，我在与他分开的时候，才能对他进行客观的思考。然而当我跟他在一起的时候，仅他所呈示

---

① 雅各的天梯：《圣经·创世记》故事，雅各梦见一架梯子从大地升向天空，天使沿天梯上下，往来不息。

② 伊卡洛斯：希腊神话中代达罗斯之子，以其父制作的蜡翼飞离克里特岛，因不听其父警告，飞得太高，离太阳太近，阳光融化了他的蜡翼，坠海而亡。

的形体存在，对我就是一道符咒，这符咒支配着我，叫我无法破除。我觉得一个男人就应该是他那个样子，我长大以后就应该成为他那个样子。同时我对他心存嫉妒，我嫉妒他对玛丽安的影响力，纵然我对这种影响力的本质不甚了解，不管是什么，只要我不拥有而他却拥有，我就嫉妒。他就横在我和我赋予她的意象之间。我多次想过要羞辱他，有时候我也真的羞辱他。然而我也把自己与他等同起来，致使我想到他受到挫败，我自己就痛苦；我伤害了他，我自己也觉得受到了伤害。他与我所想象的生命吻合无间，他与我在绿林中做伴，他是一个对手，一个盟友，一个敌人，一个朋友——我说不清是哪一个。尽管如此，到了星期天早上，他不再是一个没有解决的不和谐音符了，他变成了整体交响乐的一部分。

在当时我没有惊疑过是什么原因，我满足于我的思绪带给我的宁静。然而现在我真的惊疑了，而我想我也知道是什么原因了。我把他干掉了。在公平的争斗中，我两次战胜了他。当我将这位"村夫杰索普"①接杀出局，并从他那里抢过了胜利，他的那么多四分边界球和六分边界球有什么用呢？当他的那些闪烁着光彩的球赛回合被忘记的时候，我的那次接杀会被铭记。同样地，在歌唱会上我也令他黯然失色。他的爱情歌曲打动了我，也给他带来了足够多的喝彩声，但那喝彩声中混杂着笑声，那是一次个人成功而不是音乐成功；他们既为他的踌躇和失误而给他鼓掌，也为他的粗犷而有魅力的歌声而给他鼓掌，他们为他击掌而呼，跟他们有可能用

---

① 杰索普：英国著名板球手。

手拍打他的脊背没什么两样。在台子上，他面色潮红，衣着僵硬，他的力量变成了沉重，简直就是在出洋相。而我，唱着关于死亡的歌，用我高亢、纯正的教堂旋律，既捕捉了听众的景仰，也捕捉了听众的感情。我把人们从打趣、取笑、你好我也好的起哄吹捧层面，转移到了天使们的境界。我给他们的是真正的音乐，涤清了他们人性的软弱，而不是一出闹剧演员的节目；是玛丽安把我的成就确定了下来，她离开她的宝座，拉住我的手，向我施礼。如果1900年的板球歌会能让人们记住，那它是因为我的歌而被记住——我的关于死亡的歌，而不是他的关于爱情的歌。我把他打败了，他失掉了影响力，我之所以不再感觉到他是我乐队中的一个不和谐成分，这才是实际原因。

我记得就在那个叫人心醉的早晨，一名仆人，不再是携手并肩的伙伴赛友，而是缩回了他先前的形态，他是怎样朝我走过来对我说："你为我们挽回了局面，利奥少爷。如果你没有把他接杀出局，我们就败局成定。当然了，不妨这么说，是子爵大人在掌控着球场，但真正的功劳是你的。我们也全心全意地欣赏你的歌曲。"

我这时候想起晒谷场，它对我来说已经失去了魅力：就像一个过了我的年龄段的业余爱好。我从来没有真正喜欢过场院里强烈的刺鼻气味，也没有为某个危险的动物可能会逃脱向我扑过来的这种感觉兴奋过。至于那个草垛，它给我提供的每一样体验我都尝过了，也尝腻了，而这时候我想的和马库斯想的一样，从草垛上溜坡是一项幼稚的行当，不值得一个羽翼已经丰满的私立学校的学童体验。事实上，我对它感到有点儿羞耻。我渴望着重新捡起我与马库斯昔日的生

196

活，渴望着重新开启我们的对话和玩笑，渴望着翻新我们之间的私用话语。我想到了许多新的恶毒的侮辱性言辞，挑选一些，冲他使用。

我十二分确定，玛丽安不会再有消息要我替她传递，所以我也没想着要询问她。说真的，我认为询问她是多此一举。假定你的同学们一直在做着某件事情，而现在你知道他们已经放弃做这件事了，但你还要明知故问，这也是多此一举。其事相异，其理相同。传递消息在她等于旧话重提，这会是一个错误。所有的头绪都理清楚了。尽管我对恋爱一窍不通，尽管我对恋爱的规矩知道的很少，但我确信，当一个姑娘跟一个男人订婚了，她就不该给另外一个男人写信并且称他为"亲爱的"。她在订婚前也许可以那么做，但订婚后就不可以了。这是自然而然的事，这是原则，就像你被杀出局的时候你就该离开板球场一样；我很少想到过要遵从这种原则可能是痛苦的。我蒙受过的恃强凌弱的遭遇不胜枚举，我的反抗也只在显然不势均力敌的状态下实施。实力不均的冲突是学童们的勾当，詹金斯和斯特罗德就是证明，但大人们中间应该不存在这种现象，因为有谁会待他们不公呢？

在我看来，我的生活不会因为我在布兰汉庄园和农场之间的秘密交通联络活动的中止而趋于乏味无趣。我对玛丽安的感情，只有当特德进入其中的时候才是排他的，现在特德被排除在外了。我不把特里明厄姆大人看作真正意义上的对手：他处在一个更高的层面，那是想象的层面。我真诚地希望玛丽安幸福，这既是为了她，也是为了我；她的幸福就是我的幸福。我认为幸福就像赢得一场板球赛一样，是达到了某种目标之后的自然产物。你得到了你所想得到的，你就感觉幸福：就这么简单。谁不想得到特里明厄姆大人？——马库斯是这样跟我讲的，得到了特里明厄姆，玛丽安还可以得到他的房子。娶了她，他就有资格住在布兰汉庄园了。她走过的路也会铺满黄金。

所有这一切，作为一个思索主题叫人超乎寻常地满足，当我不思考我自己和我自己的成就的时候，我就想这个主题，几乎想得我欣喜若狂。我有一种势不可挡的欲望，我要告诉我妈妈这一切，于是在早餐后和教堂礼拜的空当里我给她写了一封长信，在信中我把我自己和玛丽安描述成了生活在荣耀的姐妹双塔塔顶的人物，我也告诉她玛丽安请求我再住一个星期。莫兹利太太已经确证了这个邀请：她对我讲了许许多多好听的话，其中有一句赞誉的话，我尤其珍视：她非常高兴马库斯找到了我这么好的朋友。我告诉我妈妈这些情况，接着又加了一句："假如我不在您不觉得太过孤独的话，就请您让我待下来吧，除了跟您在一起的时间，我从来没有比现在这样更快乐过。"

我把信投进布兰汉庄园的邮箱里，看到从玻璃门透视过来的一些信件，我心里觉得踏实了。虽然邮件常在下午才出发，但我有一种病态的担忧，怕信件已经被邮差取走。

在等候其他要去教堂的人们会集起来的时间里，我在考虑我该如何度过这一天的下午，我的思绪像是飞向某个非常遥远的目标那样飞到了特德那里。他答应过我要给我讲些什么，是什么呢？我记起来了：他是要给我讲有关偷期幽会的所有内容，而在当时，我非常渴望听他讲。现在我的渴望减弱多了，近乎不渴望了。但也许该在某个时候，不一定是今天下午，我会让他讲的；我在布兰汉庄园还要待十五天，只有到他那里去跟他说声再见才是礼貌的。

又有一件事在我上教堂之前需要关注。尽管四周彤云密布，但我知道，气温是在上升：不管怎么说，天气的势头没有被打断的迹象。

圣歌又一次让我感到幸运；前一个星期天有四十四首诗；这个星期天是四十三首，危险线下七首。千真万确，上苍是站在我这一边的。我还知道我们不会进行连祷文，因为我们上个星期天已经做过了：这也是一份了不起的功德。我比以往任何时候都更愿意忏悔自己的罪过，也觉得别人应该忏悔他们的罪过。在宇宙间我找不到一点瑕疵，而基督教则要我关注不完美，我对此好不耐烦，因此我耳朵里进不了基督的启示，而是选择了耳堂墙壁上炫示着的特里明厄姆家族的世谱作为我思索的主题。由于玛丽安将被接收入这个家族的序列，我对这个世谱怀有特殊的兴趣；马库斯告诉过我，玛丽安将是一位子爵夫人；我第一次注意到，在墙上的牌匾里面也包括妻子们：我一直把这个家族考虑成一个完全的男人的精英序列，直到这个星期天为止。然而，妻子们并没有被表述成子爵夫人：卡罗琳，他的妻子……——玛贝尔，他的妻子……——好一个矫揉造作的"玛贝尔"①的异体拼写！接下来的拼写似乎俏丽而富有贵族气质，像特里明厄姆的拼写就是这样。"玛丽安，他的妻子"——但我不愿意让自己那么去想：对我来说他们两者都是永生不灭的。永生不灭——

①　玛贝尔：原文中第一个玛贝尔（Mabelle）是法语拼写，第二个玛贝尔（Mabel）是英语拼写，利奥不喜欢用法语，故有此说法。

这个词有着可爱的品质，它赋予我的幻象新的色彩。为什么要这个特里明厄姆族系消亡呢？我越想越兴奋，我想到第九十九世子爵，然后是第一百世，然后试图估算第一百世子爵将会降世在哪一个世纪。他们代代相传，随岁月一起延续，这种想法让我深受感动。但尽管如此，我告诉我自己，这谱系是被打断过的；没有关于第五世子爵的纪念资料。我从心底里不喜欢这种脱漏，因而试图绕开谱系这档子事。最终，我说服自己，缺失的纪念一定在这座建筑物的另外一个地方能够找得到，这样我就达到了先前的兴致高度。教堂庄严的氛围充分地强化了人世间的荣耀；时光在家系和数字的神秘连接中飞逝而去。

特里明厄姆大人又一次最后一位离开。我以为玛丽安会等他，但她没有，所以我等了他。我跟他在一起时的腼腆情绪渐次消退，我倾向于认为我所做的一切，或者我所说的一切，都是我的本质。但我不想即刻讨论在我脑海中占据高位的话题。

"你好啊，墨丘利。"他说。

"我可以替您捎个口信吗？"我问他，我甚是机敏（我对这一点颇感自豪），没有说出收信人的名字。

"不用了，谢谢你，"他回答说，我注意到了他话语里面的满意的声调，"你好勤快，主动要求帮我传信，但我想我再没有许许多多信息需要传递。"

我想问为什么没有了，话到了舌尖上，但我想我知道了，于是改了口，这一下不是很机敏。

"她今天没有把祈祷书落下吗？"

"这次她没有，不过你以前见过这样一个心不在焉的姑娘吗？"他说，他的语气好像心不在焉是某种非常值得骄傲的品质，好像我应当见过所有的心不在焉的姑娘。

我说我没见过。我希望能引他长谈，也许同时可以为我自己得到一句赞词，于是我附带着说：

"她的钢琴弹得很好，您不觉得吗？"

"是弹得很好，难道你唱得不好吗？"他回答说，饵咬得好快。

我的计策成功了，我很是高兴，所以我又插入了几句玩笑话，玩笑之后再问问题似乎就相当自如了：

"为什么没有第五世子爵？"

"没有第五世子爵？"他应了一声，"你是什么意思？第五世子爵很多的呀。"

"哦，我设想是有很多，"我轻松地答了一声，希望不要显得对贵族爵位的规矩一无所知，"但我的意思是在教堂里没有你们家的子爵，没有那位第五世特里明厄姆子爵。"

"噢，我明白了，"他说，"我没听清楚你指的是他，我已经忘了他排下来是第几世。不过，是有这么一位。"说完他沉默了下来。

"那他为什么不在教堂里？"我刨根问底。

特里明厄姆大人说："对了，事情是这样的，这是一个相当悲惨的故事，他被人杀了。"

"天哪，"我高声嚷道，这话很刺激，却也引起我的快意，因为这远远是我始料不及的，"我想，是在战斗中吧。"我记得有多少位子爵在军队中服过役。

他说："不是的，不是在战斗中。"

"出了意外？"我推进着这席对话，"也许是在登山？

或者是为了救人？"

他回答说："不是的，那也算不得真正意义上的意外。"

我看得出他是不想告诉我，而如果是在一星期以前，我就应该停止试探他了，然而现在，我正处在自身价值的最高峰，我感觉我还是有这个资格继续问下去。

"那什么算得上？"

特里明厄姆大人说："如果你真的想知道。他是在一场决斗中被杀的。"

"啊呀，太有意思了！"我高叫，我震惊于他竟然不想谈论他的这位先祖，在我看来，这一位才是特里明厄姆家族中最有趣的一位。"他做什么了？是为他的声誉复仇吗？"

"是的，从一定意义上说是这样。"特里明厄姆大人表示认同。

"有人侮辱他了吗？您是知道的，有人称他胆小鬼了，或者称他说谎了吗？——当然，我知道他并不是这种人。"我匆匆忙忙补了最后一句，我在担心他会认为这类侮辱性的语言是我的杜撰。

"不是这样，没有人侮辱他，"特里明厄姆大人说，"他是为了另外一个人而进行决斗的。"

"谁？"

"一位女士，事实上，就是他的妻子。"

"哦。"我的失望在隐隐作痛，跟我意识到我一直在特德和玛丽安之间传送的消息是什么内容的时候是一样的痛。不过马库斯告诉过我，只有家外人士才把一个妇女称女士，他的说法显然教条，现在我可以告诉他特里明厄姆大人把家人也称女士了，这是很有意思的。我尽量做出饶有兴趣的样子说：

"是子爵夫人吗？"

"是的。"

"我不知道人们还会为了女士们进行决斗。"我说，我的声音听来倦怠而沉重。

"嗯，人们会为女士进行决斗的。"

"但她做什么了呀？"我本不十分在乎，但问一问只是表示礼貌。

"他认为她跟另外一个男人太过亲密。"特里明厄姆大人简明扼要地说。

我受了启发。

"他是嫉妒了？"

"是的，事情发生在法国，他挑战那个男人，提出决斗，那个男人射杀了他。"

这件事不公平，让我为之动容，于是我就这样说："事情本应该颠倒过来才是对的。"

"是这个道理，是他不走运，"特里明厄姆大人说，"所以人们把他葬在了法国，远离他的故土、人民。"

"那子爵夫人嫁给那个另外的男人了吗？"

"没有，但她居住在国外，孩子们回英国居住，最小的那个除外，所有的孩子都回英国居住，最小的孩子跟她待在法国。"

"他是她最偏爱的孩子吗？"出于对我自己性别的自我中心主义思想，我假定那个孩子是个男孩。

"是的，我想是这样。"

我很高兴得到了解释，尽管我的热爱激情的大脑对它

203

不十分满意，他的不感情用事的讲述方式给我留下了深刻的印象。某些悲哀的人生因素袭上我的心头，人生不为我们的愿望所动，甚至连希望灾祸发生得比实际更富有色彩一些这样的愿望也不能令人生的现实有所易动。有些想法需要接受，有些想法需要顺从，这诸多想法都需要我一一周全，这实在太难了：我认为情感应当比引发情感的事实更激动人心。

"假如她不是子爵夫人，他会在意到如此强烈的地步吗？"我最终这样问。

他笑了，但显得疑惑不解。

"要我想来，这事与她拥有头衔这个事实关系不大吧。他把头衔给了她，他的情感世界就不该这么势利。"

"啊，我不是那个意思，"我大着嗓子说，同时意识到，我不想把子爵夫人仅仅表述成妻子，我是想表达得精细一点，这反而引起了误会，"我的意思是说，假如他并没有娶了她而只是订了婚，他会如此强烈地在意她另有一位……朋友吗？"

对这个问题特里明厄姆大人颇费思忖。

"是的，应该是一样的在意，我是这么想的。"

就在我仔细揣摩他的答语的时候，一个念头第一次滑入我的脑海，第五世子爵的情形跟他自己的情形之间存在相同之处。我又立即把这个念头驱除了，我非常确信玛丽安已经放弃了与特德过于亲密的关系。但这念头还是影响到了我的想象力，因为愤怒总是让我产生兴趣，于是我说：

"他对她的行为愤怒吗？"

特里明厄姆大人回答说："我想不会的，更多的是烦心。"

"她没有做过不道德的事吗？"

"应该这么说，她有点不太明白事理。"

"但这难道不既是她的过错也是那个男人的过错吗？"

"凡有过错不该归咎于一位女士，你将来会明白的。"特里明厄姆大人告诉我。

这个说法印证了我已经感觉到了的某些意向，它给我留下了不可能磨灭的印象。

"那个男人是一个道德十分败坏的人吗？"我问他。我不怎么相信道德败坏，但这个词能激起我的好奇。

"我认为，他是个相貌堂堂的无赖之徒，"特里明厄姆大人这样说，"况且这也不是第一次……"他欲言又止。"他是个法国人。"他补了一句。

"哦，一个法国人。"我重复着，好像这便足以解释一切。

"是的，根据各方面的说法，他的枪法很好。我猜想，用他那个时代的标准衡量，他算不得一个特别邪恶的人。"

"那用现在的标准衡量他算得上吗？"我是下定了决心要从什么地方找出邪恶之人的。

"算得上，放到现在这是一起凶杀案，至少在英国是这样。"

"但假如反过来了，是第五世子爵射杀了那个男人，这就算不上凶杀案，是这样吗？"我问。

特里明厄姆大人说："放到现在看，是凶杀案。"

"那样似乎不是很公平。"我评说道。我试图把那种场景勾画出来，勾画得像我在书本里读到的那样：一大清早，两个人，咖啡，手枪，僻静的地点，度量距离的几秒钟时间，掉下去的手帕，枪声，人倒地。

"他——第五世子爵——流了很多血吗？"我问。

"历史记录没有涉及这件事，我想他不会流很多血。枪伤不会流很多血，除非击中了大动脉或大血管……决斗在英国被废止了，这也是一件大快人心的事。"

"但人们依然在相互操枪射击，是不是？"我希望我问得不至于造次。

"他们击中了我。"他回答说，带着一个表情，我权当它是微笑。

"是的，但那是战争中的事。人们依然会为了女士们而相互操枪射击吗？"我构想着地毯上匍匐着女人，枪声在她们上空呼啸。

"有时候会的。"

"那就是凶杀啦？"

"在英国是。"

我感觉本该如此，自然如此。然后，关于一个长期以来一直困扰我的问题，我很急切地想征得他的意见，于是我说：

"布尔人违背了战争中的规则，是吗？"我父亲把他的反战主义思想遗传给了我，然而战争英雄，特里明厄姆大人，让这种思想在我这里动摇了。

特里明厄姆大人宽容大度地说："击中我的那个布尔人不是个孬种，就我自己而言，我不恨他。很遗憾我们不得不射杀他们那么多人。你看那儿。你好！"他又附了一句，好像是因一个突然的发现而惊异，"我们赶上玛丽安了，我们过去跟她说说话，好吗？"

第十五章

在整个午餐时间里，我反复想起与特里明厄姆大人的谈话片段。有两个主张标新立异，不容忽略：一个是不管发生什么事，永远不会是女士的过错；另一个是纵然你不是真正地讨厌某个人，你可能还是需要杀死他。对我来讲，这些都是新思想，这些思想的包容与大度对我非常具有吸引力。

年长的人们吃完了桃子，开始前后左右地巡视，而不是相互炫耀（在我看来大人们的会话总是一种形式的炫耀），在这个盼望已久的时刻到来的时候，我看到马库斯的眼神，与我不谋而合，我们好进行我们寻常的无稽之谈。然而，我们刚刚进入相互听得见的距离的时候，我就听见马库斯说：

"我今天下午恐怕不能跟你一起活动了。"

"你个褐家鼠，为什么不能呀？"我追问，感到强烈的失望。

"嗨，事情是这样的，南妮·罗布森，我们的老奶妈，住在村子里，她这几日身体不太好，玛丽安问我想不想过去陪她老人家一个下午。我不知道我能给她带去什么好处，哎呀呀，我的乖乖，她屋里的味道多难闻啊！足够把房顶冲翻！但我想我还是得去，玛丽安说她下午茶后自己要去。天哪！我的伙计，想想你自己没有姐姐的那份幸运吧。"

我依然在试图控制我的失望，我这么说：

"你要告诉南妮·罗布森她订婚的事吗？"

"我的上帝呀，那不能说。如果我说了，话会传遍整个村子。你也不要跟任何人讲。如果你管不住你的嘴，我会把你劈成极其微小的小碎块。"

我适宜地反驳了一通。

"那么你要做什么呀？"马库斯懒懒地问，"你将怎样发落你自己，傻瓜？你要把你的那具散发着恶臭气的尸架子拖到什么地方去呀？不是去那个破旧不堪的草垛吧？"

"哦，不去，"我说，"我已经跟那里说过再见了。我可能在垃圾堆那里逗留一阵子，然后——"

"提醒你，不要让人家把你错当垃圾拉走了。"马库斯说。我给他留了一个这么容易遭损的话柄，只好自己恨自己。我们不很认真地扭打了一阵子，然后各自分开。

让我给淡忘了一个多星期之后，垃圾堆突然重新吸引了我。我喜欢在它的飘着臭味的范围里游来荡去，扫视它的表面，刺探它的深处，寻觅一些被意外丢弃的宝贝。有人向我证实过，大多数的垃圾清运夫，在当值期间遇上了这样那样的宝贝，并因这些意外之财而退隐方外。然而我的脚步首先趑往猎物储藏室。尽管我感觉有点儿孤独，我一早上的得意情绪并没有减退殆尽；这种情绪像阳光作用于蛛丝一样，它对我所有的想法都给予一种向上攀升的动力；像往常一样，我满脑子搜索，寻找一个思索的主题，以求把这些想法给抬得更高。我知道，有些想法会丧失它们的强度，因为我仅以有限的几种方式思考它们；我怀疑，即便是我的那个接球，即便是我的歌，它们带给我的狂喜也正在减退，我的记

208

忆和我的想象给它们添加不了什么。但我总能够找到玛丽安的新面孔，这里就有一个面孔可以信手拈来为我所用：她对她的老奶妈的善待。我妈妈过去常常从一本叫作《照料孩子们》的书中选一些内容读给我听，书中有两位出身高贵的年轻女士——我想，她们的名字叫安妮·克利福德和格特鲁德女士——她们在需要帮助的村民中间做着慈善活动和危机救援。我想象着在这两位女士中增加一个第三位，玛丽安，并且我开始把她嵌入这个故事，不用说，我是要把她塑造成三人中的最杰出者，为她的美丽，为她的善行。

80.9度，温度计是这样显示的。这在昨天的基础上前进了近乎三度，但我感觉太阳可以做得更加出色，给我们以更强烈的炙烤，后来证明我的感觉是正确的。

我的思绪又摆了回去，为把玛丽安的社会影响摆在格特鲁德女士的前面，我开始出言杜撰：我在预言她的婚姻。"最后仍然重要，特里明厄姆子爵夫人（到她这代是第九世）骑着一匹灰色的驯马走来了，她也在一所寒碜的草舍门前下马，端着一碗热气腾腾的粥。"——我的预言要这么说，然而我的可以吞得下骆驼的想象世界里有时候遇上小昆虫也会紧张，就在我思谋着她怎么能够在马背上端粥的时候——我听到一个声音从我背后传来，吓了我一跳。

"你好，利奥！我在找你，找个正着。"——是她在那里，从每个方面看，她都太像我想象世界里的她了，以至于她没有拿着什么东西几乎让我惊异——但她是拿着东西的：这时候我看清楚了，是一封信。

"帮我做件事，好吗？"她说。

"哦，可以，要我做什么？"

"就带这封信去。"

我以下的话表明，我把她和特德联系起来的意念是多么微乎其微。

"去给谁？"

"去给谁？怎么了，去农场呀，你个小傻瓜。"她回答说，半是发笑，半是发急。

看来支撑我生命的脚手架垮塌了：我瞠目结舌。

许多想法涌动，让我的大脑应接不暇，但只有一种想法是落定的，这想法占据压倒性地位：玛丽安与特里明厄姆大人订了婚，但她没有放弃与特德的暧昧关系，她依旧在对另外一个男人太过亲密。我说不清楚那会意味着什么，但我知道那有可能导致：凶杀。这个可怕的词从根基上震荡着我，我对这震荡又无力防御；于是几乎不假思索，我就大叫出声：

"哎呀，我帮不了你。"

"你帮不了我？"她回应道，被我搞糊涂了，"为什么帮不了我？"

在我的生命中曾经被问到过不少不好回答的问题，但只有这一个问题，回答起来让我大费心思，左右为难。在闪念间，我明白，假如我说出了我的理由，那就意味着出卖。保守秘密，让它原封不动，这是我最深邃的天性，但秘密的铁幕要被枪弹打得千疮百孔了。如果不是一种更强烈的恐惧——对可能发生的可怕的事情的恐惧——迫使我开口的话，我应该根本不作回答，而是直接离她而去。

"那是因为休（你）。"

"因为我？"她重复了一句。一个微笑软化了她的双唇，她把蓝色的双眼睁得好大好大。

我记得我闭上了我的眼睛，紧紧地闭起来。假如我脑子反应够快，接受了她对我说出的名字的理解，这故事可能会有一个完全不一样的结尾，但我的意志力只沿着一条道流动，我是一门心思要把他的名字给表述清楚；因而在这微妙却又疯狂的情境下，她对我的话的误解把我搞得越发不知所措了。

"不，不是你，"我说，"是休。"我试着发出嘘音，像她那样用气吹出那个词来。

玛丽安的额头暗淡了下来。

"休吗？"她说，"这与休有什么关系呀？"

我向她投去了绝望的一瞥：我有了一个疯狂的念头，想要跑开，绕到猎物储藏室的另一侧，让它隔在我们中间。然而我必须稳稳地站在那里：人不应该在实际当中遇见的问题多了就逃之夭夭啊。我记起了特里明厄姆大人用的一个词，于是嘟哝了一句：

"他可能会烦心的。"

听到这句话她的两眼燃起了火焰。她向前跨了一步，站成俯视我的态势，她的鼻子像鹰钩，她的身子弯曲成猛扑下来的架势。

"他与这事有什么关系？"她又说了一遍，"我告诉你，这是我和……我和伯吉斯先生之间的事务往来，它与别的任何人没有关系，在这个世界上，再没有什么人与这事有关。你懂吗？或者说你是太笨了？"

我眼盯着她，满心恐惧。

"你到这座庄园来住，你是我们的客人，"她吼道，"我们接受了你，我们对你一无所知，我们对你关爱有加——

211

我想你不会否认吧？——我知道我对你关心过头了——然后我央求你做一件很简单的事，这么简单的事，一个大街上我从来没有搭腔说过话的孩子，只看在我央求的分上也能办得到——而你却有脸鼓起你可恶的腮帮子说你不愿做！是我们把你宠坏了。我永远不会再求你为我做任何事，永远不会！我再也不愿意跟你说话了！"

我用我的双手做了个什么手势，试图阻止她——想把她推开或者把她拉近——然而她在盛怒之下几乎要动手了：我想她实际上是打算揍我的——这样想倒让我感觉一阵轻松。

一刹那间她的举止变了；她看着像是冻僵了。

"你是想要人付你钱，对了，你想要的是钱，"她平静地说，"我知道的。"她不知从哪里掏出了钱包，打开它。"你要多少，你个小夏洛克[1]。"

然而我已经被剐够了：我夺过她依然握在手里的捏得皱巴巴的信，以我最快的速度从她身边逃开。

有一阵子，我什么想法也没有了，她的暴怒把我轰碎了，然后在当时的疼痛过后，我开始意识到，失去玛丽安的友谊对我意味着多么惨重的损失：在我看来，我所珍视的所有的东西全部被我丢光了，而这个刺伤，甚至比她那些利若剑戟的话语之伤要深许多。

我不是一个神经过敏的孩子。别人冲着我发火，我也习惯了，而且我把不在乎别人发火当作自己的优点。我挨过的别人的谩骂要远比玛丽安对我的痛骂狠毒得多，我相信我也遭受过喜欢我的人的痛骂，但我面不改色。我自己也是个出口能伤人的骂人能手。在她向我倾泻来的所有的辱骂中，伤我最深的是"夏洛克"，因为我不知道它是什么意思，因此无法予以否认。我拿不准它是否是一个道德攻击语，或者说是一个人身攻击语，好比学童们过去甚至现在的做法，闻到一股气味，常常相互指证，说这气味来自对方身上。我怀疑每个人会四处传扬，说我是一个夏洛克，并因此而不喜欢我、瞧不起我，这让我的悲惨状况雪上添霜。

然而如果说在经历的王国里我困难重重，那么在想象的王国里我就不是这样了。玛丽安占据着我的想象王国，事实上她是我想象王国里最重要的增光添彩人；我沉思里的她跟我经历里的她一样真实——沉思里的她甚至更真实。在我来到布兰汉庄园之前，我的想象世界里生活着的是虚构的生灵，这些生灵，我想让他们怎么活动他们就怎么活动；在布兰汉庄园，我的想象世界里居住着真实的人，他们在两个世界里都享有自由；他们的肉身供给我的想象所需要的物态基础，而在我的沉思中，我赋予他们一定的魔幻品质，而不是转而将他们理想化。我没有必要将他们理想化。玛丽安除了是我绿林中的圣女玛丽安之外，她对我还意味着许许多多。她是一位神话公主，她喜爱上了一个小男孩，她给了他衣服，给了他宠爱，她把他从一个众人的笑柄变成了她的社会里广受接纳的一员，她把他从一个丑小鸭变成了天鹅。在板球赛歌唱会上，她一挥她的魔杖，就把他从一个最小的最无关紧要的跑龙套人，转变成了一个令众人入迷的、让他们所有的人都拜服的歌手。在过去的二十四小时里，被重塑了的利奥是她的创造；我觉得，她创造了他是因为她爱他。

而现在，她又像一个女巫那样把一切都撤走了，我又回到了我的起点——不对，比起点更低。她把一切撤走了，不是用她的怒火和恶语——在经历的层面上，我知道怎样对怒

213

火和恶语进行补救——而是完全撤除了她对我的偏爱。随着我们之间的距离增大，我的惊恐消减了，但我的心情沉重了。

因为我明白——这念头在冷酷地、无情地挤压着我——她为我做过的每一件事，都是为着别有用心的动机而完成的。她根本就不喜欢我，她假装着喜欢我，目的是要诱骗我在她和特德·伯吉斯中间传递消息。这是一件早有预谋的差使。

随着这个意识沉入我的心底，我停止了奔跑，开始哭泣。我离开学校太久了，使我丧失了哭泣的力量；我哭了好久好久，最终觉得平静下来了。我的一种方位感回归了：我第一次意识到我到了哪里——我在通往水闸的堤道上。

在水闸平台上，我停住了脚步，这是出于习惯。没有什么人在劳动；我忘了这是星期天。我必须继续走，走到农场。突然，一种不情愿的情绪摄遍全身，几乎不可逾越：我想，我不要再走了，我要潜回布兰汉庄园，把自己锁在寝室里，或许他们会在门外放一点儿食物，我就没有必要遇见任何人。我低头看水，水位降得低多了。池塘的表面仍然是蓝色的，但在塘底露出的巨砾石比以前多多了，像鬼魂，像僵尸。而在另一边，水浅的一边，变化大得多。从前那边看上去不整齐，现在它变成了一番疯狂杂乱的景象：相互交织的大片水草都立得很高，但干得很透，从水草中伸出的是一堆堆泛黄的鹅卵石，像人头上一块一块的斑秃。一簇一簇的灯芯草，形象纤细，灰绿夹杂，抱团成圆柱形，长着绒穗的顶端让我想起举着三角旗的长矛步兵军队，这时候要比真人高得多；在水面线上一码或更长的部分，附着着一层灰色沉积——泥巴。但许多草倒下了，它们固有的自然要素让它们支撑不住，它们的自身重力让它们拦腰折断；它们躺在地上，东倒西歪，军队所有的纪律都消失了，这支长矛步兵队被击溃了。草绿色的苇子是它们合抱相拥的伙伴，这时间变细变小，尖端缩得像一根一根的剑，它们躲开了枯萎的命运，还保持着它们的颜色；但也弯腰了，折断了。

我站立观望，试图回想起这条河在变成这副模样之前是什么样子，我在一片烦乱中像一匹不安分的马那样，先抬起一只脚，然后再抬起另一只脚，就在这时候，我听到那封信哗啦作响，我知道我必须继续走路。

在横穿田地的一路上，玛丽安一次次表里不一的行径反复戳扎着我，每一次戳扎都是与众不同的刺痛。在我黯淡的情绪里，我劝说自己相信，她给我施予的每一点恩惠，包括送我绿色套装作为礼物，都为的是同一个目标。她以她家庭的下午出游会让我感到无聊乏味为托词，把我从这类活动中解脱出来，而她真正要的是我可以自由为她当差送信；她要我再待一个星期也是出于同样的原因，并不是因为她需要我或者认为马库斯需要我；还是出于同样的原因，就在今天下午，她是在支开马库斯：不是什么要给她的老奶妈以关爱。每一件事似乎都逐渐明了了。我甚至相信，如果不是特德，她是不会在歌唱会上为我伴奏的，也不会拉起我的手，不会向我施礼。

我的眼泪重新流了下来，但我还是不能让我自己恨上她，甚至不能认为她行事恶劣，因为那样做会增加我的不幸。"凡有过错不该归咎于一位女士。"特里明厄姆大人是这么说的，我在信守这一条公理来宽慰自己。然而肯定有人有过错：一定是特德的过错。

我的使命的负担越发沉重了，然而当我走到那条攀上山坡通往农场的马车路的时候，我无意间找到了一种法子让我的负担轻松起来。我的脚碰到了一颗石头，石头滚了一下，于是我开始踢它，在布满车辙的路面上跑来跑去。这变成了一种游戏，在石头停下来或者掉入辙沟之前再踢它一脚，在它没入草丛边缘之后再找到它——不是件容易的事，因为草丛和石头都是棕色。这么做弄得我很热，石头撞疼了我的脚趾，把我的宝贝鞋子的抛光面也给弄没了；但这对我是一种放松，我开始有这种想法，希望把自己伤得太严重而不能继续走路。我有了一种让人好奇的体验，几乎是一种幻觉，像是我的一部分停驻在我后面很远的地方，也许就在河对岸那片树林带里；因而从那里我可以看到我自己，佝偻着身子，甲壳虫大小，在丝带一样的马车路面上穿梭往来，或许那就是我的不愿意送信的那一半。我一直保持着这样的双重视像，把我从我自己那里分离出来，直到我到达晒谷场大门。

　　我一直任由自己哭个不止，因为当没人看得见我的时候，哭鼻子是没关系的，况且我认为不管啥时间，我想停就能停下来。然而我发现尽管我可以收住眼泪，我控制不住那种抽噎，还有由于我跑得上气不接下气，我的抽噎更加严重。因此我在大门前徘徊，想着特德或许会出来看见我。那样的话我会把信递给他，不用跟他说什么话就立即跑开。

　　然而他没有出来，我必须设法找到他。我没有想过不把信送达就转身返回，我的心理状态还没有影响到我尽我的责任，所以我踏过干草，敲响了伙房门。没人来开门，我径直走了进去。

他正坐在桌子背后的一把椅子上，两个膝盖之间夹着一支枪，他太专注了，竟没有听到我的敲门声。枪口就在他的嘴巴下面，枪管紧贴着他裸露的胸膛，他斜着眼睛在瞄枪管。他听到我的声音竟跳了起来。

"啊呀，"他说，"是邮差呀。"

他把枪靠着桌子立下，然后朝我走了过来，他在最炎热的天气里穿的那条棕色灯芯绒裤摆动了一下。他看到了我脸上犹豫不决的情绪便说道："有人来访，我不应该是这个样子，但我太热了。你介意我这个样子吗？我需要穿件衬衣吗？眼前又没有女士们嘛。"

他所拥有的战胜我的法宝之一就是顺从我。

"不——介意。"我开口说，但一次哽咽把这个词给截成了两段。

他凑上来端详着我，很像他在顺着枪端详他的枪管。

"哎哟，你怎么一直在哭啊！"他说，"你这个年龄是不应该哭鼻子的。"我分辨不清他的意思是我年龄太大而不应该哭还是年龄太小不应该哭。"你说说你怎么了？有人在惹你心烦意乱——我不用疑虑，是个女人吧。"

听了这话，我又开始哭了，于是他急忙从他的衣袋里掏出一块手绢，我还没有来得及拒绝他，他便开始擦我的眼睛。奇怪的是，我竟不介意他这么做；我有一种本能的感觉，他跟我自己所属的那个阶层的人们不一样，他不会因为我哭而对我产生贬损的印象。

我的泪水不再流淌，我也感觉平静了许多。他这时候说："我们看看该做些什么让你高兴起来？你想看笑面驹和它的

217

马驹子吗？"

"我——不想看，谢谢你。"

"你想从草垛上溜坡吗？我在落地点下面又垫了好多草。"

"我不想，谢谢。"

他把屋子打量了一圈，很显然是在努力搜寻别的什么可以分散我注意力的东西。"你想把我的枪扛出去放一枪吗？"他诱导性地问，"我正准备把它擦干净，但我可以再找时间擦的。"

我摇了摇头。我不会赞同他提议的任何活动。

"为什么不呢？"他说，"反正你要从某个时间开始打枪的。枪会反撞你，但它对你的撞击力不及你接住的那个球的一半。啊，你那个接球让人难忘，真的难忘。我还没有原谅你呢。"

提到我的接球，我的态度有所松动，我感觉到了更有出息的自我。

"那么，你想出来看我把什么东西打下来吗？"他建议道，好像只有打枪可以救我于危难。"这附近有许多秃鼻乌鸦可以让人连连射击，枪枪打准。"

我不能继续说不了，所以跟着他出了屋子，走进晒草院落。不知什么原因，我想象中的射击是一件费时很长的事务，是一件需要经受心理磨砺、耐心等候的事，然而我们刚一出门，枪就攀上了他的肩膀。

枪声在完全的出其不意中震惊了我，吓得我意识出窍了，而意识出窍或许对我来说是最有利的事情。半是清醒、半是懵懂之中，我目视着那只鸟打着旋慢慢地落下，掉到离我们几码①远的地上。"这就是了，它的小命就这么结束了。"特德说着抓住鸟爪把它提起来，他是那么鲜活，那鸟则是那么僵死，他把它扔到一张荨麻编成的床板上。头顶传来了一阵慌乱的、愤慨的叫声，我抬头看去：秃鼻乌鸦群在空中盘旋着，渐飞渐远。"它们不会着急飞回来的，"特德评价说，"它们很狡猾，真是这样，能够打下那一只，我很走运了。"

"你有打不准的情况吗？"我问。

"我的上帝呀，那当然有了。不过，我虽然说有打不准的情况，我还是个很不错的射击手。现在，你想看我擦枪吗？"

一声枪的巨响之后，没有谁能保持自己跟枪响前是一个样子：我回身走进厨房，变了一个人。我的悲伤变成了愠怒和自怜，这是恢复的必然征兆。一定意义上说，这个血腥的行动在我们之间确认了一种契约，相当于通过某种古老的、献祭的礼仪把我们撮合到了一起。

他说："现在你拿上这根清洁杆和这块擦枪筒布，"——他捡起一块磨痕累累、满是油污的白色抹布——"你把布从这根清洁杆的鼻眼里穿过去，就像你穿针那样。"由于厨房的采光度不是很好，所以他紧皱起他的两眼，照他说的话一步一步地做。最轻微的动作也会让他小臂上的块块肌肉运动起来；它们的运动从肘部上方的肉结开始，时而凸起，时而凹陷，像活塞在气缸里的活动。"然后你把擦枪筒布沿着枪后膛推下去，就像这样，它出来的时候有多脏会让你吃惊的。"他把那根铁丝制成的清洁杆上下推拉

---

① 1 码 =0.9144 米。——编者注

219

了好几次。"你看看，我不是说过它会很脏吗？"他放开嗓子说，带着成功者的兴头把那块抹布呈给我看，那抹布脏得足以与一个人最极端的预期相吻合。"然而枪管现在会是相当干净的了，你看——然后再看另一个我没有擦过的枪管，比一比你就知道了。"他讲话的神态好像我是在否认两者之间存在差别。他把枪拿到窗户跟前让我看；我两只手都用上也端不起枪来，而他用一只手把枪端平，另一只手稳定在枪管下面。然而我从这番触碰中，从枪托顶在肩上、钢铁的冰冷压在手掌的感觉中，得到的是一种奇妙的兴奋。

"如果你能做到的话，把头稍低一点，"他说，"视线盯紧两条枪管中间，然后你就可以想着你在进行真实的射击了。"

我照他说的做了，威力之感得以强化壮大。透过厨房窗户，我可以看到好几个目标，我专注于毁灭这些目标，而后我慢慢地把枪口方向调转了一周，就在这个房间里选择物件，拟将其击成碎片，直到最后我把枪口直指特德。

"嘿，你不能那样做，"他说，"那是违背规则的。永远不要拿枪指人，即便枪膛里没有子弹也不可以。"

我已经觉得自己几乎是个杀手了，我匆匆把枪交还给他。

"现在我来擦干净另外一个枪管，"他说，"然后我就给你泡杯好茶。"

我该接受他的盛情吗？在布兰汉庄园，茶是在等着我去喝的……我瞥见他的板球拍立在一个拐角处，因而为了打发时间，我说：

"你也该给你的球拍上上油了。"

在接到了许多指令之后再发出指令，这是一件相当快意的事。

"谢谢你提醒我，星期六我又要用它了。"

"我可以替你给球拍上油吗？"我问。

"你当然可以啦。这是一只旧拍，但它击球很好用。昨天是我得的最高分，我不敢妄想我再有可能打够五十分。"

"为什么不敢想？"

"如果你在附近，我就不敢。"

听了这话我放声一笑。

"特里明厄姆大人把那颗球给我保存。"我说，假想着他听到这个名字就面色发白，但他仅仅说了一句："我要把水壶放到炊具存放室里去，在这里再生火太热了，我再取些亚麻油。"

我满怀崇敬地摆弄着那只球拍，好像它就是尤利西斯的弓²，同时在猜想着，在球拍那伤迹斑斑的表面上，哪一个擦痕是由我接杀他出局的那个击球造成的。油拿来了，盛在一个不一样的油桶里，在锡桶皮上印着"普赖斯车轴油"字样，还有一张图片，上面画着一位女士和一位先生在乡间道路上兴高采烈地骑着自行车，以惊异但快乐且自信的神情看着我，看着未来。

我在球拍的中心倒了一点点油，然后开始用我的手指轻轻地把油揉进球拍里；那木料似乎在渴切地、感激地把油喝进去，好像它也饱受干旱的煎熬。富有节奏的揉搓既使我震惊，又让我激动；这动作似乎是旧制典仪，意义非凡，好像是我在抚慰我自己的伤痕，好像我在为球拍注入的新的力量会传导到持拍人的身上。现在我的思路更为正常了：我属于当下，我不属于业已夷为废墟的过去，也不属于可能危机四伏的将来。或者说我感觉是这样的。

忽然间，他走进屋来说：

"邮差，你今天给我带来信了吗？"

我把信给了他，我竟把信的事忘了。

"看来你好像一直在信上面睡大觉啊。"他说着随手拿着信走进了炊具存放室。他返回的时候拿着桌布和一些泡茶的器具。

"今天我过的是无人照料的日子，"他说，"我的日常生活女工星期天不上班。"

"哦，每天都只有一个女人来伺候你吗？"我很有礼貌地问他，尽管我的话背后或许有另外的成分，拐弯抹角暗示在布兰汉庄园仆人众多。

他快速地瞅了我一眼然后说："不是每天都有，我刚才给你说了，她星期天不来，只在星期六早上来。"

我不知道是什么让我想起了玛丽安，但我确实想到了她。忽然间我觉得我不能待下来喝茶，我必须回去面对所有的后果，现在我感觉我更有能力应对那一切了。

"你有带给她的信吗？"我问。

"有，"他回答说，"但你愿意带上我给她的信吗？"

这个问题我全然没有料到：我感觉眼泪又涌了上来。

"不是十分愿意，"我回答说，"但如果我不带，她会很生气的。"

我把话说错了，我原本不打算这么说，但我竟然考虑了我自己的愿望，这一吃惊让我优柔寡断了起来。

"她就是这样。"他说，而后点了一支烟，这是我第一

222

次见他抽烟。我不知道他本来打算要说什么，但他说出来的话是："请你传信而不给你什么报酬，这是不公平的。我能做点什么好让你觉得这么做划算呢？"

"我什么也不要！"我本来应当这么回答，而且就在半小时前，"我什么也不要"也本应该是我的对答语。然而从半小时前到现在，我的脑海里覆满了许许多多的印象，过多的情感已经让它紧张不堪，疲倦不堪。特德利用他的枪、他的板球拍、他自给自足的生活、他作为男子汉的全部禀赋和成就，再度把他自己更强势地炫示给了我。事实上，他似乎不生我的气，这让我对他无可排斥。跟许多没有受过教育的人一样，他比受过教育的人们更容易在平等的前提下跟一个孩子说话；他的年龄是一种身体层面的障碍，而不是会话层面的障碍。

由于希望能取悦于他，我原有的某些情绪回来了，我爱好我的使命；不爱好使命的情况似乎显得遥远且非常缺乏说服力。我没有说"我什么也不要"，而是拖延了一点时间；我没有像拒收玛丽安的钱那样拒绝他的贿赂，何况，我还记起了某一档子事。

我带着批评的口吻说："上次我在这里的时候，你说过你要告诉我某些事。"

"我说过吗？"

"是的，你说过你要彻头彻尾告诉我关于偷期幽会的事。我部分地是因为你这个话才到你这里来的。"这句话不是真的，我到这里来是因为玛丽安指使我来，但这样说可以作为一个提要求的依据。

"我说过，我说过，"他说，"我去拿些茶杯吧。"他

223

补了一句，而后很快拿着茶杯回来了。茶杯的样子现在还历历在目，它们很深，奶油色，外面有一圈不甚起眼的金线，而里面，杯底因太多的搅动而磨损，上有一个金色的花的图案。我认为它们看着实在极其平常。

在布兰汉庄园，摆桌子、放杯盘这些事理所当然由男仆做，但现在看着一个男人摆放桌子，好不习惯。

特德清了清嗓子说：

"我实在是太喜欢你在歌唱会上唱的歌了。"

"我也喜欢你唱的歌。"我说。

"哦，我的歌算不得什么。我没有接受过训练，我只是张开了口就由着性子唱出来了，我其实是在那里出丑，然而你唱歌就像——对了，就像一只百灵鸟啊。"

"哎呀是这样，"我轻描淡写地说，"我在学校练过那几首歌，我们有一个很不错的老师，他是一个获得过皇家音乐学院专业技能资格的人。"

"我压根儿就没有上过什么学，"特德说，"但当我还很小，不比你大的时候，"（他把我当作小的标准，这让我震惊）"有一次圣诞节，我母亲带我去诺里奇大教堂听人们唱圣诞颂歌，就在那次，有一个小伙子，嗓音跟你的像极了，我从来没有忘掉过。"

虽然我对这样的比较感到满足，但我已察觉到了，他是要把我的正题搪塞过去：这是所有的大人们都惯用的把戏。

于是我说："非常感谢你，但你说过的话是你要给我讲偷期幽会。"

"我说过，我说过，"他重复了一遍，一边用笨拙的手指在桌布上摆弄着茶盘子，"不过我现在说不准我能否

224

告诉你。"

"为什么说不准？"我追问。

"它可能会坏了你的兴致。"

我想了想这话，疲惫的大脑突然间充满了愤怒。

"但是你答应过我的。"我高声嚷嚷。

"我知道我答应过你，"他说，"不过这该是你爸爸给你讲的，真是这样，他应该是告诉你这些的人。"

"我父亲去世了，"我说，"况且，"——我内心里突然迸发出对这种愚蠢的消磨时间的做法的鄙视——"我非常确信，他从来没有偷期幽会过！"

"假如他没有偷期幽会过，就不会有你在这里，"特德说，让人听来很不舒服，"而且我相信，你对这事假装知道得少，实际知道得多。"

"我不知道，我不知道，"我情绪激动地大叫，"你是真的答应过要告诉我的。"

他迟疑地低头看着我说："这么说吧，它的意思是用胳膊搂着一个女孩子跟她亲吻，这就是它的意思了。"

"那我知道，"我叫道，我不安地扭动着身体，在椅子上跌来撞去，他不诚实守信让我愤怒，"那不都在明信片上嘛，但除此之外也有别的东西啊，它会让你实实在在感受到什么呀。"

"对了，"他严肃认真地说，"假如你知道在世界的顶峰是什么滋味，那就是你的感觉。"

我的确知道：这正是我昨天夜里和今天早上的感觉，然而我认为那同偷期幽会带来的快乐是不一样的，于是我也照实说出了。

他突然问我："你最喜欢做什么？"

我得想一想：这是一个很有水平的问题，但我一时回答不上来，这好不让人懊丧。

"说什么呢？睡梦里发生的情况，比如飞翔或者漂浮，或者——"

"或者什么？"他说。

"或者你在梦中梦见某个人死掉了，醒来以后得知其实他还活着。"我做过好几回有关我妈妈的这样的梦。

他说："我从来没有做过那样的梦，但可以了，那已经有点儿意思了。想一想这种情形，再增加些内容，然后你就理解偷期幽会是什么意思了。"

"但——"我开始了。然而我的抗议被炊具存放室里的一阵骚乱声给淹没了：壶盖的跳跃声，开水的翻浪声，水溢入火的嘶嘶声。

"水壶烧开了！"特德大叫，跳了起来。他回来的时候一只手端着茶壶，另一只手端着盛有葡萄干蛋糕的盘子。我开始流口水了：我可以待下来，但条件只有——

"你并没有真正地给我讲什么是偷期幽会。"我说。

他小心翼翼地放下了茶壶和蛋糕盘，然后耐心地说："我真讲给你了，它就像飞翔或者漂浮，或者一觉醒来发现你以为已经死去的人实实在在活在世上，它是你最喜欢做的事，然后还有更多。"

我太过恼怒，致使我没有注意到他是多么恼怒。

"是的，但还有更多是什么？"我大声叫嚷，"我知道你是知道的，除非你告诉我，否则我再也不给你传递消息了。"

某种最原始的本能告诉我，我已经把他逼到了墙角；这本能也警告我，我已经把他审问得过了头。他像一座塔，耸立起来远在我上，像他的枪一样，坚硬、挺拔、危险。我看得出，怒气已经跃入他的双眼，跟他逮住我从干草垛上溜下来的时候的神情没有两样。他赤膊往前，朝我跨了一步。

　　"赶快给我滚，否则你会后悔的。"他说。

第十六章

宇宙

地球

英格兰

诺福克市

诺里奇郡附近的

布兰汉庄园

"亲爱的妈妈（我这样写）：

很抱歉我要告诉您，我在这里住得并不快乐。我早上给您写信的时候我是非常快乐的，但我现在感觉不快乐了，都是因为那许多差遣和许多信件。在我早上给您写信的时候，这里的人都对我很好，我也喜欢待在这儿，但亲爱的妈妈，请您发一封电报，就说您想要我立刻回家。您可以说您想要我回家来为我过生日，因为您会非常思念我，而我也会相当乐意同您在一起过生日。我的生日是 7 月 27 日，星期五，所以时间还来得及。或者如果发这么多话太花钱，您就只说送利奥回来——我会写信解释清楚的。我再也不想待在这里了，我受不了了，或者是您也受不了了。这不是因为我待得不快乐，而是因为这许多信件。"

写到这里我停笔了，我知道关于信件我应该说得更明白一点，然而我的双唇上面盖上去的是保密的大印，我怎么说得明白？况且我知道那些信是什么内容吗？除了它们是在安排特德和玛丽安之间的约会，我什么也不知道。我知道它们是绝对的秘密，它们唤起的是最强烈的感情——直到今天下午，我才知道成年的人们拥有这样的感情，这样的感情可能会导致——这么说吧，会导致凶杀。对我来说，凶杀不过是一个词语，但它是一个可怖的词语，尽管我不懂情感的逻辑，但特德的暴烈，他的威胁，他的枪，我逐渐地把他的枪看作是他这个人的象征。真实的生活中可能会发生怎样的情况，特德的这一切特征都在给我暗示。特里明厄姆大人将是受害者，这个结果我一点儿也不怀疑：第五世子爵的命运已经将故事的结局例证得再清楚不过了。

　　这一切我对我妈妈不能有丝毫泄露，但我厌倦于当差，为了使我的心结听上去言之有理，我可以用别的理由，用她比较赞赏的理由。

　　"去那个地方往返近乎四英里的路程，我必须踏着一块窄条木板过河，然后沿着一条粗糙的路走下去，在赤日焰焰①当中走这样的路实在累人（我曾经说过"赤日炎炎"是我妈妈的一个存而不用的词汇，她惧怕这个词汇所代表的现实状况），""路的两侧有很多野生动物，或者说几乎是这样，这让我好害怕。这样的事我几乎每天都得做，否则他们

---

① 赤日焰焰：原文正确书写应该是 great heat，但利奥误写为 grate heat。译者将前者译为"赤日炎炎"，后者译为"赤日焰焰"。

229

会不高兴的，他们的许多事情都取决于这些信件。"

　　关于我所担当的差遣，物质层面和体力层面的反对就到此为止吧，接下来我该谈论它们的道德层面的效应；我确信，道德效应一定会影响到我妈妈。她有两个词语，"相当错误"和"极其错误"；针对她所不赞同的任何行动过程，她经常使用前一个词来描述，而后一个词她则偶尔使用。我本人不相信错误这样的概念，但我明白，这时刻是该求助于这个概念了。

　　"这类差遣我本不应该太过在意，"我继续写，"只是我觉得他们要求我做的事情是相当错误的，或者有可能是极其错误的（我想我要把这两个词语都牵扯进来），也是一些您不乐意让我做的事。因此，请您一收到这封信就把电报打过来。

　　"亲爱的妈妈，我殷切期望您心情舒畅，因为我非常快乐，而如果不是那些差遣的话，我也应当非常快乐。

您爱的爱您的儿子：

利奥

ＸＸＸＸＸＸＸＸＸＸＸＸＸＸ"

　　"又及：我正在非常渴切地盼望回家。

　　"又又及：我很不走运，错过了今天的邮差，但假如这封信能由 7 月 24 日星期二的头班邮差投递，您的电报将大概在星期二上午十一点一刻到达这里，而如果这封信由第二班邮差投递，电报将最迟在星期二下午五点半到这里。

　　"再又及：或许您也可以发电报给莫兹利太太。

　　"再次又及：天热得很焰焰，且正在变得更加焰焰。"

我天生是一个词语书写准确的人，如果不是我疲倦、激动了，我是不会犯这么多书写错误的。

写完信，我感到好多了，然而那个下午已经倒推了我的心智年龄，给我的精神以刺痛钻心的一击，否则我是不会写那样的信的。我不是十分明确我最深的痛在哪里。的的确确，我的感情受到了伤害，而且是连续两次的沉重伤害，某种意义上说，是第二次打击麻痹了第一次打击。特德的发作几乎湮灭了玛丽安的怒火：他的怒火整体拆除并彻底毁灭了我临时搭建的情感构架。那个下午，我是第二次狼狈逃窜：我从房子里奔了出来，两条腿能跑多快就跑多快。往后瞅了瞅，我见特德站在晒谷场大门口，向我挥动着手臂，大声叫喊；然而我以为他正在打算追赶我，所以我跑得更快了，像一个满大街闯祸的顽童要逃开警察，直到自己精疲力竭，我也没有停下来缓口气。然而，我没有哭，因为他是个男人，他的怒火比起玛丽安的怒火更能触动我秉性里的硬汉气概。待我跑到水闸，跑到他的地界和我们的地界的分界线，我的惧怕心理开始慢慢消退了，因为我已经逃出了他的蛮力可及的范围，或者说甚至逃出了他的枪所能及的范围，他的枪，我依然心有余悸。

多处伤口流血可能会比一处伤口流血后果严重，但由于不是聚于一处的疼痛，伤口多了也让人的心理比较容易忍受。

也许，对我的情感至关重要的是我的自尊心，但我的自尊心对我的福祉更为重要。它虽然多方受挫，但特德提到的我在板球赛和歌唱会中的出色表现，也使它得到了支撑，从某种意义上说，我的自尊心就存在于我身体的某个部位，那个我的情感几乎难以达到的地方：在板球赛上我拔得头筹，在歌唱会上我拔得头筹，这些都是资产，尖酸刻薄的言语无损于它们的价值。同时，在一定程度上，自尊也取决于大家的认可，我在预想，当我返回到布兰汉庄园的时候，将要缺乏的很有可能正是这种认可。

在我的头脑里已经构想定了（最不可能发生的事将会发生），玛丽安会把她对我说的那些话通通说给每一个人听，我是一个愚蠢的小男孩儿，一个傲气十足的公子哥儿，等等，最糟糕的可能是，我是一个夏洛克。我在想象，我比茶点时间晚了太久，当我走进会客厅的时候，每个人都会把我当成流浪汉对待：即便我经历过了一言难尽的其他波折，预想着要受这样的对待，我只有缩手缩脚。

事实上，所发生的事恰好相反。我甚至连迟到都算不上，迎接我的是一阵欢声笑语，人们询问我是怎样度过的这个下午，有调侃的问询，也有关切的问询，我给出的则是最好听的答语；我被拉入了一个叫人觉得无上光荣的圈子里，紧围着茶壶——闪闪发光的银茶壶总是引我崇拜。

玛丽安在主持这个茶会，我从未看到过她如此活泼。跟她母亲不一样，玛丽安不会把她的那种优雅灵动用在斟茶的动作上，她在茶桌上问遍所有的人，让每一杯茶看着像是一件礼物，因为她似乎天性里知道，或者从经历里记得，每个人喜欢喝怎样的茶。她往往会说，"你的茶需要加柠檬，是吗？"诸如此类，不一而足。这里坐着一屋子人，在周末客人中有几位上了点儿年纪的人，我对他们持欢迎态度，因为一般地讲，他们比年轻人更有话语与我交谈。我今天记不起他们的面相了，但我还记得玛丽安的样子，记得她目光中的挑战，记得她嗓音里夹带着的逗笑。她的眼睛要比她的嘴巴威力更大；嘴在微笑的时候，眼睛在捕捉信息。客人们似乎乐意受到她的取笑，因为取笑当中不乏称赞。特里明厄姆大人坐在她身边的一把矮椅子上，我只看得见他的头，这让我忽然间产生了一种遐想，当她将来入主布兰汉庄园的时候，他们就会是这个样子——她呈现的是完整形象，而他则一半在掩隐里。她所做的每一样事都有闪光的地方。在她母亲缺位的情况下，她似乎已经在主持全局了：在她的面色里，在她的手势里有主持全局该有的决断。我在奇怪莫兹利太太去了哪里，她以前可从来没有缺席过茶会。这是玛丽安的掌握能力超过她母亲的另一个方面，不甚精细却甚机敏。

当轮到我的时候，玛丽安的目光深入我的眼睛，她说，"三块还是四块，利奥？"我回答四块，因为想来小孩子总是喜欢尽可能多地吃糖。正如我所期望的那样，我的回答激起一阵大笑。

在布兰汉庄园，茶点被打造成了一道风景，蛋糕、三明治、果酱，是我们吃得到的！茶点的一半被撤回到了仆人们的房子。如果我想起特德孤孤单单，坐在他的满是刀痕的厨房桌边吃他的茶点，那就意味着我在惊异我怎么能够到那样的地方去；那样的茶点在我的脑海里留下的是耸人听闻的感受，好像它是一个禁约野生动物的囚笼。我们所有的人在吃喝的时候发出的是很有教养的声音，不紧不慢的交谈，轻声细语的嗓音，器具挪动的响声，器皿从一个人的手里传到另一个人的手里的响声，轻细而无磕碰的危险，金色的器具拖拽着的闪光——这一切是多么迷人，而尽管如此，假如我不知道还有另外一种模式的茶点，我是不会如此执着地喜爱我们自己的茶点的。

当我把我的茶杯拿到玛丽安面前让她再添满的时候（作为一名住得久一点的客人，我要求到了这份特权），她的目光里包含了一个我不可能看不出来的信息，她的两眼是在说："你留一下，或者在茶会之后来见我。"尽管我懂得她的意思，尽管我一直非常享受她的那种偏爱，我还是没有照她暗示的做。我回到了我的房间，锁上了门，写了那封信。

在我看来，如果我走开了，而且只有我走开了，特德和玛丽安之间的暧昧关系才可能结束。我没有反问过我自己，在我到来之前他们的关系是怎么维系的。我的推理是：除了我，再没有别的人给他们传递信息；因为只在早餐之后，玛丽安才能得知她母亲会做什么安排，所以这些信息必须在同一天里送出去再带回来；假如我不在中间传递信息，他们就约会不成，因此特里明厄姆大人也就永远不知道他未来的新娘子与另外一个男人太过亲密。如果我待下来，她让我做什么我就必须做什么：唯一可做的事就是走开。我这段逻辑分析缜密无疏，无懈可击。

我没有反问过我自己，为什么我的这些我从前非常乐意为之的使命，如今变成了我的烦恼的源头。变了的是我，不是他们。平生第一次，一件与我不是真正相关的事使我产生了强烈的道义感——一种必须担当和不必担当的感觉。到目前为止，我的准则一直是管好我自己的事，这也是我的大多数同学们的准则。如果有人攻击我，我要努力自我防护。如果我违反了规则，我要努力逃避承担违规的后果。在没有规则的地方，在我没有受到攻击的时候，正确与错误是两个相互独立的概念，我对它们概无知觉，它们与我不相关联，我根本谈不上必须参照它们来取舍我自己的行为。然而现在，由于诸如此类的某些顾虑，我感觉我受到了限制，我的行动将是防御性质的——而且我自己将做出牺牲，因为我不想离开布兰汉庄园。

当然我受到了足够多的来自玛丽安和特德的挑衅，但我所信守的公平原则是，我要保障先向他们发起袭击，让他们出于自我防护而与我对阵。我认为我知道做什么对我最有利，做什么对他们最有利，做什么对特里明厄姆大人最有利，做什么对每一个人最有利：所以我要走了。我并没有觉得我是在逃跑，然而我就是在逃跑；我被震得发抖，我被吓得哆嗦，我不相信自己，我不相信任何人。

大厅里的邮箱已被清理干净了，所以我的信须得等到明天早上发出。另外一封信大半天之前就已经出发了，但我不怀疑我的这封信能给我带来召我回家的电报。

在横穿大厅的时候，我碰到了特里明厄姆大人。"找个正着！"他说，跟玛丽安前面说的话一模一样，"你想获得我对你的好评吗？"

其他人曾给过我更重大的贿赂，但我发现接受这个贿赂不担风险。

"哦，想啊！"

"想的话，替我找一趟玛丽安，你个好小子。"

我的心沉了下来，她是我最不想见到的人。

"但我以为您再也不会带信给她了！"我抗议道。

如果我算是把他所释放的信号理解正确的话，在我与他的交往中，他这是第一次面带愠色，我以为他会像另外两位一样冲我发作。他最后态度尖刻地说：

"哦，如果你忙的话，就不劳驾你了。我只是想跟她说些什么。她明天要去伦敦，我可能再没有见到她的机会了。"

"她要去伦敦吗？"

"是的，要到星期三才回来。"我认为他谈论起她的时候有种独占的口气。

"她从来没有对我说过。"我说，像一个仆人没有被告知有客来访，这时候带着一种受了委屈的语气。

"她刚才有很多需要考虑的事情，或者说我确信她得考虑很多。这样吧，如果你不能从你的帽子里变出她来，你就好人做到底，找了她来。"

忽然间，我松了一口气，我记起了一个很有效力的拒绝借口："马库斯对我说她要在茶点过后到村子里去看南妮·罗布森奶妈。"

"讨厌的南妮·罗布森，玛丽安总是要去她那里，她说那老处女的记忆丧失了，记不得她去过了还是没去过。莫兹利太太过去常说，罗布森，名字的意思是抢儿子，骨子里也在抢儿子。我们现在应该称她为抢女儿①了。"

我认为这是一则非常出色的笑话，我正准备要跑开的时候，他把我叫了回去。"不要把自己搞得太疲劳了，"他说，

① 抢儿子、抢女儿：文字游戏。罗布森英文拼写为 Robson，其前一半 rob 意为抢劫，后一半 son 意为儿子，所以此处 Robson 被拆分为 rob son，特里明厄姆将这个短语又杜撰戏仿为 rob daughter（女儿），故有此说。

他固有的那种绅士风度又回来了，"你看上去有点儿脸色发白，在布兰汉庄园我们不允许出现两个病人。"

"哦，另一位是谁呀？"

"我们的女主人，但她不想听到人们谈论她生病这事儿。"

"她病得严重吗？"我问。

"哦，不严重，其实算不了什么。"我看得出，他是希望他压根儿没有对我说过这件事。

第十七章

我要去垃圾堆，进行一趟迟误的游荡，恰在路上，我遇见了马库斯。

"晚上好，你这黑无赖，要去哪里呀？"他说。

我告诉了他我的目的地。

"哦，我们别去那里了，我发现去那地方太没意思了，"他说，"我们想个别的地方玩去。"

我叹了口气。这场会面将是一场法语对话。马库斯在学校学得比我好的功课为数不多，法语就是其中之一。他请过一位女家教教他法语，女家教教会了他上乘的口音；跟我不一样，他又在国外待过，他的女家教没有教过他的词汇和用语，他在国外也学会了。他有一个好为人师的恼人习惯，当有人把一个词的读音发错的时候，他往往用正确的读音来重复这个词。然而他也不是一个自命不凡的家伙，有些时候，我们所有的人都要使用多语混杂似懂非懂的法语交谈，唯他不允许他地道的法语夹上混杂词汇。我是他的客人，客人就得客随主便。我不得不承认，法语是让他占风光、让我出洋相的会话形式，他此前没有坚持使用，已经是给我很留体面了。我认为他对我星期六的成功依旧觉得愤愤不平，如果不为这个，他也不会坚持用法语会话。他认为仍旧有必要杀杀我的威风，他不知道我的威风已经被杀得狼狈不堪了；我对他的意图似懂非懂，故而不乏义愤。通常是这样，我俩谈话的时候，我们之间会有一种言辞对抗情绪；我们处在情感相通和水火不容两可之间；但这一次我们之间的敌对情绪由潜在而变得更近乎外显化。

"我建议我们去外围房屋看看吧。"我吃力地提出建议。

"嘿，对了！多好的主意！那些房间是个讨人喜欢的地方。"

"我以为地方的意思就是一处开阔地。"我强调说。

"很好，你有点儿意思！"他说道，架势有所收敛，他的法语有所退让，不像是在课堂上那样一本正经，这让我释然，"我们在那里能找到什么？"

"有一样东西，是索命龙葵。"我回答说，希望把他慢慢地引向英语。

"你的意思是说颠茄，是吗？"

"是的，有毒的颠茄！"我回答说，我用拉丁语词，想胜过他的法语。

"哎呀，我从来没有想到过！"他接着话茬说，但我知道我已经占上风了，因为"哎呀，我从来没有想到过"这句话虽然在这里颇显滑稽，却是承认受到触动的流行用语，于是接下来的一阵子交谈我们回到母语，或者说回到了母语的中世纪式的不合时宜的翻版。

几乎是在每一个学期，总有这样的事发生，有些词汇和短语，像荒原上的火焰一样，席卷遍校园，获得一种叫人欲罢不能的价值，每个人都使用这样的词语，但没人知道谁是第一个开始使用的人。与这个情况相反的是有另外一些词语，本来似乎无伤大雅，却被当成了禁忌语，使用这样的词语将激起别人最极端的嘲弄，我们必须在唇舌间设防，避免使用这类词语。我依然听得见那些折磨我的人，操着轻蔑的嘘声，冲着我喊"彻底溃败"。几个星期之后，风潮流过，词汇也就重新获得了它们的寻常价值。"你有点儿意思"以及"哎呀，我从来没有想到过！"是最新流行过的词语里面的两个。

外围房屋，步行大约十分钟远，是一个旧日的厨房花园的附属建筑，厨房花园有时候就是这样一类花园，修建得远离主建筑，隔着好长一段距离。通往那里的路是一条泥土混着煤渣铺成的小径，小径穿过长长的一段长着杜鹃花的灌木地带，所以我想象，在杜鹃花开的时候，这一带才会常有人光顾；而眼下它非常昏暗，是一片禁区，相当阴森可怖；它对我很有吸引力，部分秘密也在这上面。有好几次我出发了，要再访索命颠茄，但慑于一种莫名的恐惧，我没有走到就抽身返回；有一次我遇到玛丽安朝这条道走过来，那是我唯一一次看见有人走这条小径。但现在马库斯就在我旁边，我的警觉心被削减成一种叫人心旷神怡的先驱者的激动。

"我看到了一个脚印！"他大叫一声，又回到了法语。

我们停住脚，弯下腰。小径很是干燥，杂草枯萎，泥土粉化；它确实像个脚印，一个小脚印。马库斯高喊一声，像是要发出红皮肤印第安人作战时的呐喊声。

"哎呀，我从来没有想到过！我要给我母亲说，我们见到了《鲁滨逊漂流记》中野人星期五的脚印。"

"或者应当说是星期五小姐的脚印。"我不无机智地提议道。

"你有点儿意思！当然了，这是一个女人的脚印。太奇怪了！我母亲会说什么呢？她是非常害怕有窃贼的！"

"我应该这样想，你妈妈是十分勇敢的，"我这样说，有意逆着他，"甚至比我妈妈还勇敢。"我又加了一句，我不想让我们的谈话过于游离于我的事务之外。

"她真的谈不上勇敢！她太过紧张了！她属于有点儿歇斯底里型的，"他带着医生的那种全然事不关己的神态说，"这会子她正躺在床上，偏头疼发作得厉害，这是所有这些日子导致的结果，紧张过度。"

我很高兴，马库斯在最后一个词上卡住了，但听到他母亲的情况又让我不安。

"但她为什么紧张呀？"我问，"她似乎有很多很多人当帮手的。"从今天的家庭主妇的样子，我想到了料理家务的紧张。

他神秘地摇了摇头，同时竖起他的手指。

"不单单是料理家务，是因为玛丽安。"

我把对她的称谓改成英语说："玛丽安？"

"是真的，是因为玛丽安。"他压低嗓音说，"是关于她的婚约的问题，你是知道的。我母亲没有把握玛丽安——"他转了一下眼珠子，把手指压到嘴皮子上。

我不懂。

"如果你一定要我用英语讲给你听的话，我是说，我母亲没有把握玛丽安会不会信守她的婚约。"

我大吃一惊，不仅因为这个消息，更在于马库斯出言草率。我几乎可以确定，如果不是因为他的法语，不是因为他企图效仿一个法国人，不是因为他要向我炫耀，而使他忘乎所以，他说出的话应该会更加谨慎一些。他怀疑到了什么程度？他母亲怀疑到了什么程度？他是她最喜欢的孩子，这我知道；她不太在乎德尼斯，按照我所能听见的情形，她很少跟莫兹利先生说话。或许像我妈妈有时候把令我吃惊的事只对我讲一样，她也是把令我吃惊的事只对马库斯讲。也许所有的女人都可能时不时地泄密。但她知道多少秘密呢？

我想到了一个主意。

"你在罗布森女士家真的看到你姐姐了吗？"我想了半天，组织了这么一句法语。

"罗布森，"马库斯重复了一遍，把重音放到了第二个音节，"真没看见，我离开的时候，玛丽安还没有到，可怜的罗布森一肚子的委屈，因为她说玛丽安几乎从来没有看望过她，"马库斯快速地说，"我用英语说这句话可是为你方便呀，你个孤岛上的猫头鹰。"

我没有在意他的污蔑，而是自作感人地说："特里明厄姆大人告诉我说是玛丽安说的，南妮·罗布森已经，对了——已经丧失了她的记忆力。"我这样用法语收尾，略施炫耀。

"丧失了她的胡扯吧！"马库斯反击说，他又卡住了，"她的记忆力跟我的一样强，比你的要强一百倍，你这上不了台面的狂想徒。"

就因这句话我把他猛击了一掌，但这消息让我不安起来。

"特里明厄姆大人也说过，玛丽安明天要去伦敦，"我说，"这为什么？"

"为什么？"马库斯说，比我说得更有法国派头得多，"部分地是因为，像所有的妇女一样，她需要为舞会准备新

242

衣服，但最主要的还是因为你，你——"他没有想出适当的词来挖苦我，而只是把他的双颊鼓了起来。

"因为我？"我说，"因为我？"

"你有点儿意思！"他的回击来得很迅速，"是，因为你！她去伦敦是要买什么东西，要我说你也许该把这东西理解为礼物。"

"礼物！"我说，好一阵子，我深陷于内疚当中，"但她给过我好多好多礼物了呀。"

"这是为你的生日专门准备的特别礼物！"马库斯说，他有意把声音放得很大，像是对着一个聋人，或是一个智力障碍者。"你在听吗，你这狗小子？你听明白了吗，你这笨蛋？不过你永远也猜不到这礼物是什么。"

在激动中我忘了我对玛丽安的礼物的恐惧，以及它们的危险含义。

"难道你知道这礼物是什么吗？"我大着嗓子问。

"我知道，但我不给小孩子家讲。"

我使劲摇晃他，直到他高声叫"别闹了"。

"好了，你发誓你不会告诉任何人是我给你说的。"我把他的一些法语也给摇晃出去了。

"我发誓。"

"如果可以的话，用法语发誓。"

"我发誓。"

"你也要发誓，当玛丽安把礼物赠给你的时候你会表现得很惊讶——尽管你避免不了会看上去很惊讶，天生的白痴，你生来就那副样子。"他模仿了一下我的脸的样子。

"我发誓！"我背诵了一句，没有在意他做出的怪相。

"假如我用法语说出礼物，你会尽力领会吗？"

我没有回答。

"是一辆自行车。"

对今天的一个孩子来讲，这似乎可能是个反高潮，对当时的我来讲，这是把天堂的大门打开了。自行车是我此生此世最想要的东西，也是最不抱希望能得到的东西，因为，通过我的咨询，我知道它超越了我妈妈的钱夹子的承受能力。我不断地就自行车向马库斯提出不同的问题——它的品牌，它的大小，它的轮胎，它的车灯，它的刹车。"是一辆亨伯牌自行车。"马库斯说得太法国化了，致使我起先没有分辨清楚那闻名遐迩的牌子；但对我的其他问题，他高一嗓子低一嗓子，只回答"我不知道"，单调乏味，让人狂躁。

"我没见过它，"他最后说，"那是一种只能在伦敦找到的车，那只能在伦敦找得到，你个彻头彻尾的笨蛋。不过我可以告诉你一句你没有问到我的话。"

"什么？"

"它的颜色，或者像你要说的，它的颜色。"

"是什么颜色？"

"绿色——活生生的绿色。"

我的脑子反应得太慢，但我想那个词是玻璃[①]，我眼睛盯着他，毫无疑问，我的脸庞浑圆得像个猫头鹰，我在惊异一辆自行车的颜色怎么会是活生生的玻璃。

终于，他让我弄明白了。

"绿色，绿色，我可怜的呆子，浅绿色，"就在这无比

[①]　玻璃：法语 vert（绿色）、verre（玻璃）发音相同，此处系同音误解。

辉煌的画面开始在我脑海里变得清晰的时候，他加了一句，
"你知道为什么是绿色吗？"

我猜不中。

"因为你本身就是绿色的——正如那句可怜的英语古
话说的，你本身绿色，就是个小傻瓜，"他把法语译成了
英语，给我不留疑惑，"绿色是你真正的颜色，玛丽安是
这么说的。"他开始绕着我跳跃，嘴里唱着"傻瓜是绿色，
绿色是傻瓜"。

我无法描述这个表露给我造成多大痛苦，一瞬间它把
我对自行车的遐想给我带来的快乐冲刷得一干二净。马库斯
的大多数嘲弄会像水一样从我身上流逝而去，但我被称作绿
色，这是挥之不去的，像这一天的其他发现一样，它在我本
来觉得万无一失的过去上面投了阴影。绿色的套装，那个
总是在带给我快乐的礼物，林肯绿，绿林的颜色，罗宾汉的
绿色——也是一种微妙的污蔑，其目的在于搞得我看上去是
个傻瓜。

"她真是那么说的吗？"我问。

"是这样说的，千真万确！"他又回到了他的又唱又跳
的忘形状态。

或许学童们不再相互围着绕着跳舞了，但他们曾经这么
干过，对被耍弄者来讲，这种经历最叫人泄气也最叫人愤怒。
有一阵子我恨马库斯，也恨玛丽安：我明白了，在她眼里我
看上去是多么嫩绿愚蠢，我也意识到了她是怎么利用我占我
的便宜。我要回击，我要用法语回击。

"你知道玛丽安现在，就这时间在哪里吗？"我小心翼
翼地问。

马库斯停止跳跃，僵住了，他盯着我说："不知道，"他的声音切换回英语，听上去怪怪的，"你知道她在哪里吗？"

"是的，"我回答说，我很激动，用他的法语反击他，"我十分清楚。"

这不是真的，她在哪里我毫不知情，尽管我猜得出她是跟特德在一起。

"在哪里，在哪里？"他说。

"离这里不到一百里格①。"我不知道法语里英里怎么说，所以我想我只给了一个大致的感觉，玛丽安就在附近。

"但是在哪里，在哪里啊？"他重复着他的问题。

"我不跟小孩子家讲那些事。"我反击道，这下子轮到我开始绕着他跳跃，嘴里唱着"小孩子，小孩子，难道你不想知道吗？"

"别闹了。"马库斯最终叫道，我也就不再绕着他跳圈了。

"但你真的知道她在哪里吗，说实话呀？"马库斯问我。

"我知道，我知道，我知道。"我能保证说出来的只有这一句。

假如我那时记起了马库斯是怎样的一个爱揭人底细的人，我绝对不会信口开河，声称我知道玛丽安的行踪；尽管有可能在模棱两可之间，事实是我真的不知道，所以这么说似乎算不得出卖。而假如我们用英语交谈，我也不会这么说：我应该守住自己的舌头。但法语使我的人品随景逃遁。我在铆足了劲儿跟马库斯比拼法语的时候，感觉自己成了个不一

---

① 里格：原陆路长度单位，1 里格一般约等于 3 英里。——编者注

样的生物——毫无疑问，他也一样。在用外语交谈的时候，即便某些东西不要说比说了更好，但人总是得说上些什么，否则你看上去傻里傻气的。然而对我来说，最有分量的事是要给玛丽安以恶报的那种感觉。说一句我知道她在哪里，我是在冲她宣泄我的一部分怒气；我并不知道她在哪里，我这么说也不至于良心不安。

我们默默地走路，时不时地跳一跳，让紧张气氛缓解一下，把不良情绪缓释一下，这时候我忽然看到了某个东西，让我脊背发凉。

外围房屋已经看得见了，索命颠茄就长在那里，而索命颠茄正在长出房门外。

这是第二次，我实际上以为索命颠茄具备了动态秉性，它在朝着我们走来，接下来这一现象得以自证：自从我上一次来访之后，这种灌木猛然生长，致使这间茅屋容不下它。

它守护着门槛，我们只得停了下来，向里面窥探。马库斯想要推开它进入屋棚下，"哦，别进去。"我小声说，他笑了笑，退了回来：这是我们和解的一刻。那灌木惊人地扩张，高出了没有屋顶的房墙，挤进了墙上的缝隙，受一种神秘的、爆发性力量的敦促，为它摸索一处出口，我感觉这力量像是要让缝隙崩裂。酷热把其他的一切都烤干了，只是把它养肥了。它的美我有充分的领略，对我来说，它的美，每一个细节都过于张扬，过于固执。那一朵一朵严肃、沉重的紫色花冠，想从我这里获取什么，而我却不能给予它们；那一颗一颗放肆的、黑色的、闪亮的浆果，想要主动给予我什么，我却不想向它们索取。我想，所有的其他植物都是为了眼睛而繁花齐放，它们完美展示，只为我们观赏，生长的神秘法则在它们那里体现，神秘而又简单；然而这棵植物似乎是在专司与众不同的生长，在一个疑问丛生的道路上只顾我行我素。它的不同部分不存在和谐，不存在比例，它同时把所有的生长环节都呈现出来，在同一个时间里，表现出青年、中年、老年。它不但把花的张狂和果的诚实集于一体，而且它的叶子之间也有一种奇怪的参差不齐：有的不及我的小拇指长，其他的却比我的全巴掌长。它在吸引着人来探看，却又反对人来探看，好像它那里汇集着一些半遮半掩的秘密，其实为的是想要你一探究竟。屋棚之外，暮色正在让空气暗淡下来，而屋棚之内已经是夜晚，这夜晚是这植物为它自己聚拢来的。

因向往而着迷，因惧怕而退避，两者在撕裂着我，我转身离开，就在那个时候我们听到了说话声。

事实上只有一个声音在说话，或者说，只有一个声音叫人听得见。尽管马库斯并不清楚是谁在说话，但我即刻分辨出了那个声音；毫不含糊，那是唱"别人的唇间"的嗓子在说话，毫无疑问，讲的是那回肠荡气给他们力量的数不清的话语。然而，我听到的是一种低沉的、持续的喃喃絮语，时有停顿，有待应答，但没有听到什么应答。那声音有一种如痴如醉的品质，我在任何嗓音里从来没有听到过：急切、甜蜜、极度的温柔合为一体，而接下来是极力遏制的、深藏的颤音，随时都有可能爆发作笑。声音里透露着一个人非常希望得到什么，并且非常有自信能够得到它，但同时愿意，不对，是受到要求，用他生命的全部力量去追求它。

"一个疯子在自说自话，"马库斯小声说，"我们要去看看他吗？"

在那个时刻能听得见有第二个声音，没有音调，分辨不出是谁，但听得清楚。马库斯眼睛亮了起来。

"哎呀，我从来没有想到过！这里是一对儿，"他低声说，"一对儿在寻欢作乐。"

"寻欢作乐？"我回应了一声，愚蠢之极。

"就是偷期幽会，你个白痴。我们进去把他们轰出来。"

要撞见别人或者被别人撞见，这两种念头令人同等地毛骨悚然，我忽然间来了灵感。

"别这样了！"我轻声说，"那太没意思了，就由他们去吧！"

我果断地开始朝着回家的路走，马库斯跟着我，一次又一次，不顾体面，往后张望。我的心疯狂地怦怦直跳，总的来说，我算幸运，逃离了现场，在这样的过程里我还是找到了时间庆贺自己。正是"太没意思"这个词发生了奇效：马库斯将垃圾堆冠以太没意思；在他庞大的词汇库里的所有词汇中，这个词传载的是最重的贬低意义。他过早地成熟老练，他明白太没意思是不可宽恕的罪孽。

"可恶，丢尽人了，我要这样说！"当我们走到无人听得见的距离的时候，马库斯愤怒地说，"他们为什么到这里来偷期幽会？我不知道妈妈会怎么说。"

"天哪，我不会告诉她的，马库斯，"我慌忙说，"不要告诉她，答应我你不会告诉她。你发誓，你发誓，我求你了。"

然而他不给我这个面子，即便我讲法语他也不给。

我们的友好关系恢复了，我们走在一起，有时候相安无事，面色坦率真诚，有时候突然进攻，相互撞击。我想到了许多问题。

"婚约会维持多长时间？"我问，马库斯肯定知道。

"那要看情况而定，"他宣称道，像个哲人，"也许你希望我用英语回答吗？"他突然说，"英语是一种更适合你的语言，你智力欠发达。"

我放过了这句话。

马库斯说："如果是马夫、花匠、女佣，诸如此类的下等人，婚约有可能是永久的。对于像我们自己这样的人，婚约期限往往不会持续很长。"

"能持续多长？"

"嗨，大约一个月吧。两个月、三个月。"

我想了想这句话。

"婚约有时候会被废除，是吗？"

"那正是我妈妈所焦虑的，然而玛丽安永远不会那么愚蠢的——说你的时候就是蠢货①，科尔斯顿，这个词的阳性形式用来描述你是非常准确的——请把它写一百遍吧——玛丽安不会愚蠢到把特里明厄姆陷于为难②而不顾的地步。我说什么了，科尔斯顿？"

"陷于为难。"我简单地重复了两个词。

"请用英语解释一下。"

"种植到那地方。"

---

① 愚蠢、蠢货：法语 folle 为阴性形容词，fou 为阳性形容词，译者把前者译为愚蠢，后者译为蠢货。

② 陷于为难：原文 planté là，为法语成语，解释为"种植到那地方"乃又一例望文生义。

"种植到那地方，真是一派胡言！坐下。下一位，下一位，下一位，下一位，下一位。难道没有哪个小子能给出'陷于为难'的恰当解释吗？"

　　"那它究竟是什么意思呀？"我问。

　　"'陷于为难'的意思是……它的意思是……对了，除了不是'种植到那地方'之外，几乎是你喜欢它是什么它就是什么。"

　　我也从他那里学到了他的这一套：我的思路再一次改变了方向，这时间想法多得像蜜罐四周的苍蝇。绿色的自行车！我已经毫不怀疑那是一个侮辱——即便它是一个侮辱，我也可以把它吞下去。我能够做到竖起大志，不吞下这侮辱吗，这的确是个问题。对我来说，自行车已经比我所拥有的任何东西都更为宝贝，我坚信，如果我在生日前离去，我就得不到它。他们会对我怀恨在心，而把自行车退还给商铺，或者说，也许会把它转送给马库斯，纵使他已经有了一辆。我在想象着我自己骑着它穿行在我们村子的街道上，在最近的几个小时里，这画面在我脑海里越发临近，越发清晰——我跳下车，把它倚靠在不管哪一根柱子上，这些柱子可是支撑着临街护栏的挂链的。众人将会多么仰慕！我不会骑自行车，但我很快就能学会。我妈妈会用她沉稳的手扶住车座，花匠也会这么做……我在山坡上骑上骑下，升腾，飘浮……

　　尽管我在这么遐想，关于自行车我心里总不踏实，我确信在什么地方必有陷阱；我不知道封嘴钱这个概念，但它的含义像一只蝙蝠，在我脑子里飞来飞去。

　　我太累了，不可能长久思索任何一个单个的想法，即便

251

是自行车的形象也不例外。关于发生在外围房屋的情形，我对我的应对方式感到非常欣慰：到这时候，我发现自己在惊疑，如果不是对马库斯细声低语，而是大喝一声对他们表示警告，后果未必就会更理想。

"你太安静了，"马库斯说，"我不喜欢你的嗓音，你的嗓子难听、油腻，只适合在村野歌会上听一听。至于你那些让人讨厌的想法，你个癞蛤蟆，我认为它们一文不值，我要朝它们吐唾沫的。然而你为什么要丢掉你的舌头呢？我是说丢掉你那条细长、黏滑、斑斑点点、诱人向恶的舌头？"

在他的卧室门口我们分开了，还得好一阵子才开晚饭，所以我偷偷下楼走进大厅来看看邮箱。我的信还在那里，斜靠着窗隔玻璃，其他信件都在它背后。我用手指叩了叩门，让我极为吃惊的是，门竟然开了。我把信拿到手里；如果我把它撕了，我也就有了自行车。接下来是一阵子自我人格分裂，痛苦极了。然后我把信又塞了回去，踮起脚尖，走上楼梯，心跳得咚咚作响。

第十八章

第二日早上，当我下楼来吃早饭的时候，我的信走了。啊，那个时刻的平静！早餐桌上，两个人缺席，玛丽安和她母亲。我得到消息说，玛丽安赶早班火车去了伦敦；莫兹利太太还起不来床。我思索她的病状的本质，是一种歇斯底里症，马库斯说过。她的症状是什么样子呢？她的病发作吗？关于歇斯底里症，我所有的知识是有时候仆人们会得这种疾病；我不知道它以什么形式表现出来，但我不能够把它与莫兹利太太联系起来，她这个人，除了是位女士之外，还总是非常沉稳平静的。她那紧张而有定力的扫视，发出探照灯的光束，让你无处可逃！她始终如一地对我好；在某些方面，也许是所有的方面，她比玛丽安待我还友善。然而正是因为她的定力，我感觉她的出现令人压抑：假如她是我的母亲，我是不敢爱她的。马库斯敢爱她，但或许在他面前，她表现出来的是自己的另一个侧面。她把德尼斯身上所有的不得体的现象都挖出来了；当他看见她的目光注视着他的时候，他总是看上去好像是要丢掉什么东西——或者已经丢掉了什么东西。是的，当莫兹利太太不在场的时候，人的呼吸会更加自如。

玛丽安爱她吗？我不好说：我见过她俩像两只猫一样相

互注视；然后，也像猫一样，又漠然地转身离去，好像在她们之间，不管什么东西面临风险，风险总会不知什么原因就消散开去。这不是我的关于爱的想法，我的关于爱的想法要更加外显化。

我爱过玛丽安，或者假如某个我所信赖的人问过我的话，我会这么说（然而没人问过我：我当然也不会告诉我妈妈的）。我对她是怎么样的感觉呢？当我们跪下来祈祷的时候，当我的思想被引向宽恕的时候，我就问自己这个问题：然而我答不上来。我仍旧在半期待着，在桌子的对面看到她嘲弄的神情，而当我看不到她那张脸，且意识到星期三之前一直看不到那张脸的时候，我浑身涌起释然的感觉。到了星期三，实际上赶在星期二，我就应该可以接到开拔的命令了：我与布兰汉庄园的缘分结束了：我已经觉得我身在庄园中，人在庄园外。

即便当她是我所最崇敬的一切，即便当我听到她用带着调侃的、亲切的、富于抑扬顿挫的声调说出我的名字就让我产生幸福感，一种人类关系所能给予我的幸福感，我对她也总是有一点胆怯，我担心我够不着她的标准。我并不十分清楚那种情愫存在于什么地方，因为它不只是她的美貌。我想我从来没有听到她讲过足智多谋的事情，而假如我听到了，我也分辨不清楚。她不是事后诸葛，她的待人接物那种不乏幽默又不失紧迫的神态——先于别人抓住问题的核心，扬长而去于别人苦心孤诣、抓耳挠腮之际，别人口犹未张，其将欲言，已尽在她的猜测揣度之中，此类本领，让人惭愧——正是这一切使她看上去优越于其他人。她已经到了，而他们还在艰难跋涉；她抄的捷径把他们衬托得脚步沉重、庸碌不堪。她的优越不具备居高临下的施恩意义；她对人有着极大的兴趣，她跟我们任何人讲话都投以专注，从不顾左右而言他。她看待我们有她自己的角度，一般情况下，她的角度令人有一点点紧张：她看待我们不同于我们自己看待我们，也不同于其他人看待我们。对我来说，她把我当成一名绿林猎手总是令人十分激动的，她对我的看法就是一面镜子，我对着这面镜子看我自己，百看不厌：她对我的看法就像是第二次生命。而只有她可以实施这样的奇迹。"这就是玛丽安怎样看待我的。"我对自己说这句话没有用，如果举着镜子的人不是玛丽安，镜子里的肖像就不会鲜活起来。

现在这面镜子被击碎了。只有我知道，表面上前后不符，暗地里潜藏着多少算计。我关于她的一切想法都浸透了绿色，受到了毒害；看着我绿色的套装，我几乎无法忍受。她早在我开始为他们传递信件之前就给了我这套绿装，我现在对自己这么说是没有用的，因为她一直认为我绿得犯傻；马库斯是这样对我说的，我从来没有想过马库斯会说谎。

所以她不在家让我释然；我释然于远离了一些紧张情绪，诸如我必须够得着她的标准，必须每时每刻都得思考她想要我成为什么样子，这样的紧张情绪都是丧失了魅力的心理历练；我释然于远离了情感决断的威胁，或许这场决断会招致更严厉的斥责和更多凶恶的话语，我认为我前天已经从她的眼神里读到了严厉斥责、恶语相向的愿望。

上了年纪的我，这位老利奥，在做这样的事后分析；在当时，我对我的感情没有做很多分析：我满足于环境压力缓减的感觉，满足于自己回归到做客布兰汉庄园之前的那种感觉，那种平淡而无所奢求的心理状态，除了我自己的标准，没有谁人的标准有待我去努力达到。

四位周末访客与玛丽安一道乘早班火车离开了，因此我们便成了一个小群体，只有七个人：莫兹利先生，特里明厄姆大人，德尼斯，马库斯，还有我以及上了年纪的劳伦特夫妇，这两人十分平易近人，除了平易近人之外我记不得他们的什么了。就连餐桌也缩小了，几乎比我们家里的晚餐桌长不了多少，我们家的餐桌我很快就要见到了。猫也不在附近；一种奇妙的、放松的感觉占了主导。德尼斯利用这机会给我们长时间地大讲特讲反偷窃的最佳方法。他不止一次地说："但是您忘记了，爸爸，这个公园是个开放公园，任何人都进得去，任何人，从任何地方，而我们仍然一无所知。"他信口闲谈，越说越来劲，当没人持反对意见的时候，他就跟他自己争辩。如果他母亲在场，他是不敢那么放肆的；但在我所能听到的情形里，莫兹利先生除了在板球赛场上的那一次之外，从来没有数落过他。

不多久，我们的男主人站起身来，我们也随他站了起来。"吸烟吗？"他贸然发问，他深陷的双眼扫视一个一个的面孔，包括我在内。在一天内，他时不时地问这样一个问题，连我也觉得不太恰当：这样一份突如其来的周到与热忱，是他在猛然想起自己作为男主人的职责的时候才奉献出的。我们所有的人都笑一笑摇摇头，而后把餐厅留给用人们。没有指令室，没有全天的安排，没有要传送的信息，没有什么问题，我们是自由的！

就在我要出去的时候，马库斯说："跟我来，我要给你讲个笑话。"这番刺激令人欣喜，我很想知道他要给我说什么，于是跟着他走进了莫兹利太太的会客室——人们称它为蓝色闺房。我是从来没有胆子探险进入那房间的，但是凡是在莫兹利太太关切的地方，马库斯总是一个能享特权的人。

他关上门，相当难为情地说：

"你听过这个笑话吗？"

"没听过。"我不等听他说什么就本能地说。

"它非常可笑却又十分粗鲁。"

我洗耳恭听。

马库斯的脸上做出一副庄重的样子说：

"敬畏 ① 激发家们走了。"

我在痛苦的猜度中翻转着我的眼睛，希望在我的视力范围之内也许能看出这话非常可笑却又十分粗鲁，但我看不出，最终我只得实话实说。

马库斯皱了皱眉头，把他的手指揾到腮帮子上，然后他愤怒地晃了晃自己说：

"哎呀，我弄错了，我现在想起来了。你一定要笑啊：它可笑得惊人。"

我装出狂笑的样子。

"是敬畏贩卖家们走了。"

我轻轻地私底下笑了笑，是因为神经紧张的反应，而不是明白了那个笑话。马库斯意识到了这个结果，火了。

"假如你不想笑，你就没必要笑，"他傲慢地说，"但

---

① 敬畏：英语 awe（敬畏）与 whore（娼妓）读音相似。本段对话中马库斯意指后者，而利奥理解为前者。

257

它真正的非常可笑。"

"我确信它非常可笑。"我说，因为我知道，当有人讲出了笑话而你却不欣赏笑话，是多么不聪明又是多么不礼貌的举动。更糟糕的是，这明摆着让人家公开攻击你笨头笨脑嘛。

"有个人是一家公立学校的级长，他把这事讲给我的一个朋友，此公笑翻了，"马库斯说，"事情发生在一些助理教员由于偷期幽会或者干类似的丑事而遭到解聘之后。他们在形式上严格得惊人，人人受到诅咒，人人受到处罚，把事情弄得更加可笑无比。难道你现在还不明白吗？"

"不是十分明白。"我承认。

"是这样，贩卖家——你可能知道有生铁贩卖家，或者生鱼贩卖家，或者奶酪贩卖家，或者水果贩卖家，但你从前听说过敬畏贩卖家吗？"

"我说不上听说过。"

"那么难道它不可笑吗？"

"不，我想它是可笑的。"我疑惑地说。然后，当我认识到词汇的巧妙使用的时候，我开始发笑，笑得非常开心。"但它为什么粗鲁了？"

"因为'敬畏'就是个粗鲁词，你个笨蛋。"

"是吗？"我说，我感到自己被人家看得相当渺小，是个一眼可以看穿对桃色事故一无所知的人。"它为什么粗鲁了？"

要回答我的问题，马库斯笑个不停。他闭住眼睛，把他浑圆的脑袋摆来摆去，摇晃不止。最后他说：

"你就是个最能让人捧腹的笑话啦。"

我担心我们看上去不像是在嬉戏，所以我跟着他笑，后来等他笑够了，我把我的问题问了第二遍，尽管这样做会牺牲掉我的一大部分自尊：

"但是为什么'敬畏'是个粗鲁词？请告诉我啊？"

然而他不给我任何启示，我相信他是给不出什么启示。

那一天以及接下来的一天是我在布兰汉庄园度过的最幸福的两天。它们不比星期六和星期天早上，我也没有感觉到自己到了"世界的顶峰"，在此借用一下特德的词语。那两天是轻快活跃、情感健康的两天，那两天积极向上的幸福体验是我以前从来没有经历过的，算得上是知觉康复的两天：我的感觉就好像是我久病之后身体在还原，或者说好像是在一场锦标赛的中场，我被突然换下赛场，安置到了观众中间。

没有人来访，我们也不拜访任何人；生活像是在家庭里推进，而不像是在聚会上推进，这在布兰汉庄园还是第一次。那种需要取悦别人或承受别人取悦的紧张情绪没有了：说话或者听讲不再是义务，不想无话找话就可以保持沉默。德尼斯利用这一类机会滔滔不绝，然而我们其他人的反应是爱理不理地插上一句。布兰汉庄园里里外外的许多事情（尽管它的西南视景从来没有）进入我的视界，社交是一颗巨型滚球，我们把它推转得太繁忙了，这些事情我以前从来没有注意到过。天气也更趋平稳更趋炽热；星期一82.9度，星期二88.2度：我所企盼的100度的高潮似乎又在一步步地临近。

"玛丽安在伦敦要被煮透了，"特里明厄姆大人这么说，"买东西是最闷热的差事。"我看得见她在自行车铺里挤来

259

挤去，四面八方都是人群里溶化着的油脂。"哦，天哪，油沾到我的裙子上了，这可怎么办呀？——这可是件新裙子，我刚刚为我的订婚仪式买的。"然而她本无必要那么说；她应该大笑一场，说上点儿什么让销售人员也大笑一场；我记得在诺里奇买东西的时候就是这样的情形。她从车铺出来了，沾满了油脂的裙子轻拂着人行道，带起了尘土；在我的意识里，她身后是一辆绿色的小自行车，一辆小男孩骑的自行车，最时新的设施一应俱全，包括一套前后都有的马蹄形刹车，这套刹车与马库斯车上的那种扣在前轮胶胎上、容易被磨薄的刹车不是同一类型，他的那种是已经过时了的、控制不住车的刹车。不管什么时候她进入我的思绪，那辆自行车总是像她的一个密友一样跟着她，车在自行，紧随人后，追赶着她的脚步。

一辆绿色的自行车！当一个令人痛苦的念想像蚂蟥一般附着到一个令人快乐的念想之上的时候，要从脑海里驱除这个痛苦的念想是多么不容易啊！如果不是马库斯给了我关于自行车颜色的恶意的解释，我可能就不会给我妈妈发那封信了。

我的幸福就依托在我妈妈的回应上，她的回应定然迅速而不含糊。我希望她不会认为发上两封电报太过奢侈：我相当害怕把我收到的电报呈送给莫兹利太太，这样做可能会使她宿疾发作，或造成别的什么后果。

星期二早上，我的盘子旁边放着一封信。我没有见过的笔迹，邮戳上是新布兰汉，这是附近的一个村子。我思谋不清楚这封信是谁写来的，因为只有两个人给我写信，她们是我妈妈和我姨妈。我沉浸在强烈的好奇心中，致使在场的任何人谈论的任何事我都几乎听不进去，但我又不能让自己的好奇心即刻得到满足，因为我不喜欢在众目睽睽之下阅读自己的信件。离席的信号刚一发出——目前已经十分随意，不拘礼节了——我就跑上楼去，进了我的房间。让我十分恼火的是，女仆们正在房间里忙乎，当我想着要独自待在房间的时候她们经常这样，所以我不得不克制住自己的愿望直到她们离去。

黑土农场
星期天

可爱的科尔斯顿少爷：

　　我在紧赶着自己给你写信，是想表达我是多么抱歉，以那种方式打发你离去。我好没道理，竟然以那种方式打发你离去。我并不是想着要那么做，我不是有意的，然而即便是在最后一刻，要告诉你那些事还是叫我觉得可笑。也许当你长大一点儿了，你就会理解那多难为情，进而原谅我。一个处在你那个年龄的孩子是很自然想要知道那些事，但事实是我不希望在那个时刻讲给你听。不过在你告诉我你父亲去世之后，我不应该对你那样说话——只是我那时火气太旺①，我有时候会是那样，事情偏就那么发生了。

　　我尾随你跑出来，喊你回来，但我料想你可能以为我在追赶你。

　　我猜想你可能不想很快再来我这里，但假如你下星期天同一时间能过来，我会尝试着告诉你你所询问的那些事，我

---

① 火气太旺：原文 get my rag out，利奥又一次望文生义，把它理解为"把我的破布翻了出来"。伏后文问题。

也会带你打枪，留你喝茶，很遗憾你没有喝上我沏的茶，但愿他们在布兰汉庄园为你留了茶喝。

请相信我，如果我当时太过粗鲁，我真诚表示歉意，不要对我心存愤恨。

你忠实的（这几个字被划掉了）

你的忠实的朋友：

特德

又及：你把我的球拍油得棒极了。

我把信从头至尾读了好几遍，几乎相信了它是真诚的，然而我依旧有些怀疑它是一个诡计，是想要我传递更多的字条。我着他们的道着得太频繁了，我是如此绿！我在想特德这么做非常高明，他羞于讲给我听某些事，却不羞于用它做诱饵，我的这个想法也许很有道理。我猜测——现在想来我猜对了——他是在为第一种情形道歉，而不是在为第二种情形而道歉。

不管哪种情形，信的后果是一样的。跟特德一起度过一个愉快的星期日下午学习生命的事实，如果这个前景预期颇为引人入胜，我则不为其所动，我知道我是英格兰的另一个侧面。

我妈妈信赖情感的逻辑；她认为情感没有必要接受经验教训的检验，更没有必要用经验教训加以规范。如果我连续十次对她好，但第十一次惹她讨厌，这会让她十分烦恼，就像前面的十次根本不存在；而如果（本假定只为论证：我希望我从来没有过）我连续十次惹她讨厌，但第十一次表现好，她也同样地对另外十次不十分计较。她依赖于当时的感觉，如果逆了当时的感觉，她就会认为是"极其错

262

误"。无意识中我继承了她的衣钵，把她的范例吸收为我的生活法则。然而现在我不可以这样：我的情感已变得谨小慎微，内敛自保。

年长一点儿的人可能会认为这封信需要回复，我却没有想过要写回信——我是个倾向于认为信就是礼物的人。然而信中有一个短语让我疑惑不解，因此我认为我该找到特里明厄姆大人，从他那里寻求启发（在我的心目中他依旧是子爵，尽管我的口头已经学会了惯称他为大人）。

*

在这个时间他一般会去吸烟室读报，讨论"国家大事"（我父亲同他的朋友们共处一室、私间清谈的时候，我妈妈常这样说他）。我想他可能忙于交谈，便轻轻推了推半掩着的门，朝里面窥探，随时准备溜开，但我见只有他一个人，于是踅了进去。

"你好，"他说，"学会抽烟了吗？"

我扭了扭身子，努力搜寻一个适合的答语，一时找不到对答的话，我就在他的椅子前面绕来绕去。

"别那么绕了，"特里明厄姆大人说，"你绕得我头晕。"

我笑了一声，不假思索地问了一句：

"您了解特德·伯吉斯的情况吗？"

既然我已经对他无所谓爱憎，所以提一提他也没什么差错。

他惊异地回答："我认识这个人，怎么了？"

"我只是问一问。" 我淡淡地说。

"哦，我猜，你还在想那个接杀球，"特里明厄姆大人说，恰到好处地替我给出了理由，"嗯，不错，他不是孬种，"——

263

我记得关于布尔人他也是这么说的——"但他有点野蛮。"

"野蛮?"我重复了一遍,立刻想到了狮子和老虎,"您的意思是说他很危险吗,休?"

"对你对我没有危险。他有点儿像个大众情人、少女杀手,不过那算不得什么大患。"

大众情人、少女杀手:那是什么意思啊?我不喜欢问太多的问题,然而我认为特德不会杀了玛丽安:男士杀手,那才是我一直惧怕的。现在这种担心过去了,在我客居布兰汉庄园的剩余时间里,这种担心已经失去了它的实际意义。我几乎不敢相信我曾经有种感觉,我必须对特里明厄姆大人所面临的危险给予警示。第九世子爵永远不会意识到是我挽救了他,让他免于重蹈第五世子爵的命运。我撤出了自己,我就撤除了危险:这是我的神来之笔。即便它是一种自我牺牲行为,我也不会耿耿于怀地把它看作自我牺牲;因为自我牺牲不是什么聪明的举动,也不是让人引为自豪的举动。想一想玛丽安和特德给我制造的那些场景,我不无理由把自己看作整个这段公案中的关键人物。

自从我与我妈妈安排好了召我回家的事宜,我似乎是在布兰汉庄园过着一种恍如隔世的生活,然而,身临这种局势,我依然感兴趣于追怀往事,感兴趣于假如我听之任之会发生什么样的后果。

"关于他,我还可以讲一讲别的什么印象呢?"特里明厄姆大人问,"他有点儿脾气暴躁,你懂的,狠话劲拳,一触即发,应时飞出。"

我想了想他说的这句话,然后提出了我打算要来问的问题,没有意识到这个问题提得多么正逢其时。

"把你的破布翻了出来，这话是什么意思？它与擦枪有关吗？"

特里明厄姆大人笑了。"没有，它与擦枪没有关系，"他说，"但你问得很好笑：它就是我刚才说的那个意思——大发雷霆。"

就在那一刻，莫兹利先生进来了。特里明厄姆大人站起身来，而我在迟疑片刻之后也站了起来。

"坐吧，休，请坐，"莫兹利先生操着他干裂平板的嗓音说，"我看得出你给吸烟室招募新人了，你是在给他讲一些发生在吸烟室里的故事吗？"

特里明厄姆大人大笑。

"还是在给他看一些画作呢？"

他手指着一排色彩暗淡、深嵌在笨重的画框里的小油画。我看了看离我最近的那一幅，只见一伙头戴阔檐帽的男人们抽着长长的烟斗，手里端着大啤酒杯，或者坐在箱子上，或者打着扑克牌。一帮女人或者与男人们喝酒，或者伺候着男人们。她们不戴帽子；她们的头发从高高的、光秃的额头上向后拉过去，用普通的白色手帕扎起来。有一个妇女斜靠在一个男人坐的椅子背上，用急切的眼光观看着扑克牌玩家们：椅子背挤压着她的胸脯，她的乳房呈一种不灰不粉的脏兮兮的颜色，膨凸起来越过了椅子背的边缘。这样子让我觉得不舒服，我不喜欢这幅画的形象，也不喜欢它表现出来的感觉；我认为，图画应该画上漂亮的东西，应该选定它美的时刻记录下来。画中的这些人甚至连展示他们最好看的相貌都怕麻烦；他们面目丑陋且很是满足于这种模样。他们把赤裸裸的自己给表现出来了，他们的脸面告诉我那样的效果；但这自我荣耀不是依赖于任何人的许可，而是他们自己的，这给我留下震惊的印象——比他们打发时光的做派更为震惊，尽管他们的做派并不体面。他们忘掉了他们自己，这才是事实；你永远不应该忘掉你自己呀。

无怪乎这些画不向公众展出，谁人会想着要观赏它们呢？画得这么小，它们也不可能很有价值。

"他不喜欢这些画。"莫兹利先生直白地说。

我扭了扭身子。

"我想这些画可能超出他的理解能力了，"特里明厄姆大人说，"依我看，特尼耶的画作是一种后天养成的品位。"他似乎是急于要改换话题，不过他说出的话并没有把话题改换多少：

"你进来的时候我们在谈论特德·伯吉斯，我给利奥讲他是个大众情人、少女杀手。"

"我听说过，他是有那么个名声。"莫兹利先生说。

"是有这名声，但那不是我关心的事，对吧。他在周末常做些什么？"特里明厄姆大人似乎是把目光投向我——你永远搞不清他在朝哪个方向看——并迅即接着说，"我一直在跟他谈参军的事，当然，我在很讲策略地接近他——这不难做到。一个合适的人选，单身——没有什么牵挂——这样的人能成为一个一流的军士。当然扛起枪会有所不同，但他也是个神射手啊，大家都这么说。"

"我听说过，他是有那么个名声，"莫兹利先生把这句话说了第二遍，"你是什么时间见他的，星期天吗？我只是问问，因为有人见他在公园里。"

"事实上，我是昨天见他的，"特里明厄姆大人说，"我去了农场。但我前面已经就这个事掌控住他了。我恐怕是个不擅长于为军旅生活做宣传的人。"

他有时候是要指涉他的外形毁损的,我现在想来他的目的是要让自己习惯于毁容的意识,让那些同他在一起的人感到他并不在乎。然而,事实并不总如他想象的那样。一段很不自在的停顿之后,莫兹利先生问:

"他说了些什么?"

"第一次他说他不想当兵,保持他的现状他相当快乐,就让别人去打仗吧。但昨天他似乎改变主意了——他想着他要去做一次尝试。我说他可能根本就到不了战场。虽然德韦仍然有可能给德兰士瓦带来不安定影响,但自从罗伯茨进入比勒陀利亚以来,局势已经变了。"

"这么说,你认为他会去啦?"莫兹利先生说。

"我想他可能会去,而就我本人而言,我感到遗憾;他是个好小伙子,再找到一个像他那样的佃农可不容易呀。但你说得对,战争毕竟是战争。"

莫兹利先生说:"他对这个地区也不完全是一个损失。"

"为什么?"特里明厄姆大人问。

"噢,是为你刚才说的事。"莫兹利先生含含糊糊地回答说。接着是一阵沉默。他们的对话的要义我领会得不算很透,但它扰动了我心底里的某种感受。

"特德真的要去参战吗?"我问。

"这么说你们的关系已亲密到直呼其名了!"特里明厄姆大人说,"是这样,他上了兵士招募卡,有可能要去参战。"

大人们讲话能够更加直截了当该有多好啊!我在努力地想"上了兵士招募卡"有可能意味着某种可能发生的非常

遥远的事情。就在我关门的时候，我听到莫兹利先生对特里明厄姆大人说：

"听人说，他跟一个女人关系暧昧。"

我不明白他是什么意思，但我想也许他是指特德的日常生活女工吧。

第十九章

我告诉过我妈妈，也告诉过我自己，电报可能十一点十五分到。十一点十五分到了，但要我出行的命令没有到。我不感觉沮丧，实际上倒觉得一阵轻松。电报会来的，我对此深信不疑，因而眼下我手头有了一个规划之外的缓释：一个称得上是由缓释衍生而来的缓释；因为我的离别将是突如其来的（在我的脑海里，离去的时间确定在最迟星期四），而预想着要把我离别的消息急告莫兹利太太，我就感到害怕；由于她卧床休息，我也不知道该怎样把消息呈报给她。她卧床休息，我的想象就没有办法触及她：或许她有可能出了国门，遥不可及。

当然，要解释原因，是因为我发的信本来就被延误了。我收的电报应该随第二班邮件到达。

这一天的大多数时间我是同马库斯一起度过的，我们俩的关系非常友好。马库斯的怒气平息了——或者不管怎么说他的怒气的征兆不见了——他对我感到怨怼该是因为我最近屡成大功：我创造的奇迹并没有延续够传统意义上的九天时间，眼下人们只是偶有提及。我们俩在公园里漫无目标地逛来荡去，预想着下一个学期将给我们带来什么，相互检测着各自词汇储备量的大小，变着法子贬损对方，同时相互施加肢体暴力，而有时候又手挽着手走在一起。他向我透露了许多秘密，因为他热衷于传播流言蜚语，又不以为耻，我不赞同这种行为，但私底下又特别喜好。有句谚语：学校之外的故事①不要讲。我的想法与这句谚语正好相反，我认为学校之外的故事讲一讲也没什么妨碍。他给我讲即将举行的舞会，夸大着它的豪奢与气派；他就我该起的作用给我以指点。他告诉我玛丽安将从伦敦给我带来一些白色的手套——有没有手套我不在乎，然而，啊，那辆自行车，那紧跟在她身后任她差遣的绿色随从：那才让我心潮澎湃！他从他的衣袋里掏出节目单给我看：华尔兹舞，华尔兹舞，方块舞，波士顿舞，乡村轮舞（"这种舞是像你这样的墨守成规的人跳的"，马库斯出于好意地解释道，"现在已经不流行了"），华尔兹舞，华尔兹舞，波尔卡舞。接着是晚餐，而后又是华尔兹舞，华尔兹舞，等等，一直跳到柯弗利乡村舞和加洛普快步舞。"难道加洛普舞不应该拼写成两个'l'②吗？"我问。"法语不是这样拼写呀，白痴，"马库斯居高临下地告诉我，"你需要学的东西太多了。但我也拿不准我们会不会跳柯弗利乡村舞再加加洛普快步舞，你知道，同时跳这样的舞，乡巴佬气十足。我们会在最后的时刻敲定，爸爸有可能会公布节目。"我问："那订婚的消息会在什么时候公布啊？""可能我们不必要公布，"马库斯说，"我们认为我们宁可让消息自行流传开来，我可以告诉你，这样的消息流传起来费不了多长时间。不过到了那个时候，你和我会被打发去睡觉的，

①　原文 tales out of school 由英语谚语 Tales out of school, Tell no. 化出，意思是谣言、秘密、隐私。利奥望文生义，将其理解为"学校之外的故事"。
②　加洛普舞：英语拼写为 gallop，法语拼写为 galop。

他们不会任由我们熬夜过十二点的，是出于对你年纪尚小的考虑，我的孩子。哎呀，你太稚嫩了，太稚嫩了！"他懒洋洋地哼唱了一句，"你是个什么样子，你有自知之明吗？"

"没有。"我满怀信任地回答说。

"我说给你，你不要生气，你就是个微不足道的、乳臭未干的嫩娃，绿色的，你知道的。"

我揍了他一拳，我们打斗了几下。

听说了这许多我没有机会参与其间的活动，一切都是最合口味又最感虚假。自从我来到布兰汉庄园，舞会就像一个无论如何必须逾越的障碍，若隐若现地呈示在前面。跳舞我只是个初学者，我做不好逆退舞步，所以我敢肯定跳起舞来我可能丑态百出。然而，不是亲临舞会，而是去想象舞会，是另一码事。

我感到我不是在欺瞒马库斯；我所施行的这种情感掩饰不可或缺于我的计划——我的为人人利好的计划。如今看来，我的计划在我自己这里都不可思议，但在那些日子里我是一个行动者，在行动中我又是个现实主义者，为达目的，采取任何手段都在情理之中。不管怎么说，我的目的是无可指责的。我有理由相信我所传递的信息只能以最糟糕的结局告终，我的目的则不会这样，因而玛丽安和特德试图要欺瞒我，这是错误的。相当错误，还是极其错误？错误不是一个我想频繁使用的词语；正确与错误像两个巨型的偷听者，窥探着我的一举一动，我最讨厌这两个概念，不过当然了，如果某件事会以凶杀为结局，那它肯定是错误的。

所以在马库斯谈论舞会的时候，我听得漫不经心，然而当他从重大的活动转向次要的活动，开始对我讲为我的生日所做的准备（这些准备是绝密，他告诉我）的时候，我的良心确实感受到了阵痛，不仅良心阵痛，我也感受到了遗憾的阵痛。因为好像每个人都要给我点儿什么；那套绿色套装以及和它相配的各种服饰都不算在内——严格地说它们都不是生日礼物。马库斯说："困扰着我妈妈的另外一件事情是生日蛋糕，你应当明白，不是蛋糕本身，而是蜡烛。我妈妈迷信，你把这种现象称什么？她不喜欢 13 这个数字——尽管每个人固然会在某个时间到达他的 13 岁，尤其是你，你个 13 岁的嗜血虫。"

我认为这说法实在睿智，所以我带着一种新的敬意看了看马库斯。

"不过我们想出了解决问题的办法，只是这办法该是最高机密，不能告诉你，否则你会逢人就乱说的。然而你个笨蛋，假如你有理解能力，那难忘的时刻，那个晚上最抢眼的场景会是玛丽安送给你自行车的时刻。在时钟敲响六点整的时候，各道门会豁然打开，她会骑着自行车进来，她说假如妈妈允许，她会穿上紧身裤，这一点我持怀疑态度。她可能得穿女版灯笼裤。"

遐想那令人心醉的场面，我紧闭双眼，有一阵子我对玛丽安的旧情又回来了。太晚了：开弓没有回头箭。这是星期二下午六点，而不是星期五下午六点，到了这阵子，电报随时就会拿到我手上。

我问："灯笼裤会比紧身裤更安全吗？"

"安全，我的天哪，不是安全不安全，灯笼裤不至于太过紧身而失了体统啊。"

"但裤子难道不应该紧身一些吗？我的意思是，要骑自行车嘛。"

"我说的不是那种紧身，"马库斯说，其耐心出乎意料，"是另外一种，是不守本分的妇女们表现出来的那一种。我想男人们大可穿着紧身，但男人的紧身应该是另一码事。女版灯笼裤也紧身，直到我们熟知的一位妇女经常穿上这样的裤子在巴特西公园里骑自行车之后，情况有所不同。"

"我还是不明白为什么紧身裤就失了体统。"我坦率地说。

"哎呀，我从来没有想到过！问你自己去！"

我问了，但没得到答案。

"而且她还想穿黑色的紧身裤。"

"黑色紧身裤更糟吗？"

"当然更糟了，你个猫头鹰！我妈妈说那样糟得多得多。不是糟糕在表面——那是完全禁止的。"

日影拉长了，光照变了，呈现出金子的颜色。这时候的天气在遵循着它的规律；一天里的每个时刻，天气都准确地展示着它该有的风貌。没有喜怒无常，没有乌云翻滚，也没有暴风骤雨的威胁。文字能把它描述得多么怡人它就有多么怡人，很值得信赖。迄今我再也没有领略过天气晴定的含义——即便是在国外，即便是在意大利也没有。好像在那时间的天空，神奇地实现了科学界的绝无含糊、绝不允许辩驳的要求。这样无可挑剔的宁静安详像克拉德[1]的风景画，会奇妙地作用于人的心灵。人不再想要奢求什么，人的不满情绪引发的种种悸动，不是冲着天气寻求宣泄，不是冲着天气归结根由，而是受到天气无声的责备。

我们转上了乡路，想要直接走到村子里，这时候我们瞥见一位报童，全部装备是一套红色的绲边制服，一顶邮筒状的帽子，和一辆红色自行车，他蹬着车子朝我们赶来，看着浑身是劲。我满脑子是自行车，而他的自行车似乎是我思维的物化，只是不知怎么回事，颜色出现了差错。

"有电报啊！"我俩都大声嚷嚷，马库斯挥手示意报童停下来。我满以为电报是给我的，于是我伸手要接过它。

"莫兹利吗？"报童问得很粗鲁无礼。

"是莫兹利先生。"马库斯给他纠正道。我收回手，两眼紧盯着马库斯的脸，想知道他对这个消息做何反应，因为我依旧深信电报是我妈妈发来的。

马库斯打开了电报。"是玛丽安拍来的，"他说，好像来自玛丽安的电报就没有必要当回事，"她是说，她要坐明天的晚班火车回家。妈妈告诉过她，她没有为自己安排好购买所有物件所需的时间，我料想她要滞留为的是要给你买自行车。现在我们走，骚扰一番村民吧——这伙蛮民！"

我是多么短视啊，我想，我竟想着要妈妈发电报来！她当然不会发啦。一封电报要花六便士，而我们的六便士也是一笔钱呀。召我回家的信明天会到，如果不是头班邮差投递，二班邮差准能送来。又是一回缓释，我人在布兰汉庄园，心却已经回到家了，又是无忧无虑的一天。

星期三早晨带来了《笨拙周报》，我只得等待机会听大人们的开怀大笑，由于莫兹利太太不在场，他们的笑似乎放肆了许多；但最终这刊物传到了我手里。我小心谨慎地打开它，因为（正如马库斯已经发现了的那样）我不一定总是能够理解一则笑话，有时候我必须央求一个大人像讲解算术题一样讲给我听，我才明白。因此当我真的靠自己理解了笑话，那便是一个双重胜利。让我高兴的是，刊登的内容到处在讲酷热：这似乎使我个人的经历变作了普众的经历。有一幅画着太阳，"名副其实的烧烤家"，（令人欣慰的是，也有几则有关自行车的笑话），低低地俯身在车把上方，曲曲弯弯的光线从头部辐射出来，脸上堆着湿热难耐的笑容，背景是潘趣先生站在伞底下抹他的眉毛，与此同时托比狗把舌头挂在嘴外，在潘趣先生背后，一副枯萎相。

我笑得很开放，很张扬，有意让别人听见，因为能理解一则笑话是一种成就。然而在"一年里每一天都有的伟大思想"[2]标题下面的这是什么？

"德韦先前常常被梅休因爵士①击溃，如今成功地从三处切断了铁路。"——还有更多具有类似倾向的内容，讥讽我们的战争指挥。这好笑吗？我不这样认为——我认为这也许跟今天人们认为的一样，是不爱国行为。我总是要采取立场的，有时候站在若干方的立场，这时候我是站在英国一方的。

我好惧怕，而当时机允许，我面带应有的不悦神色，把这个不遵规矩的片段呈示给特里明厄姆大人。

让我失望，又让我失惊，他竟笑个不停。我不是在冒昧地批判他，但这难道不是太过分了吗？作为一名战争退役者，当受到嘲笑的时候，他竟然以为好笑！当他那么大无畏地代表的那一方，当他自己为之付出那么巨大的代价的那一方，受到嘲笑，他竟然能笑得出来！我搞不明白。

然而星期三早晨没有带来我妈妈的信，不过我并没有感到沮丧。相反，我感到分散发生在过去二十四小时里的事

———————————

① 梅休因爵士：布尔战争中英军将领。

件，好像样样件件必然在汇聚成一个炸弹，将在喝茶的时候爆炸。还有，我该怎样度过这一天？已经很热了，我的气象悟性已经由经验给磨炼成了一种第六感觉，它在预言着一个记录。那天早上有好几次，我必须控制住自己，不去猎物储藏室啃食那尚未成熟的智慧之果。

这是我在布兰汉庄园的最后一天，除非他们要求退让，坚持要我待到星期五，待到星期五也好，我告诫自己，纵使接受礼物的方式将不是很排场，而且也享不到生日蛋糕的荣耀，但毕竟我可能得到我的礼物。我宁愿期望他们让我待下来，因为我铁了心的主意铸成的看似无懈可击的铠甲，有时候依旧受到自行车思想的穿刺。

"你有没有忘记什么呀？"尽管我很少出门，但当我要去学校或者要去其他什么地方的时候，我妈妈总是问这个问题；她问的另外一个问题是"你应当感谢什么人吗"。

我应当感谢的人们，我须在明天，或者在我要离开的不管哪一天，一个不落，表示谢意——玛丽安，马库斯，男主人，女主人，还有仆人。在想象中，我看见自己在感谢他们，感谢他们收留了我，我可能还得感谢他们送我礼物。感谢是要留待最后时刻才可表达的东西；感谢恰是告别的本质，一旦开始考虑感谢，离别就不远了。再见了，布兰汉庄园！还有别人吗？

然后我记起了特德，我认为我要感谢他的缘由不是很多，然而他给我写过一封信，况且他"上了兵士招募卡"，十有八九是要应征参军的。想到这事仍然让我心神不宁，我应当对他说声再见。

对他说声再见费不了多长时间，但我该怎么对付马库斯呢？我不能当着马库斯的面对特德说再见。我有主意了。

我妈妈已经同意我游水了，但我还从未游过水，因为她的许可令传来后不久，水闸上游的水位就降得太低，那即使对一个不游泳的人来说也太浅了。游水聚会里的人们有时候仍然去水闸下游的池塘；然而尽管池塘也在缩水，对我而言还是太深了。

"马库斯，"我说，"实在让人不好意思张口，不过……"我的法语接不下去了。

"用英语拼凑吧，如果英语对你容易一点，"马库斯和颜悦色地说，"实在让人不好意思张口，不过……"

"特德·伯吉斯告诉过我，他要教我游泳。"我紧赶着说。这不是实话，但我听过的谎话太多了，撒谎是传染性的；此外他跟我说过，他要尽他的所能让我满足。至于我为什么需要大人的帮助，我向他做了解释。

"只需要很短一点儿时间。"我收住话头，对我的法语很是满意。

"你是要撇下我吗？"马库斯凄然说道。

"但你也撇下过我呀，"我争辩，"是在你去南妮·罗布森家的时间。"

"我是撇下过你，但那不一样，她是我的老奶妈，而他……"我不懂他的描述语，但听起来不堪入耳，"行了吧，别让他把你给淹死。"

"哦，不会的。"我回答说，摆好姿势要飞奔而去。

"假如你把他给淹死，我是不会在意的。"马库斯说，他有一个爱向人们使用毒舌恶语的习惯，尤其爱向那些社会地位较低的人使用毒舌恶语。正如他可能会说的那样，这是一种说话方式，并不意味着很多。

有一位男仆总是要随时随地施我以小恩小惠，无休无止，令人沮丧。我从他那里弄到了一截绳子；装备好了绳子、我的洗浴毛巾、我的游水服装，我朝着河边进发，我的游水装此前只弄湿过一次：那是当玛丽安把她滴着水的头发铺在上面的时候。

登上水闸，我就看到特德在田地里，驾驶着收割机。只剩这最后一块地了，玉米还长在里面；在所有其他地块里，玉米都被收集成垛。往常是我要走到他跟前，但这是最后一次了，是我该享特权的时刻，因此他应该来到我跟前。我朝他打了手势，但他没有看见我；他在"弹簧平衡机"的座椅上左摇右摆，上下颠簸，不断地向下边看，以确保收割叶片能够吃着禾秧，然后再向上看马头。最终有一个人看到了我并告诉他，他停住马，慢慢地下来，那个人上去替代他的位置。

我横穿过去，走到第二个水闸，那个较小的水闸，与他相会，但我们还没有彼此走到跟前，他一改他的一贯做法，他停住了脚，我也停住了脚。

"我想你不会再来了。"他说。

"我来是向你说再见的，"我告诉他，"我明天要走了，或者最迟星期五就要走了。"我们的谈话似乎横隔着一个微小的，但可以觉察的鸿沟。

"是这样啊，再见了，科尔斯顿少爷，祝你好运。"他说，"希望你过得快乐，你一定能过得快乐。"

我盯着他看。我不是十分善于观察，但我还是看得清楚，他的外貌明显传载着前所未见的行为举止。从前他给我的印象是一片成熟了的等待收割的玉米，而现在他像一株被砍倒扔在太阳下暴晒的玉米。我想他的年龄不超过二十五岁，在我看来他从来不像一个年轻人的样子；那个时代的年轻人不是要试图看上去年轻，他们在模仿成熟的外表。然而这时间，我可以从他脸面上读出的是一个年龄比他大得多的人的形象。尽管他在流汗，他看上去很是干瘪，只是他昔日的皮囊，我注意到他的皮带又紧了一扣。我应该像他曾经对我说过的那样，跟他说一句"是谁一直在惹你心烦意乱"，但我说出来的却是：

"你真的要去参战吗？"

"啊，谁跟你说的？"他问。

"特里明厄姆大人说的。"我回答说。

听了这话他没说什么。

"你知道玛丽安要跟他订婚吗？"我问。

他点点头。

"那就是你要离开的原因？"

他像马那样动了动脚，有一阵子我以为他要冲我发怒了。

"我说不清我是否真的要离开，"他带着一点他原有的气度说，"这话是该她说的，不是我想要离开，而是她想要我离开。"

我认为这是胆小怕事的人才说的话，我今天仍然这样认为。

"你看啊，科尔斯顿少爷，"他突然说，"关于这件事，你没有告诉过任何人，是这样吧？它仅仅是我跟玛丽安小姐之间的一种事务往来，不过——"

"我没有告诉过任何人。"我说。

他依然看上去惴惴不安。

"她说你不会乱讲，但我说'他只是个小孩子家，他是会开口说话的'。"

"我没有告诉过任何人。"我重复说。

"因为我们不想给自己找麻烦，是吧？"

"我没有告诉过任何人。"我又说了一遍。

"科尔斯顿少爷，我确信，我们俩都非常非常感激你为我们所做的一切，"他说着，几乎到了像是要提议鼓掌致谢的地步，"并不是每位少年公子都愿意牺牲他的下午时间，像一个跟班童仆一样传送信息。"

他似乎对我们之间的社会差别变得异常敏感，他用遍各种方式保持着他的距离。起初他叫我"科尔斯顿少爷"，我很得意，然而忽然间，我又希望他不要那样称呼我，于是我说：

"请你就像过去一样叫我邮差吧。"

他冲着我惨然一笑。

"我星期天冲着你大喊大叫，我眼下依然感到同样的内疚，"他说，"你这个年龄的孩子想知道那些事情是很自然的，我们年龄大一点的人们不应当阻止你们。正如你说的，那是一个承诺。但我不知道，我不希望说那些——听了你唱歌之后，我就不想了。如果你想听，我现在可以告诉你，信守我的承诺。然而我还是想说我宁愿不告诉你。"

"我没有想过要这么麻烦你，"我端起架子说，造作出我认为是一个成年人应当有的谈吐，"我认识一个人，他会告诉我。实际上，我认识好几个人，他们都愿意告诉我。"

"只要他们不会给你讲错。"他说着，半是忧虑。

"他们怎么会讲错呢？那是常识，不是吗？"

常识这个词我用得非常得意。

"是的，但我是该抱歉的……你收到我的信了，是吧？我当时就写了，但那信直到星期一才发出。"

我告诉他我收到信了。

"收到了就好，"他说，看上去轻松了些，"除了生意上的函件，我不常写信，但这的确看似有些吝啬，尤其是你为我们做了那么多，牺牲你自己的时间，自己的时间对一个小男孩是很珍贵的。"

我的喉咙上堵了一下，然而我能想到的要说的只能是：

"那没有关系的。"

他朝树林带望过去，树林带的背后就是布兰汉庄园，他的目光躲着我。

"这么说你明天就要走了？"

"是的，或者是星期五。"

"哦，也许，我们相互见得着的，在某个时间。"终于他越过了那道鸿沟，犹犹豫豫地把手伸了出来。我今天在想，他那时依旧以为我是不会握他的手的。"后会有期，邮差。"

"再见，特德。"

就在我要转身走开，与他分手有所伤感的时候，一个念头开始萌生，于是我又转回身来。

"我可以为你们再带一次信吗？"

"你真是好样的，"他说，"但你愿吗？"

"愿意，就这一次。"我想，这不会有什么坏处；当这封信产生效应的时候，我定然远走他乡了，况且我是想说些什么来表明我们是朋友。

"好的，"他说，又一次越过那道鸿沟，"你就说明天不行，我要去诺里奇，但在星期五六点半吧，和往常一样。"

　　我答应他我要告诉她。在水闸顶上，我停住脚往后看，特德也正在往后看。他脱下他柔软的旧阔檐帽挥动起来，那帽子挡住了他的眼睛，但舞动得甚是起劲。我想着把我的帽子也脱下来，但搞不清为什么脱不下来。后来我知道原因了，我一只手里拿着游水装，另一只手里拿着浴巾；那绳子像是一根缰绳绕着脖子垂下来。猛然间，我感到异常不自在；我的行动受到拘束，我的脖子在流汗。到了这个时候，我还没有注意到自己累里累赘，很显然特德也没有注意到。我忘了我跑这一趟子的目的是要干什么，却记住了我跑这一趟子的目的之外的东西。我甩摆着我的滴水未沾、这时间摸上去有点发热的游水装，那根缰绳擦痛着我的脖子，我踏着滚烫的堤道往回走。我在思量，假如马库斯看到了我，我看上去会是多么傻里傻气。

第二十章

　　茶桌上放着来自我妈妈的信，解放的命令到了。

　　而后我意识到了，这纸解放命令对我有多重要，从我的释然感可以测量出我从星期天开始对它期盼若渴、恍无把握的心绪。星期天以来，我确实享受了许多乐趣，而且看上去是全身心的快意，然而表象之下，基底仍然在坍塌。由于紧张，我的各种生理过程错乱了，对此我原本没有觉察，看着信，这些过程开始正常发挥作用了；我的话多了起来，我的吃相放肆了起来。如果说我没有找个借口迅速溜开去读信，部分地是因为经验告诉我，确定感过后，平淡感便随之而至，我要推迟这种平淡感；部分地是因为向莫兹利太太报知这一消息是在布兰汉庄园留待我去执行的一项任务，我对此心存恐惧。我看到过许多客人告别布兰汉庄园而去，并没有表现出难分难舍，因此如果像我想的那样，我既不是我自己的世界的中心，也不是莫兹利太太的世界的中心，那么也许相同的情况也会发生在我身上，莫兹利太太也会让我理性地离去。

　　然而我终于到了我的卧室，以下是我读到的内容：

我亲爱的孩子：

没有收到电报，我希望你不要沮丧，收到的是这封信，我也希望你不要沮丧。

你的两封信由同一个邮班送来，这不奇怪吗？我是花了好几分钟时间才弄清楚哪一封信是先写成的。在第一封信里你请求我让你再多待一个星期，因为你非常快乐——我无法向你形容，当你讲到板球赛，讲到歌唱，我感觉是多么欣喜，我对你是多么自豪。接着在第二封信里你说你根本不快乐，问我是否能够给你发一封电报要求莫兹利太太送你回来。哎呀，我亲爱的孩子，想到你不快乐我就受不了，我没有必要给你讲我是多么想念你，你生日临近的时候我尤其想你，但不仅仅是你的生日，你不在的所有时间里我都在想念你。所以我早上在开始干活前就出发去邮局发电报。然而走在路上我似乎想到也许我们娘儿俩都表现得匆忙了，表现匆忙就少有明智，是吧？我记起在你写第二封信前仅几小时，你说你比你生命中过去的任何时间都快乐，我得承认这多少让我有点儿伤心，因为我希望你在我们这里的时候也是快乐的。因而我疑惑仅在几个小时里会发生什么样的事情让你的感受差异这么大，我也在疑惑你是不是把什么事情给微微地夸大了——我们有时候都会这么做，是吧？——这正是人们说的用鼹鼠丘造大山。你说是因为你必须当差送信，而你又不喜欢做这样的事。但是，我似乎记得起你曾经是喜欢送信的，此外，我的宝贝，我们不可能总是喜欢什么就做什么。我想莫兹利太太处处善待你，假如你不愿意为她付出这么点儿小小的服务，这是对她知恩不感恩的行为。（我妈妈认定我的信中的"他们"指的就是莫兹利太太，这很能理解。）我们这里天也很热，我经常感觉对你不放心，但你总是给我讲你喜爱炎热，尤其是自打莫兹利小姐送给你那身薄套装之后（我在渴盼着看到那套衣服，看到你穿上它的样子，我的宝贝，你肯定相信我的话，是吧？尽管我拿不准绿色是否非常适合男孩子）。在家的时候你经常要走四英里多的路（有一次你一路步行到福丁布里奇又走回来了，你记得吗？）。你有时候会奔跑，弄得你自己没有必要地热，所以我相信，如果你安安静静带上东西，不要奔跑，那你就不会觉得走那些路让你受不了了。

你说你正在做的事可能会是错误的事，然而，我的宝贝，那怎么会呢？你给我讲过莫兹利太太去教堂做礼拜从来没有缺过，而且家里所有的人和所有的访客也都会去教堂做礼拜，你还讲过你们每天做家庭祈祷，我敢肯定并不是所有的大家子都能做到这样（或者甚至有些小家庭都做不到！），所以我不能想象她会想要你做什么错误的事——另外，送个信会有什么错？但如果你不想去，哪怕是表情上的不乐意，我倒真的认为那会是相当错误的，尽管那当然算不上极其错误（你真是个让人忍俊不禁的老宝贝！），莫兹利太太不至于愤怒，我敢肯定，但她会大惑不解，她会疑虑你在家里的生活会是个什么样子。

不过当然，我确实知道酷热会把人弄得精疲力竭（不是赤日"焰焰"，我的宝贝，是"炎炎"——我以前可从来不知道你会弄出那样的书写错误——"焰焰"指的是截然不同的景象）。我敢确信，如果你去莫兹利太太那里，把事情向她解释清楚，并非常和蔼地问她是否可以由其他什么人送信，她是会同意的。你不止一次地告诉过我在布兰汉庄园有十二个仆人：她当然可以腾出一个人送信，不过我希望对你不想送信这个事她毫不知情——真的，我宁愿相信她毫不知情。

我的宝贝，我真的希望你不要对我感到失望、伤心，但我真的认为你这么突然地离开是个错误。他们不会理解，而且可能认为我是个宠坏了儿子、缺乏理智的母亲！——我是这样一个母亲，我的宝贝，但我不想在这个时刻做这样一位母亲。从你给我说到的关于他们的情况看，他们将会是你未来的生活中非常有益的朋友。我不希望这听起来这么世俗，但有时候我们不得不世俗；你父亲不甚在意社会生活，不过我认为他做得不对，从他去世之后，我想带你广交朋友，但办法不多。我很想邀请马库斯来我们这里做客——但我不知道我们该如何让他玩得开心——他肯定过惯了奢华的生活！

十天时间很快就会过去，所以我的宝贝，我想我们应当耐得住性子。我一直这样对你说，我也一直这样对我自己说，因为我也渴望着见到你，你的信中最亲切的地方是你说你在盼望着回家的那些字，但我们不能期望所有的时间里都快乐，是吧？我们俩都懂得。也许所有时间里都快乐对我们不是好事。你就像你妈妈，有时候高昂，有时候低沉。我记得过去的你，刚不久前你很不高兴，因为你用了某个长词汇，有些大孩子取笑你，但很快你就忘了这件事，跟往常一样快乐开心。我相信你接到我这些话的时候，你会觉得非常开心，致使你犯疑，你怎么竟会写那封信。

再见啦，我的心肝，宝贝儿子。到你的生日我还会写信给你并寄给你一个小礼物；而给你准备的真正的生日礼物，我会把它保存到你回家再给你。我想知道你能否猜得出它是什么？

送上我所有的爱，我的宝贝利奥

爱你的妈妈

XXXX

又及：多长的一封信啊！但我感觉你想知道我的准确想法。我真的认为如果你现在离开，就是一个错误。这一切将会是你需要积攒的经历，我的宝贝。

跟大人们相比，小孩子们更多习惯于自己的请求遭遇直截了当的拒绝，而较少习惯于理智地接受拒绝。我妈妈的信尽管语气入情入理，它其实就等于是一个直截了当的拒绝，这样的拒绝不仅阻断了我内心的视域，而且完全让我迷失了方向。毫不夸张地说，我不知道下一步该怎么做，最微不足道的行动也采取不了：我不知道该待在我的卧室还是该走出卧室。我本该是想跟某个人说一说我的困境，但这一愿望尚未形成，我的天性就将它打消；我不能对任何人说：我的功能就是个消息绝缘体，我是一座沉默宝塔，上面陈列着逐渐发白的尸骨，承载着死亡的秘密——不是，这里的意义不是死亡，而是鲜活，是关乎生死，是招致毁灭。

或者说我就是这么想的。因为我妈妈的信切断了我逃避的后路，目前情势的危机面再次耸立在我面前，因为事实上，我能看到的只有危机面。

时隔不久，纯粹出于焦躁不安，我离开了房间。半是期望遇到什么人，半是害怕遇到什么人。我在后院的房屋间转来转去，盥洗房，牛奶房，各式各样的外围建筑，它们的用途我几乎一无所知，但不知什么缘故，它们宁静温和、一如既往的形态让我恢复了镇定；我甚至三心二意地拜访了一次那个垃圾堆。我在设法让自己适应新的处境带给我的感受，像一个人穿上了一套新衣服一样，要让自己同它协调起来；然而我协调不起来。一些仆人从我身边走过去，面带笑容。我不理解他们怎么能够如此若无其事地打理着他们手头的活计，就好像一切历来如此，理当如此，全无灾祸临头的反应。我从后院朝着庄园的前部走去，潜踪掩迹，隐在树背后，躲在草丛里，直到最后我听到草坪上传来槌球游戏的声音，不同人的嗓音，人声离我太远了，我分辨不出谁在说话，不知道玛丽安是不是回来了。

我的目的是要避免与她单独在一起。我隐隐约约地意识到，她是石头，我摔在了上面。或许是特德把我吓得更多，但是是她把我伤得更深；跟男人们在一起与跟男孩子们在一起一样，我八九不离十能明白我所处的位置：我不期望他们待我和蔼可亲。跟大人们相比，学童们对彼此性格的认知要清楚得多，因为学童们的性格没受到世故行为的遮蔽，没有被罩得模糊不清：他们使用直来直去的话语打交道。为了坚持自己的权益，男人们会制定长远的政策，学童们则不是这样，他们更喜欢短期利益和即时回报。特德很像个学童，一阵子怒火中烧，下一阵子又诙谐幽默；直到最终，我才感觉到他对我的尊重欣赏，一定程度上超越了一个血性男子对另一个血性男子的尊重欣赏，在这些方面我是准备好了要仿效他的，而尽管我把他理想化了，想在他那里理想化我自己，但我在他那里没有投入多大的信赖。

但在玛丽安那里，我是投注了信赖的。对她我没有设这类防备之心。她是我的天仙教母，她把天仙和母亲的角色合二为一：一方给我以魔幻仁慈，另一方给我以自然仁慈。我没有想象过她会背叛我，就像我没有想象过童话故事中善良的天仙会背叛她所保护的主人公一样。然而她背叛了我，我真实的妈妈也背叛了我：我妈妈的行为也属于出卖。两者的差别在于，我妈妈不明白自己在做什么，而玛丽安是明白的。

所以我的策略就是远离她。我知道这策略维系不了多久，因为只要我想把特德的信息带给她，我就不得不在某个时间会她。关于特德的信息我正在逐步地作出一个决断，这决断比我在布兰汉庄园已经做过的任何一件事都需要下更大的决心。我不知道当时机成熟，我是不是能够让自己按决断行事，但看到我自己是目前局势的轴心，这样的决断就是合乎逻辑的结果：我，而且只有我，可以让这整套机械抛锚、停止运转，而如果整套机械停止运转了，目前的局势也就停止运转了。有一件事我是决计要兑现的，我再也不会传递信息了。

我们的第一次见面没有发生什么大事。玛丽安来吃晚饭了，但她随行带来了两位客人；餐桌又一次加长了，谈话只涉及普通平常之事；她像往常一样冲我笑了笑，隔着餐桌引逗我一点点；然后我和马库斯就离去就寝。

第二天早上，是星期四早上，莫兹利太太在早餐时现身了。她热情地跟我打招呼——不，不是热情地，因为她的天性里不带有热量——而是带着一种对客人应当表示的周到与奉承，我这位客人在所难免要被忽视，但又不无遗憾地受到了忽视。我仔细端详了她，寻找歇斯底里的征兆，不过一无所获。我认为，她比昔日更加面色苍白了，不过她一直面色苍白；她的扫视依旧保有它的特质，不是游动而是直达，而她的动作也像往常一样深思熟虑，细心周全。然而，紧张情绪又回到了早餐桌上；我又在害怕做出不得体的动作，害怕把什么东西滴洒出去，害怕给自己招来注视，落下不良印象。早餐之后，没有了前面三天的逍遥自在，没有了挂上最低档开始这一天的感觉，相反，传来的是她的声音，那预感不祥的"注意了，今天……"一有了这个声音，其他的会话戛然而止。

就在我跟马库斯出去的时候，他淘气地咬着我的耳朵说"敬畏贩卖家们又来了"。我暗自好笑，不过，是因为他的背叛行为而发笑，而不是因为那是则笑话而发笑。我正准备着搭他的腔，这时候听见我们后面一个声音说："马库斯，我想把利奥从你这里借用一阵子。"于是我发现自己尾随在玛丽安身后。

我记不得我们的会谈发生在什么地方，但我知道是在室内，且不存在人们寻常固有的那种有人可能会进来的感觉。

她问我她不在的时间我过得怎么样，我说"很好，谢谢你"。我想我这样说既安全又不至于造次，但这话并没有让她高兴，因为她说："那是我听到的你讲出来的第一句冷漠的言辞。"我不是有意要把话说得冷漠，一个男人不会认为这样的言辞冷漠，然而我即刻就觉得悔愧，就开始思考我怎样做才能给她以抚慰。她穿着一身新套裙，我应该认得出她的其他裙子，因此我注意到了差异。我问她："玩得开心吗？"她回答说："不开心，有人请我出去共进晚餐，但我感觉那不像进晚餐，那更像进棺材。我每一分钟都在想布兰汉庄园，你想我了吗？"

　　我在考虑我该对答什么，因为我不想第二次被逮住把柄，这时候她说："如果你没有想我，就不劳烦说'是'了。"她面带笑容说了这么一句，我也言不由衷地说了一句"我当然想你了"。就在我说这句话的时候，我一半地认为我是想她了，不管怎么说我希望我想念她了。她叹了口气说："我料想你认为我是个凶神恶煞、上了些岁数的家庭教师，对你出言不逊、恶语相向，是不是？然而我不是真的要那样待你——说实话，我是个品质不坏的女孩子。"

　　我不知道该把这话理解为什么，她是在像特德一样表达歉疚吗？除了某些完全的偶发情况，诸如踩着了某个人的脚趾之类的意外事件，我以前只有一次见过她道歉。这番话是她唯一一次提到那段插曲：她似乎认为那一段已经结束了。"我猜想你是跟马库斯玩在一起的？"她问道，"你们顽皮淘气了没有？"

　　"哦，没有，"我一本正经地回答说，"我们在切磋法语。"

　　"法语！"她说，"我不知道你还有讲法语的本领。你能干的事情真多——唱歌，打板球，讲法语！"她美丽的眼睛搜遍我的全身要找一处弱点而且找到了。然而我保持警惕，只说了句：

　　"马库斯的法语比我要好得多，他都知道不规则动词呢。"

　　"我敢说，非常不规则，"玛丽安说，"但不管怎么说，你们玩得开心吧？"

　　"哦，是很开心，"我礼貌地说，"很遗憾你这几天不开心。"

　　"不，你并不遗憾，"她说得叫人吃惊，"你一点儿也不遗憾，假如我在你面前倒下死去，你也不会关注。你是个铁石心肠的男孩子，不过所有的男孩子都这样。"

尽管她的话音听起来像是恭维语，我也宁愿被她称为铁石心肠，而不是慈心柔肠，但我还是根本不喜欢听她这么说。不过我分辨不清，玛丽安是不是严肃认真的。

"男人们也铁石心肠吗？"我问了个问题，想转变话题，"我敢肯定休不是这样。"

"为什么呀？"她说，"什么原因让你认为他不是铁石心肠？你们都一个样，磨盘石，花岗岩——或者如果你要真真实实的硬东西，那便是布兰汉庄园的床铺。"

我笑了。"我的床铺可不硬啊。"我说。

"你很幸运，我的床铺很硬，比地面还硬。"

"我从来没有在地上睡过，"我说，她的对比引起了我的兴趣，"不过我认识一个在地上睡过觉的男孩子。他说地面垫得他屁股疼，你的屁股被垫疼了吗？"

"是什么让你认为我在地上睡过觉呀？"她还击道。

"因为你说你的床比地面还硬。"

"是这原因啊，那倒是真的，"她说，"比地面坚硬得多。"

然后我就猜想，她说的意思不是指一张真正的床。

"但布兰汉庄园，这是非常好的地方啊。"我说着，想要试探出什么。

"谁说它不好了？"

"不是你说那床铺——"

"是硬的吗？是的，床铺是硬的。"

她不出声了，我第一次感觉到她不高兴。这对我来说是一种启示。我知道大人们会不高兴——比如说某个亲属去世了，或者破产了。在这样的时刻，他们肯定会不高兴，他们别无选择：这就是规矩，就像人死之后的哀悼，就像稿纸周围的黑色边框。（我妈妈依然为我父亲使用这种形式。）他们依程式而表现不高兴情绪。然而，他们应该像我有的时候那样，由于在私人生活里有我说不出名称的什么事出现了偏差——没有在我身上发生——而表现出不高兴。不管什么情况，我永远不应该把不高兴跟玛丽安联系在一起。似乎高兴跟她的其他情绪一样，总是在听她的调遣，取之不尽，用之不竭。我认为我知道她为什么不高兴，但我想确认一番。

"士兵们必须睡在地上吗？"我问。

她惊异地看着我，她的思绪飘远了。

"是的，我想是这样。是的，他们当然得睡在地上啦。"

"休（你）也必须睡地上吗？"

"我吗——没有——没有，是的，没有，是的——我从来没有在地上睡过。"

以前我从来没有见过她语无伦次。

"不是你，"我结结巴巴地说，又一次惊骇于这愚蠢的发音陷阱，"休，休，休。"我嘲笑着自己。

"哦，是休，"她毫无表情地说，"是的，没有疑问，他必须睡地上的。"

"特德也必须睡地上吗？"我说，她对特里明厄姆大人毫无恻隐之心，让我有一点儿震惊。

"特德吗？"

她的惊愕应该警示了我，但我的大脑反应过于迟钝，于是我继续说：

"是他呀，当他参加战争的时候。"

她两眼盯着我，惊呆了，张大着嘴。

"特德要参加战争？你什么意思呀？"她说。

我的脑海里从来没有想到过她不知道这件事，一闪念间我记起来了，特里明厄姆大人是在星期一见过特德的，那是在玛丽安离开之后，但话已经说出去就收不回来了。

"是的，"我说，"是休告诉我的，休要求他参军，而他说特德可能会参军。休说这事……这事上了兵士招募卡，特德很可能要去的。"我是想非常清楚地给玛丽安交代特德的立场，附带着也让我自己思路清晰。我知道我的叙说中"休"这个名字用得太多（这倒不是无意之中：我是想让他做我自己的挡箭牌），然而我完全没有预想到随之而来的那场爆发。

"休！"玛丽安勃然大怒，"休！你的意思是说休说服了特德报名参军？你所说的真的就是这个意思吗，利奥？"

我被吓得够呛，然而我意识到，我自己不是她怒火喷向的主要目标，我就嘟嘟哝哝说：

"他说他已经把特德掌控住了。"

"掌控住了？"

我原以为她不理解"掌控住"是什么意思。我解释说："这是一个用在足球比赛中的词，意思是……阻截一个球员的进攻。"

"啊呀！"玛丽安大叫一声，那叫声好像什么东西刺透了她，"你的意思是说，休迫使特德说自己要去当兵吗？"

她的脸变得煞白，她的眼睛像一片冰块上的两个黑洞。

我说："不是，我认为不是他迫使特德，他怎么可能呢？特德跟他一样强壮——我应该说，比他更强壮。"在我看来这似乎就是一个足以得出结论的论据，但在玛丽安那里不是。

她说："你那么说就错了，特德像水一样柔弱，休要有力量得多。"

我根本无法理解她的这种说法。像大人们相互说过的许多事情一样，她的话的反面似乎才是真的。不过这时候玛丽安的脸上浮起了一种新的表情，愤怒与恐惧同在。

"他可能已经说定了，他有可能已经说定了。"她重复了两遍，与其说是说给我听，倒不如说是说给她自己听，"他说过他为什么想让特德当兵吗？"

冰块上的黑洞裂开了，好像是要把我吸进去。

"他说了。"我回答，如果我是报复心理很强的人，我会很欣赏玛丽安那种衰微退缩的样子。"他说特德是无牵无挂的单身汉，定是个一流的军士。那是一种军衔，但不是真正意义上的军官。"我解释说，人们总是在向我解释着什么，而我也非常喜欢给别人做解释，"休还说特德是个神枪手，不过用步枪射击是不一样的。他的意思是说用步枪射击比较容易出现误差。"

玛丽安的脸色又变了，有种什么情绪从她的眼睛背后窥探出来。"他的确是一个神枪手，"她说，"他的确是一个神枪手。我的天哪，休竟敢这么做！不过我不会让他这样。"她继续说着，没了什么章法：我也辨不清她是指谁，特德还是休。"我要很快阻止这一切！我要迫使特德到此为止！我告诉你，如果特德血性升腾，他是个危险的人。"

我打起了哆嗦，在一定程度上说，我的情绪不受她的癫狂语言的影响，是顺着它自己的轨迹进展的，这时候也开始染上她的情绪的色彩。

"不会的，他不会去参加战争的，"她说得更为平静，"我要确保他不去参战，胁迫是一种可以两个人玩的游戏。"

我不懂胁迫是什么意思，尽管我一心渴望求知，我还是太害怕了，我不敢问。

"我要告诉休——"她顿了一下，"一个词就可以有效。"

"什么词，你要告诉他什么？"我问。

她眼睛盯着我，目光要把我穿透。

"我要告诉他，如果特德当了兵，我就不嫁给他了。"

"啊，你不能这么做！"我大叫道，我即刻看到了这样的举动将多么具有毁灭性，也看到了第五世子爵横躺在我面前，死于子弹伤，伤口闭合，已不再流血。"你明白，休是不知情的。"

"不知情？"

"他不知道那些信息。"

紧紧地，她翻转着她的眼睛，好像她要努力在她的大脑里完成一个运算。"不知情？"她重复了一遍，"那么他为什么要特德去参加战争？"

"噢，"谢天谢地，说话的基础终于稳固了，我放大声音说，"我告诉过你，那是因为他是个爱国主义者——我父亲称之为'沙文主义者'——他想为军队招募人马。我知道，就是那个原因——当他说他自己不擅长为军旅生活做宣传的时候，他几乎就亮明了他的动机。"

她看着我，就好像我是另外一个人，而她又拿不准我是谁。"你可能是对的，"她将信将疑地说，但她的声音里升起了希望，"是那种情况的话，你可能是对的，"她说得前言不搭后语，"只是特德犯傻，我要告诉他，他犯傻。"

"为什么是犯傻？"我问。对我们孩子们来讲，"犯傻"虽然是个概括性词语，它表达的可是坚决反对，我想在这地方为特德辩解。当她不作回答的时候，我重复问了一遍："为什么是犯傻？"

"哦，因为它实在是犯傻行为。他为什么要去呢，是因为休要他去吗？"

我后来猜测她为什么说特德犯傻。她认为她与休订婚了，他觉得良心受到谴责，他去参战是要以此抚慰自己的良知。但这个猜测我在当时没有想到，于是我带着没有觉察到的残忍，依然在努力为特德所受到的犯傻的指责来辩解，我说：

"但也许是特德想去！"

她的眼睛由于恐怖而瞪大。

"啊，但他不能去呀！"她叫道。

我看到了这个表情，但误解了它，我认为她恐怖是为特德，而不是为她自己。恰在这个时刻，一个长期屡受梗阻的想法，出于对特里明厄姆大人的忠诚的想法，出于认知不清得无可救药的极不妥当的想法，升起到我的两唇之间：

"玛丽安，你为什么不嫁给特德？"

只是片刻，但在那个片刻，她的脸上映显出她所经历过的一切痛苦；那个表情是一颗心的历程。"我不能嫁给他，我不能嫁给他！"她哀号道，"难道你不明白原因吗？"

我以为我是明白其原因的，而既然我们之间的这么多的阻隔都被推倒了，我就补了一句——只有这样似乎才合逻辑：

"但是既然你不乐意，你为什么要嫁给休呢？"

"因为我必须嫁给他，"她说，"你不会理解的，我必须嫁给他，我不得不嫁给他！"她的嘴唇颤动着，她放开声大哭了起来。

我见过大人们眼睛红肿的时候，但除了我妈妈，我以前从来没有见过大人哭。当我妈妈哭的时候，她变得让我认不出来。玛丽安不是这样：她就是泪眼涟涟的玛丽安。然而有一个变化——是我在变化。因为当她哭泣的时候，她就不是骗子玛丽安，不是为了她自己的目的欺骗我、继而又称我为稚嫩傻瓜的玛丽安，而是最初接触的那几天里的玛丽安，是怜惜过我、解救过我、使我免于受到嘲笑的玛丽安，是在歌唱会上向我致意的玛丽安，是黄道十二宫里的玛丽安，是我爱的玛丽安。

眼看着她的眼泪，我的泪泉也被打开了，我也哭了。我们哭了多久，我不清楚了，不过她突然抬起眼睛说话——她的眼泪改变了她的嗓音，但她不再抽噎，说出来的话好像与我们先前的对话没有了关系。

"我不在的时候你去过农场吗？"

我说："没有，但我见过特德。"

"他给我捎口信了吗？"她问。

"他说今天不行，因为他要去诺里奇。但星期五六点钟，跟往常一样。"

"你确信他说的是六点吗？"她问，表现出疑惑。

"非常确信。"

"不是六点半？"

"不是。"

为了我的答语，她站起身，吻了我一下，她之前从来没有吻过我。

　　"你不介意像往常一样为我们传送字条吗？"

　　"不介意。"我吸了一口气。

　　"上天保佑你，"她说，"你是一个千里挑一的朋友。"

　　我依然在品味这些词语，记忆那一吻，这时候我抬起头来，发现我只身一人。

　　我记住了我的计划，但我忘记了，且很明显玛丽安也忘记了，我的生日庆祝要一直等到星期五喝茶的时间才进行。当我问特德我是否能带一个口信的时候，我本来以为我应该能回到家里过生日了，我本来以为当我的口信发挥作用的时候，我应当不在布兰汉庄园了。

第二十一章

我跟玛丽安的对话为我留下了一缕喜悦，起初我只是大喜过望，不曾充分沐浴那份喜悦。我们和解了，和解在意识的某个层面，或许还不是最深的层面。那是一件了不起的事情；从前它本来就是件很了不起的事情——然而在我内心的某个地方依旧有一块保留区，不是关于她的保留区，而是关于她正在做的事情的保留区。隐隐约约间，我感觉这两者必须区分开来——就像她的不幸和她的眼泪应当同我以她为女神的概念区分开来一样：不幸与眼泪是会消亡的，而女神则不会。

那是我精神大振的一个原因：我几乎可以按过去的常态思量她了。我可以思量那辆绿色的自行车轻便流畅地滑行在她身后，我不希望它是另外一种颜色；绿色已经近乎失去了它给我的诸般恐惧。我的生机源泉又一次勃然喷涌也有另外一个原因。气氛已经得到净化，我们谈了好多推心置腹的话：我自己说的话已经非常大胆，是与一个比我年龄大的人说的很有分量的话。

是的，我跟我自己的关系改善了许多，我跟这个世界的关系也改善了许多。但最近这几天里，我学会了一个道理：事物不会因为我高兴了，它们就会顺理成章地必定往有益的方向发展；有些秘密不会因为已经被摆放在光天化日之下，就顺理成章地不再具有危险性。

假如特里明厄姆大人真的怀疑玛丽安对特德太过亲密，当她笃定不惑要劝说他不要去当兵，这时候会发生什么情况？特德曾经说过："不是我想要离开，而是她想要我离开，她拥有决定权。"玛丽安曾经说过特德会很危险，我认为他不危险，因为我上一次见他的时候，他是那样的温柔，但我也知道他的脾气会有多暴，况且在玛丽安的怂恿之下，他或许会——

这是非常危险的节点，这是九世子爵和五世子爵的生命轨迹交会的节点。

作为一种理论，与其说它在吸引我的大脑注意，倒不如说它在触发我内心的惧怕。尽管我倾向于夸大地主的种种权力，我还是不认为特里明厄姆大人可能在法律允许的范围内强迫特德当兵，我也不认为他可能像他的祖先那样，在同样的情形之下唤对手出来决斗。

我越是深究这个问题和其中的未知因素，这个问题就变得越是抽象；这出剧中的人物开始失去他们的立体感，而被抽象延展，化成了我所熟悉的线段，AB，BC，CA。

然而我对特德不及对其他人熟悉。我确切地知道特里明厄姆大人想要什么。他是一个常数：他想娶玛丽安。我知道玛丽安想要什么，或者说她期望得到什么，这跟特里明厄姆大人的需求不是一码子事：她是想嫁给特里明厄姆大人，又要让特德待在她身边。那么特德想要什么呢？他说过的，她想要什么他就要什么，但我对此表示怀疑。我有理由懂得，他是三个人中最不可捉摸的一个。用他自己的话说，他有时候想要什么了，有时候又不想要了。而他们俩的愿想则始终如一。这时候我就产生了这样一个想法，当他听说玛丽安和特里明厄姆大人订婚了，这不是他的愿想，于是他试探性地修正了他先前向他的地主做过的关于他当兵的答复。

我为特里明厄姆大人感到害怕，我同玛丽安一道流过眼泪，但至于特德，我为他伤心。在我看来，似乎只有他过着游离于这个问题之外的真实生活，他总是在触及这个问题，但这个问题不关乎他的生活。在那么一种另类生活中，他把我当作一个真正的人接纳了，而不仅仅当作一个为了让我当差，必须时而哄着、时而骂着的跑差事的小孩子。也许这样说对玛丽安和特里明厄姆大人不公平，因为他们俩都友善待我，这有目共睹。然而我知道，对他们而言，我就是个送信人，他们是把我当成另类人来考虑的。当特里明厄姆大人想见玛丽安的时候，当玛丽安想见特德的时候，他们都找我帮忙。玛丽安给我建成的信赖感在她那里被驱走了。说到特德就不一样了，他觉得我是有功于他的——我，利奥：这是一个性情中人对另一个性情中人的礼赞。

想着他要放弃自己所关爱的东西，想着他要睡在地上，叫我不能接受。我不能相信，地上会比布兰汉庄园的床铺柔软；此外，他有可能送了性命。有许许多多的他将会送了性命，因而，他所随身承载的东西不会在房舍屋宇间、公共场所里传扬开去。

我在惊疑，是谁发起了所有这一切，这是谁的过错？我发现这是一个严苛无情的诘问。这可能会同原罪混为一谈，而我是要把原罪阻断在外的：原罪不分青红皂白，把许多美好的活动降减为不分彼此的灰色形态，而这些活动本来足可以被称赏为黄金行为的。

依然要问，这是谁的过错？"凡有过错不该归咎于一位女士"，特里明厄姆大人说过，这样的规则把玛丽安排除在外，我很高兴，因为这时间我不希望连累了她。他没有说过"凡有过错不该归咎于一位贵族大人"，但没有人可以逮住他不放，评头论足：他没有做过什么他不该做的事情：这一点我很清楚。他也没有说过"凡有过错不该归咎于一位农夫"，得不到这个保留条款的庇护，那么假如有过错，过错定然在特德一方。是特德诱使玛丽安进入他的客厅，进入他的厨房，蛊惑了她。是他在她身上施了法术。我现在要打破那个法术——为了他，也为了她。

但怎么打破？

我已经迈出了第一步，我误报他的约会时间。玛丽安在六点的时候不可能在外围房屋里找到他；她会花上半小时的时间等他吗？我表示怀疑；急躁是她最为显见的个性特征之一，我将希望寄托于此。她等不得，她等不得听人解释；她等不得别人说完一个句子；无聊的等待使她的身体机理烦躁不安。我敢确信，两分钟的体谅期是她能够给予特德的最大宽限：在恼怒的等待中，她对他的感情就有可能改变。让一个大人等待是一种严重的冒犯，即使在玛丽安和特德之间也莫不如此。她可能会生他的气，因为她和他都是有火气的人。"我再也不来了！我再也不来了！"特德会回敬："得了吧，你说你等我了，我也一样等过你呀，而且还等得长得多，我是个忙人，这是收割季节啊。""呸！你只不过是一个农夫，让农夫久等有什么要紧。""哦，我只不过是一个农夫，我是，好了，我们走着瞧。"等等。

我勾画了他们之间的一场不小的争吵，指责、反指责，最终破裂，这一切都是从我所播下的不信任的种子生长起来的。然后，这愤怒局面就会平息下来，像手指上的脓肿被刺破了一样。

我在想，假如这种局面从来没有产生过，我们应该快乐得多得多！特里明厄姆大人是个例外，他是快乐的，他快乐只是因为他被蒙在鼓里。但玛丽安、特德，还有我自己，利奥·科尔斯顿，我们能从中获得什么来补偿我们所失去的这许多呢？我们三个人都到达了一个枢纽时刻，这个时刻发生的任何事情，不管它们关系多么松散，不管它们多么明确地互不相干，只有这些事助推了，或者阻碍了玛丽安和特德的会面，才算是干系甚重。他们的这些会面逐渐地主宰了我们的生活：别的什么事都不真正要紧。为什么玛丽安憎恨伦敦，或者她说她憎恨伦敦？为什么特德感到他必须放弃他所喜爱的农耕事务，去南非参加他所痛恨的战争？为什么布兰汉庄园带给了我这么多快乐，我自己却沦落到要想方设法把自己召回？每一种情况里的答案是同一个：玛丽安与特德的恋爱关系。

这个关系把其余的任何事物消解得多么彻底！它们的质量流失得多么严重！——因为这个关系是比照标准，它让其他事物相形见绌。它的色彩更亮，它的嗓音更大，它的吸引力更加重大无比。它是各种感情的寄主，任何别的事物都不能与它相提并论，不能在它存在的时间里有其独立的自主存在。它创造出的是荒漠，它不可能与任何人、任何事物分享什么，它要为自己霸占所有的注意。由于它是个秘密，它对我们的日常生活贡献不了什么；它同某种让人羞于启齿的疾病一样，不可以公开谈论。

　　我不能从激情的角度出发认知它，我不能理解把他们俩吸引到一起的纽带的本质是什么，但我把它的作用了解得很透。我知道他们会为了它而付出什么，放弃什么；我知道他们要走多远——我知道没有他们跋涉不了的距离。我意识到他们从中得到了什么而我却不能：我没有意识到我对此心存妒忌，他们相互能给予什么却给不了我，我就妒忌什么。然而尽管经验不能告诉我这关系是什么，我的天性却正在开始获得线索。

　　在这条诱惑之蛇进入之前，布兰汉庄园是一个多么不同凡响的伊甸园！我开始重构我的客居阶段所该有的本来状态，假如我从来没有从特德·伯吉斯的干草堆上滑下来过，对有些事实我沉默不语，对另一些事实我添油加醋，对其他一些事实我夸大其词，那样将会没有针对我的取笑，没有针对我的嘲弄：每一天都会是精彩绝伦的，如我在诺里奇的购物之行，如我在板球赛场上的接球退敌，如我在歌唱会上的嘹亮歌声。我应该会受到无穷无尽的看重与尊崇，但同时我也应该是完全自由地依照自己的方式行事；我所得到的纷至沓来的关爱就不会被强加上责任与义务的成分。事实昭然，我无可隐晦，我一直寄予很高期望的20世纪的太阳会照耀我的周身：即便是今天，它接着昨天，似乎冰冷落寞，让人失望，但温度计还是攀升到了将近81度。然而我应当欣赏它，我是这样告诫自己的，我以一种革故鼎新的精神，以一种绵延不绝、意识清晰、激情奔放的情绪告诫我自己。我在没有一丝微风的寂静里游荡、遐想，我所见到的各事各物都在助长着我的快乐；各事各物都有它自身的质感，向我表达着它自己的声音。花朵、树木、布兰汉庄园及其绵绵远景，既对我的观看的眼睛很有价值，也对我的思索的眼睛很有价值；它们之间的分隔状态，它们之间的远近距离，我为实现我的金色年代而要求拥有的空气，只为它们和我而存在，这一切都是我私自的、不可撼动的财产。风景当中的人物也不例外。从莫兹利太太往下（因为我把她排在了第一位），我定会逐渐地认识他们，爱戴他们，他们各为实体，各具独特的辉煌，他们是大小不同的星星，但每一个都在天空中有着给定的位置，每一个都值得慕拜。

与我的重构恰恰相反，随着我行进比率的增加，我的行进轨道在按相应的比例收缩；直到现在，我懵懵懂懂围绕着一个像是街头摊位上的石脑油灯那样的微小的光亮中心打转，我的周围是不可穿透的漆黑，我唯一的视景是即将来临的我自己的毁灭。

这种状况应该终结了，正如马库斯可能会说的，这种状况应该终结了。

然而我能用什么法术来打破特德在玛丽安身上施行的法术呢？

我不具备黑色魔法的知识，只依赖那时那刻的启示。如果我在编造法术时能让我自己激动，或者让我自己受到惊吓，我就感觉它成功的机会会比较大。同样，如果我的内心里，还有外部环境里，能有一种什么东西在让路的感觉，那成功的机会会更大。让詹金斯和斯特罗德摔下来的那个法术满足了所有这些条件。

然而那些法术的操作实施只限于我自己的经验世界里，

即学童的世界里，我从来没有施行过针对成人的法术。成年人不仅仅是我眼下的法术要殃及的对象，他们还属于那个我的法术赖以获得力量的世界，我应该想方设法用他们自己的武器攻击他们。

但我不应当认为他们是受害人。我一次又一次地这样告诉我自己，我现在依然在这样告诉我自己。他们根本不会受苦的。另一个法术，即特德的法术，将被破除，但他们俩不会受到伤害。接下来，会像在《仲夏夜之梦》里那样，他们甚至可能会相互认不出来。[1]"那边的那个人是谁呀？"玛丽安可能会问我，"我好像认识他，但还是不认识……哦，他是个农夫啊？那么我就不想认识他了。"对话的一方这么说，对话的另一方则接道："那位女士是谁呀，科尔斯顿少爷？我以为我认识她的，但还是不认识她。她长得好漂亮，是不是呀？""哎呀，难道你不知道吗？那是莫兹利小姐，玛丽安·莫兹利小姐。""哦，是她吗，还真是她，那样的话，她就轮不到我去喜欢她了。"

或者也许他们相互看不见：那样甚至会更加刺激。不管哪一种情况，秩序是要恢复的，社会秩序，宇宙秩序：恶作剧精灵，或者不管是谁创造了这种奇迹，都要优雅体面地从场景上消失。[2]

这个法术必须是可以让我费尽九牛二虎之力才能完成的工作，必须能够让我做我害怕做的什么事情；它也还必须有恰如其分的象征意义。

我的这个想法是在同马库斯谈话的时候偶然产生的，我认为他没有注意到我的表情上的任何变化。

我穿上我卧室用的拖鞋，把我棕色的耶格尔纯毛料晨衣套到我的长睡衣上面,溜下扶梯——小心翼翼地走左侧梯阶,是应该走这一边,因为要干成这一类宏伟的事业,每一项礼俗都必须遵守。透过紧闭的会客厅门,传来了歌声,我知道通常在晚餐后要唱歌:但不允许我们熬夜参与那种活动。玛丽安在钢琴伴奏,我分辨出了她的弹奏指法,歌手肯定是那个同她一起从伦敦过来的男子。他有一副出色的男高音嗓子,甚至比特德的嗓音还要高好多,但总体来说还是像特德。我知道那首歌,歌名叫《棘刺》[3]。

> 黑刺李上繁花一树洁白
>
> 摘一枝,克洛伊,我的挚爱
>
> 把她秀丽的胸膛装扮;……
>
> 莫,莫,莫,以上苍的名义我把誓起,
>
> 我宁愿去死,
>
> 假如我给那胸上种下了棘刺。

我从来没有弄清楚过这歌是什么意思,但它引起了我的一些最强烈的感情共鸣。为什么那位女士(或者叫妇女,马库斯曾经警示过我,要我那样称谓她,但我总是把那个警示给忘了)害怕某个心怀嫉妒的对手可能对她发出轻蔑的嘲笑?我不知道答案,但我同情她,因为我知道,让人家那样的一顿嘲笑是多么令人憋屈。我也同情——我的同情多么深刻——那位相爱的人,他决心要献出自己的生命,也不愿意让她受到这一类羞辱。

歌罢,传来一阵零星散乱的鼓掌,和村大厅里我的歌声所受到的欢呼声相比,显得低沉、微弱;接下来是一片沉寂。

前门朝着黑夜敞开；自从我来，除了第一个晚上，前门每个晚上都大开着，以保持房子凉爽，然而并不凉爽；在我的耶格尔纯毛料晨衣卷裹里，我在流汗。

我眼睛盯着我面前高大的长方形的黑暗。在我的后面，大厅这里一处、那里一处亮着油灯，也终结于黑暗。但在会客厅门底下，一长条相当明亮的光在闪耀，形成一个楔子形状躺在地板上。假如我推开门走进去，对莫兹利太太说"我还没有睡着——我可以听听音乐吗？"会发生什么情况，他们会说什么？

我不敢那么做，然而我差一点儿就那么做了，我费了好大劲儿才从我面前的诱惑那里退缩回来。我试图离开我驻足的地方，我把脸面转向外面的黑暗，走到了门槛远处，但我不能跨过它去。未来就像一堵墙横在我面前，想不透。

我回身转向大厅，反复看到会客厅门的另一侧，让我感到安慰；他们不知道我在那里，但他们就像码头区的旁观者们，在船开出去的时候，他们向船挥手，即便他们的告别并不针对那位孤独的旅客，也会让他欢愉起来。

我发现移近会客厅门，紧贴着它，我能听到一些里面正在谈论的内容。他们在讨论下一首歌该唱什么，《在黄昏》或是《亲爱的凯瑟琳》。[4]有人说了句"两首都唱"。也许我应当待下来听这两首歌，因为它们是我最喜欢的歌曲，听完后再溜回房间睡觉。然而我那可恨的扭动身体的习惯操控了我：我发出了声音，里面的某个人被派出来查看——我想，是德尼斯。我听到脚步声从地板上踏过来，只得逃之夭夭。

屋外漆黑一片，跟我所料想的一样，但寻找路径比我料

309

想的容易多了。我可能迷路，这一直是我主要担心的后果之一——我主要的现实的担心。还有另外一种担心仍然困扰着我，我每跨出一步，这担心就会增加一分——他们在我回来之前，会关上前门并上锁。那样的话，我就只得在屋外一直待到早晨，还得在地上睡觉。

对我来讲，黑夜不仅是一个陌生的世界，它也是一个禁止入内的世界。在夜间，小孩子们没有理由出来逛游；夜是给大人们的，而且也是给作恶的大人们的：盗贼、杀手，诸如此类。

但我要做的事必须在夜间完成，否则它就丧失了它自己的实际意义。我已经说服了我自己那么干：是黑夜所激发的恐惧让我坚持那么做。

我在杜鹃花丛中匆匆行走，脑子里什么也不想，一个接一个地走过路标，（我已经向自己承诺过）假如我的恐惧到了无法承受的程度，我就要循着路标返回：我在离开卧室之前，用这种方式收买过这些路标的。

一路行走，我又把我打算要做的事彩排了一番，因为我知道，在第一次做某件事的那种激动状态下，忘记行动的基本套路，忘记一个一个的步骤，忘记哪一道工序跟着哪一道工序有多容易。不止一次，我从理论上完全懂得了怎样做一个化学实验，但当面对的是煤气喷灯、试管以及所有其他的实验器材时，现实与构想差别太大，我就迷失了头脑，把一切弄成一团糟。

这件事也将是一个化学实验，实验的一个条件已经符合了：本实验宜在夜间操作。月夜更好，有月食出现时最为理想，但不管怎么说，须在夜间。第一步，必须收集到各种材料。要达到我的目标，一颗浆果就够了，但由于这种植物的每一部分都有毒，所以如果把它的每一部分——叶、茎、花、果、根都用了，会更具效力。要采集到上述几项中提到的最末的那个样本可能不是很容易，因为根可能在地下深处，因此，为了能削下来一部分根，建议实施者自带一把装着坚实刀片的小折刀。如果没有铲子或者铁锹，这个活就得用手指头了，挖起植物底部的土，当然，你的头要碰触到较低的枝条了（这是一种我特别害怕的碰触）。那一段所需长度的根切下来之后，应当装进晨衣口袋或者其他方便使用的容器。千万小心，不要用嘴唇接触任何实验材料，因为这种植物的每个部分都有毒（注意：如果能屏住呼吸完成这道工序，其结果将更加有效）。所有材料要跑步拿回来，不停脚直奔魔法师的卧房，在卧房里必须一并准备就绪其他用品：

四支蜡烛（备用燃烧）

一个耐久容器（银质）

一件打上孔的器皿

四本书（要小）用来支撑上一项

四盒火柴

备水烧沸

备表计时

湿海绵防火

那件金属容器是我妈妈送给我的一个杯子：它是一个大小分级的银杯序列中的一只，这种序列银杯相互嵌入，所以

311

占地很小，节省空间。它们是内表面镀金的银杯，是我妈妈收到的结婚礼物。这些杯本来是野炊用的，她希望我在这次客居中，逢野炊派上用场，尽管实际上我从来没有用过，因为这里的杯子永远都是充裕的。我疑心，她还认为银杯是高贵出身的标记，它能表明我来自有背景的家庭。作为一个蒸馏器具，它像鸡蛋壳一样薄，几乎无可挑剔。

那件打上了孔的器皿是放在我的盥洗盆上的肥皂盒上的一个漏水装置，盥洗盆是一个与支架并不配套的、涂着白色瓷釉的临时代用物，但我的法术的成功就依赖于这件打上了孔的器皿，它比其他任何一样东西都紧要。它的中间有一个大孔，四周分布着别的孔，我想，透过这些孔，蜡烛的焰苗就可以穿上去：由书支撑着它，就会形成一个类似三脚架的结构。

到了卧房，把杯子里面的各种材料加工成了糊状或者叫稀浆状，加水，但不可太多，因为太多的水将需要更长的时间烧沸。当开始冒气泡的时候就算是沸腾了（华氏212度）。这应当发生在子夜，同时吟诵出法术（法术吟诵词待后提供），倒诵十三遍，正诵十三遍，还要说"我也十三岁了"，声音不宜太大，以免被走道上的人听见，但要足够大，以便在房间里的聆听者可以听得见，如果魔法师流汗，在这个过程中加上几滴他本人的汗水是最有效的。

完事之后，千万不要用双唇碰触这种液体，而是要将它倒入马桶，把所有的用具都清理干净利落，切记在你之后，其他人还要使用它们。

我说不准这些指令我可以复述出多少；我在我日记中的一张空白页上把它们写了下来，一旦我不再因它们而感到自豪了，为安全着想，我是打算把这一页撕下来的；然而，就像我忘了许多别的事一样，第二天我忘了撕下那一页纸。

尽管我的眼睛在逐渐地适应黑暗，我还是在几乎扫视到了外围房屋的上端时才看到索命颠茄浓密而模糊的轮廓。它就像一位女士，站在门庭里向外张望，等候什么人。我害怕它，这我是有心理准备的，但我没有准备要体验它给我引发的感情激荡。我感到，正如我需要它一样，某种程度上，它也需要我；我有一种幻觉，它需要我做它的一个部分，它会接纳我。法术不像我所策划的那样，等着要在我的卧室里诞生，而是要在这里，在这个没有屋顶的棚子里诞生，所以不是我在为索命颠茄预备法术，而是索命颠茄在为我预备法术。它似乎在说"进来吧"；最终，在过了久不可测的一段时间之后，我伸开我的手，伸进了它生长其中的浓重的黑暗，触摸着轻柔地围拢生长在它上面的嫩芽、树叶。我缩回手，瞪着眼看。里面没有容得下我的地方，但假如我走进里面，走进它在藏身的邪恶的黑暗里，走进那巨大的朝四面八方弹射的植物生长力当中，我会弄清楚它的秘密，它也会弄清我的秘密。于是我走进去了。它令人窒息，却也令人享受，叶片、嫩芽，甚至老枝，都是那么茂盛；刷过我眼睑的这东西肯定是一朵花，挤压我嘴唇的这东西肯定是一枚浆果……

这情景叫我惊慌，我想法子竭力推开路出去，但找不到出去的路：似乎每一边都是墙，我的手指关节也被蹭破了。起初，我担心会伤了这棵植物，后来，我在恐惧中开始撕扯它，能听到它的枝丫咔嚓裂响。不一会儿，我在我的脑袋周围清理出了一个空间，然而那还不够，应当统统清理。这棵植物比我预想的要脆弱好多，我与它战斗：我抓住了它的主干，猛然一扯，咔嚓把它折下来。唰唰声；叶子落上叶子时发出的轻柔的叹息一样的声音；一阵旋转，向上翻转的叶子的片块，没膝深围了我一圈：在这些中间竖起来的，是那根主干。我逮住它，用尽我所有的力气拽它拉它，就在我拉拽的时候，缺失的法术吟诵词从某次历史课堂里飘入我的脑海——"颠茄必须毁掉！颠茄必须毁掉！"[5] 我听到根系在破碎断裂嘎吱作响，我感到它们用尽最后的力量列阵对我，这棵植物按照生命的基本原理，在死亡的痛苦中守卫着自己。"颠茄必须毁掉！"我吟诵着，声音不是很大，但又足够大，可以让任何聆听的人都听得见，我同时做好准备做最后一拉。而后它垮了，拔起在我的手里，带着轻轻的叹息声，它抛起的泥土像阵雨般落下，落在叶子上如雨点一样簌簌作响；我露天仰面躺倒，手里依旧紧握着残株，眼睛朝上盯着它的像拖把一样的冠状根系，从那根系上，泥土颗粒不停地往我的脸上掉落。

第二十二章

　　那一夜我睡得很沉，自从我到布兰汉庄园以来，那是第一次，在男仆来叫醒我的时候，我依旧沉浸在梦乡里。我感到非常奇怪，自己打不起精神。那奇怪的感觉在他把窗帘拉开的时间还没有减退。我知道，它是由于我内部的因素，但它也是由于我外部的因素。我只记得说一声"早上好，亨利"，否则他可能就一声不响地离去了：他从来不和我说话，除非我先跟他搭讪——这么说也算不得是一直不和我说话。

　　"早上好，利奥少爷，祝你长命百岁，幸福无疆！"

　　"啊哟，今天是我的生日呀！我都差点儿忘了。"

　　"你有可能忘了，利奥少爷，"男仆说，"但有人没有忘掉。时间在跑，你现在十三岁了，很快你就会十四岁，十五岁，十六岁，十七岁，十八岁，每一年都给你带来新的麻烦。"

　　我明白这番话并无恶意，只是反映了亨利的生活观里根深蒂固的悲观倾向，但我就是不甚喜欢他这么说。不过，我依然感觉怪怪的：会是什么问题呢？我看了看窗户，一个解释叫我茅塞顿开。

　　"我的天哪，下雨了！"

"雨还不算大呢，"亨利有一搭没一搭地说，"但今天天黑前会有一场大雨，记住我的话。倒不是我们不需要雨，整个这段燥热的天气很不正常。"

"嗨，但这是夏天呀！"我放声嚷道。

"不管是不是夏天，这不正常，"亨利重复了一遍，"你看看，啥东西都被烤焦了，而且他们真的在讲，"——说到这儿，他俯下头，表情不祥地看看我——"好多人都发疯了。"

"啊呀！"我大声一嚷，因为我对大多数灾祸形式抱有特殊的兴趣，精神错乱也不例外。

"你知道的，这一段时间天狼星在作祟，是热得让狗发疯的狗日子。"[1]他说，压低了他的嗓音，摇晃着他的脑袋。

我依然对天气所造成的后果感兴趣，于是我问：

"你知道有发了疯的狗吗，我的意思是，你自己见过吗？"

他又摇了摇脑袋，"不仅仅是狗发疯，"他心事重重地说，"是人在发疯。"

"噢，在我们这里没有人发疯吧？"我问了一句，聚精会神地听他说。

"我没有说有人发疯了，"亨利神秘兮兮地说，"我也没有说没有人发疯。但我真的要说的是，不管是在哪一天，人们都比发疯好不了多少。"

他这一通话我什么也没听明白，如果他的说话方式不是那么冰冷，我就要请他再做一番解释了。他弯腰俯在盥洗盆架上，照例把水罐子从脸盆那里移开，换上了铜制的热水缸子，又在上面挂了一条擦脸毛巾。忽然，他带着指责的口气说：

"有一个肥皂盒不见了。"

"在那边呢，"我发着窘回答说，手指着写字桌，由于空间的原因，写字桌被顶着桌头摆放。亨利走过来，眼盯着我的手工工程。

它的样子看上去像个异邦人的小祭坛，或者是一个史前巨石阵的试仿作。四本书围成了圣阁，中间立着四根蜡烛，紧挨在一起；蜡烛上面，由书支撑着肥皂盒上的漏水装置，上面放着我的银杯子，用来盛实验材料。水瓶子，湿海绵，四盒火柴，按照仪式所要求的间隔摆放。我开列的材料清单中只缺手表。这个结构眼看着弱不禁风、童气十足，但在一定程度上，它的确见证着一种神秘的意图，就像它随时准备着要尽其所能，造成什么损伤。我必须承认这个结构是我建造的，为此我感到极度地尴尬。

亨利缓缓地摇了摇头，我知道他是什么意思：这里又有一个人，大脑被酷热给搅翻了。但他说出口的却是：

"看来你一直在大显身手，痛痛快快干了一整天。"

这是他经常使用的简短评论，表示他对虽然无害却不可理解的行为的超脱世俗式的包容。

"不过，"他严肃地说，"收拾它们可不是我分内的活儿。"

亨利一走，我从床上跃起，小心翼翼地拆除我的法术机械装置。不同的物件一旦分开，回到它们本该所在的位置，它们就似乎丧失了它们作恶的团体力量。它们只是在我睡觉的时候获得力量，因为昨夜在我与索命颠茄搏斗之后，它们似乎就是最苍白的魔法，根本就不是魔法。那场遭遇让我非常兴奋，致使我返回的路上，由于想着可能被锁在门外面，所以一丁点儿惧怕的感觉也没有。我走进敞开着的门，好像是在上午十一点，而不是在夜里十一点。

而现在，天是灰色的：那是我感到奇怪的一个原因。我们此前有过多云天气，但不是阴暗的、将要下雨的天气。我太习惯于睁开眼睛，迎接我的是阳光，以至于不见太阳让我仓皇失措，好像一张一贯笑容可掬的脸皱起了眉头。这景象告诉我，夏天结束了，一个严酷的季节摆在前面。

我在前一夜的经历，从某种程度上让我为严酷现实做好了准备。我让自己与天气结盟也不是徒劳无益的；我的夏天也告结束了。面对着索命颠茄，我把自己完全清空了，自从我到布兰汉庄园以来，一直在累加聚集的奇思妙想都被从我身上涤荡干净了。没有人曾经告诉过我要谨慎提防这多奇想，而现在我自己告诉给我自己。别了，伪装！我在努力这样想，要把我在外围房屋的战斗看作只是一次园圃劳作，意在除掉一株我早该向我的女主人警示的有毒的杂草，我这样想得很开。

眼下我十三岁了，所以我有义务直接面对现实。在学校，我该是一个年龄较大的孩子了，其他人该仰视我。当我想到昨夜我在外围房屋的表现，想到我为把弱小的自我作用于现实事件所做的努力，当我想到我的职业将是魔法师，想到我实际操练过，也给别人教过的那些胡言乱语，我就浑身发热。我写给我妈妈的信——那可怜的召我回家的请求——我为写了那样的信而多么瞧不起自己啊！回顾我到布兰汉庄园以来的各种行为，我谴责所有这些行为：好像它们出自另外的一个人。

我对这些行为的谴责是前所未闻的。我不是停下来拷问自己，如果要我重做这些事，我该怎样加以改进，而是把它们全部看成一例例江湖医生的拙劣处方，这些处方从我抵达布兰汉庄园的那一刻就开始了——实实在在说，这样的处方开始得更早，当詹金斯和斯特罗德从房顶上摔下来的时候就开始了。从那时到现在，我就一直在扮演着一个角色，这个角色似乎是在欺骗每一个人，但欺骗最多的是我自己。它骗不过我的老保姆，因为她能非常敏锐地发现我身上的，或者任何孩子身上的，模仿陌生人格的动向。她不反对一个人扮作任何一种动物，或扮作任何一种人类，高等的或低等的，年轻的或衰老的，死去的或活着的，只要它是一种装扮，只要在发生争议的时候你能说出你是谁，她都可以容忍。但如果那假定的人格是对一个人自己的本我的扭曲，如果用借来的羽毛乔装改扮出来的那个"我"有意要哗众取宠，有意要让别人认为自己是个了不起的人物，那么她就会厌恶这个人。"你现在变成谁了？"她会问我，"哦，没什么特别的，只是利奥。""对了，你不是我的利奥，你是另外一个小男孩，而我不喜欢他呀。"

在布兰汉庄园，我始终一直是另外一个小男孩，大人们帮助我、唆使我成为另外一个小男孩：这在很大程度上是他们的过错。他们热衷于把小男孩当作小男孩看待，以吻合于他们心目中所构想设定的小男孩——小男孩期的一个代表——而不是一位利奥，或是一位马库斯。他们甚至有为小男孩们设计的专门语言——至少有些人使用这样的语言，我说的是一些访客，不是这个家庭：这个家庭，以及很快会成为他们中的一员的特里明厄姆大人，都会尊重人的尊严。然而，还有其他方法可以使一个人感觉自己不真实，这些方法远比"我的小男子汉"这个头衔更具诱惑力。没有哪个小男孩喜欢被称作小男子汉，但任何一个小男孩都喜欢被当作小男子汉来对待，玛丽安对我做的正是这样：隔三岔五地，在她觉得必要的时候，她会让我以为我十分重要，像个成人；她让我感觉到我是她的靠山。她比任何人都更能叫我膨胀。

毋庸置疑，就像亨利说的那样，是炎热造成了眼下的这些状况。炎热使莫兹利太太精疲力竭——是炎热和玛丽安。也许玛丽安就是炎热？炎热也让马库斯精疲力竭，他对炎热的感受比任何人都更深切：他出了一身斑点，被迫卧床休息。他不希望别人不把他当作他自己看待：他可以告诉我他得了麻疹，而他并没有得麻疹。他从来没有自己欺骗过自己：即便是他的那些伪装，也不是为伪装而伪装，而是别有用心，别有目的。有一两次，他的法语人格让他忘乎所以，但其主要目的是要把我击败。他所感兴趣的是真正发生在他周围的事，而不是他的想象力能从中再造出什么。那就是他为什么喜欢传播流言：他是想了解人们，而不是想想象人们。他最不喜欢把自己想象成一个传奇式的绿林好汉，拼死守护一个生死攸关的秘密：他宁愿把这个秘密公之于众，然后看看会有什么后果发生。我从来没有像在我的第十三个生日的早晨那样尊崇过马库斯。

这是我现今的所思所想，但这也是我那个时候的真实感觉，我的感觉有着比我的思想更为厚重的内涵，我的感觉被叠压入我疲惫困惑的大脑，更加沉重。

在我袭击索命颠茄的过程中，我有一步做得过头了，甚至是对我自己。假定有人看见了我"残暴成性"，假定有人——我召来了一位假想的旁听者——听到我对夜吟诵"颠茄应当毁灭"，他八九不离十会认为我疯了。让我自己看见这一切也够糟糕的了。

　　灰色的、流体一样的光像雨水那样覆在屋顶和树木上，也轻柔地流入我空间很高的小房间。亨利拿走了我吃晚饭时穿的伊顿套服（有时候他也拿走我的裤子背带，我必须摇铃把它们要来），并把我的绿色套装摆出来放到椅子上，把我的内衣、长筒袜、吊袜带整整齐齐摆在套装上。我强迫着自己施行起床穿衣服等程序，到了最后一个步骤，我正准备穿上套装，这时间，我忽然认为这样不妥。不是因为它的颜色，也不是因为它让我想起玛丽安表里不一的举动——不是，跟其他任何衣服一样，它就是一套服装，然而它也是我装扮小丑的彩衣，我进行伪装的外壳。我已经准备好了让人称我绿色傻男孩，因为我就是，但我不想让人把我当成罗宾汉，因为我不是。因此我拿出我的看上去已经被存放了很长时间的诺福克套服，和与它相配的长筒袜，还有我的靴子。当我穿上它们的时候，感到怪怪的，衣服的挤压感都出现在新的部位，当我对着镜子看自己的时候，也感到怪怪的。但不管怎么说，我看到的就是我自己，而不是一个海绿色的、不伦不类的滑稽模仿。[2]

　　在祈祷的时候，我是无名的，一个敬神的人，毫不引人注目的人，但当我们结束跪拜站起身来的时候，我是一个穿着诺福克夹克的过生日的男孩；当我的一个面接受了祝贺，我的另一个面，我的服装，引发了众人的评判：前些日子的那种玩笑逗趣回潮了，是温文尔雅、不怀恶意的前呼后应。我想不明白，我为什么曾经在意过这些；然而特里明厄姆大人显然认为我可能会在意，就这样说："他的做法非常正确，他是我们当中仅有的一位是什么就是什么的人。在诺福克就穿诺福克夹克，此外，天快要下雨了，我们所有的人都得换衣服，但他就不用了。"除了我，每一位坐在餐桌上的人都是按照晴好天气装束自己的。"是这样，"玛丽安说，她的眼睛里闪着顽皮的光，"但他看上去像是要离开这里了，那地方我不想要他去。那件套装上的标签可是利物浦大街呀。"[3]

在我的盘子旁边放着两个长信封，一个是我妈妈的笔迹，一个是我姨妈的笔迹。通常情况下，我应该等到吃完饭后在私底下读信，但今天这样的内敛就得算一种偷偷摸摸的做法；我想让我所有的行动都公开化，因此我找了一个大人们常找的借口，打开了我妈妈写来的长篇家书。我没有看薄页包装纸里包着的是什么东西，而是直接抽出信。信中是充满着母爱的话语和道歉的话语。"我一直在生自己的气，竟没有拍那个电报，"她说，"在当时不发电报似乎更加合乎情理；但现在我怀疑你是不是不甚安康，又不想把它说出来。你是会告诉我的，我的宝贝，不会吗？我不知道我竟会如此地想念你，但现在我知道了，我想你想得好痛，十天的等待似乎太过漫长。尽管这样，十天会过去的。我希望你能够再度十分开心，但愿我可以确认你很开心；假如你依然在传送信息，而你觉得这差事十分乏味，一定要听从我的建议，请求莫兹利太太另派别的什么人去。我相信她会很乐意这么做的。我的宝贝，我担心你会认为我对你的新套装不很看好，因为我说过它那颜色不适合小男孩。不过，那颜色当然适合你啦，士兵们现在就穿这颜色，可怜的人们——卡其色就是一种绿色，因此我送你一条领带与它相配。我希望我的领带能与衣服相配，不同的绿色容易不相协和，但你不会觉察到的。"

读到这里，我朝信封里窥探了一下，不是想着要把领带拿出来，但当我看到里面包藏的东西的一角的时候，我就忍不住了：领带拉出来了，一条绿色的长蛇。"哦，多么可爱的领带呀！"好几个声音大着嗓子讲。"你是个多么幸运的小男孩啊！"有一个新来的访客这么说，我即刻不喜欢起这个人来。

"但它跟那件诺福克套装不相匹配呀，你知道的。"玛丽安这么说。

我的脸一红，又潜回我妈妈的信，这个时候，信已仅仅是一泓浅水，轻柔地泛着我妈妈别后叙话的涟漪。

另外一封信更长，因为我姨妈要讲许多关于她自己的情况，要揣测许多关于我的情况。她是个富有想象力的揣度家，知道一个人有可能正在做什么，但并非总是猜得准确。"诺福克是个以水果馅饼出名的地方，"[4] 她说，"我料想你吃了不少水果馅饼了吧。"事实上，我认为我们连一个水果馅饼也没有吃过。"我曾经认识过一些姓莫兹利的人，"她大胆提出，"他们住在离你现在很近的地方；在布兰汉中段还是布兰汉上段，我忘了是哪一个。我希望你见过他们。"但很不幸，我没见过。在另一件事情上，她的消息比较准确。"你妈妈告诉我，你有一件新套装，是绿色的，这也许是个非常不适合小男孩的颜色，但我觉得男人的服装太过乏味了，你说是吗？他们说女人千万不要为男人挑选领带，但我认为那都是胡说八道，所以这里就是我给你选的一条领带！"

又是一次，我不得不中断读信，窥探信封，又是一次，不是窥探为止。一眼之瞥就向我警告，不管是什么样式的绿色，对小男孩都是适合的，但这个绿色不适合，它芥末味太浓。然而，与芥末味反叛，领带已经被做成了一个可爱的蝴蝶结，这是人类的任何一只手都不可能打成的，同时后面一个整洁的圈环使得它即便穿着匆忙也几乎不会出错。

然而这条领带没有得享那一条领带的那种成功。赞许迟延，疑惑布满整个房屋。马库斯的眉间正在彤云密布，这时候特里明厄姆大人突然开口，把手从桌子对过伸过来：

"我可以看看吗？"

我把领带隔桌子朝他推了过去。

"我认为它很漂亮，"他说，"这么鲜艳。等一下，我来演示给你们看，系上它是个什么样子。"

他拉下他的蓝白混点的领带，摸摸索索一阵子之后（"我实在弄不懂它的窍门"），他把我的领带套到他的衣领饰钮上。到了他身上，它看上去就不像是马库斯深皱的眉头所告知我的那么一件普通的物件了，它看着古怪却显得优雅；而后他用手粗略地做了一点炫耀性的比画，又给出了一个意在表明此时此刻心无所虑的微笑——古德伍德赛马会式的，或许是？即便在我看来，那笑容也是可怜的，他的脸面和他的思想太难以步调一致了，然而他对此似乎无所觉察。"你要做何评论？"他问莫兹利先生，"你做何评论呀，玛丽安？"

我把这条领带保存了好些年。

"大家注意了，"莫兹利太太把她的椅子往后推了推说，"今天，"——她停顿了一下，"今天是利奥的日子。"她冲我笑了笑，那笑像是一个冰冷的浪，摔碎在我的脸上。"你喜欢今天怎么过呀，利奥？"

我完全说不出话来：我想不出任何一种度过这一天的法子。莫兹利太太试图在解救我出困境。"如果去野餐，你的

324

意见如何啊？"

"那好得很啊。"

"如果不下雨的话，"莫兹利太太扫视着天空说，"要不然午饭后驾车去彼斯顿城堡？你没看过那里，是吧？"

"那好得很啊。"我悲惨兮兮地重复了一遍。

"好吧，如果不下雨，我们就去城堡，好吗？我想你希望早上没什么活动，好跟马库斯玩儿。"

"好的，就请这么安排吧。"

"五点钟的时候，你就切你的蛋糕……你想说什么，德尼斯？"

"妈妈，我只想说，我们仍然不明白利奥想要什么。"

"我想我们明白了呀，"莫兹利太太温柔地说，"那适合你，是吧，利奥？"

"哦，是的。"我说。

莫兹利太太转身面向她的大儿子。

"现在你满意了吗，德尼斯？"

"妈妈，我的意思只是，在他的生日他应当自己作出选择。"

"但他不是选了吗？"

"哎，没有呀，妈妈，是您为他选的。"

他母亲的脸上表现出她在祈祷时的耐心。

"他没有给出第二个选择，所以——"

"我知道，妈妈，但在他的生日——"

"你能提议点什么吗，德尼斯？"

"提不出，妈妈，因为这不是我的生日。"

我看到莫兹利太太的手指紧攥了起来。

"我认为你会发现这各项安排都是恰当的，"她镇静地说，"那么，至于我们大人们——"

　　我和马库斯一出了餐厅，他就说：

　　"不行，利奥，你不能那样做。"

　　"不能做什么？"

　　"不能戴那条领带。"

　　"为什么不能戴？"

　　"因为，"马库斯解释着，慢慢地、一字一顿地说，"它是一条免结式领带。"

　　我们扭打了几下子之后，马库斯说："当然，特里明厄姆戴它无可厚非——他可以穿戴任何服饰，但是你，你必须当心啊。"

　　"当心，当心什么？"

　　"当心不要看上去像个没教养的人。不过因为今天是你的生日，关于领带我不想再多说什么。"

　　在整个早晨，我有足够的时间品味我的各种感觉。我的新的、本真的人格品尝起来平淡无奇。一方面，它没有什么生日精神；它不认可今天是一个与其他日子不同的日子，它不认可今天是一个可以有特别的情感特权和行为特权的日子。它总是在警告我不要自高自大。当在别人的眼里我出了洋相的时候，我在感到懊丧的同时要反击他们的判断；然而我不能够轻易地反击我自己的判断。新人格我的新导师，它不允许我察看那处作案现场；它甚至不让我去垃圾堆看一看那棵植物的尸首是否被运到了那里，但我与其他凶手一样，非常渴望到彼一游。很快，太阳出来了，太阳出来的时候，透过块块堆集的浓云把光泻下，我却不愿让我的精神升起与阳光相会。玛丽安和特里明厄姆大人并肩漫步，双双把头倾向对方，我们看到这一幕的时候，我胸中涌起的欣喜须努力才可收勒得住。我所有的关系，包括与人的关系，与事的关系，似乎都没有了边缘。即便是与马库斯的关系，依我看，他的位置总是模糊不清的，在学校是一回事，在他家又是另一回事，让我不容易相处；我们的友谊是诸多微妙适应的结果，是诸多精心权衡之后的感情，我看到的是一个比我自己稍微矮一点的、脑袋圆圆的小男孩，这时候他对我特别好，克制自己不讲法语，因为今天是我的生日。

我的生日！一切都回到了那个焦点。然而我没有觉得那是我的生日，我觉得我是一个满不在乎的看客，旁观着别的某个什么人的生日：这个人身着一件排扣当胸的诺福克夹克，肚子上系着一条皮带，穿着厚厚的长筒袜，系着鞋带的靴子上，齿状扣钩狞笑着上仰，活像长满牙齿的蛇要吞下他的双腿。

我没有意识到，我在图谋丢弃我的双重或者多重视角，以求得一个简单的自我，这是最大的伪装，而我已经开始实施它了。要剔除我的意识里我最喜欢的那一半，实实在在是一场自我否定的涅槃。要看到事物的本来面目——一种多么彻底的一贫如洗！我的肉体伤痕斑斑，我的精神伤痕斑斑，我漫无目的地随着马库斯闲逛，半是希望他撞上我，或者咒骂我，或者讲习他可以占我优势的法语，而不是用他棉絮般的社交举止将我包裹起来。

就在午饭前，我偷偷溜回我的房间，换上我的绿色套装，如此我感觉更加自如。

327

第二十三章

午饭很少会在三点钟以前结束，我们的驾车出游被安排在三点一刻出发。但乱云又聚集来了，这一次它们看上去来者不善，白色叠着灰色，灰色叠着黑色，一动不动的空气预兆着闷雷。我们一个接着一个走出屋外，眼盯着天空，再带着判断回到屋里。

这是第一次我们不得不看天气的脸色行事，也是第一次我看到莫兹利太太没了主意。还是一贯的样子，她的举棋不定不是表现在脸上，她的脸上一般带着一种肖像式的表情；但她的动作显得大不自在。最终，她提议我们应当等上一刻钟时间再看情况。

我们站在大厅的周围，处在一种临时计划所带来的不确定的氛围中，这时间玛丽安说：

"跟我来，利奥，告诉我在这天气你打算要做什么。"

我跟着她走到外面，认认真真地抬起两眼，看着低垂的天空。

"我想——"我开始说话。

"不劳开口，"她说，"如果我们不驾车出游，散一趟步怎么样？"

我想如今的任何人都不敢像她那时那样看上去天真烂漫。

"哦，好呀，"我热切地说，"你同我一起走好吗？"

"我希望我去得，"她回答说，"但我说的不是那种散步，我说的是这个。"说话的当儿，她的手碰到了我的手，我的手张开便是一封信。

"哦，不行！"我叫道。

"但我说可以。"

这一次她没有发火，她在大笑，而我开始了半心半意的与她的对抗。要抓牢这信，这让我处于不利地位。我们俩之间可能发出了很大的声音，因为我也在笑，笑声比她的大，比优雅举止所允许的声音大，跟海边偷期幽会的度假者们的声音一样大，而且我不想停下来，我想继续下去，直到有了结果。我们的目光挑战着对方，我们冲击、躲避、假装进攻。我想，她是在试图迫使我说我会拿走这封信；我忘记了我们的扭打是怎样开始的，我几乎辨不清，我是在防卫自己还是在攻击她。

"玛丽安！利奥！"

听到莫兹利太太的声音，我们分开了，玛丽安仍在笑，而我喘着气，甚感羞愧。

莫兹利太太慢慢地走下台阶。

"你们为什么打呀？"她问。

"哦，"玛丽安说，"我正在给他一点教训——"她没往下说，因为就在那一刻，我像德尼斯可能会表现的那样，把信扔了。皱皱巴巴的，谁也够不着，它躺在地上，在我们中间。

"那就是你们要争抢的骨头吗？"莫兹利太太问。

玛丽安把信捡起来，塞进我的衣袋里。

"是这么回事，妈妈，"她说，"我想让他把这个条子带给罗布森奶妈，可怜的老奶妈，我想让他告诉她，我今天下午的某个时间会过去看望她的。您信吗，利奥竟然不想去！他假装他跟马库斯有什么约定。是的，你就是这么做的！"她坚定地说，当我反驳说我愿意带走的时候，她脸上浮起了笑容。

"我不应该让这件事烦恼你，玛丽安，"莫兹利太太说着，最直截了当地轮番直视着我们两个，"你说她经常记不得你是否去过她那里；我在想我要和利奥在花园里散散步。老天在威胁我们，我们现在去不了彼斯顿了。来吧，利奥；我想你还没有认真地观览过花园呢；马库斯还没有到对花感兴趣的时间——他以后会感兴趣的。"

是真的，我没有认真地观览过花园。坦率地说，我更喜欢看垃圾堆，因为在那里我才会有探险的感觉，这是在花园里不会产生的感觉。不过，我妈妈给我讲过一些有关花卉的知识，植物课又是我最重视的一门课程。在抽象观念中，鲜花朵朵，让我兴奋；我的幻想之海要由花簇远远地构筑堤岸，如果没有堤岸，幻想是不完整的。我喜欢遐想它们，想知道它们是存在的。我喜欢阅读它们，尤其是耸人听闻的那些种类，那些食虫植物：茅膏菜，瓶子草，刺果，它们可以把昆虫变成汤汁。然而，纯粹的凝目赏花还是一个我并没有养成的习惯，况且在莫兹利太太的陪伴之下，我还相当害怕。我与玛丽安的打斗让我依旧上气不接下气，我隐约有一种需要得到某种保护的感觉，于是我说：

"请您让马库斯也跟我们一起来，好吗？"

"哦，不用了，他整个早上都抓着你玩，他应当放过你一个小时。你知道，利奥，他非常喜欢你，玛丽安也一样，我们都非常喜欢你。"

听了这样的话，我不可能不欣喜若狂，但我该怎么对答？在学校的经验给不了我什么启示；在学校，人们不说诸如此类的话。我想起了我妈妈的形象，试图使用她的语言。

"你们所有的人都对我非常好。"我夯着胆子说。

"是吗？我在担心我们对你重视不够，马库斯卧病在床，我也生病出不了门，等等。我希望他们把你照顾得没有什么差池？"

"哦，人们把我照顾得很好。"我说。

我们一路走过了雪松树，走到花坛开始的地方。

"你瞧，"莫兹利太太说，"花园就在这里了。它看上去不是很规整对称，是不是呀？还有那道 L 形状的花墙？换作我，我是不会让把墙做成那么个样子的，但它们把东风和北风挡住了，所以这种玫瑰才能长在上面，这么可爱。不过，你真正地对花感兴趣吗？"

我回答我感兴趣，尤其是有毒的花。

她笑了笑。

"我想你在这地方找不到很多那样的花。"

为了显摆我的知识，我开始给她讲关于那株索命颠茄的事，然后我闭上了嘴。我发现我并不想说这事，而她也只是半听半不听。

"你是说在一间外围房屋里？你的意思是说，在旧花园曾经的位置？"

"是的，就在那一带的某个地方……不过……您能告诉我这玫瑰叫什么吗？"

"美人鱼[1]，多漂亮啊！你把那地方称作外围房屋，你经常去吗？我应当想到它是个相当阴湿的地方。"

"是常去，但可能会有偷猎者。"

"你的意思真的有偷捕偷猎的人吗？"

"哦，不是，只是伪装成偷捕偷猎。"

我们在一株淡粉淡红的木兰花旁边站住了，莫兹利太太说：

"这花总是让我想起玛丽安。你说你会把她的便条带到罗布森奶妈那里去，你很乖。她经常差遣你送信吗？"

我尽可能快地思考了一番。

"哦，不经常，只一次两次。"

莫兹利太太说："我刚才阻止你去了，这相当困扰我。或许，你现在想去吗？你自然知道怎么走，是吧？"

这是一个逃脱的机会：大门敞开了。但我该怎么回答她的问题呢？

"啊呀，路不是很熟，但我可以问。"

"你不认识路啊？但我想你前面往那里送过信啊？"

"是的，对了，是的，我送过。"

"那你依然不认识路啊？"

我没有回答。

"你听着，"莫兹利太太说，"我想也许这个便条应该送到。它就装在你的衣袋里，是吧？我叫一个花匠，让他拿着去送。"

一个如冰的激灵穿透我的全身。

"哦，不用了，莫兹利太太，"我说，"那一点儿也不重要，请不要为它费心了。"

"你明白的，从一定意义上说，它不是不重要，"莫兹利太太说，"因为罗布森奶妈将要为她的到访做准备的——老年人不喜欢被出乎意料地打搅。斯坦顿，"她叫了一声，"你过来一下好吗？"

离我们最近的一位花匠放下他的工具，迈着花匠的步子朝我们走来，左摇右摆，慢条斯理。我开始能看得清他的脸面了：那活像一张刽子手的脸。我本能地把手伸进衣袋里。

花匠扶了扶他的帽子。

"斯坦顿，"莫兹利太太说，"我们这里有一张便条要送给罗布森女士，相当紧急。请你送一趟好吗？"

"好的，夫人。"斯坦顿说着，伸出了手。

我把我的手指插进我的衣袋，想方设法不要让纸发出响声，绝望地扭动身子，"便条不见了！"我大声叫道，"非常对不起，但它准是从我衣袋里掉出去了。"

"再摸摸，"莫兹利太太说，"再摸摸。"

我摸了摸，还是没有。

"哦，很好，斯坦顿，"莫兹利太太说，"你告诉罗布森女士，就说玛丽安小姐今天下午的某个时间要去她那里。"

那人敬了个礼，走开了。我有一种跟着他走开的冲动，只是为了逃离，而且事实上已经挪了几步，这时候我意识到这样的动机有多么无望，于是倒了回来。

"关于那张便条，你改变主意了吗？"莫兹利太太问我。

像大多数儿童一样，我见不得被人挖苦，于是没有回答，而是仰头盯着我的女主人宽大的丁香紫裙子一半高处的一个点，赌气地看。

"请把你的手从衣袋里拿出来，"莫兹利太太说，"没人告诉过你，站着的时候不要将双手放进衣袋里吗？"

我默默地遵从了她。

"我可以让你把你的衣袋翻出来，"她说，我的双手即刻飞动，盖住衣袋，"但我不那么做，"她继续说着，"我只问你一个问题。你说过你以前曾经给玛丽安传送过信息，是吗？"

"嗨，我——"

"我想你这么说过。假如你没有把信息送给罗布森奶妈，那你把信息送给了谁？"

我不能回答，但一个答语传来了。那声音就好像是上天在忍着疼痛清理它的嗓子，接着，四面八方，雷声隆隆。

大雨即刻瓢泼。我记不起我们的交谈是怎么终结的，或者是否我们两人中的谁再说过什么，我也记不起我们是怎么到达房屋的。然而，我记得我跑上我的房间，在那里寻求庇护，当我发现房间已经被另外一个人占据的时候，我一副沮丧。房间不是被那个人本身占着的，而是被他的行装占满：他的水杯，他的银器，他的皮革，他的乌木，他的象牙，他的毛刷，海绵，还有剃须用具。我踮着脚尖走出来，不知该往哪里去；因此我把自己关进了厕所里，当急不可耐的手指把门把手摇得咯咯作响的时候，我感到的是缓解与松懈，而不是惊慌失措。

除了玛丽安和莫兹利太太，我们所有的人都聚集到了茶桌。有好几张陌生的面孔：来庄园参加舞会的客人。外面一片昏黑，许多灯都点起来了；这是晚餐时间而不是喝茶时间，我竟无法消除自己这错位的想法。没有女主人，我们四散站开，透过窗户观看闪电的光，东拉西扯说闲话。没有谁跟我说很多；我像一个英雄或是像个受害人被隔离开来，直到各项议程开始。我的思绪一片杂乱，但我周围的各事各物都显得跟平常一样；在桌子中间是我的蛋糕，一个白色的裹了糖霜的蛋糕，周围环绕着粉红色的蜡烛，我粉红色的名字龙飞凤舞地横跨蛋糕。最后，屋子里一阵一致的行动，我就知道莫兹利太太进来了。其他人开始绕着茶桌集结，但我落在后面犹犹豫豫，畏缩不前。

"请坐这儿，亲爱的利奥。"莫兹利太太说，我不甚情愿地爬进她身旁的那个座位。然而她的举止和蔼可亲：我没有必要一直对她心存恐惧。

"我又得把你从你的房间搬走了，"她说，"搬到马库斯的房间。我非常抱歉，但我们必须把你的房间腾出来，给另一个比你年龄大的单身汉住。马库斯非常高兴你又回来了，希望你不要介意。"

"我根本不介意。"我说。

"你看到你前面是什么了吗？"她问。

我前面东西很多，彩包爆竹，鲜花朵朵散布在桌布上，还有——我突然看到了——另一个蛋糕，是那个中心蛋糕的完全摹本，只是很小，顶上插着一支蜡烛，上面写着我的名字。

"这是我的吗？"我问了这么个犯傻的问题。

"是的，每一样都是你的。不过你知道，我不喜欢十三这个数字——我是不是愚蠢呀？我认为十三不吉利，所以我们围着大蛋糕一圈放了十二支蜡烛，然后，当十二支蜡烛被吹灭的时候，你再点着这一支。"

"啥时间这么举行呀？"我问。

"玛丽安到了的时候，她想当给你送礼物的第一人。别想着猜测她的礼物是什么，其他礼物都在餐具柜上等着你呢。"

我斜了一眼，朝餐具柜上瞅过去，看到好几个包裹，用彩色纸包装起来，喜气洋洋。我试图从它们的形状辨别出包在里面的可能是什么东西。

"你可以等吗？"莫兹利太太说，话中略带调侃。

"等多久才这么举行呀？"我又问了一遍。

"我们想的是大约六点钟，当玛丽安从罗布森奶妈那里回来之后。她要不了多长时间就回来了，我们开始得太晚了。恐怕是我的错，是我没有准备好。"

她笑了笑，但我注意到她的双手在颤抖。

"您淋雨了吗？"我问。我感觉到了一种无法抵挡的冲动，应当提一提我们的谈话，我不能相信她会忘了。

"只着了几点雨，"莫兹利太太说，"你没有等我，你是个缺少骑士气概的家伙。"

"利奥缺少骑士气概吗？"特里明厄姆大人问，他坐在莫兹利太太的另一侧，"我不相信，他是一个行止有度、深得女士喜欢的男人。您难道不知道他是玛丽安的护卫骑士吗？"

莫兹利太太没有回答，相反，她说：

"是不是该利奥切蛋糕了？"

蛋糕在桌子中间，我够不着，所以有人把它拿到我面前。不甚遂愿，我切蛋糕切得不是很好。

"给玛丽安留一块。"有人说。

"这会儿她应该到这里了呀。"特里明厄姆大人说，一边看着他的手表。

"雨还在下，"莫兹利先生说，"我们最好派马车去接她。我们为什么早没有想到派车去接呢？"

他摇响了铃，发出了指令。

"她出发的时候在下雨吗？"有个人问，但没人回答，没有人看见她去。

蛋糕吃完了，只剩厚厚的一个楔形块侧放在盘子中间，蜡烛围着它，燃得很亮。

我们听到马车从窗前驶过。

"从现在起十分钟后她就跟我们在一起了。"特里明厄姆大人说。

"然后她就得改头换面了，是不是呀？"马库斯说。

"嘘，"德尼斯说，"那是秘密，非常重要的秘密。"

"什么秘密？"莫兹利太太问，"什么秘密呀，德尼斯？"

"玛丽安将要改头换面了。"

"既然是秘密，为什么还要讲出来呀？"

德尼斯安静了下来，不过是马库斯说出他姐姐改头换面的话，并不是他。

有一个人说："她可能没有等马车，而是冒雨步行过来了。那样的话，她就得改换装束了，可怜可爱的姑娘，她就会湿透了。"

另一位客人说："莫兹利太太，你家姑娘多么心地善良啊！并不是每一个女儿都会对她的老奶妈这么好。"

"玛丽安总是非常喜欢她。"莫兹利太太说。

"现在嘛，利奥，请吹灭那些蜡烛，省得它们点着什么东西，然后把你的蜡烛点着。你的肚皮还有空间吃得下一点

337

点专门给你自己的蛋糕吗？"

我站起身来，照着她的指令做，房间里很快就充满了吹气的声音。蜡烛的火苗尽管柔弱，但要吹灭也不是很容易，我还没有开始吹，就已经相当上气不接下气了。不过肺活量更大的、更新鲜的力量帮了我的忙。

"哦，把烬头捏一捏，把烬头捏一捏！先舔一舔你的手指头！"

最终，冒着烟的蜡烛芯熄灭了。我点着了我的一根蜡烛，为自己切了一小块我的小蛋糕，但我吞不下去。

有人说："就让他拿着他的蛋糕吧，别让他吃了。"

出现了一个停顿；我注意到在最后的几分钟里，紧接着每一个行动、每一句话之后，几乎都是一个停顿。

"她马上就该到这里了。"特里明厄姆大人说，没人对此发出疑问。

"我们玩一轮彩包爆竹吧，"莫兹利先生提议，"过来，利奥，来跟我一起扯开一包。"

每个人都找到了伙伴；有的找到他们的邻座，有的找到了他们的对面。有几位女士皱紧了她们的脸，把头向后仰；一两位勇敢一点的人扯断了纸箱包装带。

"现在，大家一起来！"

引爆声不同凡响，经久不息，同外面的雷声合在一起产生大得可怕的共鸣；我认为，在马车轮从窗前碾过的时候，只有我的耳朵捕捉到了它们的响声。

人们戴上了帽子，笨蛋高帽，军便帽，罗马头盔，王冠；六孔笛在尖叫，懒洋洋的嗓音唱着多情的押韵诗。"再来一轮，再来一轮！"每个人开始在残存遗留中间搜寻尚未使用过的彩包爆竹；很快，我们全部二次装备起来，带着潮红的、挑战的表情，相互面对。这一次，我的彩包爆竹玩伴是莫兹利太太，她弯下头去，紧闭双唇。

有人叫了一声："给玛丽安留一个！"

又是一遭引爆声，撕扯纸张声，香烟味，刺鼻的爆竹烟味。当声音和气味渐渐消散、笑声响起的时候，我看到男管家站在莫兹利太太侧旁。

"对不起，夫人，"他说，"马车回来了，但玛丽安小姐没有回来。她不在罗布森女士家，罗布森女士说她一整天都没去过。"

这一则消息让我沮丧，好像我未曾预想过这样的事变会发生。也许，我是没有预想过这样的消息：也许，我是说服了自己，玛丽安会去奶妈家。我的五脏六腑又开始厌恶起我的生日茶来。横过桌子，各色帽子总能让大人们看上去比他们的真实状况更加苍老，在这些帽子的掩隐之下，眼睛在闪着亮光，脸在灯光下红中透黑，尽是一副野蛮鬼怪相。他们让我想起吸烟室里的那些画——他们已经忘记了自己是谁。

"她会去哪里呢？"有人问道，但问得似乎无关紧要。

"是啊，她会去哪里呢？"

"她必须改头换面了，也许她现在正在改头换面呢。她也许就在楼上，改换装束呢。"德尼斯说。

"这样的话，我们所能做的，只能是等待她。"莫兹利先生温和地说。

帽子冲着帽子明智地点头，口哨开始响起，有一个人开始读一则谜语，扯着嗓子以便人家听得见他，这时候于忽然间，莫兹利太太把她的椅子往后一推，站起身来。她的胳膊肘子外伸出去，她的身子弯曲、颤抖，她的脸辨认不清楚。

"不行，"她说，"我们不能等，我要去找她。利奥，你知道她在哪里，你给我带路。"

我还没有弄明白在发生着什么，她已经把我从屋里卷了出来，是用她声音和举动中的权威，也是用她的手，我想她的手是攫住我的肩膀的。"马德琳！"她丈夫的声音在背后叫她，这是唯一的一次我听到他喊她的名字。

就在我们穿过大厅的时候，我的两眼瞥见了绿色的自行车，我的脑海即刻将它拍摄了下来。自行车倚靠在楼梯的端柱上，不知什么缘故，让我联想起一只山中的小绵羊，长着弯弯的角，低着头，是在道歉，或是在防卫。车把转向我，与车座极大的高度形成对比，显得渺小，车座露着六英寸长、闪闪发光的钢管，它被拔出到最大限度，以便玛丽安可以骑着走。

在我冒着大雨跑在莫兹利太太一侧的时候，自行车的视像留在我心里，透射着某个事件错误地发生、错误地使用之余的压抑感。我不知道她居然能跑，而且让我几乎跟不上她，她跑得太快了。她的丁香紫色的纸质女帽很快就被浸透了；在她奔跑的时候，帽子软弱无力地飘动着，然后贴到了她的头上，黑暗，看得透，与此同时，水从带子上滴下来。我感到雨水透过我的笨蛋高帽慢慢渗进来，冷却了我的脑袋，顺着脊背流下。

事实上，雨没有先前下得那么大了，雷声听着遥远了，闪电不再是从黑色云块上突奔出来的冰染的蓝色，而是一股橘黄色的细流，沿着报春花色的天空慢慢地蜿蜒而下。暴风雨尽管让我显得更加悲惨，我还是太过恐惧而关注不到它；

我感觉最明确的——在我的惨状之外——是充斥着空气的、难以名状的雨的味道。[2]

莫兹利太太不说什么，只是跨着宽大、笨拙的步伐奔跑，她的装饰着三排穗带的裙子拖在铺路石上，拖过小水坑，唰唰作响，很快我就意识到，是她在引导着我跑，她知道我们要去的地方。当我们跑上杜鹃花中间的煤渣小径的时候，我试图要她回转，我叫道："不是这条路，莫兹利太太。"然而她毫不在意我说什么，只顾盲目前冲，直至我们到了索命颠茄生长的那处外围房屋。蓬乱的残株仍在挡道，折枝奄叶，了无生机。她停下来，隔着叶子朝里面窥探，叶子尚有湿度，但已枯萎。"不是在这儿，"她说，"而是在这儿，也许，或者是在这儿。你说过有偷猎人。"从这排被遗弃的陋屋里没有传出任何响声，只有雨水拍打着它们长期遭受风吹日晒的屋顶。帮着她搜寻使我无法忍受，我退缩回来，哭了起来。"不行，你必须来。"她说着，逮住我的手，就是在那个时候，我们看到他们一起躺在地上，两个身体做着同样的动作。我想，我与其说是惊恐万状，倒不如说是不知所措；是莫兹利太太一次又一次的尖叫，还有墙上的一个像雨伞一样一开一合的阴影吓着了我。

我很少记得别的什么了，然而不知什么原因，在我仍然在布兰汉庄园的时候，有一件事情我是理解了的，特德·伯吉斯回到家里，射杀了自己。

后记

当我放下我的笔，我想着与此同时也收起我的各种记忆。它们已经各归其日夜，各归其星期，各归其月份，然而最终它们并没有安于所归，这就是我最后要写这篇后记的由来。

在我的神志故障期里，我像一列运行在一系列隧道里的火车，有时候进入白昼的光亮，有时候进入黑暗；有时候明白我是谁，我在哪里，有时候不明白。一点一点地，白昼的光亮时段在变得更为连续，最终，我在露天里奔跑；到了九月的中间，我被认为适合返回学校了。

然而，在布兰汉庄园外围房屋机密外泄之后发生了什么，我的记忆并没有恢复，那一节和我回家的情节一样，保持着一片空白。我记不得它，我也不想记得它。医生让我为自己卸下包袱，说这样对我有益，而我妈妈也在想方设法实现我卸包袱的目标，然而如果我能卸下包袱，我就不必要告诉她我有包袱了。当她主动要告诉我她所了解的情况，我便大喊大叫要她停住，我从来不知道她实实在在了解多少。她常常会说："但你没有什么应当感到羞耻的，根本没有，我的宝贝。况且，现在一切都过去了。"

但是我不相信她，练就不相信的能力非常困难，革除

342

不相信的能力又是同等的困难。我不相信一切都过去了，我也不相信我没有什么应当感到羞耻的。相反，在我看来，似乎每一件事我都应当感到羞耻。我出卖了他们所有的人——特里明厄姆大人，特德，玛丽安，欢迎我加入他们中间的整个莫兹利家庭。出卖的后果到底是什么，我不知道，也不希望知道；莫兹利太太的声声尖叫是我意识清楚时的耳朵听到的最后的声音，我通过这些尖叫判断出卖的后果的严重程度——因为特德自杀的潮汐是无声地朝我涌来的，就像睡梦中的一种交流。

他的命运我的确了解，我的悲伤也正是为了他。他萦绕在我心头，挥之不去，不仅仅以最可怕的方式，他的鲜血和他的脑浆漫溅厨房四壁的场面，而且还有他擦枪的持续不断的画面。想到他把枪擦拭得干干净净只为用来射杀自己，对我是一种特别的折磨；他在擦枪的时候可能产生过的所有的念头中，他将用枪来解决自己的这一念头定然是离他的心智最遥远的一个念头。这其中的讽刺就像一支利箭，扎在我的心灵里。

我不曾想过他们待我不甚厚道，我不懂得怎样针对一名成年人写就起诉诉状。一连串的情景发生了，正需要我去应对，就像在学校我必须应对詹金斯和斯特罗德的迫害一样。在那个时候，我是成功的，我把他们的侮辱词语"彻底溃败"调转了矛头，指向他们自己。这一次，我失败了：是我"彻底溃败"了，而且是永远彻底溃败了。

在学校的时候，一则法术救我脱困；在布兰汉庄园，我也不得不求解脱于法术。法术起作用了：我不能否认。它解除了特德和玛丽安之间的关系，我早就预见到了，这关系要是继续，就会产生这样的悲惨结局；它连根拔除了那株颠茄，让特德自己的两条胳膊着了邪魔，不过它也让我遭受了报应。在毁掉那株颠茄的同时，我也毁掉了特德，并随之也许毁掉了我自己。当时，我精疲力竭，躺在地上，拔起的根上的泥土雨点般向我洒下来，这一刻真的就是胜利的一刻吗？

我见我自己进入了特德的生活，一个陌生的小男孩，一个来自遥远处的不速之客，从他的干草垛上溜下来；在我看来，似乎从那一刻起，他就在劫难逃。我也一样——我们的命运被连接到了一起。我不可能伤害了他而不伤害我自己。

是的，我所调动的超自然力量惩处了我的臆想。为什么要惩处我？当我在学校的时候，它们是很明确地在我一边的呀。我告诉我自己，其理由在于，在布兰汉庄园的时候，我调动这些力量相互攻击，我在试图引发黄道星座的自我攻击。在我的眼中，我的剧本中的演员们是神仙，是全盛时代的继承者，他们继承着正在来临的 20 世纪的荣耀。

因此我不论朝哪个方向看，看经验的世界，或者看想象的世界，我的凝望都空对自己，一无所获。两个世界中的任何一个我都不能联结，而缺乏从这许多脐带中输送来的营养，我萎缩成了我自己。

*

当我和马库斯在学校再次相遇的时候，我们见面几乎就像陌生人。我们相互之间彬彬有礼，但保持距离；我们从未一起散过步，也从未提说过去。没有谁对这种情况做过评论；在学校，友谊总是处在一边建交一边断交的状态。我找到新的朋友，与他们往来，但在这些友谊当中，我很少注入自我——实实在在，我也不剩余什么可借以注入。然而，每日瞥见马库斯就让我想到我需要守住秘密，他的影子像榔头砸击钉子，把我牢牢封死。听到任何关于布兰汉庄园的消息时，我那种情不自禁的恐惧渐渐地进入麻木漠然的状态，一种关于人的好奇心日渐萎缩的状态，这种萎缩在许多方向上延伸，事实上，在近乎所有的方向上延伸。不过，另外一个世界来帮我的忙了——事实的世界。我在积累事实：那些独立于我之外而存在的事实，那些我私下的愿望既不能使之增加也不能使之减损的事实。很快，我开始把这些事实当作真理，唯有的、我一心一意要认清的真理。帕斯卡①可能会批判这些事实，因为它们是缺乏慈善的真理；它们既无助于经验，也无助于想象，但久而久之，它们既取代经验，也取代想象。实实在在地讲，事实中的生活业已证明是生活中的事实的恰到好处的替代概念。这样的生活没有叫我失望，相反，它维护了我，而且很可能救了我的命；因为当一战爆发时，我运筹事实的技巧被当作重要的技巧，比我可能在战场上发挥的任何作用都更重要，所以我跟许许多多其他人一道，逃脱了上战场的经历，在这样的人中间调情胡混。特德没有告诉我偷期幽会是什么意思，但他演示给我看了，他给我演示的时候付出的是生命的代价，因而打那以后，我从来没有对偷期幽会感兴趣过。

除了那些藏在衣领盒里的东西之外，还有许多记录逐渐曝光。我和我妈妈两人都沉溺于收藏旧物，我保存着所有她写给我的信件，她也保存着所有我写给她的信件；我

---

① 帕斯卡：法国科学家、神学家。有语"真理失了慈善就不是上帝，只是上帝的外表和幻象"。

在布兰汉庄园期间我们的往来信件，没有费时多久就全部找到。在这些信件中有一个信封，密封了，但未写地址。是怎么回事？然后在一闪念间，我猜想：它是我的生日那天下午，玛丽安交给我送到特德手中的那封信。我想打开它，我又不想打开它，这是程度相同的两种想法。最终，我妥协了，把它搁在我旁边作为一个奖励，只有我完成了整理之后才能打开。

我所养成的尊崇事实的习性产生效果了，它使我能够在我的灵魂上涂一层伪装层[1]，而在那个时候我是不允许自己这么做的。这样一来，事情在我这里逐渐清楚了——按时间顺序得到了证实——在我充当信使没有发生任何问题的时候，玛丽安是很喜欢我的。后来，她把她的偏爱翻倍了，她讨好我的同时，也冲我塞入许多谎言；不过，绿色套装的插曲是第一个发生。现在我明白了那个时候我没有弄清楚的事，她去诺里奇的首要目的是要约会特德·伯吉斯：在广场另一边，那顶高举起的阔边帽想来一定是他的。然而，如果说我只是她行程的一种托词，我也太过愤世嫉俗了。一方面，这个托词的代价如此之大——不是说她在乎钱。我很是相信，她是真心地关注我持续不断耐热过度的状态，因而想给我做一件善事。尽管如今在我看来无法解释得通，但我深信她没有真正地关注过我，这样的信念一直是我不得不吞下的最难下咽的苦药。同样地，特里明厄姆大人和气友善、平易近人，对此我是非常看重的，但也并不完全出自那个单一愿望，即我该是他和玛丽安之间的一个方便的纽带。特德的行为更值得怀疑。当我告知他，我是布兰汉庄园的一位访客的时候，他的举止中的变化多么明显！

当我开始对传递信息表露出踌躇的时候，他哄骗和威胁交替使用，多么狡诈！而尽管如此，他对这些真正表示了歉意，他甚至像一个好孩子该做的那样，亲口说了对不起了。也许，在我们所有人中间——我也包括在里面——他是唯一的一位有过真正的悔悟冲动的人。

我能够分离出在当时对我隐藏的其他事实。在玛丽安声称要去陪她的老奶妈的时候，一定是马库斯告诉他母亲，我知道玛丽安在哪里；他的法语优越于我，他用法语刺激了我，致使我吹了那个既犯傻气又惹灾难的牛皮。我认定，所有的学童都该像我一样，绝对地遵守着"不向老师打小报告"的规矩——像马库斯本人，只要他在学校，他定会那样不折不扣地遵守规矩。我未曾想到，当我们进入彬彬有礼的上流社会的时候，我们不但要改变我们的语言和词汇，而且要改变我们的本性——或者至少要改变对本性的表达。

还有我，我在客居之后的很长一段时间里，自我认定罪孽深重，后来我不再那样浑身负疚，那段时间之后的许多年里，我逐渐认为我无可指责，如今我也不像那样清白无辜。我渐渐地把一切恶果都归咎于那次客居，甚至把我自视过高的毛病也归咎于它。我不该阅读玛丽安的字条；我不该误传玛丽安赶赴特德幽会的时间。第一个过失尽管可恕，实则令人懊丧；第二个过失，如果动机不坏，其造成的后果则是致命的。然而，如果我在已经六十好几的当下不那么做，那也是因为我已经很长时间不思谋干涉别人的事务了，不管这类干涉是出于善意还是恶意。"当过一次送信人，就永世不再在别人中间跑来跑去。"已经成了我的人生信条。

至于那个法术，我摇了摇头，我不能把它看得认真。它

347

不能融入事实的世界。寻找事实就意味着寻找真理，这寻找对我产生了莫大的镇静作用和排解作用，致使我客居布兰汉庄园，那个我心目中的蓝胡子凶宅[2]，那段经历最终失去了它的恐怖感。那段经历不那么吓人了，充其量是一个项目繁多、连篇累牍的文献寻索。它可能是发生在另外一个人身上的事。橱柜门打开了，里面安装着电灯，但骷髅瓦解，碎作尘土。

我所挖掘出来的事实已经足够达成我的目的。当然，它们还不完整。假如我想更精确地了解我的生活是怎么个样子——成功与失败，幸福与悲凉，完整与破碎，等等——我必须考虑其他事实，那些收集于外部世界、收集于生活渊源、我的记忆所不能及的事实。我必须了解故事中其他人的命运结局，了解那段经历怎样影响了他们。其他人！我对有关其他人的事实不怀善意：我并不介意把他们的名字印成铅字，提供证据，然而我不想让他们有血有肉：如果那样，他们就会惹起不尽的烦恼。

至于那些布兰汉庄园里的"其他人"，不知什么原因，在我停下来之后，我就不能思量着让他们活动起来了。他们像图画中的人物，画框关住了他们，受限于时间和空间的双重画框，他们跨不出来，他们被囚禁在了布兰汉庄园里，囚禁在1900年的夏天。就让他们待在那里，固定在他们的两维平面里：我不想把他们开释出来。

于是，有了宁静的心态，我就可以介入这最后一项证据，那封没有拆开的信。

"亲爱的，"信上面写着——这一回只有一个亲爱的——

"我们值得信赖的送信人肯定出纰漏了，你不可能说六

348

点钟见面。要是那样，你浑身上下盖满草籽，你头发里钻满麦草，你是不适于见人的！所以，我写信是要说，如果可以，你六点半来，因为今天是我们可爱的邮差的生日，我必须到场送他一件小小的礼物，正是邮差使用的东西——当他拿到我们的信息的时候，他再也不必徒步跑了，可怜的小家伙！我要把这礼物送给他。妈妈在为他安排其他计划，尽管他十分精明，他也不可能智胜我妈妈，如果他过不了我妈妈的关，我会赶六点钟到那里，然后等到七点，或者八点，或者九点，或者到世界末日——亲爱的，亲爱的。"

我的眼睛里开始流泪了——我认为，那是自从我离开布兰汉庄园以来，从未流过的眼泪。这么说，那才是她给我绿色自行车的原因——为了方便我在布兰汉庄园和农场之间的行程。哎呀，我从来没有想到过！她是个冷漠的人，我不在乎。我唯一期望的是，我把它保存下来，而不是让我妈妈因为我不用它而送人。

图画中的人物形象开始动了；好奇心又在我心目中翻腾起来。我要返回布兰汉庄园，弄清楚我离开之后发生过什么事。

顾不得什么预兆，我在少女首领饭店登记了一间房子住下，第二天，不由分说，我便租了一辆汽车，驾着它向我的目的地进发。

关于村子，我的记忆已经相当模糊，然而即便有模糊记忆，我也是认不出它的。着眼的角度就差别很大：跟我上一次看见它的时间相比，我增高了一英尺，而它似乎降低了若干英尺。一辆过往的汽车就可以把房屋的一半高度给截去；我见一位妇女站在一个上层的窗子边，只是不见她的头部和肩膀，是窗子太低了。这地方变了，相伴着五十年来的所有变化而变化——要知道，那五十年是历史上最是多变的半个世纪。我甚至没有感到我是归来的游子；我感觉，我就是个陌生的过客。我在思考，改变最小的会是什么呢？是教堂。我把脚步拐向了教堂，到了教堂，我便径直走向耳堂。里面增加了两块新的壁画牌匾。

我看到：休·佛朗西斯·博仁，第九世特里明厄姆子爵，生于 1874 年 11 月 15 日，卒于 1910 年 7 月 6 日。

这么短暂呀！可怜的休！他的生命本来就不会是美好的，我暗自思忖，这思忖不是医生观念层面的。忽然间，我想到他是一个比我年轻得多的人，他那时候似乎苍老得多：他是个三十六岁的年轻男子，但看上去，他任何年纪的可能都有：他的脸由凡人之手毁损过度，这是对上帝之手仁慈的造化之术的残忍回应。我竟从来没有想到过，在可见的毁损之外，可能还有其他不可见的毁损。

愿他安息。

他结婚了吗？我在疑惑。牌匾上没有记载子爵夫人，似乎也没有线索可借以弄清真相。不对，有线索，因为在远处的角落里还挂着另外一张牌匾。

休·莫兹利·博仁，第十世特里明厄姆子爵，生于 1901 年 2 月 12 日，1944 年 6 月 15 日阵亡于法国；还有他的妻子阿莱西娅的记录，1941 年 1 月 16 日在一次空袭中丧生。

如果这些是事实的话，那它们也是匪夷所思的事实。尽管我对我离开时的情况记得的很少，但我可以十分有把握地说，在我离开的时候，特里明厄姆大人还没有结婚：实实在在讲，他与玛丽安的婚约还没有公之于众。他怎么可以做到在不到七个月的时间里结婚并生下儿子？

我想不到答案，这足以表明外围房屋的那一幕在我的思想上留下了多么深刻的印象。我不能设想在那以后玛丽安还能活下去，那种事情不仅仅比死亡更可怕，它也意味着死亡：她被绞杀了。

我摇了摇头，依旧疑惑不解，且有一点恼怒——因为，那么多事实让我已经占尽了事实的先机，而当事实占了我的先机的时候，我就是不喜欢这种感觉——我在一个自认为是五十年前曾经坐过的座位上坐下来，我发现自己也像早年前的那个时间一样，在寻找有关第十一世子爵的纪念物。

然而没有。难道这一脉消失了？然后我突然想到，第十一世子爵有可能还活着。

回顾我的过去，我迷失的自我，我想起来了我一贯地对连祷、对基督教所坚信的一般意义上的原罪，曾经是多么缺乏容忍。我对它们连思考的念头都没有！打那以后，我做了大量的思考，尽管不是宗教精神的思考，也不是当作原罪来思考。我听任命运的摆布，有时候我还因之而祝贺自己；然而当我对它的单调乏味产生逆反的时候，我明白应当责怪哪些地方，于是我对布兰汉庄园和它所造就的所有后果的憎恨就硬化成了对人类的一种总体怨愤。我不把他们称作罪人——我的指代概念里没有原罪这个词——但我不喜欢他们，也不信赖他们。

但我那时的赞美与感恩算是什么感觉呢？我过去常常热情洋溢地唱出的歌"我的歌声总是在赞美您的仁慈"（唱歌是我已经放弃的学业之一），算是什么感觉呢？这首歌即便我可以拔到它的高音，我现在也是不会唱的。在现代世界，赞美和感恩的地方似乎太小了。上帝的仁慈，所有的人都倾向于让自己匍匐在上帝脚下的情结，迄今已经被同赞美诗一道，抛到九霄云外去了。

我走进的时候，在门廊里看到了一个通知，说教堂一直对游人开放，部分地是出于私下祈祷的目的；愿来访的人为教区的神父祈祷，为由这位神父所主持的集会祈祷，为那些虔诚的灵魂祈祷，他们已经去世，却又向往着令人喜悦的复活。

尽管我上教堂做礼拜的时日已经过去，但不顺从通知要求似乎也不甚光彩；当我在该为那些已经逝去的虔诚灵魂祈祷的时候，我又不可不为休奉上一段祷词，我也不可不为他的儿子和儿媳奉上一段祷词；然后我记起了特德，纵使我不好说他是否被安葬在献祭过的土地上，有没有资格享受祷告，我也为他奉上了一段祷词。然而，我仍然不甚满意。我记起了在我们这出戏里面所有的人，因此为他们祈祷，最后，我甚至为我自己祈祷。

我走出教堂，拿不定主意我下一步该做什么。我到布兰汉来，没有一个明确的活动计划，但有某种模模糊糊的想法，我要寻找一位最年长的居民，向他或是她打探信息。最有可能找到这样一个人的地方是茶馆酒肆，但时间尚早，这样的场所开张还不到个把小时。不知什么缘故，我不大喜欢这类地方，所以很少进去过。

我站在教堂庭院里，一展眼看到了板球场。正值五月中旬，人们正在修剪草坪，碾平场地，把它修葺得与赛季步调一致。显然，板球在布兰汉依旧欣欣向荣。观看亭还在，敞怀向我，我尽力辨别当我创造我的具有历史意义的接球的时候，我是站

352

在哪个位置的，我在遐想，当一个板球手会是一种什么样的感觉，因为板球是我返回学校之后免除的又一项活动。

我转过身，一路朝村子走去，就在我走进街道的时候，我看到一个人，他的脸面对我来说似乎不像其他面孔那么陌生。他是个二十五六岁年纪的年轻人，不是我正要寻找的那类人；也许对这个地方而言，他也是个陌生的过客。肯定地说，他对我而言是个陌生人，我不大喜欢同陌生人交谈，但有一个问题他也许能答得上来。

他身穿一件运动上衣，一条灯芯绒旧裤；他的脸撮起来思考着什么。

"打扰一下，"我说，"请问现在仍然有一位特里明厄姆大人住在布兰汉庄园吗？"

他看着我，好像他跟我同样对陌生人抱有偏见，好像他想独来独往，谢绝打搅，但又不想独来独往，想受到打搅。

"是有一位，"他说，话相当简短，"事实上，我就是特里明厄姆大人。"

我这一惊不小，我眼睛盯着他。我记起了他的颜色，是玉米地的颜色，五月份成熟了的玉米地的颜色。

"你看上去很惊奇呀，"他说，他的声调表明我的惊奇不合时宜，"但我只住布兰汉庄园的一角——其余部分出租给了一个女子学校。"

我稍稍恢复了一点儿平静。

"哦，"我说，"我很高兴知道你住在那儿，但我不是你想的那个意思。你知道不，好多年前我在那里待过。"

听了这话，他的举止完全改变了，他近乎迫不及待地说：

"你在那里待过？那么你了解布兰汉庄园啦？"

"我记得它的某些部分。"我说。

"你在那里待过？"他重了一句，"那会是什么时候啊？"

"是你爷爷的时候。"我说。

"我爷爷？"他说，看得出他的戒备心理又回来了，"你认识我爷爷吗？"

"是的，"我说，"你爷爷，第九世子爵。"这个自命不凡的词语从我的记忆中的某个没有封死的角落里潜逃出来，从我的舌尖上滑过。"他是你爷爷，是不是？"

"当然了，"特里明厄姆大人说，"当然了。我明白，我从来没有见过他：我出生前他就去世了，但我相信他是个非常出众的男人，如果我可以这么评说我自己的亲属的话。"

"你可以这么说，"我笑了笑，"他是个非常出众的男人。"

特里明厄姆大人稍稍有点儿沉不住气了：好像是五月早晨的呼吸，吃力得叫他喘气。他犹豫了一下，然后说：

"那你也认识我奶奶吗？"

这一下子轮到我接他的话茬说话了。

"你奶奶？"

"是呀，她是莫兹利家的一位小姐。"

我长长地吸了一口气。"哎呀，认识，"我说，"我跟她非常熟，她还健在吗？"

"她还健在。"他说，但热情不是很高。

"那她住哪儿呀？"

"她在这里，在村子里，住在一处小房子里，这处房子

354

过去属于这个家庭的一位名叫南妮·罗布森的老家臣，我想是这样。或许你也认识她？"

"不认识，"我说，"虽然我听说过她，但我从来没有见过她……你奶奶身体还好吗？"

"她身体非常好，只是最近以来，她像老年人一样，相当健忘。"他笑了笑，是一种包容的、年轻的微笑，这微笑似乎毫不遗憾地把奶奶归入老年人的类别。"你为什么不拜访一下，看她一眼？"他继续说，"我确信她是乐得见你的。她相当孤独，没有多少人会拜访她。"

五十年的禁忌在我胸中涌起，控制了我的脸色和声音。

"我想我最好还是别去了，"我说，"我说不准她是否想见我。"

他看了我一会儿，优雅的举止和脸上的好奇竞相绽放。

"这样吧，"他说，"由你决定，你说了算。"

我突然想到，不管他是特里明厄姆，或者不是特里明厄姆，他比我要年轻得多，我可以倚老卖老，向他要求一个年龄大的人的自由话语权。同时我也知道，我本来就是一位可以测试他耐心的古老海员[3]。

"我可以请求你帮我一个很大的忙吗？"我问。

"当然可以，"他说着，迅速地扫了一眼他的手表，"什么忙？"

"你能不能向特里明厄姆夫人说一声，利奥·科尔斯顿来了，想要见见她？"

"利奥·科尔斯顿？"

"是的，那是我的名字。"

他迟疑了一下。"从规矩上讲，我是不能随便拜访她的，"

他说，"我有时候打电话……电话带来多大方便啊！你们那时候这里有电话吗？"

"没有，"我回答说，"如果那时候有电话，那情况可能就大不相同了。"

"那可是真的，"他说，"你清楚的，我奶奶话非常多，老年人有时候就是这样。不过如果你想要我去，我还是去吧……我——"他停了下来。

"这确实是帮我一个很大的忙，"我重复了一遍，态度坚决，"像你一样，我本来不想……弄得她出其不意。"我想起了最后一次，我是这么做的。

"很好，"他说，克服了一种明显的为难情绪，"利奥·科尔斯顿先生，是这名字吗？你认为她会记起这个名字吗？她相当健忘。"

"我敢肯定她记得起，"我说，"我就在这儿等你。"

他离开的时候，我在那条街道上信步漫游，寻找一处可以从视觉上把我同过去连点成线的目标，但没有什么那么投契。我看见了村公厅，一个由光滑的、深红色的砖建造的阴森森的建筑，在闪闪发亮的、灰色燧石建成的房屋之间，它看上去不十分协调。我是应当记得它的，因为它正是我最后一次在大庭广众之下获得胜利的场所，然而我就是记不得了。

我瞧见我的使者朝我走来，我迎着他走过去。他的脸上布满了阴云：他与特德之间的那种相貌相像度更强了。

"起初，她记不得你了，"他说，"后来，她又把你记得非常清楚。她说她非常乐意见到你。她也问我是不是请你吃过午饭了，因为她给你供不了午餐：要吃饭吗？"

"是的，"我回答，"假如你能带我去。"

"如果吃顿家常便饭你不介意的话，我倒是非常高兴请你吃饭的，"他说，样子看上去根本不高兴，"不过，她没想到你要来。"

"哦，为什么？"我问。

"是因为很久以前发生过的一件事。她说，你那时只是个小孩子。她说那件事不是她的过错。"

"你爷爷过去常说，凡有过错不该归咎于一位女士。"我说。

他狠狠盯了我一眼。

"是的，"我说，"我和你爷爷极为相熟，你长得非常像他。"

他变了脸色，我注意到他站在那里，与我保持着距离，正像我和他爷爷最后一次见面的时候那样。

"非常抱歉，"他说着话，脸色涨红了起来，"如果我们昔日待你不周。"

我被那句"我们"感动了，我记起了他爷爷用命悔过的举动，于是慌忙说：

"哦，那与你没有关系，请你不要多想。你奶奶——"

"你想问什么？"他阴沉沉地说。

"你经常见她吗？"

"不经常见。"

"你说过的，去看她的人不是很多，是这样吗？"

"不是很多。"

"她住在布兰汉庄园的时间里，去看她的人很多吧？"

他摇了摇头。

"我想象着不是很多。"

"那她为什么要一直住在这里呢？"

"说实话，我想象不出来。"

"她是那么漂亮。"我说。

"经常有人对我这么说，"他回答说，"我自己倒看不出她有多漂亮……你知道去那个小房子的路吗？"

我回答着他，我明白我曾经这么说过：

"不知道，但我可以问。"

我注意到，他不想主动跟我一起去，但他告诉了我怎么找到那所房子。"大约一点钟吃午饭，好吗？"他又加了一句，我答应他按时到那里。他走开的时候，我听到了他的灯芯绒裤的窸窣声。过了有一两秒，我又听见了窸窣声，他折转回来了。

当他赶上我的时候，他停住脚问我话，显然是在鼓着勇气，但又不直接看着我。

"你就是那个小男孩——？"

"是的。"我回答说。

玛丽安在一间正对着街景、挂着厚厚的窗帘的小屋子里接见我，房子低于街平面——要走下一级台阶才能进到屋里面。她坐在屋里，背对着光亮。

"科尔斯顿先生来了。"女佣说。

她站起身，迟疑地伸出了手。

"这真的是——？"她开始说话。

"我应该是认得你的，"我说，"但我不能期望你会认得我。"

事实上，我是不应该认得她的。她的头发有几分泛蓝，她的脸盘失去了当年的圆润，她的鼻子变得越发突起，很像鹰钩。她举止里矫饰的神态过甚，举手投足间多有刻意而为的行迹。只有她的眼睛，纵使有着衰退的老态，还是在保留着它们的品质，保留着它们叫人觉得寒意透骨的火焰。我们寒暄了一点点关于我路途的情况，也谈论了关于我在生活中做了些什么：这两类话题都容易处置。要让会话有意义，一盎司①的实事赛过一磅②的铺陈，而我的生活中很少有值得记载的实事。我对布兰汉庄园的那一段经历的暂时失忆是发生在我身上的最后一次戏剧性事件。她转回到了这个话题。

"你是在当初失去了记忆，"她说，"我到了最终在失去记忆——你该知道，不是真正的失去记忆，而是就连发生在昨天的事也记不住，就像可怜的老南妮·罗布森当年那样。我对往昔的记忆依然十分清晰。"

我抓住这个话茬，问了一两个问题。

"一次就问一个问题，"她说，"一次就问一个问题。马库斯，是的，他在第一次战争中阵亡，德尼斯也是。我忘了是谁先死，谁后死：我想，是德尼斯。马库斯是你的朋友，是吗？是的，他当然是你的朋友。一个脸盘圆圆的男孩：他是妈妈最喜欢的孩子，也是我最喜欢的。我们是一个充满了爱的家庭，但德尼斯在家里从来都不是十分自在自如，不知你是否明白我的意思。"

"那你母亲呢？"我催问她。

她叹了口气。"可怜的妈妈！那是一种耻辱，面对那么

---

① 盎司：英美制质量或重量单位，1 盎司 =28.3495 克。——编者注

② 磅：英美制重量或质量单位，1 磅 =16 盎司，合 0.4536 千克。——编者注

多神经紧张的人们！我挺过去了，我挺过去得很成功。我们没有举行舞会，你知道的；舞会只得被取消。你母亲来了——我把她记得很清楚，一位和蔼可亲的女人——灰色的眼睛长得像你的，棕色的头发，快人快语。我们必须安排她在小旅馆住。布兰汉庄园因为舞会而住得满满的，每个人都在相互袭扰，你不说话了，我妈妈尖叫出各种各样的《圣经》上的词语，真是一场噩梦！然后我爸爸接手控制局面，恢复了秩序。到了第二天，每一个能走的人都走开了：我记得清，你待到了那个星期一，你是怎么听说特德的情况的，我们从来没有弄清楚过，也许是男仆人亨利告诉你的，他是你的朋友。"

"你们是怎么知道我知道了特德的事？"

"因为你很少说话，但有一句是'特德为什么射杀了自己？他不是枪法很棒吗？'你明白了吧，一开始你以为他是误射了自己，一个枪法很好的射击手不应该射杀自己：一个人要射杀自己就不一定要枪法很好啦。特德就像爱德华一样秉性软弱。"

"爱德华？"

"我孙子。他应当像我一样，等到风暴平息，一切淡去。我知道，一旦我变成特里明厄姆夫人，事情就会平息，化为过去。"

"那么休（你）呢？"

"我？"她满脸疑惑地问。

"不是你，"我说，"是休。"——我加重了嘘音。

"哦，休，"她说，"他娶了我；他不在乎人们说什么。休像钢铁一样真实，他不会听信任何一个不利于我的词语。我们把自己的头抬得很高。假如有人不想与我们熟识，我们先做到不理睬他们，但每个人都还理睬我们。我是特里明厄姆夫人，你知道的，我现在依然是，不存在另一位特里明厄姆夫人。"

"您的儿媳妇是个什么情况？"我问。

"你在问可怜的阿莱西娅吗？哦，她是那么迟钝的一个女孩子。她举办过那么多乏味、愚蠢的聚会——我几乎从来没有参加过。我一直住在道尔庄园，当然了，人们来找我相聚，是有情趣的人们，艺术家以及作家，而不是乏味的乡间村邻。真有乏味的人们，即便在诺福克也有。你知道不，我儿子不是一个魁伟高大的人，他继承了我的父亲——他生来就一副我父亲的形象。然而，他没有我父亲的那种魄力。我爸爸是一个非常杰出的人，我妈妈也一样杰出——有这样与众不同的父母亲，太重要了。"

"你还没有告诉我，你母亲情况怎么样了。"我提醒她。

"哦，可怜的妈妈！你知道的，她不能够与我们待在一起，她不得不走开，但我们常去看她，她记得我们所有的人，她非常高兴我嫁给了休——你知道的，她一贯想要这个结果。我不是真正想嫁他，但我很高兴我嫁给了他，否则人们可能就不会像他们所做到的那样，对我那么友好了。"

"那你父亲呢？"

"哦，我爸爸活到非常高寿，将近九十岁，但妈妈离我们而去之后，他就失去了做生意的兴趣，而当马库斯和德尼斯阵亡之后，他干脆放弃了做生意。但他经常来布兰汉庄园看我们，当我住在道尔庄园的时候，他看过我好多次。你知道的，我们家是一个充满了关爱的家庭。"

我在想，跟她相比，我的生活是多么幸福啊。我再多听

361

下去，我就受不了了，而尽管是这样，我还是想把这幅画面填充完整。

我说："玛丽安，难道你一个人住在这地方不觉得过于单调乏味吗？住到伦敦不是会更畅快舒心吗？"

"一个人吗？"她说，"一个人，你什么意思呀？可是人们成群结队来我这里，我近乎是必须站在门口堵截他们，我这里很像个朝圣的地方，我告诉你！你知道的，每个人都了解我，他们知道我经历过什么，很自然地，他们就想要见到我——正像你所做的一样。"

"我非常高兴我来了，"我说，"我也很高兴见到了你帅气年轻的孙子，爱德华。"

"嘘，"她说，"你不可以那么称呼他，纵然爱德华当然地是一个姓，但他喜欢人叫他休。"

我记起了耳堂里面的两个爱德华。

"对了，"我说，"有他在你近处，对你肯定是个慰藉。"

听了这话，她的脸沉了下来，自从我进来，一直在遮蔽着她的那副面具，这时间露出了碎裂的迹象。

"他是我的慰藉，"然后她纠正自己——"他应该是我的慰藉。不过，你知道吗，尽管我们是这个家庭仅剩的两个成员，他就是不常来看我。"

"哦，他当然要——"我埋怨说。

"不是这样，他不来看我。大批大批的人会来，但他不来——我的意思是不常来——我过去在老奶妈南妮·罗布森年老了的时候，经常定期探望她，但他不那样待我。他向你提起过什么人吗？"她突然问我。

"噢，是的，他提到了，"我说，很是惊奇，她竟然问

362

我，"他提到过他爷爷。"

"正是，正是，他提到了。当然他也知道——他知道别人给他讲的，他知道他父母给他讲的，因为他从来不跟我提起这事。其他人们可能跟他说过什么——村庄就是流言蜚语的流散地。我想他对我是心存怨愤的——你知道原因。这个世界上让他心存怨愤的唯一的人！他自己的奶奶！别人告诉我——他本人从未告诉过我——他想娶一个女孩——一个不错的女孩，一位博仁家族的堂妹，一个远房堂妹，但依然是博仁家族的呀——但是他不愿向她求婚，因为……因为这依然压在他心上。他感到——或者说人们告诉我——他是在某种法术或是魔咒的控制之下，他把这法术或是魔咒传承了下来。他这是在明明白白地犯傻！然而没有疑问，他听到了某种传闻，当然是完全的子虚乌有，但这传闻让他担心。你今天来得正是时候。"

"我？"

"是的，利奥，你。你知道真相，你知道真正发生了什么。除了我，只有你知道。你知道特德和我是两情相悦的恋人：是的，我们两情相悦。但我们不是普通的恋人，不是庸俗意义上的恋人，不是人们今天说的做爱的那种形式的恋情。我们的相恋是一段美谈，是不是呀？我的意思是说，我们能为了彼此舍弃一切。除了互为彼此，我们没有什么念想。所有的那些官厅集会上——人们像配种的动物一样被排成一对又一对——对我们而言就不是那种情况，天作我们彼此相恋。你还记得那个夏天是什么样子吗？——你记得那个夏天比其后的任何一年的夏天都要美丽得多吗？那么，那个夏天里最美丽的故事是什么？难道不是我们吗，不是我们彼此相恋的感情吗？当你在为我们传递信件的时候，你难道没有意识到我们的感情吗？你难道没有感受到其余的一切——整个庄园，所有来来往往的人们——都算不了什么吗？是我们的结合成就了你，你难道不为之而感到自豪吗？你是满溢着幸福与美好的产物，你不为之感到自豪吗？"

除了回答"是"字我还能说什么呢？

"我很高兴你这样看问题，"她说，"因为你是我们的工具——没有你，我们是不可能继续进行下去的。'继续进行'——那听上去是个好笑的词语——但你懂得我是什么意思。你走出万里哀伤，为的是让我们快乐。我们也让你快乐，不是吗？你那时只是一个小男孩，但我们把我们举世不二的宝贵财富托付给了你。你可能从来不知道它是什么，你在不知不觉中经历了生活。尽管如此，爱德华——"她停住了。

"但你可以告诉他，利奥，原原本本告诉他一切。告诉他，那不是什么耻辱的事，我不是一个耻辱的人，他的老祖母，一个人们从数英里地之外赶来看望的老人！那里面没有什么卑鄙的、污秽的东西，是不是啊？没有什么有可能会伤害任何人的东西。我们确实经历了许多伤心事，残酷的伤心事，休去世了，马库斯和德尼斯阵亡了，我儿子休阵亡了，还有他妻子——尽管她不算是个巨大的损失。但这一切都不是我们的过错啊——这许多伤心事是我们所生存的这个世纪的过错，这个世纪令人惊骇，改变了人道的属性，在有爱有生的地方播下了死亡和仇恨。告诉他这个道理，利奥，让他明白这个道理，感受这个道理，这将是你在最有意义的一天里做的最有价值的事。请记住，你是多么喜欢传送我们的信息，把我们联结在一起，让我们快乐——是了，这是又一次爱的差遣,这是我最后一次请你做我们的邮差。他想一想,我为什么要一直待在这里?无非是为了离他近。然而他竟对我心存这样的怨愤,尽管我不想见到的人成群结队地来看我,而他却不愿到我跟前来,能不来就不来。有时候我想,他宁肯我不住在这里,但我不愿相信。让他把那个他不能结婚的可笑的想法从他的脑海里清除出去:那个想法对我伤得最痛。上天可鉴,我可不想让他结过了婚,而后领一个不入眼的女人入住布兰汉庄园——不过,我相信那位博仁家的女孩子非常不错。但每一个男人都应该结婚的——利奥,你是应当结婚的,我能看得出,你已经内心枯槁。为时不晚,你依然是可以结婚的;为什么不呢?你难道感受不到爱的需要吗?然而爱德华(只是不要那么叫他),他必须结婚;他还年轻——他还年轻——他跟你来访布兰汉庄园时的特德一样大的年纪。他生命的一切都在前面等着他。告诉他,他必须消除那些犯傻的顾虑——假如我那时候便让他爷爷顾虑重重,他一定会裹足不前。可怜的特德,如果他再有头脑一点,他就不会将自己的脑浆给打出来了。你应当为我们这么做,利奥,你应当为我们这么做;这么做对你也会有好处。告诉他,除了无爱的心,不存在什么法术或者魔咒。你知道的,不对吗?告诉他,他的老祖母活着就是为了爱他,让他好生看待老祖母。"

她停了下来,让我感到极大的轻松,因为我已经看到了她把自己搞得有多累,我好几次尝试着让她停下来,但都没有效果。我们谈到了些许无关紧要的话题;布兰汉庄园的变化,世界的变化;然后我告辞离开,承诺再来拜访。

"上帝为你赐福,"她说,"上帝为你赐福!你是千里挑一的朋友，吻吻我，利奥！"

泪水浸湿了她的脸。

在感情世界里，我是一个域外来客，我对他们的语言一无所知，却被逼迫着要洗耳恭听。这时间我择路走上大街，每走一步，我对玛丽安的自我欺骗倾向的惊诧就会加深一层。我那阵子为什么要被她所说的话打动呢？我为什么半推半就地期望自己跟她一样地看待这一切呢？我又为什么就该执行这个荒谬的差使呢？我没有答应过她，况且我不是个孩子了，要让她呼来唤去。我的汽车就停在公用电话亭边上；给特德的孙子打个电话，给出一个推托的借口……这是再容易不过的事了。

然而我没有这么做，我刚转过身要走进电话亭入口，思考着我该怎么说出我这一程要说的话，这时候，在我的记忆里隐藏了很久很久的布兰汉庄园的西南视景，跃入我的视野。

注释①

序言

1. 往昔是一处异域外邦：对比菲利普·拉科《女孩在冬天》第一章第二节，英国是一处异域外邦，暗示战后其自身本质完全不同。

2. 黄道十二宫图案：《送信人》主要的志向象征——社会志向、空想志向／神话志向、道德志向——黄道十二宫将与在布兰汉庄园生活着的中上流社会人士和贵族阶层相关联，直至幻灭发生。

3. 黄道十二宫的叙述从海洋开始，因为海洋意味着无意识之贮藏处，也让人想到《虾米和海葵》，小说将童年与大海联系起来。

4. 狮子座（7 月 24 日—8 月 23 日）是利奥的象征，与其毗邻的图案处女座（8 月 24 日—9 月 23 日）是玛丽安的象征。正如利奥只具备了成年的形体特征，而不是"君临天下"的男人气概，玛丽安也不具备天象为她预言的纯洁的思想。狮子在《意志与成功》（1973）中是一个英俊潇洒、性欲满足的男人的象征。

5. 托马斯·贝克特的血统：托马斯·贝克特，坎特伯雷大主教，公元 1118 年出生在伦敦，1170 年 12 月 29 日在坎特伯雷大教堂被暗杀，国王亨利二世明显同谋其中。

6. 语言大师：预示利奥传话使者的角色，由于墨丘利是在天宫和地球之间传递宙斯消息之神，他就是语言之神；他的埃及形态是赫耳墨斯·特利斯墨吉斯忒斯，为魔法之神。他也导引死者的灵魂。

第一章

1. 马库斯：墨丘利的半异位构词 (Mercury，Marcus，拉丁语中为

---

① 该部分注释皆为"企鹅现代经典"（Penguin Modern Classics）编者注。

Mercurius，见第八章），所以在一定意义上说，他是利奥的替身，如果利奥被赋予了马库斯的社会背景，马库斯就变成实现了理想的利奥形象。

第二章

1. 托马斯·庚斯博罗（1727—1788），英国人物及风景画家；乔舒亚·雷诺兹爵士（1723—1792），著名肖像画家，皇家艺术学院首任院长；阿尔伯特·克伊普（1620—1691），荷兰风景画家，以光线充足的乡村与田园景色著称；勒伊斯达尔意指萨洛蒙·勒伊斯达尔（1600—1670），多产的荷兰风景画家，尤以单色河流景色见长；霍贝玛（1638—1709），另一位荷兰风景画家，尤以田园式水上景色见长，英国收藏家最喜收藏其作品；小特尼耶（1610—1690），佛兰德画家，以农民生活风俗画见长。荷兰风景画反映出利奥对黄金时代的痴迷，特尼耶系列反映出特德世界里的社会面貌和性面貌。

2. 安格尔或是戈雅笔下的肖像：让·奥古斯特·多米尼克·安格尔（1780—1867），法国著名新古典主义画家，其画作多以历史、宗教及人物肖像著称；弗朗西斯科·德·戈雅（1746—1828），西班牙画家、雕塑家，绘制过两百多幅肖像。

3. 索命颠茄：这是致命的茄属植物的生物学名称，原文 Atropa Belladonna，译作索命颠茄，手稿中写作 Belladonna Atropos，经过了校正。哈特利纪录说，这株植物是基于真实记忆的，但它也是象征性的。Belladonna 是意大利语词，意为美女；atropos（校正前手稿中的写法），希腊罗马神话中的命运女神，她割断命脉，标证人的死亡（第二十三章中，探看外围房屋是故事的高潮，过后利奥的记忆和个性中断，特德自杀）。小说《布里克菲尔德》中，理查德事实上是在外出寻找他的女朋友露西，人们认为他是在寻找骷髅头天蛾，但理查德否认，他说："骷髅天蛾非常稀有。"Atropa 和 Belladonna 两个词都在暗示这株植物与玛丽安相联系，因此，很像它的文学源头，纳撒尼尔·霍桑的短篇故事《拉伯西尼医生的女儿》，故事中的一株开着紫色花朵、甘美多汁，但有毒的灌木被认为等同于一位蛇蝎美人，这位美人亲吻其年轻恋人，将他毒死。

第三章

1. 诺福克夹克：配有束腰带的宽松式休闲夹克，人们通常穿着它进行骑车、钓鱼等活动。

2. 原文 Bags I the bags，长裤算我的，这是 19 世纪中期的一句俚语。

第四章

1. 林肯绿：引入罗宾汉的传说（传统上讲，罗宾汉和他的"快乐属下"穿绿色服装）和哈特利外祖父母生活的乡村，林肯郡的克洛兰，哈特利孩提时代经常拜访。然而，正如利奥所知，绿色也是代表不成熟、天真的颜色，还代表年轻、成长。罗宾汉是一个无法无天的诺曼定居者，他在很广泛的层面上与利奥相似，就布兰汉庄园上流社会的世界而言，他处在边缘，但通过传递信息，他对这个世界有颠覆性危险。

2. 金光闪闪：在《送信人》的象征结构中，布兰汉庄园与黄金钱财相关联，特德与收割后金色的玉米相关联，玛丽安属于庄园，但作为处女座，她也是收获女神。

3. 我父亲反对战争到了支持布尔人的地步：类似地，小说《布里克菲尔德》中，理查德的父亲（也是一位银行经理）曾是"一位布尔人支持者，或者几乎是布尔人支持者"。英国的布尔人支持者是一个相当大的群体，纵观 1900 年他们的声音越来越高：参阅斯蒂芬·科思《布尔人支持者》（芝加哥、伦敦：1973）。

4. 在我们前方有一个黑色的庞然大物，满是横杠、竖杆、立柱，像一座绞刑架：特德几乎立刻从草丛中站起来，这一段让人想起《远大前程》第一章末尾，马格韦契的相貌让人联想到沼泽景观，其间矗立着绞刑架。（在《布里克菲尔德》p.23，水闸被描述为"面目凶恶，像个绞刑架"。）

5. 黄道十二宫中的处女座：请注意处女座的图章看上去像字母 m（代表玛丽安）：♍。传统上，由于处女座的角色是收获女神，她常被描绘成手持一片玉米叶子的形象。

第五章

1. 像两面神杰纳斯：杰纳斯被描述得生就两张面孔，一张面孔向前看，一张面孔向后看。他是新年之神（所以英文中拼写与"一月"相似）也是罗马的战争与和平之神，他的神庙在战争时打开，在和平时关闭：受了伤的、双面的特里明厄姆是布尔战争的受害人之一，他因此作为一个象征——和平时黄金时代优越性的象征，战争时可怕代价的象征。

第九章

1. 罗伯茨，或者基奇纳，或者克鲁格，或者德韦：利奥罗列出了布尔战争中的主要将领：弗雷德里克·罗伯茨，罗伯茨勋爵（1832—1914），1899年至1900年任英国驻南非军队总司令；霍雷肖·基奇纳，喀土穆的基奇纳勋爵（1850—1916），1899年至1900年任英军参谋长，1900年至1902年任总司令；保罗·克鲁格（1825—1904），德兰士瓦布尔共和国总统（1900年英国入侵德兰士瓦之后，他被流放欧洲）；克里斯蒂安·德韦（1854—1922），最重要的足智多谋的布尔将领。

2. 利文斯通博士、斯坦利：大卫·利文斯通（1813—1873），传教士、探险家，1866年出发探寻尼罗河源头，随后不知所踪。亨利·莫顿·斯坦利（1841—1904），记者、探险家，1871年寻踪利文斯通博士，发现他食不果腹、疾无疗治。斯坦利遇见利文斯通博士的第一句话是"我想，阁下就是利文斯通博士啦？"

3. 偷期幽会：（1）以傻里傻气、感情用事的方式做爱；（2）追求某人。《牛津英语词典》从1831年开始标注（1）意，从1877年开始标注（2）意；可能由"傻瓜"一词派生而来。

4. 女人们的流言：流言经常谴责"偷期幽会"的人，但从迦太基援引文角度看，有贬损玛丽安和特德的讽刺：维吉尔史诗《埃涅阿斯纪》卷4，173—197页包含著名的一段，说流言飞掠非洲，散布着迦太基女王狄多和埃涅阿斯的不正当性关系。参阅导读第三部分。

第十章

1. 为了遮挡住她的羞耻：《创世记》3:7，当亚当和夏娃吃了禁果堕落之后，他们的眼睛睁开了，他们意识到自己裸体，就用无花果叶子将自己遮蔽（正如《送信人》所述，直到《圣经》中的乐园故事发展到了这个节点，裸体才变作邪恶）。

2. 想把保险做成双倍把握：谚语；但这里偷期幽会和产生后代的语境让读者想起它源自《麦克白》第四幕第一场，麦克白遇上了带血的婴儿。

第十一章

1.《她带着玫瑰花环》：客厅歌曲，约瑟夫·佩恩骑士（1812—1887）所作，约瑟夫·佩恩骑士，牧师、歌曲写作家，本歌曲关涉到传统象征"女人如玫瑰"。

2. R.E. 福斯特是否能够敌得过他的后期削球：雷金纳德·厄斯金·福斯特，板球七兄弟之一，七人都为伍斯特郡打过比赛。1900 年，福斯特为牛津大学队长连续三次得分过百分，后来他在绅士对球员的比赛中，第一回合得分 102 分未出局，第二回合独得 136 分。1907 年，他率领英格兰队对阵南非。

第十二章

1. 匍匐在我周围的凉亭游廊阴影里的一群群米甸人：利奥又一次以教会模式回忆起这首圣歌："基督信徒，你可看见他们 / 在神圣的土地上 / 成群结队的米甸人 / 在黑暗中往来巡行？/ 基督信徒，挺起身来重击他们……"圣歌第二节的开头是在暗示，利奥感觉到了，关于玛丽安的遭际特德该负有什么程度的责任："基督信徒，你可感受到他们 / 他们的内心是怎样想的 / 争斗、引诱、迷惑 / 煽动人枉造罪孽？"米甸人为犹太人之敌，如《民数记》第三十一章、《士师记》第六章所记。

第十三章

1. 圣经故事，少年大卫用投石索环投石击杀敌方巨人。事见《撒母耳记（上）》第十七章。

2. 庚斯博罗蓝套裙：肖像绘画家庚斯博罗最喜使用的淡蓝色。

3.《带走一双闪亮的眼睛》：出自吉尔伯特与沙利文剧《船夫》（1889）第二幕。像其他歌曲一样，这首歌关涉玛丽安—特德—特里明厄姆的三角关系，歌曲鼓励恋人行动，从注视到接吻到拉手，然后（对比《家，甜蜜的家》）庆祝共同生活在农舍的善举。

4. 巴尔夫的一首抒情曲：迈克尔·威廉·巴尔夫（1808—1870），爱尔兰作曲家、歌唱家，其歌曲及歌剧《波西米亚姑娘》（1843）大受欢迎，取得了巨大成功。特德演唱的歌为巴尔夫具有轰动效应的歌曲之一，常常被歌集收录：

371

这首歌在该剧第三幕，由撒迪厄斯演唱。参阅导读第三部分。正如利奥的叙述，这首歌讲述即将发生的不忠行为，而同时也在诉请，不要忘记正在演唱的这位恋人。接下来的歌词是："也许会有这样浪漫一幕 / 收藏在记忆里永不淡去 / 那些日子里快乐无比 / 所以你一定会把我记住。"

5. 行星系里的音乐：据古代及文艺复兴时期的思想，行星的球体形状产生和谐，人们相信每一个球体都在以特定的倾角自转。

6.《吟游歌童》：爱尔兰作曲家兼诗人托马斯·摩尔（1779—1852）作词，配以传统曲调。利奥以 A 调唱这首歌是在炫耀他的嗓音。随后的一段是在解释这首歌曲；垂死的吟游诗人毁掉了他的竖琴，原因是它"永远不响奏在奴隶制下"，这与《送信人》中的支持布尔人和爱恋主题相关联。

7.《永远鲜亮的天使》：出自亨德尔宗教剧《西奥多拉》（1750）第一幕，基督信徒贞女殉道者西奥多拉祈求上苍帮助自己对抗塞普蒂默斯的命令，即为庆祝戴克里先生日，她必须崇拜罗马神。她拒绝后被投入妓院，但被迪代默斯相救，迪代默斯为求救助有效而将自己乔装成士兵。西奥多拉死去，迪代默斯被杀。天使和贞女都表现了利奥在以理想化的眼光看待玛丽安，而迪代默斯暗示在玛丽安献身于特德之后，特里明厄姆扮演救赎者的角色。这首歌在这个地方全文援引，也许它的最知名之处是被收入了 1877 年版五卷本《比切姆流行歌曲集》（卷一收入了《当别人的嘴唇》《家，甜蜜的家》，卷二收入了《永远鲜亮的天使》）。当时的流行歌曲集锦（歌曲、小提琴曲、钢琴曲等等）由牛津街帕克斯顿公司出版。

第十五章

1. 夏洛克：卑鄙人物的谚语化称谓，该称谓得自莎士比亚剧《威尼斯商人》中的犹太高利贷者。夏洛克是当时英国上流社会反犹太主义者使用的下作嘲弄。

2. 尤利西斯的弓：荷马史诗《奥德赛》卷 21。特洛伊战争中，尤利西斯（或称奥德修斯）参加希腊一方作战，史诗描述了他往伊莎卡岛回家的旅程。卷 21 中，他乔装改扮参加箭术比赛，他的妻子珀涅罗珀对他的回返不抱希望，她以箭术挑战自己的许多求婚者：她将嫁给那位能够拉开她丈夫的弓并用它射箭的人。尤利西斯眼见求婚者们做不到，他索要了那弓并弯弓射向求婚者们。此处把特德与箭术联系起来，这则明喻是把他与特里明厄姆连在一起，暗示他是一个合适的向玛丽安求婚的人。

第十九章

1. 克拉德：法国最主要的理想风景画家克拉德·洛兰（1600—1682）。

2. "一年里每一天都有的伟大思想"：7 月 3 日—5 日，第 68 页"伟大思想"栏目里有以下条目："德韦——先前常常被梅休因勋爵击溃，梅休因勋爵站在刺刀尖上攻克布尔阵地，敌方每一次都利用飞行抢在我方步兵团冲锋之前行动——成功地从三处切断了铁路……"哈特利对这些细节的说明表明他在保存在图书馆的手稿副本中核对过这些细节。

第二十一章

1. 利奥以魔汁为措辞解释了社会地位不对等的人之间的性吸引，莎士比亚剧第三幕第一场中，魔汁使仙后蒂坦尼娅爱上了笨人织工博顿。

2. 小妖精是一个墨丘利式的顽皮的传递信息的精灵，在《仲夏夜之梦》里他是仙王奥伯龙的仆人。

3. 《棘刺》：剧院作曲家威廉·希尔德（1748—1829）作曲，J. 兰尼作词的歌曲；收录在《比切姆流行歌曲集》卷 2。

4. 《在黄昏》或是《亲爱的凯瑟琳》：第一首歌由安妮·哈利森（1851—1944）作曲，梅塔·奥里德作词，由一位将要离开其挚爱的恋人演唱；第二首是主题相同的一首流行歌曲，由弗雷德里克·威廉·克劳奇（1808—1896）作曲，克劳福德夫人作词。

5. 颠茄必须毁掉！：仿效老卡托的言辞（迦太基必须灭掉），由于迦太基是罗马的永久危险，老卡托提醒将其摧毁。

第二十二章

1. 狗日子：亨利指的是夏天极其炎热的一段，古代人相信，夏天的这一段是由属狗的星星天狼星盘旋上升引起的；这一段从 7 月 3 日持续到 8 月 11 日，传统上认为，这一时段众狗发疯。

2. 海绿色的、不伦不类的滑稽模仿：让人们想起托马斯·卡莱尔在《法国大革命》一书中对罗伯斯庇尔的描写："'共和国？'海藻说道……'共和国是什么？'啊，海藻不受腐蚀，这将是你亲眼可见！"

3. 利物浦大街：运行于东安格利亚的大东方铁路线的伦敦终点站。

4. 诺福克是个以水果馅饼出名的地方：众所周知是这样，但这个短语也意指"诺福克居民"。

第二十三章

1. 美人鱼：一种生命力旺盛的攀缘植物，开硕大、单朵、浅黄色花；哈特利在他的导读（1963）中指出的时间错误之一。作为玛丽安的象征，它与第十一章"玫瑰"说呼应。

2. 类似于雷暴雨期间狄多和埃涅阿斯的结合，参阅导读第三部分及第九章"流言"注。

后记

1. 在我的灵魂上涂一层伪装层：《哈姆雷特》第三幕第四场146—151行。哈姆雷特指责自己的母亲背叛了前夫老哈姆雷特，老哈姆雷特灵魂又一次出现，但他母亲看不见，就说那是他的幻觉。哈姆雷特回答说："母亲……/ 不要自己安慰自己，以为我这一番说话，/ 只是出于疯狂，不是真的对您的过失而发。/ 那样的思想不过是骗人的油膏，/ 只能使你溃烂的良心上结起一层薄膜，/ 那内部的毒疮却在底下愈长愈大。"注意利奥引语中暗含的责难妇女的倾向。

2. 我心目中的蓝胡子凶宅：蓝胡子是一则寓言中的人物，相传他谋杀诸妻，挂尸塔楼密室。利奥似乎是在仿效托马斯·卡莱尔的言辞（《牛津英语词典》从 E.C. 布鲁尔的《成语寓言大辞典》中摘录）："蓝胡子凶宅在他的心目中，除非他自己，其他任何人的眼睛都不可瞥及。"

3. 古老海员：利奥指英国湖畔派诗人柯勒律治叙事歌谣《古老海员之韵》中的年事已高、喋喋不休的水手叙事人，此人用讲故事的办法阻止一位客人出席一场（没有让他自己参与其间的）婚礼。此处暗示古老海员所为关涉《送信人》。

哈特利生平年表

1895 年 12 月 30 日：莱斯利·波勒斯·哈特利出生在剑桥郡威特里斯，父亲哈里·巴克·哈特利，律师；母亲玛丽·伊丽莎白·哈特利，威廉·汤普森之长女。哈特利有一个姐姐，生于 1892 年圣诞节。

1898 年 3 月：父亲成为威特里斯中心制砖有限公司主管。

1900 年：父亲购买彼得伯勒的弗莱顿塔（距威特里斯大约五英里）。外祖父母在林肯郡克洛兰地区（距弗莱顿和威特里斯大约八英里）经营农场。

1903 年：妹妹安妮·诺拉出生。

1908 年 10 月 5 日：开始在肯特州萨尼特镇克里夫顿维尔的北丘中学学习。

1909 年 12 月 17 日：离开北丘中学。

1910 年 4—7 月：就读布里斯托尔克里夫顿学院；9 月 28 日进入米德尔塞克斯的哈罗公学学习。

1915 年：获哈罗利夫奖学金；10 月进入牛津大学。

1916 年 4 月：应募诺福克兵团。

1918 年 8 月：伤残退伍，服役期间做过少尉，但从来没有参加过战斗。调养康复一年。

1919—1921年10月：返回贝利奥尔学院攻读近代史。参编《牛津展望》。

1920年1月：《猫咪》（故事）发表在《牛津展望》；《圣烛节》（诗歌）发表在《牛津诗学》。

1921年3月：《公爵的悲剧》（故事）发表在《牛津展望》。文学学士毕业。

1922年：《差距在绝望中》（诗歌）发表在《牛津诗学》。初访威尼斯，从1926年到1939年他每年要在威尼斯居住相当长一段时间。

1923年：开始为《国家与雅典娜》撰写小说评论（直到1924年4月）。

1924年：出版短篇小说集第一卷《恐怖之夜及其他故事》（伦敦&纽约：帕特南出版社）。

1925年：出版短篇小说《西蒙内塔·珀金斯》（伦敦&纽约：帕特南出版社）。为《现代书信历》撰写综述；开始为《星期六评论》写作书评（从1925年11月21日到1930年3月1日，定期撰写评论，每周三部或更多部小说）。

1927年1月：《萨基》（故事），《学人》卷71。

1931年1月：《圣河》（故事），《塞万尼评论》卷39。

1932年：出版故事集《杀戮瓶》（伦敦：帕特南出版社）。

1933年10月4日：开始为《故事梗概》撰写每周小说评论（直至1943年12月29日）。

1939年：入住索尔兹伯里市下伍德福德的法院大楼。

1941年：移居汉普郡福丁布里治镇岩石流溪村西海斯屋。

1944 年：出版小说《虾米和海葵》（伦敦：帕特南出版社）。为《今日的文学与生活》撰写书评。

1945 年：美国版本的《虾米和海葵》由双日出版社出版，名为《西窗》。

1946 年：迁往巴思城巴思福德区的埃文代尔。出版小说《第六重天》（伦敦：帕特南出版社）。美国版本出版于1947 年（双日出版社）。为《今日的文学与生活》撰写书评。

1947 年：出版小说《尤斯塔斯和希尔达》（伦敦：帕特南出版社）。

1948 年：《尤斯塔斯和希尔达》获詹姆斯·泰特·布莱克纪念奖。故事集《旅行的坟墓及其他故事》出版（美国：威斯康星州雅克罕书馆）。其第一个英国版本出版于1951 年（伦敦：J. 巴利书馆）。母亲去世。

1949 年：出版小说《小船》（伦敦：帕特南出版社）。美国版本出版于1950 年，由双日出版社出版。为《时光》撰写书评。

1951 年：出版小说《恶魔同党》（伦敦：J. 巴利书馆）。美国版本出版于1959 年（纽约：英国图书中心）。

1954 年：《送信人》获皇家文学会海尼曼基金会奖。出版故事集《白色魔杖及其他故事》（伦敦：哈米什汉密尔顿出版社）。父亲去世。

1955 年：出版小说《完美女人》（伦敦：哈米什汉密尔顿出版社）。美国版本出版于1956 年（纽约：诺普夫出版社）。

1956 年 1 月：被授予英帝国二等勋位爵士。

1957 年：出版小说《受雇者》（伦敦：哈米什汉密尔

377

顿出版社）。美国版本出版于1958年（纽约：莱因哈特书馆）。

1958年：《尤斯塔斯和希尔达三部曲》出版，大卫·塞西尔勋爵导读（伦敦＆纽约：帕特南出版社），由I《虾米和海葵》、II《第六重天》、III《尤斯塔斯和希尔达》组成，也包括希尔达的信。

1960年：出版小说《表面正义》（伦敦：哈米什汉密尔顿出版社；多伦多：柯林斯书馆）。美国版本出版于1947年（纽约：双日出版社）。在SW7伦敦拉特来门获得一套公寓，开始分期居住在伦敦和巴思福德之间。

1961年：出版故事集《两条河》（伦敦：哈米什汉密尔顿出版社；多伦多：柯林斯书馆）。

1962年：《代笔人》（故事）刊载于《冬天的故事8》，A.D.麦克莱恩编辑。

1964年：复活节学期，剑桥大学三一学院克拉克讲师。小说《砖厂》（伦敦：哈米什汉密尔顿出版社；多伦多：柯林斯书馆）出版。

1966年：出版小说《背叛》（伦敦：哈米什汉密尔顿出版社；多伦多：柯林斯书馆）。主编《皇家文学会：散文杂谈》（伦敦：牛津大学出版社）。

1967年：出版《小说家的责任：演讲及随笔》（伦敦：哈米什汉密尔顿出版社；多伦多：柯林斯书馆）。美国版本出版于1968年（纽约：希拉里书馆）。

1968年：出版小说《可怜的克莱尔》（伦敦：哈米什汉密尔顿出版社），同年出版《L.P.哈特利故事集》，大卫·塞西尔勋爵导读（伦敦：哈米什汉密尔顿出版社）。美国版本出版于1969年（纽约：地平线出版社）。妹妹伊妮德去世。

1969 年：出版小说《恋爱能手：主题变奏曲》（伦敦：哈米什汉密尔顿出版社）。

1970 年：出版小说《姐姐的守护者》（伦敦：哈米什汉密尔顿出版社）。

1971 年：出版小说《铠甲屋》（伦敦：哈米什汉密尔顿出版社）、短篇故事集《卡特里特太太之领受及其他故事》（伦敦：哈米什汉密尔顿出版社）。电影《送信人》（哈罗德·品特编剧）上映。

1972 年 2 月：被皇家文学会选定为文学伴侣。出版小说《藏品》（伦敦：哈米什汉密尔顿出版社）。12 月 13 日去世，《丑陋的照片》（故事）刊登在《旁观者》卷 229（12 月 23 日）。

1973 年：出版小说《意志与成功》（伦敦：哈米什汉密尔顿出版社）及《L.P. 哈特利故事全集》，由大卫·塞西尔勋爵推介（伦敦：哈米什汉密尔顿出版社）。电影《受雇者》（沃尔夫·曼考维兹撰写脚本）上映。

附录 2

进一步读物

1. 哈特利著作

NB: full publication details will be found in the Chronology.

Night Fears, and Other Stories (London and New York, 1924) short stories

Simonetta Perkins (London and New York, 1925) short novel

The Killing Bottle (London, 1932) short stories

The Shrimp and the Anemone (London, 1944) novel

The Sixth Heaven (London, 1946) novel

Eustace and Hilda (London, 1947) novel

The Travelling Grave and Other Stories (Wisconsin, 1948) short stories

The Boat (London, 1949) novel

My Fellow Devils (London , 1951) novel

The Go-Between (London, 1953) novel

The White Wand and Other Stories (London, 1954) short stories

A Perfect Woman (London, 1955) novel

The Hireling (London, 1957) novel

Facial Justice (London and Toronto, 1960) novel

Two for the River (London and Toronto, 1961) short storie

The Brickfield (London and Toronto, 1964) novel

The Betrayal (London and Toronto, 1966) novel

The Novelist's Responsibility (London and Toronto, 1967) criticism

Poor Clare (London, 1968) novel

The Collected Short Stories of L.P. Hartley (London, 1968)

The Love-Adept: A Variation on a Theme (London, 1969) novel

My Sister's Keeper (London, 1970) novel

The Harness Room (London, 1971) novel

Mrs Carteret Receives and Other Stories (London, 1971) short stories

The Collections (London, 1972) novel

The Will and the Way (London, 1973) novel

The Complete Short Stories of L.P.Hartley (London, 1973) short stories

2. 参考著作

ALLEN, Trevor, 'L.P.Hartley in Focus', *Books and Bookmen* l8 (1972), 25-7.

ALLEN, Walter, *The Modern Novel in Britain and the United States*, New York: E.P.Dutton, 1964, PP.253-7.

ANON., 'A Man in His Senses', *Times Literary Supplement* (4 November 1960), P.708.

ANON., 'Hartley, Leslie Poles', in *Encyclopedia of World Literature in the Twentieth Century*, ed. W.B.Fleischman, New York: Frederick Ungar, 1969, p.86.

ATHOS, John, 'L.P.Hartley and the Gothic Infatuation', *Twentieth Century Literature* 7 (1962), 172-9.

ATKINS, John, *Six Novelists Look at Society*, London: John Calder, 1977, PP. 77-111.

BIEN, Peter, *L.P.Hartley*, London: Chatto and Windus; University Park, Pennsylvania: Pennsylvania State University Press, 1963.

BLOOMFIELD, Paul, 'L.P.Hartley: Short Note on a Great Subject', *Adam International Review*, nos 294-6 (1961), 5-7.

———, *L.P.Hartley*, Harlow, Essex: Longman for the British Council, 1962; revised edn, 1970. Writers and their Work, 217.

CURCURU, Monique, *Childhood and Adolescence in the Novels of L.P.Hartley*, Publications de l'Université des Langues et Lettres de Grenoble,1978.

DAVIDSON, R.A., 'Graham Greene and L.P.Hartley: "The Basement Room" and "The Go-Between"', *Notes and Queries* 221 (1966), 101-2.

FOREY, Margaret, 'The Go-Between', in *Reference Guide to English Literature*, ed. D.L.Kirkpatrick, 3 vols, Chicago and London: St James's Press, 1991, 3. 1602-3.

GILL, Richard, *Happy Rural Seat: The English Country House in the Literary*

Imagination, New Haven, Connecticut: Yale University Press, 1972.

GORDON, Lois, 'The Go—Between—Hartley by Pinter', *Kansas Quarterly* 4(1972), 81—92.

GRINDEA, Miron, 'Un Maître du Roman Anglais', *Adam International Review*, nos 294—6 (1961), 2—4.

GROSSVOGEL, D.I., 'Under the Sign of Symbols: Losey and Hartley', *Diacritics* 4 (1974), 51—6.

HALL, James, *The Tragic Comedians: Seven Modern British Novelists*, Bloomington, Indiana: Indiana University Press, 1963, PP.111—28.

HARTLEY, L.P., 'Introduction' to *The Go—Between*, London: Heinemann Educational Books, 1963, PP.1—8.

HIGDON, D.L., *Time and English Fiction*, London and Basingstoke: Macmillan, 1977, pp. 45—50.

——, *Shadows of the Past in Contemporary British Fiction*, London and Basingstoke: Macmillan, 1984, PP.23—38.

JONES, E.T., 'Summer of 1900: A la Recherche of *The Go—Between*', *Literature/Film Quarterly* I (1973), 154—60.

——, *L.P.Hartley*, Boston: Twayne, 1978. Twayne's English Authors Series, 232.

JONES, Ernest, 'Schoolboy's World', *New Republic* 131 (1954), 19—20.

KITCHEN, C.H.B., 'Leslie Hartley—A Personal Angle', *Adam International Review*, nos 294—6 (1961), 7—12.

LEARMONT—BATLEY, K.E., ' "The Past is a Foreign Country: They Do Things Differently There" : Some Views on Teaching L.P.Hartley's *The Go—Between*', *Crux: A Journal on the Teaching of English* 19(1985), 3—17.

MCEWAN, Neil, *York Notes on L.P.Hartley: 'The Go—Between'*, Harlow, Essex: Longman, 1980. Longman Literature Guides.

MELCHIORI, Giorgio, 'The English Novelist and the American Tradition', *Sewanee Review* 68 (1960), 502—15.

MOAN, M.A., 'Setting and Structure: An Approach to Hartley's *The Go—Between*', *Critique: Studies in Modern Fiction* 15 (1973), 27—36.

MUDRICK, Marvin, 'Humanity is the Principle', *Hudson Review* 7 (1955). 614—15.

MULKEEN, Anne, *Wild Thyme, Winter Lightning: The Symbolic Novels of L.P.Hartley*, London: Hamish Hamilton; Detroit, Michigan: Wayne State University Press, 1974.

PARKER, Derek, 'The Novelist L.P.Hartley Talks About His Childhood', *Listener* 88 (31 August 1972), 274—5.

PINTER, Harold, *Five Screenplays*, London: Methuen, 1971. (Screenplay of *The Go—Between*.)

PRITCHARD, R.E., 'L.P.Hartley's *The Go—Between*', *Critical Quarterly* 22 (1980), 45—55

RADLEY, Alan, 'Psychological Realism in L.P.Hartley's *The Go—Between*', *Literature and Psychology* 33 (1987), 1—10.

RICHARDSON, Sallyann, 'L.P.Hartley', *Twentieth Century Writing: A Reader's Guide to Contemporary Literature*, ed. Kenneth Richardson, London: Newnes Books, 1969, pp. 278—81.

RILEY, Michael, and James Palmer, 'Time and the Structure of Memory in *The Go—Between*', *College Literature* 5 (1978), 219—27.

SEYMOUR—SMITH; Martin, 'L.P.Hartley', in *Who's Who in Twentieth Century Literature*, New York: Holt, Rinehart and Winston, 1976, PP. 151—2.

SINYARD, Neil, 'Pinter's *Go—Between*', *Critical Quarterly* 22 (1980), 21—33.

WATTs, H.H., 'L.P.Hartley', in *Reference Guide to English Literature*, ed. D.L.Kirkpatrick, 3 vols, Chicago and London: St James's Press, 1991, 2. 699—700.

WEBSTER, H.C., 'The Novels of L.P.Hartley', *Critique: Studies in Modern Fiction* 4 (1961), 39—51 .

——, *After the Trauma: Representative British Novelists Since 1920*, Lexington, Kentucky: University Press of Kentucky, 1970, pp.152—67.

WILLMOTT, M.B., '"What Leo Knew": The Childhood World of L.P.Hartley', *English* 24 (1975), 3—10.

WOOD, Michael, 'Losey's Hartley: *The Go—Between*', *New Society* (23 September 1971), 574—5.

WRIGHT, Adrian, *Foreign Country: The Life of L.P.Hartley*, London: André Deutsch, 1996.